Scholem Alejchem

Damals in Kasrilewke

Scholem Alejchem (1859–1916)

Scholem Alejchem

Damals in Kasrilewke

Weitere Geschichten aus dem Schtetl

Herausgegeben, aus dem Jiddischen übersetzt und mit einem Nachwort von Gernot Jonas

marixverlag

Inhalt

Weiter durch Kasrilewke …!

Wenn Scholem Alejchem nicht gerade neue Geschichten in der Eisenbahn sammelt, kehrt er immer wieder nach Kasrilewke zurück, dem Schtetl, in dem alle Orte seiner Kindheit zusammengeschmolzen sind – Perejaslaw, Berditschew, Voronko – und ergänzt so das Bild, das die heutigen Vorstellungen vom osteuropäischen Schtetl nachhaltig geprägt hat.

Diese aus Scholem Alejchems Feder entstandene Ortschaft »Kasrilewke« ist je nach den Bedürfnissen der Erzählungen wandelbar, sie hat aber auch charakteristische dauerhafte Züge, die aus dem traditionellen aschkenasischen Leben und aus den Erinnerungen des Autors gegriffen sind. Jede Erzählung gibt der Stadt neue Gassen und Winkel, besondere Farbtupfer, lässt andere Einzelheiten hervortreten. Sie ergänzen sich zu einem Gesamtbild des aschkenasischen Lebens im ausgehenden 19. und im ersten Jahrzehnt des 20. Jahrhunderts, als hätte der Autor dieses Leben – das er ja noch selbst erlebt hat! – mit den Mitteln der Literatur an uns weitergeben, ja hinüberretten wollen. Und in der Tat: In wohlwollend spottenden Galerien von Porträts ihm vertrauter und uns vorgestellter »Typen« sagt er ausdrücklich, dass bald das geschilderte Leben der Vergangenheit angehören wird. Der Einbruch moderner Zeiten verändert und vernichtet deswegen den traditionellen »schtejger« (den modus vivendi) zusehends. In einem Teil seines Werkes thematisiert Scholem Alejchem durchaus die Schwierigkeiten und Konflikte assimilierter, moderner jüdischer Großstadtbewohner. Doch sind der Anfang seiner Biographie und die Wurzeln seines

Schaffens an diese traditionelle Welt geknüpft, aus ihr schöpft er immer neue Anblicke, Anekdoten und nicht zuletzt seine Freude am Erzählen.

Spätere jiddischsprachige Autoren haben ebenfalls versucht, die Welt ihrer Kindheit nach einer noch viel grundlegenderen Vernichtung auf verschiedenen literarischen Wegen neu auf dem Papier entstehen zu lassen, aber Scholem Alejchems Blick und Gespür für Details der Sprache und des Alltags bleiben unübertroffen.

In diesem Band bringt jede Geschichte neue Aspekte ins Spiel und bestätigt oder variiert bisher bekannte Erscheinungen. Lassen Sie sich vom Autor einfach von Erzählung zu Erzählung geleiten und vergessen Sie nicht, sich in jedem Winkel von Kasrilewke gründlich umzuschauen: im Keller des Weinhändlers, im traditionellen Cheder, selbstverständlich auch in der Synagoge und auf dem alten jüdischen Friedhof. Sie bekommen sogar die Gelegenheit, in die Wohnungen der einfachen Leute hineinzuschauen, – und das Gute daran ist: Sie stören dabei niemanden! Sie sind dem Autor und seinen Figuren willkommen! Eine bessere Gelegenheit, diese typische, stellenweise heruntergekommene, aber überall herzerwärmende Stadt zu besichtigen, wird Ihnen bestimmt so bald nicht wieder geboten werden.

Simon Neuberg, Trier

Ein gutes Neues Jahr!

Eine Geschichte aus alten Zeiten, die ein Chassid in der ihm eigenen Sprache einer Reihe von Fahrgästen erzählt, während sie miteinander im Waggon sitzen

»›Nehmen‹, hört Ihr, ›nehmen‹ wollen sie alle bei uns, vom Kleinsten bis zum Größten, ja, der Hohe Herr höchstpersönlich, ich will Euch nicht nahetreten, nimmt auch. Natürlich nimmt er, wenn man ihm gibt.

Was, Ihr glaubt mir nicht? Ihr lacht darüber? Lacht nur, soll es Euch wohl bekommen! Und jetzt, seid Ihr jetzt fertig mit Lachen? Dann also rückt ein bisschen zusammen, meine lieben Männer, und ich will Euch eine Geschichte von früher erzählen. Sie passierte keinem anderen als meinem eigenen Großvater, er ruhe in Frieden, und zwar in jener Zeit, als der erste *Nickel*[1] Zar war. Was gebt Ihr mir dauernd Zeichen? Worüber seid Ihr erschrocken? Ihr meint, die Unbeschnittenen, die mit uns im Waggon sitzen, könnten etwas verstehen von dem, was wir hier erzählen? Gar nichts werden sie bei mir verstehen, ich rede nämlich ›verstellt‹, versteht Ihr? Und dort, wo es nötig ist, werde ich etwas aus unserer heiligen Sprache einfügen. Hauptsache, Ihr hört es mit Verstand und unterbrecht mich nicht dauernd mitten im Satz.

Kurzum, ›es geschah in den Tagen von Ahasver …‹[2] – also, es war, wenn ich mich nicht irre, in der Zeit, als der Urgroßvater von jenem[3] herrschte, von dem er seinen Namen hat, sein Verdienst möge ihm in jener Welt beistehen und ihn erhöhen, für alle Wohltaten, die die Kinder Israels durch seine guten und tröstlichen *gsejres*, seine wunderbaren Erlasse, empfangen haben. Amen. Eine lange Zeit haben doch unsere Großeltern und danach noch unsere Eltern diesen Hohen Herrn nicht vergessen können, sie fuhren nachts im Schlaf hoch und gedachten seiner zum Guten, so wunderbar ging es ihnen! Das Leben eines jeden Einzelnen hing am seidenen Faden. Und leben konnte man in Wirklichkeit nur durch die Gnade und Gunst des Unterherren, des *Büttels*, das heißt durch das, was der *Büttel* in bar entgegennahm, wenn er zu den Sabbatabendfischen noch zwei Gläschen Schnaps gekostet hatte. Die Juden konnten dabei frisch und frei leben, konnten handeln und wandeln und leben wie Gott in Odessa.

›Und siehe, es geschah …‹ Und nach jedem ›siehe, es geschah …‹ kommt doch ein Unglück! Also, es geschah Folgendes: ›*Wajomos pare melech mizrajim*, Pharao, der König von Ägypten, starb‹.[4] Nämlich, der damalige *Büttel* legt sich einfach hin und stirbt, ›*wajokom melech chodesch*,[5] und ein neuer König stand auf‹, es kommt also ein neuer *Büttel* zu uns in die Stadt, aber ein Haman, sage ich Euch, ein Frevler, ›*ascher loj joda es Jojsef*, der von Josef nichts mehr wusste‹, der nämlich nichts ›nimmt‹, du kannst machen, was du willst! Man versuchte also, ihm eine größere Summe anzubieten – nein, er nimmt nichts! Einen noch größeren Betrag – er nimmt aber nichts! Man will ihn freundlich stimmen mit dem Fisch – er beißt nicht an! Man lässt ein Wörtchen fallen von einem guten Gläschen Schnaps – er trinkt nicht! Also, wenn man es richtig versteht, ein *nekikapajmnik*, ein Mensch mit reinen Händen,[6] versteht Ihr? Da ist nichts zu machen. Bittet man ihn, er möge doch gnädig sein und ein Erbarmen haben, so stampft er mit den Füßen auf, treibt die Leute aus dem Zimmer und veranlasst danach Sachen, *ascher loj je'ose*, die man noch niemals zuvor erlebt hatte:[7] ein Protokoll und noch ein Protokoll und eine Strafe nach der anderen. Er lässt die Juden keinen Handel treiben, Kleinkinderlehrer dürfen nicht mehr mit den Kindern lernen. Sieht er eine junge Frau, so reißt er ihr die Perücke runter,[8] erblickt er einen jungen Mann, so schneidet er ihm die Pejes ab, die Schläfenlocken. ›Genauso macht es der Höchste Herr auch‹, sagt er. Und er genießt das sichtlich. Er strahlt über seine eigene Weisheit, er platzt fast vor Lachen. Nun, das macht den Menschen natürlich Kummer, man regt sich auf, aber was kann man daran ändern? Rein gar nichts. Was also tun Juden in solch einer Lage? Natürlich das, was sie bei so was immer tun: ›*Wejonecho benej Jisroel.* Und die Kinder Israels stöhnten …‹.[9] Die Leute seufzen still vor sich hin; man hält eine Versammlung ab und noch eine Versammlung: ›*Howe nis'chakme*, lasst uns klug vorgehen![10] Lasst uns irgendetwas ausdenken, wie man diesen Haman, sein Name sei ausgelöscht, loswerden kann.‹ Zum Ende blieb nur eines übrig. Sie werden zu meinem Großvater gehen, zu Reb Anschel, er ruhe in Frieden. Genauso hieß er, mein Großvater, nach dem ich selbst genannt bin …

Wie Ihr Euch schon denken könnt, war mein Großvater Anschel ein vermögender Mann, aus bester Familie und ein Anhänger vom Rebben,[11] dazu Vorsteher der Synagoge, er hatte sogar Einfluss bei der Obrigkeit, was sage ich: Einfluss – er war dort der engste Vertraute. ›Es steht schlecht, Reb Anschel, bitte rettet die Stadt! Gebt uns einen Rat.‹ Der Großvater lässt sie ausreden und sagt dann zu ihnen: ›Kinder, wie soll ich Euch helfen? Es gibt nur eines, ich werde mich aufmachen zum Rebben, leben soll er, und was er dann sagen wird, das müssen wir tun!‹ Gesagt, getan, dabei blieb es, der Großvater liebte keine langen Erklärungen, aber er war sich auch für nichts zu schade, und wenn es etwas kosten sollte, das könnte die Stadt aufbringen, es geht doch um die Belange der Gemeinschaft, man muss schließlich eine ganze Stadt retten. Hat man denn eine andere Wahl? Er machte sich also auf, der Großvater Anschel meine ich, es war Sommer, noch während der großen Hitze, er verabschiedete sich von der ganzen Stadt und machte sich gleich auf den Weg zum Rebben.

Beim Rebben angekommen, fängt er sofort an, die Geschichte zu erzählen: ›Ein Riesenunglück, ein Unbeschnittener, ein *neki-kapajmnik*, ein *Mensch mit reinen Händen*, der nichts nehmen will!‹ Der Rebbe schaut ihn kurz an und macht eine Bewegung mit der Hand, um zu sagen, dass er schon alles weiß, der Großvater muss nicht mehr weiterreden, er hat schon verstanden. Wieso hat er verstanden? Woher weiß er Bescheid? So fragt nur ein Narr. Solch ein Mann weiß es eben! Der Großvater wundert sich zwar, aber er schweigt und wartet, wie es weitergehen wird. Eine Minute später ruft der Rebbe aus: ›*Leschone tojwe tiksejwe wesichsejme*, zu einem guten Jahr sollt Ihr eingeschrieben und versiegelt sein!‹[12] Der Großvater wundert sich natürlich noch mehr: Was gibt das für einen Sinn? Wir sind jetzt noch mitten im Sommer, es ist noch lange bis Neujahr, wie kommt er jetzt auf Neujahrswünsche? Aber dem Rebben stellt man keine Fragen. Er wartet also, doch erst kurz vorm Abschied sagt der Rebbe mit einem Seufzer zum Großvater: ›Hör zu, Anschel (ein solcher Mann sagt zu jedem ›du‹!). Jetzt fahre ruhig nach Hause und sage der ganzen Stadt, dass ich ihnen ein gutes Jahr wünsche, sie seien zum Guten eingeschrieben und versiegelt! Und wenn du nach Hause gekommen bist, sollst du bis zum großen Jahrmarkt warten. Dann geh‹, sagt er, ›auf den Jahrmarkt und kaufe ein paar Pferde, aber erstklassige Pferde, von den allerbesten. Rotschimmel müssen es sein! Und beide sollen sie‹, sagt er, ›sich gleichen wie Zwillinge, wie von ein und derselben Mutter, und kein Fleck soll auf ihnen sein, nicht mal ein kleines Pünktchen. Und diese Rotschimmel‹, sagt er, ›sollst du vor eine Kutsche spannen, je edler und schöner, umso besser, und mit ihnen‹, sagt er, ›sollst du losfahren in jenen besonderen *mokem*, den Ort, wo der Höchste Herr wohnt, mit einem P fängt der Name dieser Stadt an.[13] Und wenn du an jenem *mokem* angekommen bist‹, sagt er, ›sollst du dich den ersten Tag ausruhen, und den zweiten‹, sagt er, ›sollst du auch ruhen, und am dritten Tag ebenfalls. Und wenn du so gut ausgeruht bist‹, sagt er, ›sollst du am nächsten Tag in der Frühe, bald nach dem Morgengebet und ebenso am Spätnachmittag, zwischen *Mincha* und *Mairew*‹, sagt, er ›mit den Rotschimmeln eine Spazierfahrt am königlichen Palast entlang machen, und du sollst wie ein Fürst, der aus reinem Vergnügen spazieren fährt, in der Kutsche sitzen. Und es wird geschehen …, wenn dich jemand anhalten lässt und fragt: Was willst du für die Pferde haben?, so sollst du antworten: Ich handle nicht mit Pferden. Und jetzt fahr ruhig heim‹, sagt er, ›Er wird deine Reise gelingen lassen.‹

Und so geschah es. Es kam die Zeit des großen Jahrmarktes, und wie der Rebbe vorausgesagt hatte, ging der Großvater auf den Jahrmarkt. Da begegnet er einem Zigeuner mit zwei Rotschimmeln, aber Rotschimmeln, sage ich Euch, wie unsere Väter niemals im Traum *gerotschimmelt* haben. Zwar war der Großvater kein großer Pferdekenner, aber schon ihr Aussehen, eins gleich wie das andere, wie von derselben Mutter, und ohne irgendeinen Fleck, alles genauso, wie es der Rebbe gesagt hatte. Als er die Pferdchen erblickte, ist der Großvater, Ihr könnt Euch das vorstellen, ihnen nicht mehr von der Seite gewichen. Er gewann sie gleich lieb. Der Zigeuner verstand natürlich, dass der Großvater von seinen Pferden begeistert war – also verlangt er einen Preis, dass dem Großvater fast schlecht geworden ist. Buchstäblich finster vor den Augen. Aber gibt es denn eine andere Möglichkeit? Immerhin ist hier doch *pikuech-nefesch,* höchste Lebensgefahr, eine ganze Stadt voller Menschen muss gerettet werden. Die Leute verkauften also, was sie hatten, alles, das letzte wurde versetzt. Und mein Großvater fing an, um die Rotschimmel zu handeln, ein Rubel rauf, ein Rubel runter. Er war jetzt, Ihr könnt Euch das denken, von den Rotschimmeln nicht mehr abzubringen. So hat er die Rotschimmel schließlich gekauft und hat sie mitgenommen, die Rotschimmel, hat sie vor eine schöne Kutsche gespannt und ist mit den Rotschimmeln direkt zum bewussten *mokem* gefahren, genau wie es der Rebbe vorausgesagt hatte. Haargenau so. Und als er mit den Rotschimmeln in jenen bewussten Ort eingefahren war, war es schon der Anfang vom Monat Elul. Er ruhte sich drei Tage und drei Nächte aus und machte danach jeden Morgen direkt nach dem Gebet und desgleichen abends zwischen *Mincha* und *Majrew* mit den Rotschimmeln die Spazierfahrt, ganz gemächlich, ohne Eile, vielmehr Schritt für Schritt, dreimal hin und zurück vor dem Regierungspalast, alles genauso, wie es ihn der Rebbe geheißen hatte, kein bisschen anders!

Um die Geschichte kurz zu machen, er fährt, stellt Euch das vor, einen Tag so, er fährt zwei Tage, er fährt drei Tage so – nichts, rein gar nichts. Er wird schon ein bisschen nachdenklich und etwas unsicher. Wie wird das enden? Aber zu stark grübeln darf man nicht, wenn es der Rebbe so gesagt hat, ist es sicher nicht verkehrt! Und so war es: Einmal, als er wieder mit den Rotschimmeln am Königspalast entlangfuhr, sieht er, wie ihm aus dem Nebengebäude heraus eine Art Adjutant entgegenkommt, ihn anhalten lässt und ihm gleich ins Gesicht hineinpfeift. Er betrachtet die Rotschimmel wie ein richtiger Pferdekenner, von allen Seiten betrachtet er sie, und stellt ihm dann die Frage: ›Hör mal, du da, was willst du für die Pferde haben?‹ Genau wie es der Rebbe gesagt hatte. Da spürt er ein Ziehen im Herzen, der Großvater meine ich, antwortet ihm aber doch genauso, wie es ihm der Rebbe gesagt hat: ›Ich handle nicht mit Pferden.‹ Der andere schaut ihn böse an: ›Wie kommst du zu solchen Rotschimmeln?‹ Er aber schweigt, der Großvater, denn darauf weiß er keine Antwort, davon hat der Rebbe nicht gesprochen. Der andere wird noch ärgerlicher und schreit ihn an: ›Vielleicht hast du sie gestohlen!?‹ Dem Großvater wird richtig bang ums Herz, und er denkt bei sich: Wenn das nur ein gutes Ende nimmt! Aber er kann nichts sagen. Bis Gott ihm einen Gedanken eingibt und er dem Adjutanten antwortet: ›Mein hoher Herr, diese Rotschimmel gehören mir. Ich habe sie‹, sagt er, ›von einem Zigeuner auf dem Jahrmarkt gekauft. Dafür habe ich Zeugen‹, sagt er, ›eine ganze jüdische Stadt.‹ Der Adjutant aber antwortet ihm: ›So, Zeugen hast du? Wir kennen eure Zeugen!‹ Und fängt wieder an zu pfeifen und die Rotschimmel zu betrachten. Und dann sagt er zum Großvater: ›Weißt du was? Dem König gefallen deine Rotschimmel.‹ Wendet sich der Großvater an ihn: ›Und, wo liegt da das Problem? Wenn die Rotschimmel beim König Gefallen gefunden haben, so könnten meine Rotschimmel doch seine Rotschimmel werden.‹ Wie es geschah, dass der Großvater auf solch einen Gedanken kam? Wieso denn nicht? Wenn es so bestimmt ist, gibt der Höchste den Verstand dazu, und dann war doch der Großvater, wie ich Euch schon erzählt habe, ein kluger Mann. So verstand er gleich, als ihn der Rebbe geheißen hatte, am Königspalast vorbeizuspazieren, dass es dafür vielleicht einen Grund geben müsse, wie Ihr auch gleich sehen werdet. Um die Sache nicht zu lang zu machen, man nahm seine Rotschimmel, führte sie gemächlich in den Hof, in die Zarenställe meine ich, und danach zeigte man sie dem Hohen Herren selbst.

Und wie der Hohe Herr die Rotschimmel nur in den Blick bekam, konnte auch er sich nicht mehr von den Rotschimmeln losreißen. Irgendeine geheime Kraft lag in diesen Rotschimmeln; eine ganze Stunde lang hat er sie betrachtet, er zeigte sie ›*lechol sorew wa'awodo,* all seinen Fürsten und Knechten‹, wie es in der Megille heißt,[14] dem ganzen Hof. Kurz gesagt, er konnte sich nicht satt sehen an diesen Rotschimmeln, genau wie es heißt: ›*watidbak nafschu,* seine Seele hing an ihr‹.[15] Der Großvater aber steht von weitem dabei, schaut zu und schweigt. Nach den Porträts, die er mal gesehen hatte, begriff er schnell, wen er da vor sich hatte, aber nur keine Aufregung! ›*Loj kom weloj so,* er erhob sich nicht und fürchtete sich nicht‹,[16] denn auch dieser ist doch ein Mensch aus Fleisch und Blut wie alle anderen auch. Darauf wendet er sich zum Großvater, ich meine, der Hohe Herr. Wie er ihn schon mit dem ersten Blick anschaute, fuhr es ihm kalt in die Glieder, und als er seine Stimme hörte, eine Stimme ›wie die Stimme eines Löwen‹, lief ihm ein Schauder über den Rücken: ›Wie viel willst du für die Pferde da haben?‹ Der Großvater will ihm antworten und kann doch kaum ein Wort herausbringen, er spürt, dass seine Stimme zittert und ihm der Mund trocken wird: ›Ich verkaufe keine Pferde. Aber wenn der Herr‹, sagt er, ›Gefallen an den Pferdchen gefunden hat und wenn ich in den Augen meines Herrn Gnade gefunden habe, und wenn mein Herr nicht zornig auf mich ist, so sollten meine Rotschimmel in die Stallungen meines Herrn geführt werden; denn dort‹, sagt er, ›gehören sie hin.‹ Mehr als das konnte er nicht herausbringen, denn der Hohe Herr schaute ihn so eindringlich an, dass er einen tödlichen Schrecken bekam. Und als dann der Hohe Herr noch näher zu ihm herantrat und in seiner volltönenden Stimme zu ihm sprach, da wurde aus ihm, dem Großvater Anschel, meine ich, ein bloßer Haufen klappriger Knochen. ›Hör zu‹, sagt er, ›vielleicht willst du dir von mir eine kleine Gunst erbitten? Dann sage es lieber sofort‹, sagt er, ›ohne Hintergedanken, ohne Tricks und Kniffe, sonst wird es dich teuer zu stehen kommen.‹

Nun, was meint Ihr, liebe Leute, was wohl der Großvater, er ruhe in Frieden, bei dieser Sache dachte? Es versteht sich, dass ihm bei diesen Worten das Blut in den Adern geronnen ist. Aber der Großvater Anschel, wie ich Euch schon erzählt habe, war ein Mensch mit einem festen Herzen, so nimmt er alle Kraft zusammen, wie Ihr Euch denken könnt, und ruft dem Hohen Herrn Folgendes zu: ›Mein Herr König‹, sagt er, ›ich gebe dir mein Ehrenwort, dass ich dabei keine Nebengedanken habe, keinerlei Tricks und Kniffe. Ich verlange von meinem Herrn auch keine Gunstbeweise. Vielmehr ist es eine Ehre für mich‹, sagt er, ›und die größte Wohltat für mich wird das Verdienst sein, dass meine Rotschimmel von jetzt an zusammen mit den Pferden meines Herrn im Stall stehen werden und dass mein Herr auf ihnen reiten wird.‹ Natürlich war der Hohe Herr etwas gerührt von solch einer Sprache. Und von da an sprach er schon ein bisschen weicher, in verändertem Ton, er hatte vielleicht eingesehen: ›*loj su haderech,* so gehört es sich nicht!‹[17] Danach geht er rauf in den Palast und der Großvater – ihm nach. ›*Loj kom weloj so …*‹, als wenn das gar nichts wäre, aber die Knochen klappern: Ihr könnt Euch das vorstellen, und sein Herz: Poch! Poch! Wie ein Uhrwerk.

Man sagt das so leicht: am Königshof, im Palast des Zaren! Wo überall, wohin man auch schaut, nur Gold und Silber zu sehen und alles aus echtem Elfenbein geschnitzt ist. An der Decke Kristall, der Boden lauter Marmor. Und an den Wänden Bernstein, purer Bernstein! Solcher, von dem man Pfeifen und Mundstücke macht! Der Großvater Anschel wird von all dem Reichtum benommen im Kopf, aber er beherrscht sich. Der Hohe Herr geht also voran und er ihm nach. Dann setzt sich der Hohe Herr; er bittet den Großvater, auch Platz zu nehmen. Bietet ihm eine Zigarre an; er soll sie rauchen. Also raucht er: ›*Loj kom weloj so …*‹! Inzwischen ist ›sie‹ hereingekommen, die Königin also. Kostbar gekleidet in Samt und Seide, von oben bis unten mit Diamanten und Brillanten behängt und überall die wertvollsten Edelsteine, die einem nur so in den Augen funkeln! Und schön ist sie, wie die Königin von Saba, man wagt ihr nicht ins Angesicht zu schauen. Als sie sieht, wie da ein Jude sitzt und es sich bequem gemacht hat und eine Zigarre raucht, ist ihr das offensichtlich zuwider, und sie schaut den Großen Herrn so an, als wolle sie sagen: Was will der Jude hier? Den Großvater Anschel aber stört das kein bisschen. Das ist nicht seine Sache. Ist er schon einmal so hoch gestiegen, kann ihn nichts mehr durcheinanderbringen. Er raucht seine Zigarre und schaut nicht einmal hin zu ihr. Sie aber schaut weiter auf ihn, ihr Blick dringt durch und durch. Der Hohe Herr hat natürlich verstanden, dass sie mit dem Gast nicht einverstanden ist, aber er tut so, als merke er es nicht, er wirft einen Blick auf sie und sagt leichthin zu ihr: ›*Dushinka*, wie wär's mit etwas Tee?‹ Das heißt, er will damit sagen, man soll etwas Tee bringen. Sie aber schweigt, so sagt er noch einmal zu ihr: ›*Dushinka*, Tee bitte!‹ Sie schweigt weiter.

Er aber wartet nicht lange, stampft mit dem Fuß auf und sagt schon einen Ton stärker: ›*Dushinka*, Tee!‹ Dabei zittern alle Fenster. Ist das vielleicht nichts: eine Majestätsbeleidigung, offene Auflehnung! Und es dauerte nicht länger, als ich Euch das alles erzähle, da rannten Adjutanten und Generäle hin und her und hierhin und dahin, und im Handumdrehen wurde ein Samowar beschafft, wie Ihr Euch vorstellen könnt, kochend heiß und dazu verschiedene Sorten Eingemachtes und frische Eierbejgel, alles von den Köstlichkeiten des Königshofes; und dazu gekochte Eier, denn das weiß man ja auch am Zarenhof, dass ein ehrlicher Jude nichts anderes essen wird als höchstens Eier. Und der Zar bittet ihn, er möge also essen und trinken und es sich wohl sein lassen. Und bei all dem fragt er ihn aus: wer er ist und was er zu Hause treibt und ob er sein Auskommen hat? Und wie es den Juden seiner Gegend geht? Alles will er wissen, und die ganze Zeit mit freundlichem Gesicht!

Der Großvater Anschel erzählt ihm, Ihr könnt Euch das vorstellen, *al rischn rischn we'al achren achren*, eins nach dem anderen, schön der Reihe nach.[18] Und als es zu der Frage kommt, wie es den Juden so geht, denkt er bei sich: Jetzt ist die Gelegenheit, jetzt muss man zum Kern der Sache vordringen, jetzt werde ich es klar heraus sagen, *jajwer olaj mo*,[19] mag auch mit mir geschehen was will. Und er fängt an und legt dem Hohen Herrn, Ihr müsst Euch das mal vorstellen, klare Worte vor, sagt genau, wie es sich verhält, nichts beschönigt er (ja, der Großvater Anschel konnte, wenn er wollte!): ›*Kach wekach*, so und so, mein Herr König, verhält es sich. Deine Juden‹, sagt er, ›können nicht klagen. So weit, so gut. Aber wenn dem König‹, sagt er, ›leicht ums Herz ist und wenn ich Gunst in den Augen meines Herrn gefunden habe, wenn‹ sagt er, ›mein Herr nicht von Zorn erfüllt ist gegen seinen Knecht, so will ich dir die ganze Wahrheit erzählen. Und ich will dir kundtun, mein Herr König, dass man bei dir im Land ganz gut leben kann; denn deine Juden leben von der Gnade deines *Büttels*. Ist der *Büttel* nichts weiter als ein gewöhnlicher *Büttel*, nun, warum sollte man klagen? Wenn aber, Gott behüte, es gerade nicht so ist, dann wird es bitter, sehr bitter sogar. Nun ist vor kurzer Zeit von oben her ein neuer *Büttel* bei uns angekommen, und es stellt sich raus, er ist ein *neki-kapajmnik*, ein Mensch mit reinen Händen, er nimmt nichts! Wir aber fressen bei ihm die Erde. So was ist in deinem Reich noch nirgendwo geschehen, und wenn man das ganze Land abfährt, der Länge und Breite nach.[20] Ein *Büttel*, der nichts nimmt, das ist *a make ascher loj ksuwe batojre*, eine Plage, wie sie in der Schrift nirgendwo steht[21].‹

Der Hohe Herr aber schaut ihn an und sagt zu ihm: ›Ich will dir was sagen: Du redest derart in Rätseln, dass ich nichts verstehe. Was ist das bei dir: ein *neki-kapajmnik*, und was ist ein *Büttel*?‹

Der Großvater aber sagt weiter: ›Ein *neki-kapajmnik*, ein *Mensch mit reinen Händen*, ist ein Beamter, der nichts nehmen will, und mit *Büttel*‹, sagt er, ›bezeichnet man den Unterherrn, den du in jeder Stadt einsetzt, damit er dort auf deine Regierung achtgibt. So sorgt er sich also um deine Herrschaft, und nach einigen Jahren wird er ein reicher Mann. Durch wen? Vor allem durch die Juden. Denn wir Juden‹, sagt er, ›sind das schon gewöhnt. So wie ein Jude‹, sagt er, ›jeden Tag die Gebete spricht, so weiß ein Jude sehr genau, dass ein Beamter nimmt und dass ein Jude geben muss, es steht‹, sagt er, ›bei uns sogar geschrieben: *niswojim lemaschken wenojsnim niswojim le'egel wenojsnim*, werden sie geheißen zu geben, so geben sie, mal für das Heiligtum und mal für das Goldene Kalb[22]. Und‹, so fährt der Großvater in der Sprache der Bibel fort, ›*hachilojso leharojs esawdecho* …, da du bisher deinem Knecht deine Gunst erwiesen hast[23] und bist also so freundlich gewesen und hast mich bisher angehört, so erweise deinem Diener die Gnade und höre mich weiter an bis zum Ende.

Nun also‹, sagt er, ›sollst du wissen, dass man in deinem ganzen Reich nimmt, überall, ›von Hodu bis Kusch‹[24]. Nur ein Krüppel ohne Hände nimmt nicht. Und sogar der, der keine Hände hat, gibt Anweisung, man solle es ihm auf den Tisch legen. Und im Übrigen ist daran überhaupt nichts auszusetzen, jeder Mensch muss schließlich leben. Bei uns steht geschrieben: *Wechaj achicha imoch*, auf dass dein Bruder lebe mit dir[25]. Sagt Raschi: *Nechaj sobake ne breschej*, sieh zu, dass dein Hund nicht bellt!‹

Warum schaut Ihr Euch so an? Euch kommt das seltsam vor? Dass ein Jude so mit dem Zaren spricht? Nun, versteht es, wie Ihr wollt. Ich war nicht persönlich dabei, das ist klar. Ich habe es aber von meinem Vater, er ruhe in Frieden, gehört, und mein Vater wiederum von seinem Vater. Und ich versichere Euch, dass mein Vater kein Lügner war und mein Großvater Anschel schon gar nicht.

Kurzum, der Großvater verabschiedete sich ganz ordentlich, wie es sich gehört, er verließ den König und kehrte gleich zum Rebben zurück, Ihr könnt Euch das denken. Er gab genauen Bericht von der Reise. Unterdessen war schon der Abend von Rosch ha-Schana nahe, von Neujahr. Er kommt also zum Rebben, der Großvater Anschel, stellt sich hin (denn vor dem Rebben bleibt man stehen!) und erzählt alles, was geschehen war, das Wann und das Wie und das Warum. Da stellt sich heraus, dass seine Mühe umsonst war, mit der er alles so genau berichtete, denn er wusste alles schon vorher, der Rebbe, meine ich. Ja, und warum hat er ihn so lange reden lassen? Weil es nicht gut ist, einen Menschen mittendrin zu unterbrechen. Solch ein Mann hält streng auf Höflichkeit.

Jedenfalls, am nächsten Tag, als es Zeit war, sich zu Tisch zu setzen, am Sabbat, nach dem Gebet, und der Rebbe anfing zu ›*sagen*‹, wie es heißt, da fasst der Rebbe auf einmal einen Beschluss und spricht zwar über einen Abschnitt aus der Tora, aber nicht über den Abschnitt, der dran war. Was war los? Wie soll man das verstehen? Er sprach, stellt Euch das mal vor, über einen Abschnitt aus der *Tojcheche,* von den ›Verfluchungen‹[26].

Die Leute staunten. Sie waren außer sich. ›Es gibt da‹, so begann der Rebbe wie immer mit geschlossenen Augen, ›es gibt da bei uns in der *Tojcheche* einen Fluch, dessen Sinn man trotz aller Bemühungen nicht verstehen kann: *Jisso haSchem alecho goj*, Gott wird dir einen Goj schicken, *ascher loj tischma leschojnoj*, dessen Sprache du nicht verstehen wirst.[27] Wie passt das zusammen? Was soll das für einen Sinn geben? Nun, dass ein Goj, er sei von uns unterschieden, *unsere* Sprache nicht versteht, das ist doch der Natur nach so, schließlich ist er ja ein Goj. Aber dass ein Jude nicht verstehen soll, was der Goj zu ihm sagt, wie soll sich das zusammenreimen? Was könnte ein Jude dabei nicht verstehen? Also müssen wir den Vers so übersetzen: *Jisso haSchem alecho goj*, Gott wird dir einen Goj schicken, *ascher loj tischma leschojnoj*, mit dem du dich nicht *verständigen* kannst. Das heißt, es wird ein *neki-kapajmnik* sein, einer *mit reinen Händen*, einer, der nichts nimmt, und ein Goj, der nichts nimmt, ist doch ein Unglück!‹ So also übersetzte der Rebbe den Vers der *Tojcheche*, und die Leute waren stark beeindruckt, sie leckten sich wahrhaftig die Finger! Aber richtig verstanden hat das keiner, wie Ihr Euch vorstellen könnt, außer dem Großvater und denen, die dem Rebben sehr nahe standen. Und kaum war der Sabbat vergangen, so machte sich auch der Großvater Anschel auf, nach Hause. Er kam gerade noch zu Rosch haSchana nach Hause, zu Neujahr, stellt Euch das mal vor, abends am ersten Tag von Rosch haSchana, wo die Leute aus der Synagoge kommen, und einer wünscht dem anderen einen guten Feiertag, ›*Leschone tojwe tiksejwe wesichsejme*, zu einem guten Jahr sollt Ihr verschrieben und versiegelt sein‹!

Da wurde die Nachricht in der Stadt verbreitet, dass der *Büttel*, dieser Haman, sein Gedenken sei ausgelöscht, abgesetzt worden ist, und an seiner Stelle wurde von dort, von oben her, ein neuer *Büttel* bestellt, ein kluger, ein scharfsinniger Mann, ein guter Mensch, ein Brillant von einem Goj – und er nimmt! Einen kleinen Fehler hatte er ja (wo habt Ihr denn je einen Menschen ohne Fehler getroffen?). Es zeigte sich nämlich nach und nach, dass er ein allzu gewaltiger ›Nehmer‹ war, er hat für den davor mit genommen! Von Toten und Lebenden nahm er. Aber wie die Geschichte auch letztlich ausging: Einen fröhlichen Neujahrstag hatten die Leute in jenem Jahr und ein noch schöneres Laubhüttenfest, ganz zu schweigen von Simchat Tora; es war die pure Freude! Klar, dass der große Herr, der neue *Büttel*, gleich ein Schnäpschen mit uns trank und mit allen Leuten ein Tänzchen drehte … Oh, es scheint mir, als wären wir schon am Bahnhof, lebt wohl und ich wünsche Euch einen guten …«

»Ein weißes Kaporehuhn«

Monolog einer »Madam«

Ich weiß nicht, wie Ihr darüber denkt! Aber bei mir können Steine vom Himmel fallen: ein weißes Kaporehuhn am Abend von Jom Kippur, anders mache ich es nicht. Ich will Euch die reine Wahrheit sagen. Ich begreife gar nicht, wie ich mit einem anderen Huhn Kapores schlagen sollte als mit einem weißen! Ich glaube, ich hätte das ganze Jahr Angst vorm Sterben. Ich bin es von Kindheit an schon so gewohnt. Alles auf der Welt ist ja Gewohnheit. Wisst Ihr, meine Mutter ist zwar nicht gerade schrecklich fromm, aber von solchen Sachen hält sie enorm viel. Zum Beispiel an Pessach – muss Borschtsch da sein, an *Schwu'es*[1]– Lindenzweige, das Kaporehuhn an Jom Kippur – weiß!, an Chanukka – Latkes, Kartoffelpuffer, an Purim – Schalachmones,[2] das Gebäck zum Verschenken in die Häuser, lauter solche fromme Sachen, darauf achtet sie genauso wie die Frau vom Rebben. Das Totengebet geht ihr über alles, und wenn sie mal das Schofarhorn nicht hört, ist es bei ihr schlimmer als für mich, wenn ich ein Konzert von Schaljapin[3] verpasse, nicht dass ich beides vergleichen will. Und trotzdem, wenn Ihr sie kennen würdet, hättet Ihr keinen Zweifel, dass sie eine gebildete Frau ist. Goethe und Schiller führt sie noch heute dauernd im Mund, und mit Zschokkes Romanen[4] schläft sie abends ein. Aber dann, wenn der erste Tag von Elul kommt, Ihr solltet mal sehen, wie sie den Kopf mit dem weißen Tuch bedeckt und mit den einfachen Frauen weint; ich fürchte, sie bespricht sogar mit ihnen, wie man einen Docht zieht für die Seelenlichter! Aber wenn die traurigen Tage vorbei sind, dann ist Schluss!! Das weiße Tuch vom Kopf abgenommen und wieder her mit Goethe, wieder Schiller und wieder Zschokke. Solch eine Frau ist meine Mutter, und genau nach diesen jüdischen Bräuchen hat sie auch uns erzogen, ihre Töchter.

Fünf Töchter waren wir, und alle haben wir »aus Liebe« geheiratet, ohne den Heiratsvermittler, denn wir waren schöne Mädchen, natürlich auch gebildet, und Mitgift hatten wir jede fünfzehntausend Rubel auf der Bank. Also, was war an uns auszusetzen? Wir hatten einen Namen in der Welt, und nicht mal so sehr, weil wir schön und gebildet waren, sondern wegen unserer guten Erziehung. Eine gute Erziehung, hört Ihr, ist enorm wichtig! Wenn Ihr ein Beispiel wollt: Wir sind von unserer Mutter in allen Dingen ganz frei erzogen worden. Wir durften reden, mit wem *wir* wollten, hingehen, wohin *wir* wollten, und wir konnten tun, was *wir* wollten. Aber da, wo es um jüdische Sachen ging, wie man das nennt, da gab es kein Pardon. Ich zum Beispiel, Ihr könnt mir den Kopf abreißen, aber ich werde den linken Schuh nicht vor dem rechten ausziehen. Wolodja lacht natürlich immer über mich und macht seine Witze. Aber wenn ich mich an Wolodja halten würde und worüber er lacht, dann wäre bei mir Pessach schon Ostern, mit gefärbten Eiern und kein einziges Stückchen Mazze im Haus.

Mein Wolodja ist, was Jüdischkeit angeht, ein bisschen … na ja. Das heißt, er kann auch wieder ganz anders sein. Vor Juden hat er nämlich den größten Respekt. Hört er, dass Juden irgendwo Ärger kriegen, einen Pogrom oder sowas, dann verliert er glatt den Verstand, wie ein richtiger Jude von Fleisch und Blut. Nur die jüdischen Bräuche und Gewohnheiten kann er nicht leiden. Juden sind dreist und aufdringlich, sagt er. Versucht aber jemand anderes auch nur ein einziges böses Wort über Juden zu sagen, so könnte er ihm glatt die Augen auskratzen. Ein komischer Kerl, mein Wolodja! Wievielmal habe ich nicht gehört, dass er sich vor den hohen Herrschaften rühmte, die hin und wieder zu uns kommen, um *Preferenz*[5] zu spielen, dass wir unseren jüdischen Diplomaten Herzl haben, der beim türkischen Sultan ein- und ausgeht. Und als die Zionisten vor einiger Zeit kamen und Geld sammelten, fing er mit ihnen eine lange Diskussion an. Er hat ihnen bewiesen, dass sie Träumen nachjagen, und sich dabei richtig in Rage geredet. Ihr meint vielleicht, Geld hat er ihnen deshalb nicht gegeben? Ganz falsch, er hat ihnen sehr wohl Geld gegeben. Solch einer ist mein Wolodja. Und dauernd haben wir es wegen der Kinder! Meine Kinder sind, unberufen, gut geraten, prächtige, feine, gesunde, frische und saubere Kinder. Also, was will man mehr? Aber Wolodja will, dass sie alles können sollen. Warum auch nicht? Wer will denn nicht, dass die Kinder alles können? Nur, für mich geht ihre Gesundheit über alles andere. Ich bin ja nicht solch eine verrückte Mutter, aber immer noch eine Mutter, und ich weiß, was Gesundheit wert ist.

Nehmt nur meinen Sascha und meine Sonka, bevor die mal erwachsen waren, ojojoj! Da fängt er aber an und setzt ihnen zu, sie sollen alles können, sie sollen alles wissen, sogar Jiddisch, sagt er, müssen sie können. Es reicht noch nicht, dass sie das Gymnasium durchmachen, mit Musik, mit Tanzen und all den anderen Plagen, jetzt müssen sie sich noch ein weiteres Unglück aufladen und Jiddisch lernen! Man soll genauso Jiddisch lernen wie man zum Beispiel Deutsch oder *Franzosisch* oder *Anglisch* lernt. Es muss Lehrer für Jiddisch geben, genauso wie für die anderen Fächer. Jetzt aber kann Wolodja, ich weiß nicht, was er hat, Gott soll mich nicht strafen, aber Wolodja kann unseren Jiddischlehrer nicht riechen. Jedes Mal, wenn er gegangen ist, öffnet Wolodja das Fenster. »Weshalb musst du ihn dann haben?«, protestiere ich. »Heutzutage ist Jiddisch modern, also sollen die Kinder Jiddisch lernen«. Versteht Ihr das? Es ist modern! Alles ist heute »modern«! Auch Kartenspielen ist modern. Früher hat Wolodja hin und wieder *Preferenz* gespielt oder ein

Tertelmertel oder ein Sechsundsechzig. Heute kann er sich einen ganzen Abend hinsetzen und spielen bis in den frühen Morgen. Er kann ohne das Kartenspielen gar nicht mehr leben. Nun, als er noch zu Hause spielte, hat es mir nichts ausgemacht. Denn, um ehrlich zu sein, mir gefällt solch ein *Preferenz* auch, und *Oke* genauso, das verachte ich nicht. Bei meiner Mutter haben wir sogar oft zusammen *Oke* gespielt. Es regt mich nur auf, warum er im Club spielen muss.

Überhaupt, dieser Club! Ach, dieser Club! Sollen alle Clubs der Welt verbrennen! Erstens ist es doch schade ums Geld. Er spielt um Gewinn, aber er verliert, und er verliert allerhand Geld. Ich weiß genau, wann er verloren und wann er gewonnen hat. Wenn er schon ganz durcheinander nach Hause kommt, total verrückt, wenn er seine schlechte Laune an mir auslässt und überall irgendwas auszusetzen hat, dann ist es ein Zeichen, dass er verloren hat. Und dann auch die Zeit, die er verplempert! Die Nächte! Ganze Nächte! Die erste Zeit, bevor ich rausgekriegt habe, wohin er die Nacht über verschwindet, war ich schon kein Mensch mehr, ich bin schier durchgedreht. Und jedes Mal schaffte er einen anderen Vorwand bei. Mal dieses mal jenes – mal musste er eine schwierige Vermittlung übernehmen, gleich drei Nächte lang; dann war es wieder eine Sitzung, oder einer seiner Kumpane hat ihn einfach für ihr *Preferenz* zu sich heimgeschleppt. Nun, Ihr könnt es Euch schon denken, ich kenne doch meinen Wolodja. Ich weiß genau, wann er lügt und wann er die Wahrheit sagt. Fängt er an zu schwören und redet sich dabei in Rage, ist es ein sicheres Zeichen, dass er lügt. Also fing ich natürlich an, ein bisschen rumzuhorchen und nachzusuchen, und ich erfahre so, dass er in den Club geht. Ein Stein fiel mir vom Herzen! Gott sei Dank, nicht noch irgendwas anderes … »Wolodja«, disputiere ich mit ihm, »kannst du denn nicht zu Hause Karten spielen?« Er antwortet mir darauf: »Im Club trifft man mal diesen und mal jenen, und man hört, was auf der Welt los ist.« Alles Unsinn. Lauter fromme Ausreden! »Wolodja«, schimpfe ich weiter mit ihm, »überleg dir mal, du lässt mich nächtelang alleine, die Kinder siehst du auch nicht. Du Lump, hast du keine Furcht vor Gott, Wolodja?« Darauf sagt er, dass er es nicht leiden kann, wenn ich Szenen mache, und ich soll Gott aus dem Spiel lassen. Da fange ich natürlich an zu weinen. Er rennt raus, knallt die Tür zu und kommt erst am nächsten Morgen in der Frühe zurück, immer noch böse. Versteht Ihr das? Er will auch noch recht haben!

Ich schaue ihn mir so an, meinen Wolodja, und denke zurück an früher. Ach, wie ist er damals um mich herumgestrichen, hat um mich geworben, mir den Hof gemacht – die Schuhsohlen hat er sich abgelaufen, jeden meiner Schritte gezählt. Er war eifersüchtig auf meinen Schatten. Und zunächst einmal durfte er sich ganz schön anstrengen. Um meiner Mutter zu gefallen, musste er von ihr ganze Passagen Goethe und Schiller und Zschokke über sich ergehen lassen. Danach las er ihr Bücher vor, ganze Romane, solche, wo einem vor Rührung das Herz zerfließt. Dabei durfte er ihr die Wolle aufwickeln, im Sommer half er ihr beim Einkochen, und im Winter spielte er mit ihr ›Casino‹. Er hat ganz hübsch was ausgestanden, und alles mir zuliebe! Er ist fast gestorben nach mir, so verliebt war er in mich! Auf den Knien lag er, bis er endlich mein Jawort bekam, denn damals hatte ich gleich drei solcher Freier an der Hand, alle drei von der besten Sorte, nicht schlechter als er. Einer von ihnen, heute ist er Doktor, war wahrhaftig zum Sterben in mich verliebt, das heißt, alle waren sie verrückt nach mir.

Und heute? Meint Ihr vielleicht, heute müsste ich mich schwer anstrengen, um einem den Kopf zu verdrehen? Da ist zum Beispiel dieser Brennholz, der Apotheker. Er tanzt um mich herum, erzählt mir schöne Geschichten und will mir einreden, ich sei zehn Jahre jünger, als ich in Wirklichkeit bin. Und warum kommt er wohl immer genau dann, wenn Wolodja nicht zu Hause ist? Um ehrlich zu sein, ich helfe da ein bisschen nach. Ich möchte nämlich gerade, dass es der Wolodja weiß und sich darüber aufregt … Also erzähle ich Wolodja später: »Du«, sage ich, »weißt du, wer da war? Brennholz.« »Brennholz?«, fragt er mich und verzieht nicht einmal das Gesicht dabei. »Morgen«, erzähle ich weiter, »gehe ich mit Brennholz ins Konzert von Schaljapin.« »Mit wem«, macht er nur, »mit Brennholz?« Und ich schaue die ganze Zeit auf ihn und denke im Stillen, warte nur, ich werde dir noch ganz schön zusetzen. Dann wende ich mich wieder an ihn: »Hättest du was dagegen, Wolodja, wenn wir zusammen mit Brennholz eine Datscha mieten?« »Und«, sagt er, »wo liegt das Problem?« »Brennholz«, sage ich weiter, »will noch in diesem Jahr mit mir nach Marienbad fahren.« »Gute Reise!«, meint er nur.

Gute Reise? Aber nicht mit mir. Gerade weil du es willst, will ich nicht. Da seht Ihr, was aus meinem Wolodja geworden ist. Seine Kumpane sind es, die haben ihn da reingezogen! Was solche Kumpane fertigbringen! Von seinem Club kommt nichts Gutes. Denn vom Club geht man jede Nacht … ich weiß genau, wohin sie gehen. Ich habe mich ein bisschen umgehört. Vom Club aus gehen sie jede Nacht ins »Parnaß«, ins »Olymp«, in die »Arkaden« und wie all diese lustigen Häuser noch heißen. Und man verbringt dort fröhliche Stunden. Verbrennen soll ihr Club! Und ihr Kartenspiel! Verbrennen soll die ganze Kumpanei! Früher einmal saß ich mit Wolodja ganze Nächte zusammen, und wir haben geredet und geredet, nie waren wir um ein Thema verlegen. Und heute können wir nicht mal eine halbe Stunde zusammensitzen. Der Stoff zum Reden ist uns ausgegangen. Dagegen habe ich nun die Unterhaltung mit diesem Apotheker, mit Brennholz. Das sind vielleicht Gespräche! Was man so erzählt. Lebensweisheiten, Lieder und Witze. Na, ich sage Euch, der hat vielleicht Witze auf Lager, der Brennholz, brennen soll er! Und noch jüdische Witze dazu! Ha ha, ich sage Euch, diese Witze … Schöne Witze habe ich gerne, ich kann gar nicht genug davon bekommen. So sitzt also der Brennholz ganze Nächte lang bei mir und erzählt Witze …

Ich weiß, dass die ganze Stadt sich darüber das Maul zerreißt. Ich weiß ganz genau, was die Leute über mich reden, aber es stört mich nicht im Geringsten. Es stört mich nur, dass es den Wolodja kein bisschen stört! Ach und Weh! Wenn in den früheren Jahren einer gekommen wäre und hätte meinem Wolodja erzählt, dass bei mir ganze Nächte hindurch ein Apotheker sitzt und Witze erzählt, hoho. Aber heute? Nichts. Rein gar nichts. Manchmal kommt er spät abends heim, er sieht ihn, wie er bei mir auf dem Balkon sitzt. Nichts. »Was gibt's Neues, Herr Brennholz?« Und Herr Brennholz erzählt ihm, was es Neues gibt. Wolodja raucht, tut so, als ob er mit dem Kopf dabei ist, aber die ganze Zeit denkt er … was weiß ich, warum er den Kopf immer »dort« hat.

Ihr wollt gerne wissen, wo sein »dort« ist? Ach, wenn ich nur wüsste, wo das »dort« ist, dann wäre es ja gut! Schon lange wüsste ich es zu gerne. Ich habe auch schon ein paar Spuren entdeckt. Vor kurzem fand ich ein Briefchen bei ihm, ich sollte so etwas vielleicht nicht zugeben, in der Hosentasche, es war beim Ausklopfen rausgefallen. Ein schönes Briefchen, auf Rosenpapier, gut nach Parfüm hat es gerochen, und unterschrieben war es mit »Mascha«. Mascha? Wer kann diese Mascha sein? … Schon seit zwei Wochen zerbreche ich mir den Kopf, aber ich werde nicht schlau daraus … Ah! Wenn ich es erst genau erfahre, wird er bei mir nicht mehr den Harmlosen spielen! Mascha! Mit der Masche wird er mir nicht kommen! Es wird ihm noch *mascherisch* vor Augen werden! Halt! – wie bin ich darauf gekommen? Was habe ich Euch vorhin erzählt?

Richtig, die Sache mit dem Kapores-Schlagen. Ich weiß nicht, wie Ihr darüber denkt. Bei mir können Steine vom Himmel fallen, aber am Abend vom Jom Kippur muss es ein weißes Kaporehuhn sein. Weiß muss es sein. »So wie das Huhn weiß und rein ist, so möge ich weiß und rein werden von der Sünde.« So hat es mir die Mutter beigebracht. Und ich halte es so, wie ich es als Kind gelernt habe. Deshalb muss es ein weißes Kaporehuhn sein. Und nicht nur für mich, auch für Wolodja und für die Kinder und natürlich auch für mein kleines Herzchen, mein Enkelkind, kaufe ich ein kleines weißes Hühnchen. Ein kleines weißes Kaporehühnchen extra für sie mit ihren schönen Äuglein. Und ich schlage mit ihr Kapores. Für alle schlage ich Kapores. Ach, es ist ein Jammer, ich bin die einzige jüdische Frau im Haus, die wirklich noch etwas von den jüdischen Sitten weiß und jüdisches Leben schätzt. Ich hole mein Gebetbuch und bete die »Menschenkinder«[6] und schwinge das Huhn, »dies sei mein Tausch, mein Ersatz, meine Sühne«, und ich fühle, wie mir ein bisschen besser wird, denn es ist doch ein weißes Huhn. Ein weißes Kaporehuhn. Wie Gott es geboten hat.

»Verzeiht mir bitte …!«

Der Tag vor Jom Kippur

Aussterbende Menschentypen
Zu Ehren der ›Zehn Tage der Umkehr‹ 1911 geschrieben

Eine kurze Vorbemerkung

Unter den besonderen Menschentypen, die das jüdische Leben hervorbringt, gibt es einige, die im Aussterben begriffen sind. Es ist ja ohnehin ein Vergnügen, lebendige Menschen darzustellen. Diejenigen aber zu beschreiben, die aussterben, ist sogar eine heilige Pflicht. Sie selbst bitten gleichsam darum: Schildert uns, malt uns, führt uns den Lesern vor Augen, beschreibt uns, damit wir bei den zukünftigen Generationen nicht in Vergessenheit geraten. Von solchen besonderen Typen habe ich ein ganzes Bündel, eine ganze Serie parat. Einige von ihnen beschreibe ich an dieser Stelle aus Anlass der ›zehn Bußtage‹; die übrigen werden zu anderen Gelegenheiten folgen.

1. Der Metzger Noah-Wolf

Würde der Tag vor Jom Kippur dreimal so lange dauern, wie er in Wirklichkeit ist, so wäre er für den Metzger Noah-Wolf immer noch zu kurz, um mit all seiner Arbeit bis zum großen Nachmittagsgottesdienst an Erew Jom Kippur fertig zu werden.

Denn an Arbeit fehlt es Noah-Wolf wahrlich nicht: Er muss sich mit einer ganzen Stadt von jüdischen Menschen versöhnen, er muss all seine Kunden, die bei ihm Fleisch kaufen, um Verzeihung bitten, ebenso sämtliche Nachbarn, die mit ihm in derselben Straße wohnen, Seite an Seite mit ihm ihre Läden haben und Sitz an Sitz neben ihm in der Metzgersynagoge beten.

Keinen einzigen Menschen gibt es in der Stadt, mit dem der Metzger Noah-Wolf nicht irgendeinen Wortwechsel gehabt hätte; nicht etwa deshalb, weil er, Gott behüte, ein böser Mensch wäre, sondern weil er, wie er selbst zugibt, solch ein hitziger Charakter ist, dass er ständig mit der ganzen Welt aneinandergerät.

Kommt Ihr zu ihm an seine Fleischbank, um Fleisch zu kaufen, so überschüttet er Euch zuerst einmal wie mit einem Guss kalten Wassers, er weiß selbst nicht, aus welchem Grund.

Es kommt also eine der ›besseren‹ Frauen:

»Reb Noah-Wolf, habt Ihr frisches Fleisch?«, so antwortete ihr Noah-Wolf:

»Wie soll ich an Frischfleisch kommen? Verdorbenes Fleisch ist da, das könnt Ihr bei mir kriegen!«

Oder:

»Reb Noah-Wolf, gebt mir eine Portion von dem Stück da vorne.«

»Ich gebe Euch genau das Stück, das Ihr verdient.«

Oder:

»Ich wüsste doch zu gerne, warum Ihr mir solch ein Miststück von Fleisch anbieten wollt!?«

»Wie kommt es nur, dass sich solch ein Miststück wie Ihr so genau auf Miststücke versteht?«

So grob geht Noah-Wolf mit seinen bessergestellten Kundinnen um. Man muss nicht extra betonen, wie er es bei den Dienstmädchen macht: Bekommt ein Dienstmädchen den Auftrag, in die Metzgerei zu gehen, so wünscht es sich lieber tausend Tode; es weiß schon im Voraus, dass es bei Noah-Wolf nicht ungeschoren davonkommen wird. Entweder er wird ihm mit einer feuchten Rinderzunge übers Gesicht fahren oder ihm den Korb brutal auf den Kopf knallen oder er wird es einfach hinausjagen:

»Hau ab, geh mit Gottes Hilfe zu einem anderen, es gibt außer mir noch genug Metzger in der Stadt.«

Wenn man sich das alles gut überlegt, stimmt hier etwas nicht. Der Metzger Noah-Wolf ist tatsächlich ein Grobian und ein jähzorniger Mensch, ein Verrückter sogar, wenn man will. Und doch werden die Leute zu keinem anderen gehen als zu ihm. Denn Noah-Wolf ist der ehrlichste von allen Metzgern. Jeder weiß, dass seine Waage stimmt und man sich auf sie verlassen kann, wie man sich auch auf sein Wort verlässt. Wenn er Euch sagt, dass das Fleisch gestern geschlachtet wurde, so müsst Ihr nicht noch einmal nachfragen. Verspricht er Euch eine Milz, eine Portion Leber und Lunge oder einen Kalbsfuß für Sabbat, so könnt Ihr ruhig schlafen gehen. Außerdem wird er keine Gaunereien mit den Dienstmädchen anfangen und keine krummen Dinger mit den anderen Metzgern drehen. Deshalb möchten die Dienstmädchen ihm auch gerne eins auswischen, und die anderen Metzger würden ihn am liebsten in einem Löffel voll Wasser ertränken. Noah-Wolf steckt ihnen wie eine Gräte im Hals. Ein starrköpfiger Mensch; wenn er sich stur stellt, ist es wie bei einem Ochsen, bevor man ihn schlachtet: Er rührt sich nicht von der Stelle. Und wie ein Ochse sieht er ja auch selbst aus, wenn nicht gar wie ein Auerochse. Großgewachsen, breitschultrig, mit ein Paar Riesenpranken und einem roten Gesicht. Wenn er anfängt, Fleisch zu hacken, tut er es mit solch einem Grimm, als hätten der Ochse oder die Kuh etwas verbrochen und seien nun dazu verurteilt worden, von seiner Hand zerhackt und in Stücke geschnitten zu werden.

»Ein grober Mensch«, so redet man über ihn in der Stadt, und alle haben Angst vor ihm.

Aber wenn er sich auch das ganze Jahr lang einem jeden gegenüber unerträglich verhält, so läuft dies alles nur bis zu den ›Zehn Tagen der Umkehr‹. Denn wenn die Tage der Umkehr nahen, werdet Ihr ihn nicht wiedererkennen. Schon vom ersten Tag Elul an ist er ein neuer Mensch geworden. Er wird fromm, gottesfürchtig und hat Angst vor jeder Übertretung, sogar vor einem bösen Traum. Er hört auf, sich mit den anderen Metzgern zu streiten, den besseren Kundinnen gegenüber wird er weich wie Butter und zu den Dienstmädchen ist er jedenfalls nicht der Noah-Wolf wie sonst. Sogar das Fleisch hackt er nicht mehr mit Grimm wie sonst immer, sondern ruhig – fast mit Zartgefühl. Nein, er ist nicht mehr der alte Noah-Wolf.

Am Vortag von Jom Kippur sieht er zu, dass er früh fertig wird. Er macht die Fleischbank dicht, in der Synagoge hat er schon mit dem ersten Minjan gebetet, jetzt hat er sich den Feiertags-Kaftan angezogen und geht von Haus zu Haus zu all seinen Kunden und Nachbarn, zu Freunden und Bekannten und bittet sie um Vergebung, um Verzeihung:

»Einen guten Feiertag! Wenn ich Euch mit einem unpassenden Wort gekränkt habe, so bitte ich Euch um Verzeihung und wünsche Euch eine gute Besiegelung dort oben.« Darauf antwortet man ihm:

»*Gam atem*, gleichfalls! Gott sei uns gnädig!«

Und man bittet ihn, Platz zu nehmen, und beehrt ihn mit Gebäck.

2. Der Fischhändler Asriel

Seit sie besteht, hat die Welt noch niemals solch einen wilden Menschen gesehen wie den Fischhändler Asriel.

Ein jähzorniger Mann mit stechenden Augen, dichten Brauen und einem stacheligen Schnauzer, dazu einem Bart wie angeklebt. Sommers wie winters trägt er eine gefütterte Unterjacke, aus der die Schaufäden des kleinen Gebetsschals heraushängen; und der ganze Mensch riecht eine Meile weit nach rohem Fisch.

Die Woche über kriegt man ihn nicht zu sehen, aber an den Tagen vor Sabbat und vor den Feiertagen kommt er mit einem hohen Wagen voll Fisch auf den Markt. Oben auf dem Wagen sitzt ein Mädchen mit dunklem, pockennarbigem Gesicht und passt auf die Fische auf. Seine Frau, die Fischhändlerin Majte, eine schwammige Person, steht mit einem Besen in der Hand neben dem Wagen und wacht ebenfalls über die Fische.

»Fische, frische Fische, zappelnde Fische, meine Damen, für Sabbat!« So ruft der Fischhändler Asriel mit lauter Stimme in einem schönen Singsang über den ganzen Markt. Er verliert dabei die Frauen keinen Moment aus dem Blick, die von allen Seiten den Wagen umlagern, die Fische an den Köpfen befingern und ihre Kiemen untersuchen. Sie stoßen ihre Finger in die Fischaugen oder in die Bäuche, aber gerade dies hasst der Fischhändler Asriel genauso wie Schweinefleisch. Darum vertreibt er die Frauen von seinem Wagen:

»Geht zum Teufel! Genug gegrapscht!« Nachdem er diese Worte schnell und leise von sich gegeben hat, schreit der Fischhändler Asriel wieder laut und mit wohlklingender Stimme in seinem üblichen Singsang:

»Fische, frische Fische, zappelnde Fische, meine Damen, für Sabbat!«

Jede Frau, ob sie nun zu den Bessergestellten gehört oder nur ein Dienstmädchen ist, schätzt der Fischhändler Asriel so ein, dass man lieber ein Auge auf sie haben soll. Das heißt, er hat natürlich keineswegs den Verdacht, dass sie, Gott bewahre, eine Diebin sei, aber mit Fisch ist es so eine Sache. Der Fischhändler Asriel hat sich die Meinung gebildet, dass die vornehmste Gattin eines reichen Mannes und die ehrlichste, frömmste Frau doch mal die Lust überkommen kann, so mitten im Gewühl, zwischen zwei Worten, einen kleinen Fisch mitgehen zu lassen, wenn es gerade niemand sieht.

»Im Fisch«, sagt er, »liegt eine Versuchung, der auch eine höhergestellte Hausfrau nur schwer widerstehen kann.«

Darum gibt es auch jedes Jahr einen gehörigen Skandal. Einer ›Madame‹ hat er mit einem Hecht einen Schlag ins Gesicht verpasst. Die Leute rennen zusammen, es entsteht ein Aufruhr. Einige ergreifen Partei für die Frau, sie raten ihr, sie soll beim Friedensrichter eine Eingabe machen oder die Sache vor den Rabbiner bringen. Aber weil die Schande später noch größer wäre als der Schmerz jetzt, wird am Ende doch nichts daraus, und alles verläuft im Sande.

Einige Frauen kennen den Fischhändler Asriel schon. Sie wissen sehr gut, dass man seine Fische nicht einfach anfassen darf, so als wären sie Gold oder edle Steine, wenn Ihr mir den Vergleich gestattet.

»Was verlangt Ihr heute für ein Pfund von Euren Brillanten da?«, fragt ihn eine Frau. Sie steht mit ihrem Korb weit hinten und zeigt mit ihrem kleinen Finger auf den Wagen.

»Ich verkaufe Fisch und keine Brillanten!«, antwortet Fischhändler Asriel und würdigt sie nicht einmal eines Blickes aus seinen stechenden Augen.

Er singt vielmehr weiter in seinem besonderen Singsang:

»Fische, frische Fische, zappelnde Fische, meine Damen, für Sabbat!«

»Ein launischer Mensch«, sagen die Frauen über ihn. Am liebsten hätten sie gar nichts mit ihm zu tun. Aber das ist unmöglich. Es gibt keinen Fischhändler in der Stadt außer dem Fischhändler Asriel. Entweder du legst dich gleich hin und stirbst, oder aber du hast für Sabbat, Gott bewahre, keinen Fisch. Und das wäre noch schlimmer als der Tod. Denn wenn ein Mensch stirbt, weiß er doch, dass er gestorben ist, und fertig! Aber wenn eine Frau ohne Fisch für Sabbat nach Hause kommt, wird sie eine ganze Woche allerhand von ihrem Mann auszustehen haben, sollen das lieber unsere Feinde erleben!

»Ich will es nicht gesagt haben, aber von mir aus soll er tot umfallen oder zum Teufel gehen! So etwas am Abend vor dem Feiertag!« So reden die Frauen am Tag vor Jom Kippur über ihn. Und sie laufen schnell mit ihren Körben zum Wagen, sie haben Angst, dass sie, Gott behüte, zu spät kommen, denn am Tag vor Jom Kippur hat der Fischhändler Asriel die Angewohnheit, in aller Herrgottsfrühe aufzustehen, und wenn die Leute sich zur Synagoge aufmachen, damit sie noch rechtzeitig ein Stück Gebäck vom Gabbai kriegen, ist der Fischhändler Asriel schon ganz auf Feiertag gestimmt. Die gefütterte Unterjacke hat er von sich geworfen und einen dicken warmen Kaftan aus Kammgarn angezogen, den er nur zum Sabbat und an den Feiertagen trägt und der trotzdem nach rohem Fisch riecht.

Früher als alle anderen fängt Asriel an zu fasten, früher als alle anderen kommt er in die Synagoge, er stellt sich mit dem Gesicht zur Wand, an einem der hintersten Sitze, er hat den Kopf mit dem Gebetsmantel verhüllt. Die nächsten vierundzwanzig Stunden wird er stehend zubringen, nicht mal für einen Moment setzt er sich hin. Er betet still, keiner wird aus seinem Mund einen Laut vernehmen. Und viel weinen wird er, aber niemand wird eine Träne bei ihm bemerken.

Doch dies alles geschieht erst abends. Den ganzen Tag aber sucht er seine Kunden und Kundinnen auf, um sich mit ihnen zu versöhnen und sie um Verzeihung zu bitten:

»Einen guten Feiertag! Wenn ich Euch mit einem unpassenden Wort gekränkt habe, so bitte ich Euch um Verzeihung und wünsche Euch eine gute Besiegelung dort oben.« Darauf antwortet man ihm:

»*Gam atem*, gleichfalls! Gott sei uns gnädig!«

Und man bittet ihn, Platz zu nehmen, und beehrt ihn mit Gebäck.

3. Der Melamed Gonte

Eigentlich heißt er Simel, aber alle nennen ihn *Gonte*. Diesen Namen hat er, weil er hart und brutal ist wie der schreckliche Gonte aus Uman.[1] Zwar ist Simel ein außergewöhnlicher Melamed, ein Torakundiger und großer Kenner der Heiligen Sprache, doch andererseits verdrischt niemand seine Schüler so sehr wie Simel ›Gonte‹. Es gibt ja Unterschiede beim Prügeln, wisst Ihr, aber Simel kann Menschen glatt umbringen. Er macht sie einfach kalt. Er schlägt sie grün und blau! Es ist zum Gotterbarmen, wie er prügelt! Und weil Simel schon ein alter Mann ist, über achtzig und mehrere Generationen großgezogen hat, deshalb gibt es fast keinen im Schtetl, der sich rühmen könnte, er sei niemals ein Opfer von Simels Schlägen gewesen. Nur das eine Kompliment muss man Simel *Gonte* machen: Er bevorzugt niemanden. Schuldig oder nicht schuldig, der Sohn eines Reichen oder der Sohn eines armen Schluckers: »Leg dich hin, damit ich dich verdresche, wie du es verdienst.«

Von ihm verdroschen zu werden, ist ja heute ein Zuckerschlecken gegen früher. Es gab Zeiten, als *Gonte* noch jünger war, da brach er einem glatt die Knochen: Jüdische Kinder schlug er zu Krüppeln. Ja, man sagt das einfach so dahin – *Gonte*! Ein starker Mann, hochgewachsen, knorrig. Er raucht nicht, kaut keinen Tabak, trinkt keinen Schnaps, kann noch ohne Brille lesen und hat fast noch alle Zähne im Mund. Ein schütteres Bärtchen, man könnte fast die Barthaare zählen, silberweißes Haar auf dem Kopf, eine trockene, glänzende Haut, gelb wie Pergament. Zwei Backenknochen treten hervor. Auf der Stirn angsteinflößende Falten, an den Händen treten die Adern heraus. Und seine Stimme – wie das Brüllen eines Leoparden! Noch nie hatte ein lebendiger Mensch die Ehre, auf diesem furchtbaren Gesicht einmal ein Lächeln zu entdecken. Seine Frau und seine eigenen Kinder bekamen von ihm niemals ein gutes Wort zu hören. Wenn man also kleinen Jungen Angst einjagen will, gibt es nichts Schlimmeres, als ihnen zu drohen: »Warte nur, gleich schick ich dich zu Simel *Gonte* in den Cheder!«. »*Gonte*, der Grobian«, so nennt man ihn in der Stadt.

Aber an *einem* Tag im Jahr wird *Gonte* weich wie Wachs. Die furchterregenden Falten in der Stirn glätten sich etwas, das trübsinnige, gelbe, pergament-glänzende Gesicht hat ein wenig rote Farbe angenommen, und auf den stets fest geschlossenen Lippen zeigt sich der Anflug eines traurigen Lächelns, wie bei einem kleinen Kind, wenn es gerade anfängt zu weinen. Dies ist am Vortag von Jom Kippur.

Er ist mit frisch gewaschenem Haar, am ganzen Körper rein, aus dem Gemeindebad gekommen, die spärlichen silbernen Haare hat er einzeln nach links und rechts gekämmt, den verschlissenen Feiertagskaftan aus Atlas angezogen, dazu trägt er eine Mütze aus Plüsch mit einem gewaltig breiten Mützenschirm. So geht er herum, schlurft mit seinen Pantoffeln[2] von Haus zu Haus, zu all seinen Arbeitgebern, die ausnahmslos alle früher selbst einmal seine Schüler waren, möchte sich mit ihnen versöhnen, bittet sie um Verzeihung:

»Einen guten Feiertag! Wenn ich Euch mit einem unpassenden Wort gekränkt habe, so bitte ich Euch um Verzeihung und wünsche Euch eine gute Besiegelung dort oben.« Darauf antwortet man ihm:

»*Gam atem*, gleichfalls! Gott sei uns gnädig!«

Und man bittet ihn, Platz zu nehmen, und beehrt ihn mit Gebäck.

4. Der Fuhrmann Reb Mojsche-Welwel

Wer meint, von einem Fuhrmann brauche man sich keineswegs alles gefallen zu lassen und kein Mensch sei verpflichtet, unter einem Fuhrmann zu leiden, der irrt gewaltig. Reb Mojsche-Welwel ist allerdings kein Fuhrmann, den man mit anderen vergleichen kann. Der Name »Reb Mojsche-Welwel« sagt schon genug. Genau betrachtet ist er nicht weniger als eine Respektsperson. Er betet regelmäßig in der Synagoge, in den frommen Büchern kennt er sich sogar beim Kleingedruckten[3] aus, er versteht einen Wochenabschnitt mit Raschis Kommentar dazu und kann Euch sogar ein Stückchen aus dem »Brunnen des lebendigen Wassers«[4] zitieren.

Kommt er in eine Herberge oder ein Gasthaus, und es reicht zu einem Minjan, so bindet er sein rotes Tuch über den angesengten Umhang, stellt sich mit dem Gesicht zur Wand und betet ohne weiteres ein Nachmittagsgebet vor. Natürlich mit leiser dumpfer Stimme, also ein bisschen brummig, aber doch mit allen Schnörkeln und Raffinessen, genau wie ein richtiger Kantor.

Seiner Natur nach ist er ein fröhlicher und leutseliger Mensch, einer der gerne spottet, auch tüchtig feiern kann er. Ein Witzbold, ein Spaßvogel. Sein Gesicht ist von metallener Farbe, aber nicht wie aus Messing oder Blech, sondern eher goldglänzend. Und seine Nase: als wäre sie aufgeplatzt oder eingeschlagen. Darum redet er auch ein bisschen näselnd. Bart und Schläfenlocken sehen aus wie bei einem chassidischen Rebben. Er trägt einen Leinenumhang, der bis zur Erde reicht. In der Hand hält er eine lange Peitsche, und seine Stiefel sind mit Pech eingeschmiert, wie es sich für einen Fuhrmann gehört. Und grob kann er sein wie dreißig andere Fuhrleute zusammen.

Sollte es mal jemand wagen, ihn einfach mit ›Mojsche-Welwel‹ anzureden und nicht mit ›Reb Mojsche-Welwel‹, seines Lebens wäre der nicht mehr sicher!

Oder wenn Ihr ein hiesiger Bürger seid, versucht nur mal, mit einem anderen Fuhrmann zu fahren, wenn er selbst, Reb Mojsche-Welwel, doch auch bei der Bahn steht und auf Kunden wartet, dann könnt Ihr und der andere Fuhrmann mit seinen Pferden sich auf einiges gefasst machen. Mit Dreck wird er Euch bewerfen! Und in Zukunft werdet Ihr Euch vorsehen, wenn Ihr mit der Bahn ankommt, und Euch zuerst gut umschauen, ob nicht irgendwo Reb Mojsche-Welwel mit seinen Pferden steht.

Oder versucht mal, Euch wichtig zu machen und ihn herumzukommandieren, wie man es manchmal mit anderen Fuhrleuten tut, und Ihr vergesst, dabei zu sagen: »Entschuldigt bitte, Reb Mojsche-Welwel!« Oder: »Könntet Ihr die Freundlichkeit besitzen, Reb Mojsche-Welwel!«, so werdet Ihr was erleben!

Wenn Ihr in seinem Wagen Platz genommen habt, solltet Ihr nicht vergessen, dass Ihr nicht bei irgendwem sitzt, sondern bei Reb Mojsche-Welwel. Und wenn Euch Reb Mojsche-Welwel auffordert, ins Innere des Wagens zu steigen, dann zögert nicht, sondern steigt ein! Wenn er Euch aber heißt, neben ihm oder ihm gegenüber Platz zu nehmen, dann setzt Euch da hin. Und wenn er Euch, wo es bergauf geht, sagt: »Ihr könnt jetzt mal zu Fuß gehen, bitte sehr!« Dann geht! Einen Vorschlag, wen er außer Euch noch in den Wagen nehmen könnte, solltet Ihr besser nicht machen. Wenn Ihr es aber doch tut, wird es Euch nichts nützen. Von Kopf bis Fuß wird er Euch ausschimpfen, und Ihr könnt froh sein, wenn er Euch nicht mitten in der Fahrt irgendwo absetzt.

An allem ist nicht Reb Mojsche-Welwel schuld, sondern die Stadt selbst. So wie man einen Menschen großzieht, so führt er sich später auf. Die Gemeinde selbst war es, die ihn zu einer wichtigen Person machte, sie stellte seine Tora-Kenntnisse heraus, sie rühmte sich seiner Frömmigkeit und seiner jüdischen Lebensweise. Deshalb meint er, er könne alle zum Narren halten, er tanzt allen auf der Nase herum, schimpft auf jeden Einzelnen und macht sie alle schlecht.

»*A make ascher loj ksuwe batojre*, eine Plage, wie sie nicht einmal in der Tora beschrieben ist«,[5] so sagt man in der Stadt über ihn und hütet sich vor ihm wie vor dem Feuer. Ein Wort zu viel, und man ist sich seines Lebens nicht mehr sicher.

Nur ein Tag im Jahr ist ein besonderer Tag, das ist der Tag vor Jom Kippur. An diesem Tag braucht Ihr keine Angst zu haben, dass er mit Euch Streit anfängt. Im Gegenteil, festtäglich gekleidet, in einem knisternden Kaftan aus Lüster und mit neuer Mütze auf dem Kopf – so kommt er zu Euch. Aus dem weißen Hemd ragt ein enorm breiter Kragen, den er am Hals zu zwei spitzen Ecken umgeschlagen hat. Auf sein messingfarbenes Gesicht ist das Wort »Festtag« ausgegossen. Und er selbst tritt bei jedermann mit einem breiten Gruß ein, um sich zu versöhnen und um Verzeihung zu bitten:

»Einen guten Feiertag! Wenn ich Euch mit einem unpassenden Wort gekränkt habe, so bitte ich Euch um Verzeihung und wünsche Euch eine gute Besiegelung dort oben.« Darauf antwortet man ihm:

»*Gam atem*, gleichfalls! Gott sei uns gnädig!«

Und man bittet ihn, Platz zu nehmen, und beehrt ihn mit Gebäck.

5. Der Wasserträger Sane

»Die ganze Stadt liegt in meiner Hand, ›wie der Ton in der Hand des Töpfers‹[6] oder wie ein Pferd im Wagen eingespannt ist: *›birzusoj mekazer, ubizursoj mefazer‹*.[7] Will es, so geht es, will es nicht, so bleibt es stehen. Der Teufel soll sie holen, die vornehmen Leute! Legen sie Wert auf gutes Wasser, müssen sie den Damm in Ordnung bringen, wenn nicht, sollen sie meinetwegen nichts trinken, aber sich nicht beim Wasserträger beschweren: ›Reb Sane, hierher! Wasser, Reb Sane, Wasser!‹« So disputiert der Wasserträger Sane mit sich selbst, sitzt auf dem leeren Fass, treibt sein Pferd mit der Peitsche an, äfft dabei die feinen Damen der Stadt nach, wie sie auf ihren Hausschwellen stehen und jede ihn zu sich rufen will: »Reb Sane, hierher! Wasser, Reb Sane, Wasser!«

Sane antwortet ihnen kein Wort darauf. Sane ist überhaupt ein großer Schweiger. Er redet entweder nur mit dem Pferd oder mit sich selbst. Er sitzt auf seinem Fässchen und sagt Psalmen auf, einen nach dem anderen. Wenn er aber zu Menschen kommt, verstummt er. Ihr könnt ihm ins Gesicht schimpfen oder ihm schmeicheln, ihn lässt das alles kalt. Hat er Wasser im Kessel, gießt er Euch das Gefäß voll, hat er nichts, so könnt Ihr reden, bis Euch die Worte ausgehen, er ist nicht verpflichtet, zu hetzen, zu rennen und sich selbst oder das Pferdchen Euch zuliebe aufzuopfern.

Wenn aber der Freitag kommt, bitte sehr: Zwei Gulden und ein Stück Sabbatbrot, das muss sein. Wenn nicht, wird er neben Eurem Haus stehen bleiben und sich nicht von der Stelle rühren bis zum nächsten Tag, damit so die ganze Straße erfährt, dass Ihr den Wasserträger nicht für sein Wasser bezahlt habt.

Ein seltsamer Mensch, dieser Wasserträger Sane. Vom Körperbau her ist er klein und rundlich, dem Aussehen nach gleicht er sehr stark seinem Wasserfass. Er trägt einen gojischen Pelz und eine Lammfellmütze. Seine Stiefel sind immer zerrissen, den Stiefelschaft hat er mit einer Schnur festgebunden. Im Winter trägt er an den Händen geflochtene Handschuhe aus Stroh, mit großen Löchern darin. Er hat nur einen halben Schnurrbart, sozusagen den Anflug eines Schnurrbartes. Seine Augen sind klein, er blickt ein wenig kurzsichtig in die Welt, und so sieht er nicht, dass mehr als die Hälfte des Wassers einfach so aus dem Spundloch seines Fasses rinnt.

Das kommt daher, dass die Gassen nicht gepflastert sind, deshalb tanzt sein Wägelchen derart hin und her. Und weil die Räder bei ihm niemals geschmiert sind, kann man schon eine Meile weit hören, wenn der Wasserträger Sane mit seinem Fässchen näher kommt. So laufen ihm die Hausfrauen entgegen, jede mit einem anderen Vorwurf:

»Ihr habt mir nur einen halben Trog Wasser eingefüllt!«

»Wann werdet Ihr auch mir endlich mal Wasser bringen?«

Sane schaut mit seinen kleinen kurzsichtigen Augen auf sie, er antwortet ihnen natürlich kein Wort, so als rede man nicht zu ihm.

»Griesgram!« So nennt man ihn in der Stadt und leidet Höllenqualen wegen ihm.

Nur an einem Tag im Jahr muss man den Wasserträger Sane nicht an sein Wasser erinnern. Das ist der Tag vor Jom Kippur.

Von aller Herrgottsfrühe an bis zur Mittagszeit werden alle Wassertröge von ihm gefüllt. Dann wirft Sane den gojischen Pelz und die Lammfellmütze von sich, er zieht den Sabbatkaftan aus Atlas an und setzt die Baumwollmütze auf. Die Haare frisch gewaschen und ordentlich gekämmt, sieht er aus wie ein bejahrter Witwer bei der zweiten Hochzeit. Von Haus zu Haus geht er zu seinen Kundinnen, um sie um Verzeihung zu bitten und sich mit ihnen zu versöhnen:

»Einen guten Feiertag! Wenn ich Euch mit einem unpassenden Wort gekränkt habe, so bitte ich Euch um Verzeihung und wünsche Euch eine gute Besiegelung dort oben.« Darauf antwortet man ihm:

»*Gam atem*, gleichfalls! Gott sei uns gnädig!«

Und man bittet ihn, Platz zu nehmen, und beehrt ihn mit Gebäck.

6. Refoël, der Aufseher

Refoël ist Aufseher. Er passt auf. Auf was passt er auf? Auf alles. Auf die Gemeindeschule, darauf, dass die Kinder dort nicht nackt und barfuß herumlaufen müssen, auf den *Biker-Chojlim*, das Krankenspital,[8] dass dort die kranken Leute nicht vor Hunger sterben. Dann achtet er darauf, dass die jungen Männer im Lehrhaus etwas zu essen haben und nicht in zerrissenen Stiefeln herumgehen müssen. Und überhaupt auf alle armen Leute in der Stadt gibt er Obacht, dass sie für Sabbat etwas zu beißen haben. Um ihretwillen geht er selbst von Haus zu Haus betteln, er sammelt Kopeken. Er sammelt auf Hochzeiten, bei Beschneidungsfesten oder bei der Auslösung eines Erstgeborenen[9], auch bei den anderen Festen. Alles für ›seine Armen‹. Niemanden verschont er, bei Toten und Lebenden presst er etwas heraus, er streitet sich, er schimpft die Leute aus, prügelt sich sogar, alles für ›seine‹ Armen.

Die ganze Woche geht er mit seinem Stock herum, am Vorabend von Sabbat oder vor einem Feiertag mit dem Sack auf der Schulter. In diesen Sack könnt Ihr werfen, was Ihr habt: ein Stück Brot, ein Hühnerbein, eine gebackene Kartoffel, eine Gurke, eine Knoblauchknolle, eine Zwiebel, einen Knochen – alles wird angenommen. Aber versucht mal, Euch zu entziehen und Reb Refoël gar nichts in den Sack zu werfen, so wird eine Kanonade von Schimpfwörtern auf Euch herabprasseln. Wenn Ihr Euch dann auch noch verteidigen wollt, so treibt Ihr ihn in eine richtige Wut hinein, so dass er Euch glatt eins mit dem Stock verpassen kann.

Refoël ist ein ausgedienter Soldat, ein Nikolajewsker Soldat[10]. Er hält sich kerzengerade, er hat noch den soldatischen Gang. Wenn Ihr genau hinschaut, erkennt Ihr bei ihm unter dem Kaftan, auf seiner Unterjacke, eine Medaille vom Zar Nikolaus I., zwei Medaillen sogar, eine silberne und eine bronzene. Und von *Nikolaj Pawlowitsch* kann er Euch eine Geschichte nach der anderen erzählen. Nur, woher soll er die Zeit zum Geschichtenerzählen nehmen, wo er doch so viel Arbeit hat? Als wenn das nichts wäre: ein *maschgiach*, ein Aufseher zu sein![11]

Wer hat ihn zum Aufseher gemacht? Das weiß niemand. Wer ihn bezahlt und wie viel er für seine Arbeit bekommt – keiner hat eine Ahnung. Niemand weiß es, und keiner verlangt von ihm Rechenschaft. Man glaubt ihm. Alle wissen, wie viel Refoël von seiner Arbeit behält, dass unsere Feinde nicht mehr besitzen! Denn für sich selbst braucht er nichts. Und er geht davon aus, dass Ihr selbst auch nichts braucht. Er kann es sich erlauben, Euch ins Gewissen zu reden, denn Ihr gebt doch Geld aus, weiß der Teufel für was, und in der Stadt gibt es so viele arme Menschen! Nur um der Armen willen wurde nach seiner Überzeugung die Welt erschaffen. Entdeckt er an Euch ein neues Kleidungsstück, so tappt er mit dem Finger darauf und fragt Euch: Was hat das denn gekostet? Und dann wird er Euch ausrechnen, wie viele arme Menschen man davon hätte kleiden können. Kommt er zu einer Hochzeit, einer Beschneidungsfeier, zur Auslösung eines Erstgeborenen oder zu irgendeinem anderen Fest, fällt ihm als Erstes ein: Wie viele arme Menschen hätte man allein von diesem Festessen ernähren können? Und er wartet, bis die Leute am Ende das Dankgebet gesprochen haben und auseinandergehen, damit er dann die übriggebliebenen Essensreste für seine Armen zusammensuchen kann.

Wie alt er ist? Keiner weiß es, er selbst auch nicht. Er ist schon etwas taub geworden; wenn Ihr etwas zu ihm sagt, und er versteht es nicht, so schreit er Euch an und wirft Euch vor, dass Ihr eine Verwünschung über ihn murmelt, also müsst Ihr lauter sprechen. Auch die Sehkraft ist bei ihm in letzter Zeit etwas angeschlagen. Wenn er läuft, schaut er geradeaus und tappt sich mit seinem Stock voran. Er findet aber genau dorthin, wohin er will. Und wenn man ihm etwas gibt, erkennt er genau, was es ist. Gibt man nichts, so wird er zornig und klopft mit dem Stock auf den Boden:

»Habt Ihr Euch heute schon gut vollgefressen und mit Gottes Hilfe ordentlich eins hinter die Binde gegossen? Und jetzt raucht Ihr gemütlich ein Zigarettchen, es geht Euch also unberufen bestens! Aber Ihr wisst genau, dass meine Armen seit gestern schon fasten, *jadro waschi katschki*, Ihr elenden Wichser!« So klingt seine raue Soldatensprache, mit der er Klein und Groß beehrt. Spart es Euch lieber, ihm darauf etwas zu entgegnen; Ihr müsst Euch sonst auf noch Schlimmeres gefasst machen!

›Eine Strafe Gottes, dieser Mensch!‹, sagt man in der Stadt über ihn, und die Leute verstecken sich, damit er sie nicht findet.

Kinder hat er nicht mehr. Er hat sie alle überlebt. Aber Enkel sind da; sie geben sich große Mühe, für ihn zu sorgen. So hat er die Möglichkeit, sich mit ganzer Kraft für seine Armen einzusetzen, Tag und Nacht von Haus zu Haus in der Stadt betteln zu gehen, etwas zu schnorren, etwas wegzuschleppen, herauszulocken, die Leute zu belämmern, ihnen auf die Nerven zu gehen, sie zu beschimpfen und sie mit seinem Soldatenrussisch zu traktieren.

Nur einen Tag im Jahr gibt es, an dem unser ›Aufpasser‹ die Leute in Ruhe lässt. Das ist der Abend vor Jom Kippur.

Schon am Vortag hat er seinen Armen alles Nötige besorgt, sich dabei mit der ganzen Stadt gestritten: »Ihr wisst genau, dass meine Armen seit gestern schon fasten, Ihr elenden Wichser!« So klingt seine raue Soldatensprache. Und jetzt marschiert er auf seinen alten Soldatenfüßen durch die Stadt, diesmal ohne Sack und ohne Stock, feiertäglich gekleidet, mit den beiden Nikolajewsker Medaillen sichtbar auf der breiten Brust. Und da er seinen Stock zu Hause gelassen hat, geht er dicht bei der Wand, an den Mauern entlang, von Haus zu Haus, um die Leute um Verzeihung zu bitten und sich mit ihnen zu versöhnen:

»Einen guten Feiertag! Wenn ich Euch mit einem unpassenden Wort gekränkt habe, so bitte ich Euch um Verzeihung und wünsche Euch eine gute Besiegelung dort oben.« Darauf antwortet man ihm:

»*Gam atem*, gleichfalls! Gott sei uns gnädig!«

Und man bittet ihn, Platz zu nehmen, und beehrt ihn mit Gebäck.

7. Getzi, der »Gouverneur«

Getzi, der »Gouverneur« ist in Wirklichkeit der Schammes vom alten Bethaus.

Überall in der Welt, in allen Bethäusern, sind die Schamossim, die Synagogendiener – nun, eben Diener in der Synagoge! Getzi aber, der Schammes unseres alten Bethauses, ist mehr Herr als Diener. Was sage ich da? Er ist Herr über allen Herren.

Getzi erlaubt es nicht, dass man im Bethaus irgendeinen Unfug treibt. Er sagt, dass eine Synagoge ein heiliger Ort ist. »Wenn Ihr über Geschäfte reden wollt, bitte, geht auf den Markt. Müsst Ihr über Politik sprechen – es gibt doch, nicht dass ich es vergleichen will, das Gemeindebad.« Auf keinen Fall werdet Ihr ein kleines Gespräch führen können, solange er da ist. Nicht mal an einem normalen Sabbat, in der Zeit, wenn die Torarollen aus dem Schrein geholt werden. Getzi behandelt niemanden mit besonderer Ehrfurcht. Ihr mögt ganz vorne bei der Ostwand Euren Platz haben und dazu siebzehn silberne Kronen auf dem Gebetsmantel[12], so wird er nicht vor Euch zurückweichen. Ihr könnt der reichste Mann der Stadt sein, vielleicht Reb Jehoschua-Heschel persönlich, wenn Ihr aber nur ein einziges Wort fallen lasst, gleich hört Ihr einen heftigen Schlag auf den Tisch für die Torarollen und eine laute Stimme schreit: *»Scha! Scha! Still!«*, dass Ihr davon taub werden könntet.

Oder versucht nur mal, ein Buch aus dem Regal im Lehrhaus zu holen und es nicht rechtzeitig zurückzugeben, dann wird Euch Getzi vor allen Leuten bloßstellen. Oder Ihr habt am Sabbat, als Ihr zur Tora aufgerufen wurdet, angekündigt, ein halbes Pfund Kerzen für das Bethaus oder achtzehn[13] Geldstücke für die Armen zu geben, aber später wollt Ihr es nicht mehr wahrhaben, dann habt Ihr bei ihm gleich den Ruf eines Knickers, eines säumigen Zahlers, der für seine Schulden nicht aufkommt. Dann solltet Ihr am besten auswandern und nach Amerika gehen!

Noch ein Beispiel: Jemand verfiele auf die Idee, Getzi mit einer Botschaft wegzuschicken, die nichts direkt mit dem Bethaus zu tun hat, so wird er ihn bis ans Ende anhören und ihm dann sagen:

»Habt Ihr keine eigenen Füße? Seid so gut und geht selbst!«

Solch ein Mensch ist Getzi. Nur die Jugend hat keine Angst, sich mit dem Schammes Getzi anzulegen. Solche wunderbaren Knaben, Chederjungen, Nichtsnutze, die stadtbekannten

Schlingel. Sie bringen ihn fast ums Leben. Sie machen mit ihm, was man anständigerweise mit keinem Menschen macht. Sie stoßen die Pulte um, wenn es niemand sieht. Sie leeren ihm das Wasser aus dem Handfass[14], sie machen ihm Knoten ins Handtuch, schmieren Honig auf die Talmudbände im Lehrhaus. Aus allen Gemeindegebetbüchern reißen sie den zweiten *Jekum Purkn*[15] heraus, so dass, egal welchen Siddur man auch öffnet, immer nur ein einziger *Jekum Purkn* da ist.

Wegen dieser Halunken und Lausejungen hat Getzi die reinsten Höllenqualen zu leiden. Er schaut ihnen hinterher, vielleicht wird er doch einmal einen von ihnen erwischen! Und hat er einmal einen von der Bande gepackt, so rechnet er mit diesem für alle anderen ab. Kommt der dann in solch einem Fall nur mit einer Beule, einem blauen Auge oder einem abgerissenen Ohr aus Getzis Händen frei, so kann der Bursche noch von Glück sagen! Getzi hält sich nämlich nicht gerne lange auf, er liebt keine langen Unterredungen und endlosen Verhöre. Ob es der Sohn eines reichen Mannes oder ein armer Waisenjunge ist: Eine Tracht Prügel kriegt er verordnet – fertig!

Und Getzi kann prügeln! Wenn er die Hand fallen lässt, sieht man die Sterne tanzen. Ein kräftiger Mann (aus einer Familie von lauter starken Menschen), obwohl Ihr auf den ersten Blick keine zwei zerbrochenen Groschen für ihn geben würdet. Dünn, vertrocknet, lauter Haut und Knochen. Aber zwei schwarze dicke Schläfenlocken! Er selbst ist auch dunkel, schwarz wie ein Tatar, mit finsteren Augen, die einem nicht direkt ins Gesicht schauen, sondern eher von oben herab blicken, dazu mit eingefallenen Backen, ständig verstopfter Nase und einem schwarzen herunterhängenden Schnurrbart. Wenn man ihn so ansieht, hat man das Gefühl, dass er gerade niesen muss, aber nicht kann, oder aber er will Euch etwas mitteilen, kriegt es aber nicht heraus, oder er ist einfach ein Unhold, ein Schurke.

»Ein Bösewicht!«, sagt man in der Stadt über ihn. Ein starrköpfiges Wesen, ein Widerling, niemanden hat er über sich, also macht er, was er will. Hat er Lust, die Synagoge zu öffnen, so öffnet er. Will er sie schließen, schließt er sie zu. Wenn der Winter kommt, muss man vor ihm zu Boden fallen, damit er das Lehrhaus hin und wieder mal durchheizt. Und ein anderes Mal, wenn ihm danach zu Mute ist, heizt er derart ein, dass Ihr Euch fühlt wie im Bad, nicht dass ich es vergleichen will. Noch ein Beispiel: Es liegt ein armer Mensch im Sterben, und Getzi soll ihn über Nacht im Bethaus behalten. »Eine Schule ist doch kein Armenhaus«, sagt er aber und treibt ihn ohne eine Spur von Mitleid nach draußen.

Wenn erst die Zeit der ›Finsteren Tage‹ kommt, führt Getzi die Herrschaft im Bethaus wie ein Despot. Seid Ihr bei ihm in Ungnade gefallen, so werdet Ihr trotz aller Mühe nicht durchsetzen, dass Euer Sohn oder Euer Schwiegersohn dort einen Platz bekommt, wo Ihr es gerne wollt. Ihr könnt sicher sein, dass sie beide genau da sitzen werden, wo Getzi es will. Lauft ruhig zum Synagogenvorsteher und beschwert Euch; man wird Euch die Antwort geben:

»Bitte, geht zum ›Gouverneur‹ und macht eine Eingabe!«

Dann habt Ihr gleich begriffen, dass man damit den Schammes Getzi meint. Vor aller Augen sagt man ja »du« zu ihm, aber hinter seinem Rücken nennt man ihn »Gouverneur«.

Das Gleiche geschieht an Laubhütten mit dem Etrog. Ihr wollt, dass er Euch den Etrog so früh wie möglich in die Laubhütte bringt. Aber gerade weil Ihr es so wollt, will er es nicht. Und wenn Ihr ihn deshalb anschreit, schreit er noch lauter zurück:

»Ihr könnt warten! Ich habe schon öfters auf Euch gewartet!«

Kommt Ihr in die Synagoge und zeigt ihn beim Vorsteher an, so sagt der Vorsteher:

»Was kann man gegen einen ›Gouverneur‹ ausrichten?«

Und ebenso ist es an Hoschana Rabba mit den Hoschanazweigen.[16] Und nicht anders an Chanukka mit den Chanukkalichtern. Und an Purim mit der Purimrassel, an Pessach mit den

Schmure-Mazzen,[17] an Schawu'ot mit den grünen Zweigen. Überall hat man es mit Getzi zu tun. Alles liegt in Getzis Händen. Der Schammes Getzi beherrscht die ganze Stadt. Er führt das Regiment. Und die Stadt hat unter ihm zu leiden.

Ja, die ganze Stadt leidet, obwohl man sich dagegen wehrt. Man ärgert sich. Wenn Sabbat oder ein Feiertag kommt, und es ist die Zeit zwischen *Mincha* und *Majrew*, so versammeln sich die Leute in der Synagoge, man redet miteinander. Solange man nicht betet, hat man keine Angst vor dem Schammes, man kann sich frank und frei unterhalten. Die Rede kommt natürlich auf das Verhängnis mit Getzi. Einer fragt den anderen: »*Ad mosaj?*«, wie lange noch, so wie es bei der Sklaverei in Ägypten heißt:[18] »Wie lange wird man solch ein Verhängnis noch ertragen können?« Und dabei bleibt es. Was kann man denn machen? Stellt Euch das mal vor: Ein Bösewicht als »Gouverneur«, haha!

Nur einen Tag im Jahr gibt es, da hört Getzi auf, ein Bösewicht zu sein. Nun, nicht einen ganzen Tag lang, bloß einen halben Tag. Ein paar Stunden! Das ist der Vorabend von Jom Kippur, gleich nach dem allerersten Gebet, bevor die Leute zum großen Nachmittagsgottesdienst in die Synagoge kommen und sich von ihm die »39 Schläge«[19] verpassen lassen. Dann hört Getzi auf, der Schammes oder der »Gouverneur« zu sein.

Er ist festtäglich gekleidet und geht von Haus zu Haus, die dicken Schläfenlocken aufgelöst, um alle Männer um Verzeihung zu bitten und sich mit ihnen zu versöhnen.

»Einen guten Feiertag! Wenn ich Euch mit einem unpassenden Wort gekränkt habe, so bitte ich Euch um Verzeihung und wünsche Euch eine gute Besiegelung dort oben.« Darauf antwortet man ihm mit halblauter Stimme:

»*Gam atem*, gleichfalls! Gott sei uns gnädig!«

Und man bittet ihn, Platz zu nehmen, und beehrt ihn mit Gebäck.

8. Sissel, der einmal reich war

Sissel ist schon ein alter Knabe, blass, mit einem angegrauten Bart. Er sitzt im Lehrhaus mit all den jungen Leuten zusammen, die dort lernen. Er selbst aber lernt nicht. Er sitzt nur so unter ihnen, damit er sich im Lehrhaus aufhalten kann. Denn es steht nicht gut um ihn. Er war einmal wohlhabend, jetzt aber ist er ein armer Mann geworden.

Im Grunde war es nicht er selbst, sondern sein Vater verarmte. Schon dieser war heruntergekommen. Dabei stammt er von den angesehensten Familien ab, richtig wohlhabenden Leuten, Magnaten, Schwerreichen! Auch heute noch hat Sissel vermögende Freunde. Fast alle Menschen der besseren Kreise in der Stadt sind mit ihm verwandt.

Es kann sein, dass sogar der reichste Mann der Stadt, Reb Jehoschua-Heschel, selbst ein entfernter Verwandter von ihm ist, so was wie ein Vetter dritten Grades. Wenn er es genau wissen will, der Jehoschua-Heschel, wird Sissel ihm schon beweisen, wie nahe die Verwandschaft ist!

Einmal von Vaters Seite her. Sissels Großvater, das heißt der Vater seines Vaters, Abraham-Mordechai, und Jehoschua-Heschels Großmutter, die Mutter seiner Mutter, Fejge-Ettel, waren miteinander verwandt.

Aber was nützt das alles, wenn man ihn gar nicht zu Wort kommen lässt? Man gibt ihm ein Almosen und sagt ihm gleich danach, es wäre Zeit zum Gehen, dass ihnen die Luft ausgehe, diesen reichen Verwandten! Dass sie nirgendwo Ruhe finden! Dass sie von einem Unglück ins andere fallen und dahin kommen, wo er heute ist, Schöpfer der Welt!

Mit solchen Segenswünschen bedenkt Sissel seine reichen Verwandten, die ihn zwar unterstützen, ihn aber nicht vor Augen haben wollen. Sie können ihn nicht ausstehen. Einen Armen hat man niemals gern – das ist eine alte Weisheit.

Nun sitzt er im Bethaus, lebt von der Armenhilfe und stößt

seine Verwünschungen aus. Er schwört Euch, dass er lieber arbeiten würde, Holz hacken, meinetwegen Wasser tragen, aber wo findet er solch eine Arbeit?

Erstens ist er ein *Jojred,* ein Armgewordener, er stammt doch von einer besseren Familie ab, von lauter reichen Leuten und Magnaten, von Wohlhabenden, sogar Schwerreichen! Reb Jehoschua-Heschel ist doch ein Vetter dritten Grades von ihm!

Und zweitens ist er ein Krüppel. Einer der Füße ist bei ihm seltsam verdreht. Wenn er geht, schnappt er mit einem Fuß. Es sieht so aus, als sei er in Wut und wolle Euch mit dem Fuß ins Gesicht treten.

Nun, wütend ist Sissel ständig. Schon seiner Natur nach ist er ein zorniger Mensch. Mit der ganzen Welt gerät er aneinander. Und vielleicht hat er nicht mal so Unrecht. Man muss sich das vorstellen, solch eine Familie von lauter gutgestellten Leuten, Einflussreichen, Schwerreichen – und können nicht mal einen verarmten Verwandten, einen Krüppel unterhalten und dafür sorgen, dass er nicht von Haus zu Haus betteln gehen und auf der leeren Bank im Bethaus herumliegen muss. Dass nicht fremde junge Leute sammeln gehen müssen, damit mal ein Kleidungsstück oder ein Paar Schuhe aufgetrieben werden, ach, dass sie der Teufel dreimal hole, gerade die jungen Leute! Bis man die endlich überredet hat, ihm einen neuen Kaftan zu nähen, der alte ist ja schon in lauter Fetzen zerrissen, oder ihm ein Stück Baumwolle für ein Hemd zu besorgen, er wird sich schon selbst darum kümmern, dass es genäht wird, dass ihnen allen bald die Totenkleider genäht werden, allen Leuten der Stadt zusammen!

Eine Stadt von lauter gewissenlosen Menschen, Sodom und Gomorra! Ach was, Sodom und Gomorra sind nichts gegen sie!

Eine andere Stadt hätte ihn nicht vergessen: Sieh, da lebt ein alter verarmter Junggeselle bei uns, warum muss er denn alleine bleiben? Wären sie ordentliche Menschen mit nur einem Funken von Gerechtigkeit im Leib, dann hätten sie Sissel wenigstens eine Heirat organisiert …

Die Familie ist doch nicht zu schwach, um eine Mitgift zu besorgen – dass Gott ihnen alle Krankheiten und Fieber zusammen besorge –, und eine Braut würde sich schon finden lassen. Gibt es denn nicht Krüppel, die noch schlimmer dran sind als er? Verwachsene, Taubstumme oder Blinde? Und die haben trotzdem jemanden zum Heiraten gefunden! Für ihn, für Sissel, hätten bestimmt zehn Mädchen Interesse gezeigt.

Wieso denn nicht? Wenn nur jemand an ihn denken und sich um ihn kümmern würde!

Da lebt zum Beispiel beim Schammes Getzi ein Mädchen, sie heißt Asna, manchmal kommt sie, um das Bethaus zu kehren oder die Stühle abzuwischen. Eine kräftige junge Frau, schwarzhaarig, ach, dass sie der Teufel hole … Der Getzi würde sich nur zu gerne mit Sissel verbinden wollen, denn wer ist Getzi, der Schammes, und wer ist dagegen er, Sissel, der einmal reich war! Er sollte sich vor ihm niederwerfen, dieser Schammes, dass er zum Teufel fahre! Aber alles vergebens! Sissel wird nicht selbst zum Schammes gehen, das wird die Stadt nicht erleben, lass sie eher eine Feuersbrunst erleben, die Pest und die Cholera dazu, gleich heute, Schöpfer der Welt, dass sie untergehe und zerstört werde von einem Ende bis zum anderen!

So verwünscht Sissel, der einmal reich war, seine Familie und mit ihr die ganze Stadt, die ihn von der Armenhilfe leben lässt.

»Der hat uns zu allem Unglück noch gefehlt!«, sagt die Stadt über ihn. Und lässt ihn doch nicht ganz fallen. Man sieht zu, dass er am Sabbat und an den Feiertagen unterkommt, jedes Mal an einem anderen Tisch. Man will die *mizwa* an ihm erfüllen: immerhin, ein *Jojred*, ein Mensch, der einmal reich war und jetzt am Bettelstab geht!

Und sollte man Sissel doch einmal vergessen, ist da immer noch Refoël, der Aufpasser in der Stadt. Er mahnt die Leute, er wird schon nicht zulassen, dass man Sissel, den Armgewordenen, vergisst. Und der Verarmte ist weiter zornig. Er meint, dass weder seine Familie noch die Burschen im Lehrhaus und auch nicht der Wächter Refoël, keiner, keiner, wirklich ihrer Pflicht ihm gegenüber nachkommen. So schimpft er, schimpft auf jeden, alle Verwünschungen des Himmels ruft er auf sie herab.

Einen Tag aber gibt es im Jahr, an dem Sissel, der einmal reich war, nicht schimpft. Das ist der Tag vor Jom Kippur.

Am Tag vor Jom Kippur zieht Sissel das neue Hemd an, das er selbst hat nähen lassen, und den neuen Kaftan, den ihm die Burschen gemacht haben, und ein paar fast neue Halbstiefel, die der Wächter Refoël irgendwo für ihn erbettelt hat. Und er geht von Haus zu Haus, zu den Leuten von der eigenen Familie und zu den Fremden, er schlägt dabei aus mit dem kranken Fuß. Er bittet die Leute um Verzeihung und dass sie ihm vergeben. Alle Juden gehen doch umher und vergeben einander, wieso soll er denn schlimmer sein als sie alle? Sein Gesicht ist blass wie immer, sein Blick ist starr, und er spricht mit zorniger Stimme wie immer und bringt seine Festtagswünsche in solch einem Ton heraus, als wolle er die Leute zur Hölle wünschen:

»Einen guten Feiertag! Wenn ich Euch mit einem unpassenden Wort gekränkt habe, so bitte ich Euch um Verzeihung und wünsche Euch eine gute Besiegelung dort oben.«

Sissel hustet und schaut auf seine Hände, vielleicht wird man ihm ja etwas hineinlegen.

Und man antwortet ihm mit einem Lächeln:

»*Gam atem*, gleichfalls! Gott sei uns gnädig!« – Und man gibt ihm ein Almosen und beehrt ihn mit Gebäck.

Es gibt keine Toten mehr!

In den ersten Tagen des Monats Elul kam ich nach Kasrilewke, um die Familiengräber zu besuchen.

Der alte Kasrilewker Friedhof sieht schöner und lebendiger aus als die Stadt selbst. Es gibt dort Grabstätten in Form von kleinen Häuschen, edler und gepflegter als die feinsten Häuser der Stadt. Nicht zu vergessen, dass hier alles herrlich trocken und weit weg vom berühmten Morast der Stadt ist. Man hat etwas Grün vor den Augen, im Sommer sprießen hier und da ein paar Gräschen; man findet sogar zwei, drei Birnbäume dort. Ihr hört das Gezwitscher der Vögel, die von einem Ast zum anderen fliegen und sich in ihrer Sprache unterhalten. Ihr seht die große, runde, blaue *Jarmulke* des Himmels und spürt die lautere warme Sonne. Über die Luft hier wollen wir erst gar nicht reden, sie ist ja tausendmal besser, frischer und gesünder als in der Stadt. Vier Ellen[1] tief in der Erde steckt man ja dort wie hier, der Unterschied ist nur, dass die Menschen auf dem Friedhof an ihrem Platz liegen bleiben, während die anderen dort in der Stadt noch herumgehen. Hier ruhen die einen und wissen nichts mehr von Kummer und Elend, dort aber leben die anderen noch im Unglück, und wer weiß, wie viel sie auf dieser Erde noch aushalten und sich quälen müssen.

Da sehe ich einige Frauen, die auf den Gräbern liegen, weinen, schreien und sich lautstark mit denen Ihrigen unten im Grabe unterhalten.

Eine Frau will die Mutter aufwecken, damit sie sich erhebt und einen Blick auf ihre einzige Tochter wirft und sieht, was aus ihr geworden ist.

»Steh auf, Mutter, ach, liebste, treue Mutter! Wenn du deine einzige Tochter, deine Sore-Perel, jetzt sehen würdest, wie sie nicht mehr weiterkann und wie sie zittert! Ich war doch dein Augapfel, sieh nur, wie ich jetzt schon fast begraben bin. Da lebe ich mit den anderen zusammen, den kleinen Kindern, den armen Küken, nackt und barfuß gehen sie herum, nicht mal ein Hemd haben sie auf dem Leib. Denn er ist dauernd krank, dein Jisrolik, seit er sich damals auf dem Jahrmarkt erkältet hat, ist er ständig krank und muss dauernd zum Doktor. Man soll ihm Milch geben, sagt der, aber es ist doch keine Milch da! Und die Kinder schreien natürlich auch: *Moni*, Milch! Aber es ist keine da! Und Hensil der Schneider drängt wegen der Miete. Ich wohne ja jetzt bei ihm, aber ich weiß nicht, wie ich ihn bezahlen soll. Auch das Schulgeld für Herschel, er wird dieses Jahr ein *Bar Mizwa*-Junge, muss ich noch für das letzte Halbjahr bezahlen, aber von neuem: Es ist nichts da! Wo man hinschaut, überall: nichts da und nichts da und nichts da!«

Eine zweite Frau ist zum Grab ihres Vaters gekommen, um über den Mann zu klagen, den man ihr gegeben hat. Erst dachten alle, er sei was ganz Besonderes, ein Schmuckstück, alle Mädchen haben sie damals beneidet. »Aber zum guten Ende, was stellt sich heraus? Nichts anderes als ein richtiger Scharlatan, ein Verschwender ist er. Am letzten Feiertag war er glatt bereit, fünfundfünfzig Gulden für den *Mafter*[2] hinzulegen, für die Prophetenlesung, und für den ersten Abschnitt des *Ato-horejso*[3] an Simchat Tora wollte er im vergangenen Jahr sogar drei Rubel bieten. Und was er für die Bücher ausgibt, die er ständig heimbringt! Für die Bücher würde er sogar Vater und Mutter verkaufen! Aber dass *ich* dauernd krank bin und immer dünner werde, das stört ihn nicht.«

Die dritte ist gekommen, um ihrem Mann auf der anderen Welt Glückwünsche zu überbringen: *Maseltow*! Sie richtet dem ersten Kind die Hochzeit, aber sie weiß nicht, wovon sie das bezahlen soll. Noch nicht mal die erste Hälfte von der versprochenen Mitgift hat sie hinterlegt. Kein Hemd auf dem Leib und keine Schuhe, nicht mal ein einziges Paar Schuhe, und wer redet von den Kosten für das Fest, die Musikanten, die Servierer, dies und jenes! Woher soll sie das Geld für alles nehmen? Sie weiß nicht mehr, wo ihr der Kopf steht, und schließlich wird es gar so enden, dass die Partie nicht zustande kommt! Und was dann?

So weinen und klagen auch die übrigen Frauen in ihren Nöten, unter Tränen schütten sie ihr bitteres Herz aus; sie sprechen ein wenig mit ihren Lieben und Getreuen, vielleicht wird es ihnen dadurch etwas leichter ums Herz. Und es ist auch so: Wenn man sich gut ausgeweint hat, ist alles etwas besser zu ertragen.

Ich laufe ein bisschen zwischen den alten halbverfallenen Gräbern hin und her, ich lese die verwitterten Inschriften auf den gebeugten Grabsteinen. Da erblickt mich von weitem Reb Arje, der Totengräber, mit dem langen flachsfarbenen Bart und den geröteten Augen. Er fragt mich:

»Wen suchst du?«

Reb Arje ist schon so betagt, dass keiner genau weiß, wie alt er ist; er selbst auch nicht. Trotzdem hält er sich sauber und gepflegt, seine Stiefel sind geputzt und der Bart ordentlich gekämmt, jedes Härchen extra. Er passt genau auf sich auf, päppelt sich wie ein zartes Muttersöhnchen, isst nur weiche Speisen; jeden Morgen kocht er sich Kräutertee und trinkt ihn mit Kandiszucker. »Er hat es gut«, sagt man in Kasrilewke über Reb Arje und beneidet ihn.

»Guten Abend, Reb Arje, wie geht es Euch?«, rufe ich ihm zu und gehe näher zu ihm heran. Es ist schon bald Abend. Die Sonne geht gerade unter, ihre Strahlen fallen von oben auf die Grabsteine. Reb Arje hält die Hand über die Stirn und betrachtet mich mit seinen geröteten Augen. Er streichelt seinen Bart und schaut mich noch einmal genau an: »Wer bist du? Wen suchst du?«

Reb Arje ist schon so alt, dass er es sich erlauben darf, jedermann zu duzen.

Ich sage ihm, wer ich bin und wohin ich will, da erkennt er mich, begrüßt mich, er schmatzt dabei mit den Lippen und spricht in pfeifendem Ton: »Ah, du bist es? Ich habe deinen Vater gekannt und auch noch deinen Großvater Reb Wewik, das war ein guter Mensch, und ebenso den Onkel Pini, auch ein anständiger Mann, und dein Onkel Berke liegt auch hier bei mir mit der Tante Chana. Alle habe ich sie gekannt, alle sind sie gestorben, die Besten sind gestorben, nicht ein Einziger, der es verdient, ist übriggeblieben. Auch die Meinige ist gestorben (er seufzt und winkt mit der Hand ab). Zuerst habe ich die Kinder begraben, alle habe ich sie begraben. Danach ist sie selbst mir auch weggestorben. Sie war eine fromme Frau, möge ich um ihretwillen lange leben, sie hat mich allein gelassen im Alter. Mir geht es gar nicht gut!«

»Nicht gut?«, frage ich ihn.

»Nein, nicht gut«, bemerkt er, »nicht gut. Es gibt keine Toten mehr.«

»Keine Toten mehr?«, frage ich.

»Nein, es gibt keine Toten mehr«, sagt er.

»Hat man denn bei Euch in Kasrilewke aufgehört zu sterben?«

»Was hat das mit dem Sterben zu tun«, sagt er, »gestorben wird, ja, aber was für Leute sterben, und wie? Kinder, Totgeburten oder arme Schlucker. Was hat unsereins von ihnen, Jammer noch mal!? Man geht ein bisschen sammeln für die Totengewänder und man besorgt nach dem ersten Kaddisch den Waisen ein Stück Brot. Kann man denn was anderes tun?« Er deutet mit seiner dürren Hand auf die weinenden Frauen: »Da liegen die Frauen auf den Gräbern ausgestreckt wie die Prinzessinnen. Bezahlen sie mir vielleicht etwas? Sie weinen nach Herzenslust, was kümmert sie alles andere? Und kostet es sie vielleicht Geld? Ja, ich muss sie noch herumführen, ich muss ihnen zeigen, wo der Vater liegt, wo die Mutter, der Onkel! Wo liegt die Tante? Und der Knecht vom Vater? Manchmal weint eine so lange, dass sie ohnmächtig wird. Dann muss ich ihr noch aufhelfen, ihr einen Schluck Wasser geben und manchmal sogar ein Stück Brot. Woher nimmt man das aber? Von was? Von meinem großen Verdienst? Wenn doch keine Toten mehr da sind! Und man muss ja trotzdem leben. Und der Enkelin, dem Waisenmädchen, muss man die Hochzeit richten, sie ist bereits in den Jahren. Es gab einmal einen Bräutigam, die Partie war schon fast geschlossen, wirklich kein übler junger Mann, ein fliegender Buchverkäufer, natürlich ein Witwer, mit mehreren Kindern, aber ein ordentlicher Verdiener, das heißt, wenn er was verkauft, dann verdient er. Bräutigam und Braut hatten sich schon getroffen und angeschaut. Nun, die Sache ging weiter, man war schon kurz davor, den Heiratsvertrag zu schreiben, da sagt er: »Und was hört man von der Mitgift?« Ich sage: »Was für eine Mitgift?« Sagt er: »Mir wurde gesagt, dass Ihr fünfzig Rubel gebt.« Sage ich: »Sonst noch was? Fünfzig Rubel? Wie komme ich an fünfzig Rubel? Soll ich vielleicht stehlen gehen oder anderer Leute Totenkleider aus den Gräbern ausgraben und sie verkaufen?« Ich will es kurz machen, die Partie war dahin! Rede aber mit ihnen, den Kasrilewker besseren Leuten, dann haben sie auch noch Recht: »Versündigt Euch nicht, Reb Arje, Ihr habt doch unberufen ein gutes Einkommen!« »Ein schönes Einkommen! Wo irgendwo ein bessergestellter Toter da war, ein gehobener Mensch, ein bisschen vermögend, ist er doch schon lange gestorben. Und neue kommen nicht nach, es gibt keine Toten mehr! Es gibt keine mehr!«

Ein beneidenswerter Mann!

Eine solche Beerdigung, wie sie der Kantor Reb Melech hatte, gab es seit Menschengedenken nicht in Kasrilewke.

Der Kantor Reb Melech war ein armer Mann, ein bitterarmer, muss man sagen – na ja, so wie alle Kasrilewker Leute. Und solch eine Beerdigung verdiente er nur deshalb, weil er genau beim *Ne'ila*-Gebet gestorben ist, dem Schlussgebet von Jom Kippur. »So stirbt ein Gerechter, ein Zaddik, ein großer Zaddik!«

Die Sonne ging schon unter, sie verabschiedete sich von Kasrilewke, schaute dabei noch einmal durch die Fenster des alten Bethauses und beleuchtete die todblassen, ausgemergelten Gesichter, die gelblichen Gebetsmäntel und die weißen Kittel der Männer, die selbst wie lebendige Leichname aussahen.

Das, was man Hunger nennt, spürten diese lebenden Toten schon lange nicht mehr. Sie spürten nur, dass ihnen die Kräfte ausgingen, dass das Leben Schritt für Schritt aus ihnen wich. Sie saßen über den Gebetbüchern, sie wiegten sich hin und her, sie verschafften sich eine kleine Erleichterung, der eine mit etwas Riechsalz, der andere mit einer Prise Tabak, sie sangen dabei und unterstützten so Reb Melech, den Kantor.

Der Kantor Reb Melech, eine eindrucksvolle Gestalt mit langem Bart und mit einem breiten Kragen, stand seit dem frühen Morgen beim Pult; er stand mit erhobenen Händen vor dem Schöpfer der Welt, verlässlich und gewissenhaft, und betete, wie es die Ordnung vorschreibt, er weinte und bat beim Ewigen um Erbarmen für die Menschen der Stadt, die ihn hier als Fürsprecher vorschickten, als Beistand, damit man ihnen ihre großen Sünden verzeihe, ihnen einen »günstigen Zettel« besorge für ein gutes Jahr.

Auf solch einen Advokaten wie Reb Melech konnten sich die Leute vom alten Bethaus fest verlassen. Nehmt zuerst einmal seine Stimme. Alte Leute erzählen noch, dass er in der Jugend eine durchdringende, gewaltige Stimme besaß, wie die Stimme »eines brüllenden Löwen«.[1] Wenn er damals den Mund öffnete, so zitterten die Wände des Bethauses, und die Fensterscheiben klirrten. Zugleich war er auch ein großer *balbechi*, ein Klageführer, er las mit flehender Stimme, weinte dabei wie ein Kind, und die Gemeinde schaute auf ihn und tat es ihm nach.

Im Alter war seine Stimme ein wenig brüchig geworden; es blieb ihm nur das Weinen, aber dieses Weinen konnte eine Wand erweichen und Tote aufwecken.

Reb Melech hebt beide Hände und hält im klagendem Ton der Ne'ila mit dem Allmächtigen Zwiesprache.

»Ach, lieber Vater, ach wehe uns, Vater, ach wehe uns!« Und wenn das geschieht, empfindet jeder Einzelne im Bethaus eine tiefe Reue wegen seiner großen Sünden und fleht zu Gott, Er möge all das auswischen, verzeihen, vergessen und ihnen und ihren barfüßigen halbnackten hungernden Kindern ein gutes Jahr schenken.

Wenn sie an ihre hungernden, ihre halbnackten und barfüßigen Kinder denken, die unschuldigen Seelen, dann schmilzt ihnen doch das Herz wie Wachs, und sie sind sofort bereit, drei ganze Tage und drei Nächte zu fasten, wenn sie damit nur bei Ihm, der ewig lebt, ein gutes Jahr erflehen können.

Der Kantor Reb Melech, nachdem er etwas Atem geholt und Luft geschöpft hat, streicht sich nun über den Hals und intoniert nach der alten Weise in Koloratur: *»Atunem – nem – nem – de – e – ej! Atunem – nem – nem – de – e – ej! E – e – ej!«*[2] und endet wieder mit Flehen und Weinen:

»Ach, wehe uns, ach, wehe, ach wehe … ach wehe …«

Aber plötzlich wird es still, dann hört man mit einem Mal einen Fall, und es schlägt etwas auf, danach ein Gedränge und ein Flüstern: »Sch … sch … sch … scha … Scha … mm … mm …! *I – o – nu!*[3] Schammes! Schammes!«

Der Schammes Chajim läuft hin und fasst den Kantor Reb Melech unter die Arme. Aber der Kantor Reb Melech lässt den Kopf herunterhängen, die Augen sind halb geöffnet, das Gesicht weiß wie Kalk, totenblass die Lippen – und ein Lächeln, ein bitteres Lächeln spielt um seine Lippen. Die Leute rennen zu ihm. Man hält ihm Riechsalz unter die Nase, man spritzt ihn mit kaltem Wasser ab, man presst ihm die Schläfen, aber alles umsonst … Der Kantor Reb Melech ist gestorben. Der Kantor Reb Melech ist tot.

***

Wenn ein Wolf in eine Herde einbricht und ein Schaf reißt, so entstehen unter den anderen Schafen für einen Augenblick Panik und Aufruhr. Danach drängen sie sich dicht aneinander und zittern an allen Gliedern.

So war es auch im alten Bethaus, als der Kantor Reb Melech starb.

Zuerst gab es für kurze Zeit eine Aufregung, ein Hin- und Hergerenne, Unruhe. Von der Frauensynagoge her hörte man einen seltsam schrillen Schrei. Mit diesem Schrei fiel die Kantorsfrau Zewje in Ohnmacht, und als die anderen auf sie blickten, erging es auch einigen anderen Frauen so.

Danach gab der Row Reb Josifel den Synagogenvorstehern einen Wink; diese klopften auf die Pulte, damit es still würde. Und der Schammes Chajim (er war schon beim Morgengebet der Vorbeter gewesen) ging zum Lesepult, stellte sich dort auf und sie beteten miteinander weiter, bis der Schofarbläser Reb Nissel den letzten Ton geblasen hatte. Danach sagten sie das Abendgebet und gingen hinaus, um den Neumond zu heiligen. Und erst als sie den Neumond geheiligt hatten, liefen alle nach Hause, um das Fasten zu brechen, der eine mit einem Stück vom Kaporehuhn[4] und einem warmen Getränk, der andere bloß mit einem Stück Brot und Hering oder nur mit einem Schluck Wasser.

Aber schon eine Stunde später war der ganze Synagogenhof zum Bersten voll mit Menschen. Männer, Frauen, Jungen, Mädchen, selbst die Kleinkinder aus der Wiege, alle waren sie zum Begräbnis gekommen.

Die eingesessenen Bürger der Stadt übernahmen selbst alle einzelnen Verrichtungen der Beerdigung, sie überließen es diesmal nicht den Dienern der *Chewre Kadische*, der Beerdigungsbruderschaft. Wenn das nichts ist, solch ein Toter!

Die Nacht war hell und warm. Der Mond schien auf Kasrilewke herunter und war stolz auf diese armen Menschen, die sich versammelt hatten, um dem Kantor Reb Melech die letzte Ehre zu geben, wo er sich nun auf seine letzte lange Reise machte.

Als sie mit der Bahre beim alten Bethaus angekommen waren und stehen blieben, stellte sich der Row, Reb Josifel, hin, um eine Trauerrede zu halten. Alle weinten. Reb Josifel zeigte mit einer Reihe von Bibelversen und Beispielen aus dem Midrasch, dass der Tod des Kantors Reb Melech kein gewöhnlicher Tod gewesen ist, sondern dass vielmehr auf diese Weise ein Zaddik stirbt, ein Gerechter, ein großer Zaddik sogar, und solch ein Zaddik geht von hier aus gleich in den Garten Eden hinein, ins Paradies; solch einen Zaddik muss jeder beneiden, und jeder sollte sich solch einen Tod wünschen, denn nicht jedem ist es vergönnt, an Jom Kippur bei der *Ne'ila*, direkt am Pult zu sterben, dort, wo Gott die Sünden aller vergibt. Wenn solch ein Zaddik aus der Stadt geht, muss die ganze Stadt ihn begleiten, vielmehr, wenn solch ein Zaddik die Stadt verlässt, dann soll die ganze Stadt klagen und weinen.

»Weint nur, Leute, und klagt um des Gerechten willen, den wir verloren haben, und bittet ihn, er möge dort vor dem himmlischen Thron unser Fürsprecher für das Neue Jahr sein. Ja, er möge uns allen ein Gutes Neues Jahr erbitten, denn es ist Zeit, dass sich Gott über Kasrilewke und seine Menschen erbarmt!«

Der ganze Synagogenhof weinte, sie vergossen reichlich Tränen und vertrauten darauf, dass sie hier einen Gesegneten wegsandten, einen rechten Fürsprecher beim Allerhöchsten.

In diesem Moment wünschte sich jeder, an des Kantors Reb Melech Stelle zu sein.

Reb Josifel wusste anscheinend nicht mehr, dass er mit einem Toten sprach, denn er beendete seine Grabrede mit den Worten:

»*Lech bescholem*, gehe hin in Frieden,[5] gehe von dannen und richte es aus!«

Noch lange, lange danach hörte man in Kasrilewke nicht auf, vom Tod des Kantors Reb Melech zu sprechen und von seiner Beerdigung, und mit einem Seufzer sagten die Leute:

»Ja, wirklich ein beneidenswerter Mann!«

Einfach rausgeschüttelt!

»Seid mal still«, ruft ein Mann mit runden Ochsenaugen aus, der bisher die ganze Zeit in einer Ecke beim Fenster gesessen war, geraucht und all den Geschichten von Diebstählen, Raubüberfällen und Enteignungen zugehört hatte. »Ich werde Euch jetzt mal eine schöne Geschichte erzählen, auch von einem Diebstahl, die bei uns passiert ist, und ausgerechnet im Bethaus ist sie passiert, und noch dazu an Jom Kippur! Ihr könnt ruhig zuhören.

Unser Schtetl Kasrileweke – ich komme selbst dort her – ist klein und arm. Diebe gibt es nicht bei uns. Man stiehlt nicht; bei keinem gibt es etwas zu stehlen, und außerdem ist doch ein Jude nicht einfach so ein Dieb. Das heißt, ein Jude ist vielleicht doch ein Dieb, aber nicht so einer, der durch ein Fenster einsteigt oder mit einem Messer loszieht, um einen anderen umzubringen. *Drehen*, das ja, etwas verdrehen, jemand was andrehen, auch krumme Dinge drehen, den Leuten eine lange Nase drehen, warum denn nicht? Aber doch nicht dem anderen in die Tasche greifen, so dass man ihn auf frischer Tat ertappt und danach in Häftlingskleidung mit einem gelben Fleck auf der Schulter abführt – das passt zu Iwan, dem Bösewicht, aber nicht zu einem Juden …

Aber stellt Euch vor, einmal geschah bei uns in Kasrilewke doch ein Diebstahl, und was für ein Diebstahl – achtzehnhundert Rubel auf einmal!

Wajehi hajojm,[1] eines schönen Tages passiert es, und es kommt ein Gast zu uns in die Stadt, irgendein Lieferant aus Litauen, und zwar genau am Vorabend von Jom Kippur, vor dem Nachmittagsgebet. Er bezieht, wie man das so tut, Quartier in einem Gasthaus, lässt seine Sachen dort und macht sich sofort auf in die Synagoge, ins alte Bethaus, Ihr könnt es Euch schon denken. Als er das Bethaus betreten hatte, sitzen die Vorsteher bei der Gemeindekasse.

›Scholem Alejchem!‹

›Alejchem Scholem!‹

›Woher kommt Ihr?‹

›Aus Litauen.‹

›*Ma schmecho*, wie heißt Ihr?‹

›Was geht Euch das an!‹

›Ihr seid doch in ein Bethaus gekommen!‹

›Wohin soll ich denn sonst gehen?‹

›Also wollt Ihr doch wahrscheinlich mit uns beten?‹

›Habe ich eine andere Wahl? Was soll ich denn machen?‹

›Dann legt etwas in die Kasse.‹

›Natürlich, werde ich vielleicht umsonst beten?‹

Um es kurz zu machen, unser Gast nimmt drei Silberrubel heraus und legt sie in die Kasse, dazu noch einen Rubel auf den Teller für den Kantor, für den Rabbiner auch einen Rubel, für die Talmud-Tora-Schule einen Rubel und in den Teller für Wohltätigkeiten einen halben Rubel, außer dem, was er an die armen Leute gegeben hat, die bei der Tür sitzen. Und es gibt bei uns, Gott behüte, so viele von ihnen, dass, wollte man jeden von ihnen zufrieden stellen, man Rothschilds Vermögen haben müsste.

Als die Leute sahen, welch eine Art Gast das war, haben sie ihm natürlich einen Sitz an der Ostwand abgetreten. Nun, woher wohl haben sie den Sitz an der Ostwand genommen, wo doch alle Sitze besetzt waren? Das ist bei uns kein Problem. Denn wie findet man einen Platz bei irgendeinem freudigen Anlass, einer Hochzeit oder einer Beschneidung, wenn alle schon um den Tisch herumsitzen? Plötzlich gibt es ein Durcheinander. Was ist los? Der Reiche ist gekommen! Also quetscht man sich so lange, bis man für den Reichen einen Platz gefunden hat. Sich zu quetschen ist was typisch Jüdisches. Wenn kein anderer sie quetscht, so quetschen sie sich selbst.«

Der Mann mit den Ochsenaugen unterbricht sich einen Augenblick und betrachtet die Leute, was für einen Eindruck sein Witz wohl auf sie gemacht hat. Dann erzählt er weiter.

»Um es kurz zu machen, unser Gast hat sich obenhin gesetzt und beim Schammes ein Betpult erbeten. Er beugte sich dann über das Pult, zog sich zum Kol-Nidre den Tallit und den weißen Kittel über und stellte sich hin, um zu beten. Und er betete mit Inbrunst, blieb auch die ganze Zeit aufrecht auf den Beinen stehen; er setzte sich nicht ein einziges Mal, geschweige denn, dass er sich für einen Augenblick niederkauerte. Keine Minute entfernte er sich von seinem Ständer, dieser Litwak, nur dort, wo er sich zum Achtzehngebet aufrecht stellte und an bestimmten Stellen in die Knie ging. Also, an solch einem Tag fasten und die ganze Zeit auf den Beinen stehen und sich nicht einmal hinsetzen – so was bringt nur ein Litwak fertig … Erst nach dem letzten Blasen des Schofars, als man schon zum wöchentlichen Abendgebet übergegangen war und der Melamed Chajim Chone (das Abendgebet gehört seit uralter Zeit ihm) schon angefangen hatte, in Koloratur zu tönen und zu trillern: ›*Ha majre-e-e-w, arowim*, der Du die Abende herbeiführst …‹,[2] plötzlich hört man ein Geschrei: ›Hilfe! Hilfe! Hilfe!‹ Man schaut hin, der Fremde liegt auf der Erde und ist ohnmächtig geworden. Man bespritzt ihn mit Wasser und bringt ihn wieder zu sich. Gleich wird er wieder ohnmächtig. Was ist geschehen? Eine schöne Sache! Er hatte, der Litwak meine ich, achtzehnhundert Rubel bei sich und hatte Angst, sie im Gasthaus zurückzulassen – man muss sich das mal auf der Zunge zergehen lassen. Wem sollte er auch solch eine riesige Geldsumme in einer fremden Stadt anvertrauen? Sie an Jom Kippur bei sich in der Tasche zu behalten ist auch keine gute Idee. So ist er mit sich zu Rate gegangen und hat sie, sagt er, in den Ständer reingesteckt. Auf was für Ideen so ein Litwak kommt! Jetzt versteht Ihr, warum er sich nicht vom Ständer entfernt hat, nicht mal auf eine Minute … Aber als er sich zum Achtzehngebet aufrecht gestellt oder an einigen Stellen in die Knie gegangen ist, hat ihm irgendjemand wohl das Geld gestohlen.

Kurzum, er macht ein Riesengeschrei, er weint, er setzt Himmel und Erde in Bewegung. Was wird er jetzt ohne das Geld machen? Es ist, so sagt er, fremdes Geld, nicht sein eigenes. Er ist bloß der Kurier eines Kontors und ein Familienvater mit vielen Kindern. Es bleibt ihm doch jetzt nichts anderes übrig, als sich ins Wasser zu werfen oder sich aufzuhängen, sagt er, gleich hier in der Synagoge, vor allen Leuten!!

Als die Leute diese Worte hörten, blieben sie alle wie gelähmt stehen. Sie vergaßen sogar, dass es immer noch Fasttag ist und man erst schnell nach Hause gehen musste, um das Fasten zu brechen. Wir schämten uns vor dem fremden Gast, eine Schmach ist es für uns alle: solch ein Diebstahl, achtzehnhundert Rubel! Und wo? Im Bethaus, im alten Kasrilewker Bethaus! Und dazu noch wann? An Jom Kippur! So etwas hat man noch nie erlebt.

›Schammes! Versiegelt die Tür!‹ Diesen Befehl gab unser Row. Wir haben einen besonderen Row. Er heißt Reb Josifel, ein verlässlicher, ehrenhafter Mann, ein koscherer Mensch, nicht so einer, der sich selbst für klüger hält als alle anderen, ein herzensguter, ein ausgeglichener Mann. Und manchmal hat er Einfälle, wie sie Euch niemals kommen würden – und wenn Ihr achtzehn Köpfe hättet. Als die Tür des Bethauses verriegelt war, ruft Reb Josifel allen Leuten zu und ist dabei selbst fahl wie die Wand, die Hände zittern ihm und seine Augen lodern:

›*Schim'u no rabojsim*, hört mich an, hört mir zu, Ihr Männer! Dies ist eine sehr üble Sache! Von solch einer Sache hat man seit Bestehen der Welt noch nie gehört! Dass sich bei uns, in Kasrilewke, solch ein sündiger Mensch findet, solch ein Gesetzloser, der die Kühnheit besitzt, einem fremden Menschen, doch auch

Vater von Kindern, solch eine Menge Geld abzunehmen, und wann noch? An so einem heiligen Tag wie Jom Kippur und, wer weiß, vielleicht zur Zeit der *Ne'ila*? Seit Bestehen der Welt hat man so etwas noch nie gehört! Ich kann es immer noch nicht glauben, dass man sich so etwas nur vorstellen kann, aber passieren kann doch so etwas auf gar keinen Fall! Vielleicht aber, in der Welt ist ja nichts unmöglich, vielleicht aber doch: Die Menschen sind begierig auf einen Rubel, und dann noch solch ein Riesenschatz, achtzehnhundert Rubel, und der böse Trieb, dass uns der Himmel davor bewahre, ist doch stark, wer weiß, vielleicht ist doch einer von uns der Versuchung erlegen und ist gestrauchelt, und es hat jemanden ein solches Unglück getroffen und er hat solch eine Sünde an solch einem Tag begangen, dann müssen wir in dieser Sache *chojker we dojresch* sein, sie genau untersuchen und bis auf den Grund erforschen. Himmel und Erde haben geschworen, dass die Wahrheit nach oben kommt wie das Öl auf dem Wasser. Daher‹, sagt er, ›müssen wir einer den anderen genau absuchen, ihn untersuchen, abklopfen und alle Taschen ausschütteln, und zwar vom Vornehmsten in der Stadt‹, sagt er, ›bis hin zum Schammes, und keinen dürfen wir auslassen. Kommt her Leute, zu mir, tastet mich ab, schüttelt mich durch.‹

So endete unser Row, Reb Josifel, knöpfte als Erster den Kaftan auf und kehrte all seine Taschen auf links. Alle Bürger schauten auf ihn und knöpften dann ebenfalls die Kaftane auf und kehrten ihre Taschen auf links. Man fing an, sich gegenseitig zu untersuchen, einander abzutasten und einer beim anderen herauszuschütteln, was er in den Taschen hatte, so lange, bis die Reihe an Lejser-Jossel kam. Der aber änderte plötzlich seine Haltung und fing an zu widersprechen. Er brachte vor, dass erstens der fremde Gast ein Schwindler sei; es sind alles nur Machenschaften von einem Litwak, niemand hat ihm Geld gestohlen, es ist alles erstunken und erlogen – seht Ihr denn nicht, dass er ein abgekartetes Spiel spielt? Jetzt aber machten die Leute einen noch größeren Lärm: ›Was soll das heißen, angesehene Familienväter haben sich absuchen lassen, wieso soll bei einem Lejser-Jossel eine Ausnahme gemacht werden? Hier wird niemand bevorzugt! Absuchen, absuchen!‹, schrien alle Leute zugleich. Als Lejser-Jossel begriff, dass er so nicht durchkommen würde, fing er an, um Mitleid zu bitten, mit Tränen in den Augen. Man solle ihn doch bitte nicht untersuchen! Er schwor die heiligsten Schwüre, möge er von allem Bösen so rein sein, wie er an diesem Diebstahl unschuldig ist. Ja, was ist denn los? Er schämt sich, sagt er, und er bittet darum, man soll Erbarmen mit seinen jungen Jahren haben und ihn nicht durchsuchen.

›Macht mit mir, was Ihr wollt‹, sagt er, ›aber schüttelt mich nicht durch.‹

Was sagt Ihr zu solch einem Schurken? Aber meint Ihr vielleicht, man hat ihn angehört? Ihm die Ehre erwiesen?

Aber halt, ich habe ja ganz vergessen, Euch zu erzählen, wer dieser Lejser-Jossel ist. Dieser Lejser-Jossel selbst stammt nicht aus Kasrilewke, er ist von irgendwoher, weiß der Teufel woher, aber er wohnt jetzt in Kasrilewke, weil er hier ein Schwiegersohn geworden ist. Der reichste Mann bei uns hat ihn irgendwo ausfindig gemacht und sich gerühmt, dass er einen Edelstein gefunden und für seine Tochter einen ganz besonderen Fang gemacht hat. Tausend Seiten Talmud kann er auswendig und ein Schriftkundiger ist er und ein Kenner der Heiligen Sprache und dazu ein Rechenkünstler, auch perfekt im Bruchrechnen, dazu in Algebra, und ein Kalligraph – mit einem Wort: ein Schwiegersohn mit allen erdenklichen Vorzügen. Als dieses Juwel angekommen war, haben die Leute geschaut, welche erstaunlichen Dinge zu sehen waren: Was für eine besondere Ware hat sich der reiche Mann da eingehandelt? Gut, wenn man ihn so anschaut, was soll da besonders sein, ein junger Mann, ein Kaufmann, nicht übel sieht er aus, die Nase vielleicht ein bisschen zu lang, stechende Augen wie zwei glühende Kohlen und sein Mundwerk – Pech und Schwefel! Man fing an, ihn mit einer Seite Talmud zu examinieren, mit einem Bibelvers, etwas vom Rambam, dies und das – er gerät in Wut! Man strengt sich an, aber er weiß auf alles eine Antwort, er lässt sich nicht fangen, der Hund, was du auch fragst: ›wie ein Goj im *aschrej*‹.[3] Wohin man auch bei ihm hintappt, überall ist er zu Hause!

Selbst Reb Josifel hat gesagt, er könne in jeder jüdischen Gemeinde Rabbiner werden. Von den modernen weltlichen Sachen wollen wir gar nicht reden. Also, bei uns in der Stadt gibt es einen richtigen Philosophen, Sejde, der Sohn von Reb Schaje, verrückt und verdreht, aber gegen Lejser-Jossel ist er ein Dreck! Und wie der Schach spielt, da kommt niemand sonst gegen an, auf der ganzen Welt nicht! Ein sehr begabter Mensch, was kann man anderes sagen?

Natürlich beneidet die Stadt unseren reichen Mann wegen diesem Prachtstück, obwohl die Leute auch darüber reden, dass die Sache vielleicht doch einen Haken hat. Und wieso? Eine Sache gefiel ihnen nicht: dass er *zu* klug ist, und alles *zu* ist nicht gut. Und dass er sich zu sehr in den Mittelpunkt stellt, sich mit jedem abgibt wie mit seinesgleichen, *sapani-brata* also, familiär mit jedermann, auf du und du mit Hinz und Kunz, plump-vertraut mit allen Leuten, sei es mit jungen Männern oder Mädchen, sogar mit verheirateten Frauen. Außerdem gefiel den Leuten nicht, wie er so herumging, immer gedankenverloren. Er kommt später als alle in die Synagoge, er zieht den Gebetsmantel an, wirft einen Blick in den *Be'er Majim Chajim*[4] oder in den *Ibn Esra*[5], seine Jarmulke schwimmt etwas lässig auf dem Kopf, aber beten? Kein Gedanke daran! Wollte man direkt nach etwas Üblem suchen, so hat man nichts gefunden, aber getuschelt haben die Leute doch, dass er nicht gerade sehr fromm sei – nun, es gibt eben keinen Menschen mit lauter Vorzügen.

So war es! Als nun die Reihe an Lejser-Jossel war, hat man sich den Burschen vorgenommen: Was soll das heißen, dass er sich nicht durchsuchen lassen will? Das ist doch ein klares Zeichen dafür, dass das Geld bei ihm steckt! Antwortet er: Man soll ihn bei der heiligen Tora schwören lassen, meinetwegen soll man ihn in Stücke schneiden, ihn braten, verbrennen, aber nicht die Taschen ausschütteln. Da verlor selbst unser Row, Reb Josifel, obwohl er ein Mann ohne alle Schärfe ist, die Geduld und schrie ihn an: ›Ha, so einer bist du? Da verdienst du doch, dass man dir was weiß ich verabreicht! Was soll das heißen, du siehst doch, dass man den Männern das Blut abzapft. Alle nehmen sie die Schande hin und lassen sich untersuchen, willst du vielleicht die vornehme Ausnahme sein? Eins von beiden, entweder du bekennst alles und gibst das Geld zurück oder du zeigst uns jetzt deine Taschen! Du willst es mit einer jüdischen Gemeinde aufnehmen? Dass uns Gott behüte, aber man wird mit dir machen, ich weiß selbst nicht was …‹

Kurzum, die Leute haben sich den sauberen Knaben gegriffen, man legte ihn mit Gewalt auf den Boden, man fing an ihn zu untersuchen, zu betasten und alle Taschen auszuschütteln. Und man schüttelte tatsächlich etwas bei ihm heraus! Nun, ratet mal was? Abgenagte Knochen von einem viertel Huhn und ein paar Dutzend noch frische Kerne von eben verspeisten Pflaumen!

Ihr könnt Euch vorstellen, wie großartig das war, als man bei dem Goldstück diesen Schatz herausschüttelte. Wie er dastand, und genauso sein Schwiegervater, der Magnat, und sogar der Row! Unser Reb Josifel hatte sich vor Scham zur Seite gedreht, er konnte den Menschen nicht mehr in die Augen schauen. Und als die Leute alle vom Bethaus nach Hause gingen, um das Fasten zu beenden, hörten sie nicht auf, vom Schatz zu erzählen, den man aus den Taschen des Knaben herausgeschüttelt hatte, und die Leute kugelten sich vor Gelächter. Nur Reb Josifel ging für sich alleine, mit gesenktem Kopf, gequält und zornig, er konnte keinem in die Augen schauen, so als hätte man das alles bei ihm selbst herausgeholt.«

Es war klar, dass der Mann damit seine Geschichte beendet hatte, denn er fing wieder an zu rauchen. »Ja, und das Geld?«, fragten wir alle miteinander wie aus einem Munde.

»Was für Geld?«, sagte der Mann arglos zu uns und stieß den Rauch seiner Zigarette aus.

»Was soll das heißen, was für Geld? Die achtzehnhundert Rubel!!«

»Ah – ah – ah«, dehnte er seine Worte aus: »Die achtzehnhundert Rubel? Die waren verschwunden.«

»Verschwunden?«

»Verschwunden.«

Ein leichter Fasttag

Das, was der berühmte Doktor Tanner aus New York[1] nicht schaffte, das setzte Chajim Chajkin, ein kleiner armer Mann aus dem kleinen armen Städtchen Kasrilewke, in die Tat um.

Der Doktor Tanner wollte damals zeigen, dass ein Mensch vierzig Tage lang fasten kann; und er selbst quälte sich zum Beweis dessen gerade mal achtundzwanzig Tage lang; am Ende wäre er sogar beinahe gestorben. Dabei hat man ihm während dieser Tage noch Wasser mit Löffelchen eingeflößt, ihn kleine Eisstückchen schlucken lassen und ihm dauernd den Puls gefühlt – ein riesiges Theater!

Chajim Chajkin aber bewies, dass man viel länger als vierzig Tage fasten kann, natürlich nicht direkt hintereinander, einen Tag nach dem andern; aber über das ganze Jahr kamen so um die einhundert Tage zusammen, wenn nicht noch mehr. Und das waren Tage von echtem Fasten! Denn was soll das heißen: ein paar Tropfen Wasser eingeflößt? Und was soll der Unsinn: ein Stückchen Eis! Fasten heißt: nichts essen und nichts trinken, vierundzwanzig Stunden lang, ganze vierundzwanzig Stunden! Und neben ihm sitzen keine Doktoren und fühlen ihm den Puls. Also, kein Wort mehr davon! Aber wie ging das eigentlich zu?

Chajim Chajkin ist ein bitterarmer Mensch, gesegnet mit einer ganzen Schar von Kindern, und muss sich von diesen Kindern ernähren lassen.

Die Kinder sind fast alles Mädchen und sie arbeiten in der »Fabrik«, sie stellen Zigarettenhülsen her. Und sie verdienen ein wenig, die eine einen Gulden und die andere einen halben Gulden am Tag. Aber das natürlich nicht jeden Tag: Sabbat muss man ja abziehen und auch die Feiertage und dann noch die »Streiktage«, denn Gott sei Dank ist es auch schon bis nach Kasrilewke gedrungen, dass man »streiken« kann. Und von diesem übrigen bisschen Geld muss man die Miete bezahlen, für ein feuchtes Kellerloch. Und auch irgendwie Kleider und Schuhe für alle. Kleider haben sie zwar, Gott sei's gelobt, aber Schuhe: zu zweien nur *ein* Paar. Und schließlich muss man davon auch noch was zum Essen besorgen; es verdient nicht den Namen, was sie essen! Eine Ecke Brot, mit Knoblauch berieben, hin und wieder eine Grütze und mal ein Stück getrockneten Salzhering, der einem fast die Kehle verbrennt, so dass man die ganze Nacht nur trinken könnte.

Kommt die Essenszeit, so muss man gut achtgeben und allen ihren Bissen Brot wie ein kostbares Stück Kuchen zuteilen.

»Ach, wie sie essen, ach, wie sie essen können!«

So sagt Chajke, die Frau Chajim Chajkins; sie ist krank und hustet die ganze Nacht durch.

»Dass sie der böse Blick nicht treffe«, sagt der Vater Chajim Chajkin und schaut zu, wie die Kinder ihr Brot in ganzen Brocken hinunterschlingen. Er selbst hätte wohl auch Lust, etwas zu essen, aber wenn er sich etwas nimmt, werden die zwei Kleinsten, Frejdke und Bejlke, überhaupt kein Abendessen bekommen.

So zerschneidet er sein Stück Brot in zwei Teile und gibt es den zwei Kleinsten, Frejdke und Bejlke.

»Frejdke, Bejlke, kommt her, da ist noch ein Stückchen Brot, noch etwas zum Abendessen!« Frejdke und Bejlke strecken die schmutzigen Händchen aus, sie schauen dem Vater ins Gesicht, sie können es nicht glauben: Vielleicht macht er nur Spaß?

Ein Kind ist doch ein Nimmersatt. Sie spielen so lange mit Vaters Brotstück, bis sie immer mal wieder etwas davon abgebissen haben. Die Mutter aber hat es gesehen und fängt an zu schreien, hustet dabei aber immer weiter:

»Immer nur essen! Dauernd nur essen!«

Der Vater will das nicht hören. Er möchte gerne antworten, aber er schweigt. Er kann nicht reden, er hat nicht das Recht zu reden. Was macht er denn hier? Ein menschliches Wrack ist er, das letzte vom letzten, total überflüssig in den Augen der anderen und auch in seinen eigenen Augen.

Denn tun tut er gar nichts, rein gar nichts, absolut nichts. Nicht weil er nicht will oder weil es ihm nicht passt, sondern weil es keine Arbeit gibt. Keine Arbeit und fertig! Das ganze Schtetl klagt darüber, dass es keine Arbeit gibt. Da hat man hier, Gott sei's geklagt, ein paar Juden zusammengetrieben, sollen sie sehen, wo sie bleiben. Wunderbar!

Aber *gam su letojwe*, es hat alles sein Gutes![2] Und gut ist, dass er wenigstens Kinder hat, andere haben nicht einmal das! Doch von den Kindern abhängig sein!? Hört Ihr, es ist nicht gut, wenn man von den Kindern abhängig ist. Nicht etwa, dass sie ihm Vorwürfe machen würden, Gott bewahre! Aber er kann das trotzdem nicht aushalten. Er kann nicht!

Er weiß ja, dass die Kinder den ganzen Tag lang hart schuften; er weiß, dass man ihnen den Schweiß bis auf den letzten Tropfen herauspresst. Er weiß das nur zu gut!

Jeder Bissen Brot bedeutet für ihn einen Tropfen Blut. Er trinkt das Blut der Kinder. Versteht Ihr? Er, Chajim Chajkin, trinkt ihr Blut! Und das kann er doch nicht tun!

»Vater, warum isst du nicht?«, fragen ihn die Kinder.

»Ich habe heute einen Fasttag«, antwortet ihnen Chajim Chajkin.

»Schon wieder ein Fasttag? Wie viele Fasttage hast du denn?«

»Nicht so viel wie Wochentage!« Und ganz lügt Chajim Chajkin nicht. Er hat zwar häufig einen Fasttag. Aber es gibt auch Tage, wo er isst. Nur, die Tage, an denen Chajim Chajkin fastet, sind für ihn die besten.

Erstens ist das Fasten doch ein Gebot Gottes.[3] Es ist etwas für die Kommende Welt; die Zinsen wachsen, und er hat dann für dort mehr Kapital …

Zweitens verursache ich so doch keine Kosten! Vor niemandem muss ich mich verantworten. Es ist wahr, niemand verlangt das von mir. Aber wozu habe ich das Essen nötig, wenn es auch ohne geht? Dadurch unterscheide ich mich eben vom Ochsen. Ein Ochse frisst jeden Tag, mir genügt es, jeden zweiten Tag zu essen. Der Mensch muss schließlich über dem Tier stehen.

Ach, wenn nur der Mensch die Stufe erreichen könnte, wo er ganz ohne Essen auskommt! Leider ist aber der Magen da, dass ihn der Teufel hole. So redet Chajim Chajkin zu sich selbst und vor lauter Hunger fängt er an zu grübeln, sich in philosophische Gedanken zu vertiefen.

Ja, der Magen! Der Trieb zu essen. Vom Essenstrieb kommt doch alles Unglück auf der Welt. Wegen des Magens, wegen des Essenstriebes, bin ich ein armer Schlucker, und meine Kinder müssen sich in Schweiß und Blut placken, ihr Leben für das tägliche Stückchen Brot hingeben.

Was wäre denn, wenn der Mensch nicht essen müsste? Ach, wie gut! Meine Kinder könnten alle zu Hause bleiben! Keine Plackerei mehr, kein Schwitzen mehr, keine Streiks mehr, keine Gefahren mehr! Keine Fabriken mehr und keine Fabrikanten! Keine reichen Leute mehr und keine armen Schlucker! Kein Neid, kein Hass, alles weg, alles weg! Ein Paradies wäre das, ein richtiges Paradies!

So sinniert Chajim Chajkin und vertieft sich immer weiter in seine philosophischen Gedanken; ihn dauert diese schreckliche Welt, und es tut ihm leid, sehr, sehr leid, dass Gott den Menschen so geschaffen hat, dass er nicht weit entfernt ist vom Rindvieh.

***

Ich sagte Euch, der Tag, an dem Chajim Chajkin fastet, ist für ihn der beste Tag. Und ein richtiger Fasttag, zum Beispiel wie *Tischebow*, ist für ihn, er schämt sich, das zuzugeben, ein Festtag! Ihr versteht mich? Gar nichts gegessen, also kein bisschen gelebt wie ein Rindvieh! Nicht der Kinder Blut verzehrt und dazu noch ein Gebot erfüllt – und sich dabei richtig ausgeweint über die Zerstörung des Tempels.

Denn wie kann man weinen, wenn man satt ist? Wie kann ein gesättigter Mensch Leiden nachempfinden? Um Leid zu spüren, muss man doch todhungrig sein!

Zum Teufel mit solchen Menschen! Sie geben dem Magen nach, sie haben Angst zu fasten; so wollen sie den Herrn der Welt bestechen, ihm Schmiergeld zahlen … mit einem Groschen!

So sagt Chajim Chajkin und schießt ganze Salven ab auf die, die sich vom Fasten freikaufen und stattdessen einen armseligen Dreier in die Opferbüchse werfen.

Der schwerste aller Fasttage ist *Tischebow*, so heißt es im Allgemeinen.

Aber Chajim Chajkin kann das nicht verstehen. Der Tag ist so lang? Dafür ist die Nacht kürzer! Draußen ist es so heiß? Aber wer heißt Euch, in der Sonne herumzulaufen? Setzt Euch in die Synagoge und sprecht die Gebete! Es gibt, Gott sei Dank, genug Gebete für diesen Tag.

Ich sage Euch, es ist gerade andersherum, *Tischebow* ist der leichteste von allen Fasttagen, so beharrt Chajim Chajkin. Weil er der beste ist. Der beste Fasttag!

Nehmt zum Beispiel Jom Kippur. Auch ein Fasttag. Und es steht geschrieben: *We'inisem es nafschosejchem*,[4] »Ihr Sollt Eure Seelen durch Fasten kasteien«. Und weshalb? Damit Ihr Euch einen guten Zettel da oben erfleht, ein gutes Jahr. An *Tischebow* heißt es nicht: Ihr sollt fasten. Ihr fastet von alleine. Denn wie könntet Ihr an dem Tag etwas essen, als das Heiligtum zerstört wurde und man Männer umbrachte, Frauen zerstückelte und Kinder abschlachtete?

An *Tischebow* heißt es nicht, man soll weinen; man weint doch von alleine, denn wie könnten wir die Tränen zurückhalten, wenn wir uns daran erinnern, was wir an diesem Tag verloren haben? Jammerschade, dass es nur einen *Tischebow* gibt, sagt Chajim Chajkin. Und schade, dass es nur einen Jom Kippur gibt.

»Nun, und der 17. Tamus?«,[5] sagt einer von der Seite her, der zugehört hat.

»Es gibt aber nur einen 17. Tamus!«, antwortet ihm Chajim Chajkin mit einem Seufzer, »mehr nicht!«

»Und das *Fasten Gedaljas*?[6] Und *Ester-Tones*, das *Fasten von Esther*?«,[7] fragt der Zuhörer wieder.

»Sie sind aber immer nur *ein* Fasttag, Fasten Gedaljas und Fasten Esther«, antwortet Chajim Chajkin wieder mit einem Seufzer.

»Oh, Reb Chajim, Ihr könnt Euch ja nicht satt kriegen mit Euren Fasttagen!«

»Zu wenig Fasttage gibt es«, sagt Chajim Chajkin und beschließt, dass er von jetzt an auch am Vorabend von *Tischebow* fasten wird, zwei Tage zusammen, einen nach dem anderen. Das ist eine gute Sache: zwei Tage hintereinander zu fasten, hört Ihr? Eine wahre Freude!

Schwierig ist es nur mit dem Trinken. Das heißt, mit dem Nicht-Trinken. Ihm würde es nichts ausmachen: mit einem Glas Wasser am Tag kann er eine ganze Woche bis Sabbat fasten.

Ihr meint, er sagt das nur so dahin? Da irrt Ihr Euch aber! Chajim Chajkin ist ein Mensch, bei dem Ihr sicher sein könnt: *Ojmer we'ojse* – gesagt, getan![8] Die ganze Woche vor *Tischebow* hat er schon nichts mehr gegessen, nur von ein bisschen Wasser gelebt. Keiner hat es bemerkt! Seine Frau Chajke ist doch krank, und die älteren Kinder sind bei den Hülsen in der Fabrik, die Kleinen verstehen von alledem nichts. Frejdke und Bejlke fühlen nur das eine, dass sie hungrig sind. Und Hunger haben sie immer, es zieht sich ihnen einfach der Magen zusammen, da wollen sie nur essen.

»Da habt ihr ein Stückchen Brot«, sagt der Vater zu ihnen und zerschneidet seinen Anteil Brot in zwei Hälften. Frejdke und

Bejlke strecken ihre dünnen schmutzigen Ärmchen aus und strahlen. »Und du, Vater, isst du nichts?«, fragt ihn die ältere Tochter später beim Abendessen. »Heute ist doch kein Fasttag!«

»Ach was, ich faste doch nicht«, sagt der Vater zu ihr und überlegt dann: Ich habe sie beruhigt und doch nicht ganz gelogen. Was bedeutet denn der Schluck Wasser! Wasser trinken heißt zwar noch nicht gegessen, aber auch nicht ganz gefastet!

***

Als der Abend vor *Tischebow* gekommen ist, fühlt sich Chajim Chajkin so gut und so leicht wie noch nie.

Er spürt, dass er die letzte Mahlzeit vor dem Fasten gar nicht einnehmen will, dass er gar keinen Drang hat, etwas zu essen. Gerade umgekehrt: Er fühlt, wenn er jetzt irgendetwas Festes essen sollte, bekäme er es gar nicht hinuntergeschluckt. Es rutscht nicht durch, es geht einfach nicht! Nun, was soll man machen!

Das heißt, sein Herz ist schon der Ohnmacht nahe, und seine Hände und Füße zittern. Es zieht ihn, ja, es zieht ihn zur Erde runter, seine Kräfte schwinden ihm. Aber was soll das denn heißen? Ein Unsinn ist das! Eine ganze Woche gefastet und jetzt kommt der Abend vor *Tischebow*, und er kann es nicht aushalten?

Und Chajim Chajkin nimmt seinen Anteil Brot und die Kartoffeln, wendet sich der kleinen Frejdke und der kleinen Bejlke zu und sagt leise zu ihnen:

»Hier, Kinder, esst, aber lasst es die Mutter nicht sehen.« Frejdke und Bejlke holen sich Vaters Portion an Brot und Kartoffeln, sie schauen auf sein Gesicht, wie totenbleich es ist, und auf die Hände, wie sie zittern und zucken.

Chajkin aber sieht, wie die Kleinen zugreifen und zupacken, wie sie essen, runterschlingen. Und er schluckt den Speichel hinunter, schließt die Augen, steht von seinem Platz auf, er kann nicht auf die Kinder warten, die noch bei den Hülsen sind, er nimmt die *Kines*, das Buch mit den Klagegebeten, zieht seine Schuhe aus und geht zur Synagoge, kaum dass ihn die Füße tragen.

***

In der Synagoge ist er fast der Erste. Er sucht sich einen Platz neben des Kantors Sitz, auf einer umgedrehten Bank. Er holt sich ein Stück Kerze, das er auf dem Fuß der Bank mit Wachs festdrückt, und lehnt sich an die Seitenwand des Vorbeterpultes; er beginnt die Klagegebete:

»*Ejli Zi'ojn we'oreho*, klage Zion, mit all deinen Städten!«[9]

Und er schließt die Augen und sieht »Zion«, eine Gestalt: das Bild einer Frau, schwarzgekleidet, mit einem schwarzen Schleier vor dem Gesicht. Sie klagt und weint und ringt die Hände, sie beweint ihre Kinder, die jeden Tag dahinsterben, in fremden Ländern, für fremde Sünden.

»Ach Zion, fragst du nicht nach deinen Lieben,
sie seufzen unter Tränen und im Elend schwer,
der kleine Rest nur ist dir noch geblieben,
Hier ist ihr Gruß – denn andere hast du nicht mehr!«[10]

Er macht die Augen auf, sieht aber Zion, die wunderschöne Frau, nicht mehr; er sieht: Durch das verstaubte Fenster mit den schmierigen Scheiben dringt ein heller Strahl der Sonne, die gerade auf der anderen Seite des Schtetls untergeht. Und obwohl er die Augen geschlossen hat, sieht er doch den Strahl, und nicht nur den Strahl allein, die ganze helle Sonne sieht er, sie, die doch keiner ansehen kann, nur er allein. Chajim Chajkin schaut auf sie, einfach so. Wie ist das möglich? Woher kommt das? Weil er offensichtlich der Welt mit ihren Leidenschaften schon entzogen ist. Er fühlt sich gut. Ihm ist leicht zumute. Er kann jetzt alles ertragen. Er wird ein leichtes Fasten haben, hört Ihr? Ein leichtes, sehr leichtes Fasten wird er heute haben.

Und Chajim Chajkin hält die Augen geschlossen und sieht eine seltsame Welt vor sich, eine neue Welt, die er noch niemals vorher gesehen hat. So etwas wie Engel schweben vor seinen Augen; er betrachtet sie und erkennt in ihnen seine Kinder, alle miteinander, die großen und die kleinen; er will ihnen etwas sagen, aber er kann nicht sprechen. Er will sich vor ihnen rechtfertigen: dass er nichts dafür kann! Er kann nichts dafür, dass unberufen so viele Juden sich an einem einzigen kleinen Flecken der Erde zusammengefunden haben, einander zerquetschen, bedrängen, erdrücken und sich gegenseitig auffressen! Ist er vielleicht schuld, dass es Menschen gibt, die den Schweiß des anderen Menschen benötigen, Menschenblut brauchen? Was kann er dafür, dass Menschen immer noch nicht die Stufe erreicht und begriffen haben, dass ein Mensch den anderen nicht so schinden darf, wie man ein Pferd zur Arbeit schindet? Und dass man auch mit einem Pferd Erbarmen haben muss, ist es doch ein Geschöpf Gottes, eine lebendige Kreatur?

Und Chajim Chajkin hält die Augen geschlossen und schaut, er sieht alles, die ganze Welt, ja, alle Welten, und alles ist ihm hell und leicht und es kräuselt sich wie ein Rauch, er spürt, dass sich etwas von ihm löst, von seinem Körper, von innen weg, vom Herzen her, und das zieht weg, zieht nach oben und trennt sich vom Leib. Er fühlt sich leicht, sehr, sehr leicht, er tut einen tiefen Seufzer und dann folgt ein langes, langes Stöhnen. Und es wird ihm noch leichter. Dann aber fühlt er nichts mehr, gar nichts mehr.

***

Als der Schammes Berje, ein rötlich-struppiger Mann mit wulstigen Lippen, in seinen Socken mit den löchrigen Fersen in die Synagoge kommt und sieht, wie Chajim Chajkin mit offenen Augen dasitzt, den Kopf an die Seitenwand des Pultes gelehnt, ärgert er sich ordentlich. Er schätzt, dass Chajim sich ausruht und eingeschlummert ist. So fängt er an zu knurren, vor sich hin zu schimpfen und sich aufzuregen:

»So eine Frechheit von diesem Menschen! Er hat es sich wohl ein bisschen gemütlich gemacht, er hält ein kleines Schläfchen! O ja, beim Grafen *Pschangutzki* kann es nicht bequemer sein! Erst ordentlich gespeist und dann hergekommen, um ein Nickerchen zu machen! –

Reb Chajim, Ihr müsst schon entschuldigen! Eh, Reb Chajim! Reb Cha-jim!«

***

Die letzten Sonnenstrahlen drangen durch das Fenster der Synagoge und fielen direkt auf Reb Chajims ruhiges Gesicht, auf das schwarzglänzende gekräuselte Haar, die schwarzen buschigen Brauen, die halbgeöffneten guten, dunklen, hungrigen Augen. Die Strahlen drangen durch sein todbleiches immer hungriges Gesicht, sie drangen durch und durch.

Glaubt es mir, Chajim Chajkin hatte einen sehr leichten Fasttag!

Zwei Tote

(zu Ehren von Purim)

Vorrede

»Tote?« und: »zu Ehren von Purim«? An solch einem Feiertag, wo es den Juden doch geboten ist, sich zu betrinken,[1] und einem Autor, den Narren zu spielen und sich als öffentlichen Spaßmacher darzustellen? Nun, ich weiß sehr wohl, mein lieber Leser, dass heute Purim ist und dass du dich zu betrinken hast und dass ich selbst den Clown spielen sollte. Und doch bringe ich dir jetzt die Geschichte von zwei Toten und nichts anderes! Das Einzige, womit ich dir helfen kann, ist ein Ratschlag: wenn du schwache Nerven hast, solltest du die Geschichte besser nicht lesen, wenn es gerade dunkel wird.

Kapitel 1

Chlawne, ein dunkler, kurzgewachsener und stämmiger Mann, liebte den guten Tropfen. Zu seinem Glück stammte er von jüdischen Eltern ab, sonst müsste man ihn sicher einen *Schicker*, einen Trunkenbold, nennen. Na, ich will nicht dafür die Hand ins Feuer legen, dass er trotz all seiner Jüdischkeit nicht doch allerhand gebechert hat. Wir können uns sogar gut vorstellen, dass er in der Lage war, für drei Gojim zusammen zu trinken. Nur hatte er nicht die Mittel dazu. Seine Frau Gitl führte nämlich die Finanzen und sie wusste es zu verhindern, dass ihm auch nur ein Groschen Bargeld in die Hände fiel.

Überall, wo es bei ihm um Geld ging, war Gitl zur Stelle und nahm die Sache in die Hand. Die eigentliche Arbeit verrichtete natürlich Chlawne (er war ein Schuster, möge er es mir verzeihen, dass ich es so offen heraus sage!), aber die Ware abliefern und das Geld dafür einnehmen, das übernahm sie selbst, Gitl meine ich. Natürlich gefiel das Chlawne nicht: »Hältst du mich vielleicht für einen Dieb oder was?«, so fragte Chlawne seine Frau und bekam auch gleich auf der Stelle die Antwort: »Gott behüte, wer redet denn von Dieb? Nur ein Säufer bist du. Stimmt es vielleicht nicht?« Nun, das alles abstreiten und sagen, dass es nicht stimmt, das war nicht seine Art. Aber offen zugeben, dass er in der Tat dem bitteren Tropfen verfallen ist, das gefiel ihm auch nicht. So überlegt er und will sich mit einem Scherz aus der Affäre ziehen, wie es seine Art ist. Denn der Schuster Chlawne liebt nicht nur sein Gläschen Schnaps, er macht auch noch gerne Witze, wie alle Leute aus Kasrilewke. Er kratzt sich also den Bart, schaut zur Zimmerdecke hinauf und sagt zu seiner Frau Gitl: »Alles heißt bei dir saufen, was anderes kennst du nicht. Du sagst, ich sei ein *Schicker*. Hast du vielleicht mal erlebt, dass ich jemals andere *geschickt* habe, um für mich Schnaps zu kaufen? Wenn ich Schnaps will, dann gehe ich selbst und kaufe ihn mir.«

»Ach, geh lieber zum Teufel, du …!«

»Wohin du willst, aber nur mit dir zusammen, durch Feuer und Wasser, aber immer mit dir!«

»Hör jetzt auf, sei still!«, sagt Gitl zu ihrem Mann und wirft von der anderen Seite der Schusterwerkstatt mit einem Stiefel nach ihm; der Stiefel ist schon fast zu Ende repariert, nur der Absatz fehlt noch und zwei Reihen Stifte an der Sohle. Lachend und mit einer witzigen Bemerkung wie immer fängt Chlawne ihre Gabe auf. Und wenn Gitl erst mit dem Geld heimkommt, das sie für seine Arbeit erhalten wird, und ihm ein paar Groschen Bargeld in der Hand lässt, für Zwirn und für Wachs und für Schweineborsten, dann wird er natürlich weich wie Butter und zuckersüß wie Honig und hat gleich von seiner Frau und überhaupt von allen Frauen auf der ganzen Welt eine ungeheuer hohe Meinung. Er streicht sich über die bleiche hohe Stirn (alle Schuster haben übrigens eine bleiche hohe Stirn) und sagt gedankenvoll und leise wie ein Philosoph: »Ich weiß nicht, was der König Salomon, er soll mir verzeihen, gegen die Frauen hatte, dass er sie so in Grund und Boden verdammte? Du weißt doch, was der König Salomon über euch gesagt hat oder nicht?«[2]

»Was dein König Salomon irgendwann mal gesagt hat, interessiert mich überhaupt nicht. Geh du lieber auf den Markt und besorge Zwirn und Garn und Wachs und Schweineborsten und pass vor allem gut auf, dass du dich nicht in eine Schenke verirrst!« Chlawne lachte über solch einen unsinnigen Gedanken: Das eine hat doch nichts mit dem anderen zu tun, das wäre ja, wie wenn man am Freitagabend *Jekum-purkn*[3] sagt, die Sabbatmorgengebete, oder am Samstagmorgen *Lecho-dojdi*![4] Der Markt ist doch dort und die Schenke da drüben, das werde ich ja wohl noch wissen, und außerdem: Wer wird denn auf solch eine Schnapsidee kommen und am hellen Mittwoch Sabbat feiern und in eine Kneipe gehen?

Während alldem zählt Chlawne die Münzen, er nimmt sie von der einen Hand in die andere, schaut mit einem Auge sinnend zur Zimmerdecke empor; dabei rechnet er genau aus, wie viel Geld er für Zwirn, wie viel für Wachs und wie viel er für Schweineborsten ausgeben muss, und mit einem tiefen Seufzer geht er auf leisen Sohlen weg – direkt in die Schenke.

Kapitel 2

Wie hieß noch jener kluge Kopf, der das Sprichwort erfunden hat, dass ausgerechnet an Purim alle Saufbolde nüchtern sein sollten?[5] Ich möchte ihm sagen, dass er, mit Verlaub, ein Rindvieh ist. Warum soll ein Saufkumpan so einen Tag wie Purim auslassen, wo es doch ein Gebot ist, dass ein Jude sich betrinkt wie ein Goj und *schicker* sein soll wie Lot? Der Schuster Chlawne wäre der Erste, der hier seinen Protest einlegen würde. Er schaute so sehnsüchtig dem heiligen Tag Purim entgegen, dass ihm die Augen fast aus dem Kopf gefallen wären. Und als Purim kam, ging er zuerst in die Synagoge, zur Megille, rechnete ordentlich mit Haman ab, hing ihn dann zusammen mit seinen zehn Söhnen auf dem fünfzig Ellen hohen Baum auf,[6] und anstatt dann nach Hause zu gehen und die feiertäglichen Hamantaschen[7] zu versuchen, kehrte er bei einigen seiner guten Kumpanen ein, lauter Schuster wie er; er genehmigte sich mit ihnen ein Gläschen und stieß mit ihnen an: »Gott gebe, dass Haman und seine zehn Söhne das nächste Jahr wieder da sind und dass wir sie in der Synagoge wieder fünfzig Ellen hoch an einem einzigen Galgen aufhängen, damit wir uns darauf aufs Neue ein Gläschen genehmigen können! Sagen wir drauf: Amen.«

Von all dem »Anstoßen« war unser Held derart fidel geworden, dass er, wie lange er auch lief und lief, doch nicht mehr zu sich nach Hause fand. Es kam ihm so vor, als ob die Gasse, in der er wohnte, mit ihm Versteck spielte: Liegt sie nicht da direkt vor seinen Augen und winkt ihm mit einer ganzen Reihe von Lichtern aus den Fenstern entgegen? Kaum aber will er losgehen, da rennt er mit der Stirn gegen eine Wand. Wo kommt bloß diese Wand her? Seitdem er denken kann, erinnert er sich nicht, dass da eine Wand gewesen ist. Es kann höchstens sein, dass irgendeiner dort eine Laubhütte hingestellt hat. So eine Unverschämtheit von einem Kerl, einfach hinzugehen und mitten in der Stadt eine Laubhütte aufzustellen! Da steckt bestimmt der reiche Reb Jossi dahinter! Was sich so ein Geldsack nicht alles einfallen lässt! Ah, du meinst, das ist ein Spaß? Soll der Teufel dich und deine ganze Familie holen!

»So wahr ich Ahasver heiße!«

Und der Schuster Chlawne fasst die Wand mit beiden Händen an, will sie zu sich ziehen und so des Reichen Reb Jossis Laubhütte umstoßen. Die Wucht aber wirft ihn zu Boden, und er streckt sich der Länge nach hin wie ein Graf, mitten in den berühmten Kasrilewker Matsch. Nun, dort wollen wir ihn für eine Weile liegen lassen, bis wir den zweiten Helden unserer Geschichte eingeführt haben, der den illustren und vornehmen Namen Rothschild trägt.

Kapitel 3

Mit dem Namen Rothschild krönte ihn Kasrilewke, weil er der ärmste Schlucker in der Stadt war. Das heißt: Arme wie ihn gibt es in Kasrilewke so viele wie Sterne am Himmel. Aber solch einen Unglücksraben, solch einen gottverlassenen Armen wie ihn gab es selbst in Kasrilewke keinen zweiten mehr. Ihr kennt sicher das Sprichwort (bestimmt stammt es auch aus Kasrilewke!), »dass man sogar zum Unglück eine Portion Glück nötig hat«.[8] Nun, ich will Euch was sagen: Manchmal steckt, mit Verlaub, in einer Redensart auch ein Stück Weisheit.

Wer dieser Rothschild war und woher er kam, kann ich Euch nicht sagen. Er war ein Armer, das habe ich Euch schon erzählt, und seine Beschäftigung war: herumzugehen. Ihr meint vielleicht: »von Tür zu Tür gehen und betteln«? Da irrt Ihr Euch! Nein, er spazierte, so könnte man sagen, einfach herum durch den Matsch der Straßen.

Und das mit kleinen trippelnden Schritten, aber hastig, wie einer, der etwas Wichtiges vorhat und in Eile ist. Er bleibt nur stehen, wenn ihn jemand aufhält: »Scholem Alejchem, wohin seid Ihr unterwegs, Reb Rothschild?«

Rothschild bleibt stehen, wischt sich mit dem Ärmel den Schweiß von der Stirn, schaut mit seltsam erschrockenen Augen hoch, das fahle, ausgemergelte Gesicht verzieht sich zu einer Art

Lächeln; und dann antwortet er so leise, dass man ihn kaum verstehen kann:

»Nur so, ich laufe herum, vielleicht wird der Allmächtige mir etwas zufallen lassen.«

Und kaum hat er das gesagt, geht er mit trippelnden Schritten weiter, und derjenige, der ihn eben aufgehalten hat, bleibt stehen, schaut ihm noch eine Weile nach, zuckt mit den Achseln, lacht und spuckt aus:

»Was es alles auf der Welt gibt, sieh einer diesen Unglücksraben an!«

Seit also dieser Schlimasel den Namen Rothschild bekommen hat, kann sich niemand in Kasrilewke erinnern, dass er jemals irgendeinen Menschen um etwas zu essen oder zu trinken gebeten hat oder gar um einen Platz zum Übernachten, obwohl doch alle wissen, dass Rothschild bestimmt hungrig ist und dass er keinen Ort sein Eigen nennt, wo er sein Haupt niederlegen kann. Was hungrige Menschen angeht, sind die Kasrilewker sehr erfahren, man kann sagen, sie sind darin Spezialisten. Sie können in der dunkelsten Nacht allein von den Stimmen her erkennen, wer nur einen knurrenden Magen hat und gerne etwas zwischen den Zähnen hätte und wer wirklich todhungrig ist, so dass er fast im Sterben liegt. Vielleicht haben sie in diesen Sachen gewisse untrügliche Anhaltspunkte wie z. B. die Ärzte: Wenn die Euch den Puls fühlen, wissen sie genau, welcher Kranke nicht so ganz gesund und welcher wirklich schwer krank, auf den Tod krank ist.

Wenn wir also die hungrigen Menschen in solche einteilen wollten, die bloß einfach hungrig sind, und solche, die wirklich am Verhungern sind, so könnten wir mit Fug und Recht sagen, dass unser Held Rothschild zu der zweiten Kategorie gehört, denn bei ihm sind schon oft ganze Tage und Nächte vorübergegangen, ohne dass er irgendetwas zu sich genommen hätte. Und er wäre auch schon glatt mitten auf der Straße eingegangen, wenn nicht irgendwo doch eine gute Seele genau hingeschaut und gesehen hätte, dass da der Unglücksrabe Rothschild läuft. Denn wenn man ihm etwas gibt, lehnt er nicht ab, und wenn man ihn fragt, ob er Hunger hat, schweigt er; fragt man ihn aber weiter, ob er großen Hunger hat, so antwortet er wieder nicht, nur das gelbe, ausgemergelte Gesicht verzerrt sich zu einer Art Lächeln, die erschrockenen Augen schauen zu Boden, wohl aus Scham, dass ein Mensch so hungrig sein kann, und ohne dass er es will, stößt er einen tiefen Seufzer aus – und wer kann schon sagen, was dieser Seufzer bedeuten mag!

Die Kasrilewker Leute, die gerne ihre Scherze machen, geben ihm zuerst etwas zu essen, danach treiben sie ihren Spaß mit ihm: »*Panje* Rothschild, sagt ehrlich, wie viel Ihr besitzt und wo Eure geheimen Schätze liegen!« Rothschild senkt erschrocken die Augen, verzieht das gelbe, ausgemergelte Gesicht zu einem Lächeln und schweigt. Die jungen Leute aber, diese unverfrorenen Flegel, gehen noch näher an ihn heran und ziehen ihn am Ärmel: »Scholem Alejchem, wie geht es Euch, Reb Rothschild, was gibt es Neues bei Euch dort in Paris?«

Rothschild senkt erschrocken seine Augen, er verzieht das gelbe, ausgemergelte Gesicht zu einem Lächeln und schweigt weiter. Jetzt kommen die Chederjungen, diese Schlingel, das junge Gemüse, und verstellen ihm den Weg. Sie haben ein Spottliedchen auf ihn gedichtet:

»Rothschild ist ein reicher Mann,
einer von den Großen.
Hat alles Geld
von der Welt,
aber ach, was ihm fehlt
sind nur ein Paar Hosen!«

Vor den jungen Leuten hat Rothschild besondere Angst, so nimmt er jetzt die Beine unter die Arme und mit seinen trippelnden Schritten läuft er davon. Die Kleinen rennen ihm nach und hören nicht auf zu singen. Jetzt werden die Erwachsenen aufmerksam und schreien die Kinder an:

»He, schämt ihr euch nicht, ihr Lausebengel, ihr Halunken, ihr Spitzbuben! In den Cheder mit euch, ihr Lumpenpack, in den Cheder!«

Es hätte sich ja vielleicht jemand in Kasrilewke gefunden, der sich für den unglücklichen Menschen Rothschild eingesetzt hätte, und man hätte ihn wohl auch nicht so sehr hungern lassen. Nur, wer kann etwas dafür, wenn manche Menschen lieber sterben, als einmal die Hand aufzuhalten? Und außerdem, wenn wir schon von Gerechtigkeit reden, ist denn die Stadt Kasrilewke verpflichtet, für alle unglücklichen Geschöpfe der Welt die Verantwortung zu übernehmen? Man hat doch nicht gerade wenig eigene Not und eigene Schmerzen mit der Sorge ums Überleben! Man muss ja schon Gott danken, wenn man selbst durch den Tag kommt und die Woche mit Frau und Kindern überlebt!

Jedoch – und was wahr ist, muss wahr bleiben –, wenn der heilige Sabbat naht, ist Rothschild versorgt. Alle Leute sind dann doch in der Synagoge und alle haben Rothschild dort direkt vor Augen.

Wird es die Stadt etwa zulassen, dass in ihr ein Jude am Sabbat hungert? Kurzum, dort gilt: »Gott gibt, aber allen zusammen!« Und ein weiterer Mensch am Tisch, das heißt doch eigentlich nicht mehr, als einen Löffel dazuzulegen. Habt keine Angst, er wird nicht hungrig fortgehen, und wenn vielleicht die Mahlzeit nicht so gewaltig sein wird, so ist das auch kein Unglück. Die Eingeweide werden es verzeihen, Hauptsache, man sitzt bei Tisch, und auf dem Tisch sind winzige Reste vom Vorabend von den Sabbatbroten, von Fischgräten und den beiden Sabbatlichtern auf den zwei Messingleuchtern. Wenn wir das alles zusammen nehmen und wenn dann noch die schönen süßen Sabbat-Smires[9] gesungen werden, dann hat das alles doch eine besondere Anmut, und keiner würde das gegen alle Speisen und

Leckerbissen und die verrückten Sachen eintauschen, die sich der böse Trieb des Menschen ausdenkt, um uns noch tiefer in die Hölle zu ziehen.

Wie groß ist die Kraft des heiligen jüdischen Sabbats! An jenem Tag werdet Ihr in Kasrilewke den besseren Bürger und den Schlimasel Rothschild nicht voneinander unterscheiden können!

Kapitel 4

Erst einmal zu Ehren von Esther gefastet, danach am Abend in die Synagoge, die Megille gehört, ordentlich Rache genommen an Haman, auf einem Fuß noch das *Horow es ribejnu* gesagt, »der Du unseren Streit führst«,[10] und die übrigen Psalmverse dazu, dann aber hielt die ausgehungerten Kasrilewker nichts mehr, sie rannten so schnell sie konnten nach Hause, um, wie es heißt: »jeder unter seinem Feigenbaum und Weinstock« mit einer frischen warmen Purim-Hamantasche endlich das Fasten zu brechen. Vor lauter Begeisterung, vor Hunger und Eile vergaßen die Leute glatt unseren Rothschild, so als hätte es niemals auf der Welt einen Rothschild gegeben. Als Rothschild aber sah, wie die Leute auseinanderstieben, lief auch er mit seinen trippelnden Schritten einfach weg, irgendwohin, über die schlammigen Straßen und Gassen der gesegneten Stadt Kasrilewke. Wie er so an den halbverfallenen, spärlich beleuchteten Häusern und Hütten vorbeilief, warf unser hungernder Held von Zeit zu Zeit einen Blick durch die Fenster und sah – kauende Münder und schluckende Hälse. Was diese Münder so eifrig kauten und so genussvoll hinunterschlangen, konnte er zwar nicht sehen, aber sein gesunder Menschenverstand sagte ihm, dass es sich wohl um frische, süße, dreieckige, mit gezuckertem Mohn gefüllte Hamantaschen handeln müsse, die einem auf der Zunge zergehen und einen himmlischen Geschmack haben müssen. Und irgendeine Stimme meldete sich tief in seinem Magen, zupfte ihn am Herzen und flüsterte ihm ins Ohr: »Du Narr, was drehst du dich da in dieser verrückten Welt herum? Mach eine Tür auf, geh rein und sag: ›Einen schönen Feiertag, Leute! Gibt es bei Euch vielleicht etwas, womit man das Fasten brechen kann? Ich habe nämlich schon drei Tage nichts mehr gegessen.‹« Doch Rothschild erschrickt vor sich selbst. Noch niemals ist ihm so etwas eingefallen, bei anderen Leuten einfach ins Haus einzubrechen wie ein Räuber! Und damit ihn der böse Trieb nicht zu solchen Sachen verführen soll, geht er jetzt mitten auf der Gasse genau im dicksten Schlamm und stolpert auch gleich in der Dunkelheit über etwas Weiches, Dickes, Lebendiges, stolpert darüber in den Matsch und fällt genau auf unseren Helden Nummer eins, auf den Schuster Chlawne.

Lassen wir also Rothschild für eine Weile dort liegen, um zu erfahren, was mit unserem Schuster Chlawne los ist und wie es ihm geht.

Kapitel 5

Der Schuster Chlawne (wir bitten ihn tausendmal um Entschuldigung, dass wir ihn so lange im Dreck haben liegen lassen) fühlte sich in seiner neuen Lage gar nicht so schlecht, wie sich der Leser vielleicht vorstellt. Es liegt ja in der Natur des Menschen, dass er sich jeder Lage anpassen kann, wie bitter und finster sie auch sein mag. Kaum also, dass ihm dieser Matsch, der berühmte Kasrilewker Matsch, als Ruhelager beschieden war, so versuchte er auch schon mit all seinen Fähigkeiten, sich ordentlich zu betten, also nicht einfach dazuliegen, ohne irgendetwas zu unternehmen. Er feuerte ganze Salven von Verwünschungen auf die reichen Leute ab und ließ Reb Jossi »die Glut seines Zornes«[11] spüren; dieser solle ja nicht meinen, er, der Schuster Chlawne, sei Gott bewahre, ein Säufer. Genauso wenig wie Hamans jüngster Sohn *Wajesose*[12] je unter die Chupa kommen wird, ist er, der Schuster Chlawne, ein Säufer. Wer hat das überhaupt von ihm behauptet, dass er ein Säufer sei? Sicher kommt es von ihr, von seiner Frau Waschti, dass sie die Erde verschlinge! Wie er den Namen Waschti ausspricht, verstummt der Schuster Chlawne plötzlich und denkt nach. Dieser Name Waschti ist ihm jetzt im Hirn aufgetaucht, wie ein spitzer Holzstift, den man in einen Stiefel treibt. Er erinnert sich natürlich sehr genau, dass seine Frau früher einmal Gitl hieß, wieso wird auf einmal aus Gitl Waschti? Und nicht nur der Name, auch sie selbst ist ganz verändert, nicht mehr die Frau von früher einmal. Sie ist gekleidet wie eine Zarin mit einem güldenen Hut auf dem Kopf und auch sonst von oben bis unten in Feingold getaucht. Er überlegt sich, dass es jetzt keinen Sinn macht, mit ihr zu streiten. Es ist doch klar, mit solch einer schönen Frau muss man sich verständigen und gemeinsame Sache machen; also rückt er näher und näher an sie heran, sie aber weicht zurück. Sie will ihn wohl nicht! Sicher, weil er die eine Sache so sehr schätzt, über die man *schehakl nihije bidwore* sagt, den Segen über ein gutes Tröpfchen.[13]

»Der Schlag soll ihre Mutter und ihren Vater treffen! Es passt ihnen wohl nicht, wie man in der Stadt rumerzählt, Waschti wäre mit einem Säufer verheiratet!

Soll es mir niemals gelingen, von hier aufzustehen, wenn jemals noch ein Tropfen Branntwein über meine Lippen kommt! Hörst du, Waschti, oder hörst du nicht? Und damit du mir glaubst, hier ist meine Hand! Komm, gib mir deine Hand …«

Und Chlawne streckt seine pechverschmierte fleischige Hand mit den kurzen schwarzen Fingern in den Schlamm und wundert sich, dass Waschti ihrerseits solch eine kalte nasse Hand mit derart kalten glitschigen Fingern hat. Es ist unmöglich, sie so um die Taille zu fassen, dass ihr die Luft ausgeht. Und er öffnet die Arme und umfasst und umarmt … den Unglücksraben Rothschild!

Kapitel 6

Die Forscher sagen ja, dass alles von einem Schreck herrührt. Durch einen Schreck bekommt eine Schwangere eine Totgeburt. Durch einen ordentlichen Schreck kann ein Mensch den Verstand verlieren und ihn kann auch, mögen wir davor bewahrt bleiben, der Schlag treffen und er stirbt. Sie haben mit viel Verstand herausgefunden, dass ein Betrunkener durch einen einzigen Schreck innerhalb von einer Minute nüchtern werden kann. So sagen es jedenfalls die Forscher. Deshalb brauchen wir uns nicht zu wundern, dass unser Held, der Schuster Chlawne, in dem Moment, als er den Pechvogel Rothschild umfasste, vor Schreck sofort nüchtern wurde, allerdings wieder nicht so stark, dass er hätte aus dem Schlamm aufstehen und wie ein normaler Mensch nach Hause gehen können. Aber immerhin kam er so weit zu sich, dass ihm – einer nach dem anderen – seine fünf Sinne fast wieder gehorchten. Als Erstes stellte er mit dem Tastsinn fest, dass Waschti ein Mann mit Bart war. Dann erwachte seine Hörfähigkeit, und er vernahm klare deutliche Worte: »*Schma Jissroel*, Hilfe, Leute, rettet mich!« Der Geruchssinn verriet ihm deutlich, dass sie alle beide im Matsch lagen, im berühmten, stinkenden Kasrilewker Matsch. Aber wie sehr er auch sein Sehvermögen anstrengte, um zu erkennen, wer denn jenes Wesen neben ihm sei, so kam er trotz aller Mühe nicht zu einem Ergebnis, weil sich der Mond hinter dicken Wolken versteckt hatte und die dunkle Nacht ihre schwarzen Flügel über ganz Kasrilewke ausgebreitet hatte.

Auch Rothschild kam nach und nach wieder zur Besinnung, und der Schreck, der ihn eben noch an den Rand des Todes gebracht hatte, verließ ihn leise; unsere beiden Helden fanden zu ihrer Sprache zurück. Welch eine Art von Gespräch sich da zwischen ihnen entwickelte, das wollen wir hier genau wiedergeben, Wort für Wort:

Chlawne: »Wer bist du?«

Rothschild: »Ich bin ich!«

Chlawne: »Was machst du da im Matsch?«

Rothschild: »Nichts!«

Chlawne: »Welcher böse Geist hat dich hergebracht?«

Rothschild: »Ich weiß es nicht.«

Chlawne: »Pfui, schämen sollst du dich. Was bist du? Ein Handwerker? Ein Schuster?«

Rothschild »Nein.«

Chlawne: »Was denn, ein Hausbesitzer?«

Rothschild: »Nein, nein!«

Chlawne: »Was bist du denn, zum Teufel noch mal?«

Rothschild: »Ich bin … ich bin … todhungrig.«

Chlawne: »So ist es also? Du bist todhungrig! Hm …, und ich bin todbesoffen! Aber still jetzt, irre ich mich, oder bist du nicht der Rothschild? Aber natürlich! Ich habe dich doch gleich erkannt! Nun, wenn es so ist, Bruder Rothschild, wäre es doch nicht schlecht, wenn du mir hilfst, aus diesem Matsch herauszukriechen, und wenn du genug Kraft in den Beinen hast, dann könnten wir beide doch zu mir nach Hause gehen und etwas zwischen die Zähne nehmen, denn ich habe das dumpfe Gefühl, dass wir heute auf der ganzen Welt einen Feiertag haben. Ist es Simchat Tora? Oder Purim? Ich kann es dir nicht ganz genau sagen, aber einen Feiertag haben wir jedenfalls! Und wenn ›alle feindlichen Könige aus Osten und Westen‹ kommen[14] und behaupten, es stimmt nicht, dann spucke ich ihnen glatt ins Gesicht und sage, dass ich jedenfalls Recht habe!«

Es dauerte eine kleine Weile, bis sich die beiden aus dem Matsch herausgegraben und sich mit viel Mühe auf den Weg gemacht hatten, einer stützte sich auf den anderen, das heißt Rothschild stützte Chlawne, damit der nicht hinfiel. Denn nur der Kopf war beim Schuster nüchtern geworden, die Füße aber verhakten sich noch ständig. So kamen sie zu …

Aber erst einmal wollen wir die beiden Helden auf ihrem Spaziergang verweilen lassen und für eine Minute zum Schuster

Chlawne nach Hause gehen und nachsehen, was seine Frau Gitl inzwischen macht.

Kapitel 7

Wie viel auch die Kritiker kritisieren und die Spötter spotten und Witze machen, eine Frau bleibt doch immer eine Frau. Kaum wurde es Abend, da richtete sich Gitl schon darauf ein, dass ihr Mann gleich von der Megille nach Hause kommen wird, um das Fasten zu brechen. Dafür hatte sie den Tisch feiertäglich gedeckt und zuerst das hingestellt, was ihr Mann besonders gerne hat – ein Fläschchen und ein Glas. Es kann gut sein, dass in der Flasche nicht mehr als ein einziges Glas war, aber vielleicht waren es – dem Feiertag zu Ehren – auch zwei Gläschen. Daneben thronte auf dem Tisch eine dreieckige Hamantasche mit Mohn, eine riesig große, breite, eine richtige Schuster-Hamantasche. Wenn man sich mal vorstellt, dass diese Hamantasche reden könnte, dann würde sie sagen: »Chlawne, wo bleibst du, komm, komm, iss mich!« Aber Chlawne konnte das nicht hören. Zu dieser Zeit war er noch bei seinen Schusterkumpanen und nahm mit ihnen gerade einen großen Schluck zu Ehren des heiligen Tages Purim.

Umsonst schaute die Schusterin dauernd durch das Fenster nach draußen und lauschte zur Tür hin. Jedes kleine Geräusch sagte ihr, dass da Chlawne kam. Aber Chlawne kam nicht. Zu dieser Zeit lag er nämlich einsam im Schlamm und unterhielt sich mit Waschti. Wie das nur eine Frau vermag, stellte sich Gitl alles Mögliche vor, was ihrem Mann zugestoßen sein könnte. Und als es schon richtig spät wurde, warf sie sich die Strickweste über die Schultern und ging los, um ihren Mann zu suchen. Sie fand ihn jedoch nicht. Die Schuster, mit denen Chlawne auf den Feiertag angestoßen hatte, schworen ihr hoch und heilig, Chlawne sei gleich von der Synagoge weg zu sich nach Hause gegangen, er und sie hätten keinen Tropfen getrunken! Höchstens, so sagten die Schuster, dass er unterwegs Simon Wolf getroffen hätte!

Bei dem Namen Simon Wolf überkam Gitl ein Schauder. Dieser Simon Wolf kostete sie ohnehin schon einen Teil ihrer Gesundheit.

Simon Wolf ist auch ein Schuster, genau wie ihr Mann Chlawne, und er liebt ebenso sehr das, was ihr Mann so gerne hat. Aber wie kann man denn diesen mit ihrem Chlawne vergleichen? Dieser andere ist doch in der ganzen Welt bekannt – man nennt ihn niemals anders als »Simon Wolf, der Säufer«. Es kann gut sein, dass schon sein Vater daran gestorben ist. Einmal an Simchat Tora hatte der so viel getrunken, dass der Schnaps in ihm Feuer fing, und er verbrannte wie eine Kerze. Simon Wolf ist das Gleiche auch schon mal passiert, man hat ihn gerade noch löschen können. Gitl jedoch wollte nicht glauben, dass sich ihr Mann wieder einmal mit diesem Saufbruder getroffen hat, wo er ihr doch feierlich in die Hand versprochen und bei den Gebetsriemen geschworen hatte, dass er sich Zeit seines Lebens nicht mehr mit ihm treffen würde. Wegen dieser Sache entstand ein großer Streit zwischen Chlawnes Frau Gitl und Simon Wolfs Frau Chane-Sissel. Der Krach fing mit einigen Worten und Sticheleien an, nahm dann aber ein hässliches Ende. Sie gerieten sich so sehr in die Haare, dass man sie nur mit Mühe trennen konnte. Seit dieser Zeit reden die beiden Frauen nicht mehr miteinander, und wenn sie sich begegnen, so gehen sie absichtlich auf die andere Seite der Gasse und spucken dreimal aus.

Gitl war lange mit sich zu Rate gegangen, was sie tun sollte. Sollte sie zu dieser unverschämten Person Chane-Sissel gehen, um sich nach ihrem Mann zu erkundigen, oder nicht? Sie hatte Angst, das Ganze könnte wieder mit einer wilden Szene enden. Aber Gott selbst mischte sich hier ein und kam ihr zu Hilfe. Noch ehe sie sich von der Stelle bewegte, sieht sie, wie ihr eine in Schwarz gehüllte Gestalt entgegenkommt. Im Dunklen schaut sie genauer hin und erkennt Chane-Sissel! Beide Frauen waren schon bereit, sich aus dem Weg zu gehen und dreimal auszuspucken wie gewöhnlich. Aber eine geheimnisvolle innere Macht hielt sie davon ab, und beide fingen sie wahrhaftig an, miteinander zu sprechen. Ihre Unterhaltung war kurz, aber sehr klar:

»Wohin so spät?«

»Und wohin geht Ihr zu dieser Zeit?«

»Ich suche meinen Mann.«

»Ich meinen auch.«

»Wo können sie nur sein?«

»Ich habe keine Ahnung, wo meiner ist.«

»Meiner war in der Synagoge bei der Megille.«

»Meiner auch.«

»Also sind sie beide von da weg?«

»Es sieht so aus.«

Und beide Frauen seufzen tief und gehen auseinander, die eine hierhin und die andere dahin.

Kapitel 8

Am Ende ihrer Kraft und total verzweifelt kam Gitl schließlich heim. Im Vorbeigehen warf sie einen Blick auf die Hamantasche, und es kam ihr so vor, als schaute die sie an und sagte zu ihr: »Was ist nur mit Chlawne passiert?« Vor lauter Kummer wirft sie sich aufs Bett. Und da liegt sie so lange, bis sie schließlich einschläft.

Während sie schläft, scheint es ihr im Traum, als klopfe jemand ans Fenster und rufe ihren Namen. Sie will den Kopf heben, aber sie schafft es nicht. So fragt sie vom Bett aus: »Wer ist da?« Und sie erhält die Antwort, dass es die Schustersfrau Chane-Sissel ist, zusammen mit dem Schammes der Beerdigungsbruderschaft; sie sind gekommen, weil sie das Totengewand brauchen. Gitl kann nicht begreifen, dass sie überhaupt die Kraft aufbringt, über so etwas zu sprechen. Sie fragt Chane-Sissel ganz sachlich, so als ginge es um einen Backtrog oder um ein viertel Huhn für Sabbat:

»Sie sind verbrannt?«

»Ja, verbrannt.«

»Beide zusammen?«

»Beide zusammen.«

Fast wäre sie vor Schreck vom Bett heruntergefallen. Sie richtet sich auf und hört, wie mehrere Hände an der Tür kratzen; die Haare stellen sich ihr zu Berge. Mit Mühe fragt sie: »Wer ist da?«

»Wir sind es.«

»Wer sind die ›wir‹?«

»Mach auf, dann wirst du sehen, wer wir sind.«

»Die Tür ist doch offen.«

»Wir finden die Klinke nicht.«

Am Klang erkannte Gitl gleich, dass es ihr Mann ist, sie springt schnell auf, öffnet die Tür und sieht zwei Gestalten, wie Gespenster mit Dreck verschmiert und – springt gleich wieder zurück.

»Einen schönen Feiertag, Gitl!«, ruft Chlawne ihr zu und wälzt sich zusammen mit Rothschild ins Haus. »Ich will nicht Chlawne heißen, wenn du weißt, wer da zu dir gekommen ist! Zwei Tote sind wir, zu Ehren von Purim! … Gott steht dir bei, was hast du dich so erschrocken? Wir sind wirklich zwei Tote, aber nicht aus dem Jenseits. Einer von uns ist todbesoffen, der andere todhungrig. Wer von uns todbesoffen und wer todhungrig ist, das wirst du schon von selbst begreifen, wo du doch solch eine Kluge bist. Was schaust du so? Hast du ihn nicht erkannt? Es ist doch Rothschild! Soll Reb Jossi, der Reiche, mit dem ganzen Kasrilewker Matsch versinken!« Rothschild hat sich nämlich so verschmiert, dass man ihn nicht mehr erkennen kann. Man könnte direkt meinen, er hätte sich dort mit allen Schweinen herumgewälzt. »Hörst du, Gitl, du bist doch eine Frau mit

Verstand. Waschti ist gar nichts gegen dich! Da sehe ich doch bei dir das Sabbat-Fläschchen auf dem Tisch stehen. Sicher hat dir dein Herz gesagt, dass wir heute einen Feiertag auf der ganzen Welt haben, da muss man doch Kiddusch machen und dazu diesen Bastard da auf dem Tisch mit den drei Ecken verspeisen! Soll es ein schlimmes Ende mit ihm haben wie mit seinem Vater Haman! *Lechajim*! Zum Wohl, Rothschild! Gebe Gott, dass er uns nächstes Jahr noch erhalten bleibt und dass wir ihn wieder in der Synagoge zusammen mit seinen zehn Söhnen an einem einzigen Galgen aufhängen, fünfzig Ellen hoch! Warum sagst du nichts, Gitl? Warum bist du so still? Sag doch: ›Amen!‹«

Zwei Schalachmones

Eine Geschichte von Purimgeschenken

1.

Schon lange hatte es in Kasrilewke nicht solch schöne und warme Purimtage gegeben. Das Eis war früh geschmolzen, und in den Straßen und Gassen verwandelte sich der Schnee in Matsch, so hoch, dass er einem bis an den Bauch ging. Die Sonne schien, es wehte ein laues Lüftchen. Ein verrücktes Kälbchen war fest überzeugt, es sei schon Frühling; es fing an zu blöken, richtete den Schwanz steil in die Höhe, stieß dabei die Schnauze nach unten und ließ ein vorsichtiges »Mäh« hören. Die Gassen hinunter schlängelten sich kleine Bäche und trugen hier ein Stückchen Holz, dort einen Strohhalm oder einen Papierfetzen mit sich. Ein Glück, dass sich noch niemand in der Stadt um Mazzen Gedanken machte, sonst hätte man meinen können, es stünde nicht Purim, sondern vielmehr Pessach vor der Tür.

Mitten in der Stadt, dort, wo der Schlamm besonders hoch war, begegneten sich zwei Mädchen. Sie hießen beide Nechama. Eine mit schwarzen Haaren, kräftig gewachsen, mit starken Brauen und einer Stupsnase. Die andere war bleich, etwas kränklich, hatte rote Haare und ein eher spitzes Näschen. Die erste lief barfuß und zeigte stämmige dunkle Waden, die andere hatte ihre Füße in etwas gesteckt, das Schuhe sein sollten. Sie waren vorne weit aufgeplatzt und sperrten das Maul auf. Herrliche Schuhe! Wenn sie sich mit ihnen durch den Matsch kämpfte, schleifte eine Sohle hinterher, bei jedem Schritt gurgelte und blubberte es unter ihren Füßen, und wenn sie mal die Schuhe auszog, wogen sie nicht weniger als einen halben Zentner. Von derlei Schuhen sagt man auch: »Lieber barfuß gehen als in solchen Apparaten herumlaufen!«

Beide Nechamas trugen *Schalachmones*[1] aus, Purimgeschenke. Die Schalen waren mit weißen Servietten bedeckt; sie hielten sie mit beiden Händen hoch über dem Kopf. Als sie einander sahen, blieben die beiden Mädchen stehen:

»Hallo, Nechama!«

»Hallo, Nechama!«

»Wohin gehst du denn, Nechama?«

»Was soll das heißen, wohin ich gehe? Ich trage doch *Schalachmones* aus.«

»Und zu wem trägst du die *Schalachmones*?«

»Was meinst du wohl, genau zu euch! Und wohin gehst du?«

»Was für eine Frage! Du siehst doch, dass ich auch *Schalachmones* austrage.«

»Und zu wem bringst du sie?«

»Natürlich zu euch!«

»Das ist ja ein Witz, eine richtige Komödie. Nun, zeig mal deine *Schalachmones*, Nechama.«

»Aber zeig mir dann auch deine *Schalachmones*!«

Und beide Nechamas blickten sich um, suchten einen Platz, wo sie sich für einen Augenblick hinsetzen konnten. Und Gott half ihnen, sie entdeckten einen trockenen Holzbalken neben einer Herberge. So zogen beide ihre Füße aus dem lehmigen Dreck und machten es sich auf diesem Balken bequem. Die Schalen mit den *Schalachmones* stellten sie auf ihre Knie, nahmen die Servietten weg und betrachteten dann die Purimgeschenke.

Als Erste deckte die rote Nechama ihre *Schalachmones* auf. Sie diente bei Selda, der Frau von Reb Jossi, bekam viereinhalb Rubel für den Winter, dazu Kleider und Schuhe. Nun, man sagt das so: »Kleider und Schuhe«. Zugegeben, das Kleid war noch ein Kleid, mit Flicken zwar, aber immerhin ein Kleid. Die Schuhe aber waren Männerschuhe, von Seldas Sohn Menasche, der Quanten hatte wie Backtröge und dazu noch die Angewohnheit, seine Absätze schiefzutreten. Wunderbare Schuhe!

Die *Schalachmones*, welche die rote Nechama trug, bestanden aus: einer prächtigen großen Hamantasche mit Mohn, zwei Teilchen, das eine oben offen, mit Streuseln, das andere rund und von beiden Seiten kunstvoll gezwickelt, einem Stück Biskuit mit einer Rosine in der Mitte, einem größeren viereckigen Stück Torte, einer großen Portion Mandelbrot, zwei kleineren süßen Brötchen und einem schönen Stück Lebkuchen aus Roggenmehl. Der Lebkuchen war Selda in diesem Jahr besonders gut gelungen. Entweder hatte sie gutes Mehl gefunden, oder der Honig war ausnahmsweise rein; vielleicht hatte sich das Gebäck auch gut ausbacken lassen oder aber der Teig war vorher lang genug geschlagen worden, so dass er mürbe und zart wie ein Daunenkissen war.

Nachdem sie die *Schalachmones* der roten Nechama von allen Seiten betrachtet hatte, deckte die schwarze Nechama nun ihre Schale auf und ließ ihre *Schalachmones* sehen. Sie diente bei Slate, der Frau von Reb Ajsik; sie bekam sechs Rubel für den Winter, hatte davon aber selbst für ihre Kleidung zu sorgen. Darum lief sie barfuß, und Slate verwünschte sie deshalb in Grund und Boden: »Wie kann man nur den ganzen Winter barfuß herumlaufen! Du wirst dich bestimmt noch erkälten, dass dich der Teufel hole!«

Aber Nechama hörte so wenig auf sie wie Haman auf die Klapper.[2] Sie sparte sich lieber das Geld für Pessach auf. Zu Pessach wird sie sich mit Gottes Hilfe ein Paar neue Schuhe mit hohen Absätzen und Knöpfen an den Seiten machen lassen, außerdem ein Baumwollkleid kaufen, mit Rüschen. Der Schuster Koppel, der ihr den Hof macht, wird nicht schlecht staunen, wenn er sie dann sieht.

Die *Schalachmones*, die die schwarze Nechama austrug, enthielten im Einzelnen: eine prächtige Portion Strudel, zwei größere Stücke Biskuit, ein schönes Stück Lebkuchen, zwei Teilchen, von oben und unten zu der Form eines Fisches gedreht und mit kleinen gezuckerten Teigsplittern gefüllt, zusätzlich zwei große Scheiben schwarz glänzenden Mohnkuchen, mit Nussstückchen gespickt. Außerdem lag auf dem Tablett eine wunderschöne gelbe Orange; sie lachte einen an, und ihr Duft drang einem durch und durch.

2.

»Ich will dir mal was sagen, Nechama, deine *Schalachmones* sind schöner als meine.« Das sagte die rote Nechama zur schwarzen, um ihr ein Kompliment zu machen.

»Ach was, deine *Schalachmones* sind auch nicht übel«, antwortete ihr die schwarze Nechama und gab so das Kompliment zurück. Dabei tippte sie mit dem Finger auf die Hamantasche. »Das ist mal eine Hamantasche«, sagte die schwarze Nechama und leckte sich die Lippen. »So muss eine richtige Hamantasche aussehen!«

»Ehrlich gesagt, Nechama, ich gönne sie ihr nicht, meiner Madame, diese Hamantasche! Einen Schlag ins Gesicht soll sie haben, Schöpfer der Welt! Hörst du, Nechama, ich habe heute den ganzen Tag noch nichts gegessen, deshalb würde ich doch zu gerne ein kleines Stück von dieser Hamantasche probieren!«

»Und meinst du vielleicht, ich hätte heute schon etwas gegessen? So viel zu essen wünsche ich denen all ihre Lebtage, was ich heute hatte«, wirft die rote Nechama ein und schaut sich nach allen Seiten um. »Ich will dir mal was sagen, Nechama, zerbrich sie in zwei Teile und wir werden sie mit Genuss verspeisen. Wo steht denn geschrieben, dass zu *Schalachmones* unbedingt Hamantaschen gehören müssen? Du selbst hast ja bei deinen *Schalachmones* auch keine Hamantasche!«

»Wirklich, du hast recht«, sagt die schwarze Nechama, zerbricht die Hamantasche in zwei Hälften und teilt sie mit der roten Nechama.

»Hörst du, ich sage dir, das ist vielleicht ein himmlischer Geschmack, echt wahr! Schade, dass nur eine da war! Aber für deine Hamantasche, Nechama, hast du aus meinen *Schalachmones* ein Stück Biskuit verdient, denn wenn wir gleich auseinandergehen, ist es nur gerecht, dass sie ein Stück Biskuit weniger kriegt, meine Madame, und dafür ein Geschwür mehr! Rate mal, wie viel heute für mich rausgesprungen ist, von ganz früh an bis jetzt! Knapp ein Gulden und zwei Groschen! Der Gulden dazu noch mit einem Loch in der Mitte![3] Wie viel hast du denn bekommen, Nechama?«

»Nicht einmal das hab ich zusammengekriegt, Geschwüre sollen sie alle miteinander kriegen«, sagt die rote Nechama, kaut dabei den Biskuit und schlingt ganze Stücke herunter wie eine Gans. »Es wäre schon viel, wenn ich den ganzen Tag einen einzigen Gulden zusammenkriege. Feine Herrschaften, diese besseren Damen.« »Besser sollen sie sich alle miteinander begraben lassen«, sagt die schwarze Nechama und leckt sich die Lippen nach dem Biskuit. »Ich komme vorhin mit den *Schalachmones* zu Hena vom Kurzwarenladen, nimmt sie mir doch einfach die Schüssel ab, dann wühlt und kratzt sie in den Taschen herum und sagt, ich soll später noch mal kommen, dass sie bald unter die Erde komme!«

»Genauso ist es mir bei Keila, der Frau von Reb Awraham, gegangen«, sagt die rote Nechama. »Ich komme mit den *Schalachmones* zu ihr, schenkt sie mir doch nur ein winziges Stückchen Biskuit für den Weg, dass Gott ihr eine neue Seele schenke!«

»Und die alte soll man nehmen und sie den Hunden vorwerfen«, fügt die schwarze Nechama hinzu und nimmt eins von Slates Biskuitstücken. Sie bricht es in zwei Hälften: »Da iss,

Nechama, sollen sie die Würmer fressen. Wenn deine Madame einen Biskuit weniger hat, wird es mir nicht den Schlaf rauben!«

»Oh weh, mich trifft der Schlag!«, ruft die rote Nechama aus, stellt sich hin und ringt die Hände. »Sieh nur, Nechama, was mir von den *Schalachmones* geblieben ist!«

»Wer wird ihnen das denn erzählen, du Närrin«, beruhigt sie die schwarze Nechama. »Hab keine Angst, heute ist doch für sie ein Tag von lauter *Schalachmones*. Da sind sie stark beschäftigt, sie werden schon nicht so genau hinsehen!«

Und beide Nechamas bedecken wieder ihre Schalen mit den weißen Servietten und tauchen von neuem in den Matsch ein. Die eine hierhin und die andere dahin, so als wäre inzwischen nichts geschehen.

3.

Selda, die Frau von Reb Jossi, eine sichtbar wohlbegüterte Frau mit rundem Gesicht, stand mit einer weißgepunkteten roten Schürze im Zimmer, stellte die *Schalachmones* zusammen, die sie anderen schicken wollte, und ordnete diejenigen, die sie von anderswoher bekommen hatte.

Reb Jossi *Grießbrei* (diesen Beinamen hatte er in Kasrilewke bekommen) lag derweil auf dem Sofa und schnarchte. Sein Sohn Menasche, ein Bursche von etwa achtzehn Jahren mit roten Backen in einer glänzenden Pelerine, machte sich um die Mutter herum zu schaffen, naschte dort ein Stück Lebkuchen, hier ein paar von den gezuckerten Nudeln oder ein Mohnteilchen. Er hatte sich so mit all den guten Sachen vollgestopft, dass seine Zähne und Lippen bereits schwarz verfärbt waren und sein Bauch gewisse Töne von sich gab.

»Menasche, reicht es jetzt mal? Menasche!«, sagt ihm Selda jede Minute aufs Neue.

»Ja, genug! Genug!«, sagt Menasche und stopft dabei jedes Mal ein anderes Stück in den Mund, »das ist das allerletzte Stück«, und leckt sich mit der Zunge die Lippen ab.

***

»Einen guten Feiertag! Meine Hausfrau schickt Euch *Schalachmones*«, sagt die schwarze Nechama und überreicht Selda die zugedeckte Schale mit den Purimgaben.

»Bei wem dienst du?«, fragt diese mit einem freundlichen Lächeln und nimmt ihr die *Schalachmones* aus den Händen.

»Bei Slate, der Frau von Reb Ajsik ›Briß-Macher‹«, antwortet die schwarze Nechama und wartet, dass man ihr die *Schalachmones* abnimmt und die Schale zurückgibt. Selda greift mit einer Hand in die Tasche um das Mädchen mit einem Groschen für den Weg zu bezahlen. Mit der anderen Hand deckt sie die *Schalachmones* auf – und hält wie gelähmt inne.

»Was ist denn das? Menasche, sieh mal!« Menasche schaut auf die *Schalachmones*, fasst sich in die Seiten, biegt sich zur Erde runter und stößt solch ein Gelächter aus, dass Reb Jossi *Grießbrei* fast vom Sofa gefallen wäre, so sehr hat er sich erschrocken.

»Ha? Was ist denn los? Wer ist da?«

»Sieh dir diese Purimgeschenke an«, sagt Selda zu ihm und faltet beide Hände über dem Bauch. Menasche hört nicht auf zu lachen, Reb Jossi *Grießbrei* aber spuckt aus, dreht sich wieder mit dem Gesicht zur Wand und schläft weiter.

Selda stößt Nechama das Tablett mit der Serviette in die Hand und sagt zu ihr:

»Sag deiner Herrin, dass ich ihr fürs nächste Jahr keine besseren *Schalachmones* wünsche als diese hier!«

»*Omejn gam otem*, danke gleichfalls!«, sagt die schwarze Nechama und nimmt die Platte entgegen.

»Was sich so ein unverschämtes Ding erlaubt! Was meinst du dazu, Menasche?«

4.

Slata, die Frau von Reb Ajsik, kriegt jedes Jahr ein Kind – und rennt dauernd zum Arzt. Sie war schon so ermattet vom Annehmen und Austeilen der Purimgeschenke, dass sie sich auf einen Stuhl setzen musste. Von da aus dirigierte sie ihren Mann Ajsik »Briß-Macher«, (so nannten ihn die Leute hinter vorgehaltener Hand, weil er pünktlich jedes Jahr einen *Briß*, eine Beschneidung, feierte).

»Ajsik, nimm das Stück Obstkuchen da und stell es hierhin, und das Mandelbrot und die zwei Mohnteilchen dahinten leg dorthin, Ajsik. Und hol mir dann die Teigtaschen mit den Streuseln, nein, nicht diese, die anderen! Nun mach schon ein bisschen schneller, Ajsik! Sieh nur, man muss ihm noch das Einmaleins beibringen, wie einem kleinen Kind! Und hol das Stück Biskuit da hinten, das größere, und leg es hierhin, ja so, und zerschneide das Stück Obstkuchen in zwei Teile, nein, das ist zu groß, Ajsik, man verschwendet nur seine Zeit mit dir … Zum Teufel mit euch, ihr Bastarde, verschwindet hier!« Die letzten Worte richteten sich an eine ganze Bande von kleinen halbnackten Rabauken, die um sie herumstanden, begierig auf all die süßen Sachen schauten und sich die Lippen leckten. Die Schlingel schlichen sich in einem fort von hinten heran, um ein Stückchen vom Tisch zu mausern. Die Mutter aber sieht es und traktiert sie mit einem Klaps, einer Ohrfeige oder einem Stoß mit dem Ellenbogen.

***

»Einen guten Feiertag! Meine Hausfrau schickt Euch *Schalachmones*!«, sagt die rote Nechama und reicht Slata die zugedeckte Platte mit den Purimgaben.

»Bei wem dienst du?«, fragt diese mit einem freundlichen Lächeln und nimmt ihr die *Schalachmones* aus den Händen.

»Bei Selda, der Frau von Reb Jossi *Grießbrei*«, antwortet die rote Nechama und wartet, dass man ihr die *Schalachmones* abnimmt und die Schale zurückgibt. Slata greift mit einer Hand in die Tasche, um das Mädchen mit einem Groschen für den Weg zu bezahlen. Mit der anderen Hand deckt sie die *Schalachmones* auf – und hält wie gelähmt inne.

»Sollen sich all meine bösen und finsteren Träume an meinen Feinden erfüllen! Soll es ihnen in die Hände und Füße fahren, dass es aus ist mit ihnen! Sieh einer diese *Schalachmones* an. Sie macht sich lustig über mich, diese unverschämte Person!«

»Da, bring das deiner Herrin zurück«, sagt Slata und knallt Nechama die Schale mit der Serviette und den *Schalachmones* fast ins Gesicht.

5.

Reb Jossi *Grießbrei* und Reb Ajsik »Briß-Macher« sind beide Händler in Kasrilewke. Ihre Geschäfte liegen nebeneinander. Und obwohl sie Konkurrenten sind, wie man so sagt, und einander die Kunden abwerben, wo sie nur können, sind sie doch gute Nachbarn. Der eine borgt dem anderen ein Darlehen, man geht einer zum anderen auf Festlichkeiten und am Feiertag zum Kiddusch, so wie es sich für direkte Nachbarn gehört. Im Sommer sitzen sie ganze Tage im Geschäft herum und spielen Domino, und im Winter geht einer zum anderen, um sich ein bisschen aufzuwärmen. Auch ihre Frauen leben miteinander in Frieden, sie besprechen zusammen, was in der Welt los ist. Sie leihen einer der anderen, wenn mal etwas fehlt, vertrauen einander die tiefsten Geheimnisse an; sie streiten sich fast nie, und wenn es doch einmal wegen einer Lappalie geschieht, so bitten sie einander bald wieder um Verzeihung. Alles in allem herrscht die schönste Eintracht, wie es sich gehört.

Am Morgen aber nach diesem Purim, als Reb Ajsik »Briß-Macher« eintraf, um sein Geschäft zu eröffnen, stand Reb Jossi *Grießbrei* schon bei der Tür seines Ladens: aufgeblasen wie ein

Truthahn. Er wartet nur darauf, dass Reb Ajsik zu ihm kommen und ihm einen guten Morgen wünschen wird. Er aber wird dann auf keinen Fall den Gruß erwidern! Reb Ajsik, den seine Frau gehörig gegen Reb Jossi aufgestachelt hatte, schloss den Laden auf, stellte sich an die Tür und wartet nur darauf, dass Reb Jossi zu ihm kommen und ihm einen guten Morgen wünschen wird. Auf keinen Fall wird er ihm auf den Gruß antworten! So standen die beiden einander gegenüber wie die Kampfhähne und warteten darauf, wer zuerst anfangen wird … Sie hätten so einen ganzen Tag lang stehen können, wären da nicht ihre Frauen mit flammenden Gesichtern und mit vor Zorn sprühenden Augen vom Markt gekommen.

»Ajsik, warum dankst du ihm nicht anständig für die *Schalachmones*, die mir sein Prachtstück geschickt hat?«, sagt Slata zu ihrem Mann.

»Jossi, warum erinnerst du ihn nicht an die gestrigen *Schalachmones*«, ruft Selda ihrem Mann zu.

»Ajsik, merkst du nicht, dass sie es immer weiter treibt? Warum sagst du nichts, Ajsik?« »Werde ich mich vielleicht mit einem Topf *Grießbrei* unterhalten?«, sagt Reb Ajsik extra laut, damit Reb Jossi auch sicher hören kann, dass er ihn *Grießbrei* genannt hat.

»Werde ich mich denn mit einem ›Briß-Macher‹ unterhalten?«, sagt Reb Jossi ebenso laut, damit Reb Ajsik gut mitbekommen musste, dass er vom *Briß* geredet hat.

Man könnte ja so nebenbei darüber nachdenken, was denn Schlimmes in dem Wort »Briß-Macher« steckt. Jeder Jude, dessen Frau niederkommt und einen Jungen zur Welt bringt, wird doch acht Tage danach ein »Briß-Macher«, er feiert dann doch Beschneidung. Reb Ajsik aber konnte alles auf der Welt ertragen, nur nicht den Namen »Briß-Macher«. Das war für ihn tausendmal schlimmer, als wenn man ihn zum Teufel wünschte. In solch einem Fall hätte er den anderen am liebsten in Stücke gerissen.

Genauso war es auch mit Reb Jossi. Ihm ein paar ordentliche Schläge zu versetzen war nicht so schlimm wie ihn *Grießbrei* zu nennen!

Der ganze Markt war schon zusammengeströmt, man konnte die beiden nur mit Mühe trennen. Die Leute wollten natürlich erfahren, wieso und weswegen zwei enge Nachbarn und gute Freunde plötzlich einander in die Bärte fuhren. Aber Reb Jossi, Reb Ajsik, Slate und Selda schrien alle vier gleichzeitig durcheinander und machten solch einen Aufruhr, dass man nicht mehr als das eine Wort »*Schalachmones*« verstehen konnte. »*Schalachmones*«, und mehr nicht! Was ist los mit den Purimgeschenken, und um wessen Purimgeschenke geht es? Das war nicht herauszufinden. »Wenn du diesen *Grießbrei* nicht vor den Friedensrichter bringst, dann lass dich gleich begraben«, schrie Slate ihren Mann an. Und Reb Jossi rief dem ganzen Markt zu: »Leute, Ihr seid meine Zeugen, dass mich diese unverschämte Person *Grießbrei* genannt hat. Dafür werde ich sie und ihren Mann, den ›Briß-Macher‹, gleich beim Friedensrichter verklagen.«

»Leute«, rief wiederum Reb Ajsik aus, »nehmt zur Kenntnis, dass ich Euch alle als Zeugen vor dem Friedensrichter benennen werde. Dafür, dass mich nämlich dieser … dieser … dieser …, ich will seinen wunderbaren Beinamen nicht in den Mund nehmen, gerade ›Briß-Macher‹ genannt hat …«

Eine Stunde später waren sie beide beim Schreiber Judel, beide benannten ihre Zeugen und beide erhoben sie beim Friedensrichter Klage gegeneinander.

6.

Der Kasrilewker Friedensrichter, *Pan Milinjewski*, ein rundlicher, vornehmer Mann mit langem Bart und hoher Stirn, ist schon sehr lange in seinem Amt. Mit der ganzen Stadt ist er gut bekannt, mit jedem vertraut, vor allem mit den Kasrilewker Juden. Er kennt jeden einzelnen persönlich, stellt sich ein auf den Charakter der Leute, versteht Jiddisch gerade wie ein Jude. Klug ist er auch noch, aber was man klug nennt. »Es sitzt doch ein jüdischer Kopf auf ihm«, sagt man in Kasrilewke. Wenn der Herbst kommt, nach dem Laubhüttenfest, wird er mit Eingaben überhäuft, und alles von Seiten der Juden, dass Gott sie gesund erhalte! Nicht um Diebstahl handelt es sich, auch nicht um Raub oder Mordsachen. Nein! Man streitet, man beleidigt und prügelt sich wegen der ehrenvollsten Lesungen an Sabbat oder den Feiertagen. Der eine will an Simchat Tora *chosn-tojre* sein, der »Bräutigam der Tora«,[4] und so die letzte Lesung im Jahr haben – und jener auch! Dieser will um alles in der Welt *chosn-brejsches* werden und die erste Lesung im neuen Zyklus kriegen, aber der andere auch! *Pan Milinjewski* führt keine langen Diskussionen mit den Juden, er lässt sich nicht gerne auf lange Debatten mit ihnen ein. Er lässt sie auch nicht lange reden, denn sonst nimmt es niemals ein Ende. Sind sie bereit zum Frieden, so hat er nichts dagegen, denn er selbst liebt den Frieden. Wenn es aber nicht so ist, dann legt er seine Amtskette an und spricht in aller Schärfe sein Urteil: »*Po ukasu na osnowanje takoj-to i takoj-to statji*, verfüge ich laut Ukas der Regierung und auf Grundlage dieses und jenes Paragrafen, dass Herschko wegen *chosen brejsches* drei Tage Bau kriegt und Jankele wegen *chosen tojre* ebenfalls drei Tage Haft.« Keinen zieht er vor, bei ihm werden nämlich alle gleich behandelt, wie Ihr bald sehen werdet.

Genau zwei Wochen vor Pessach kam die Sache wegen den *Schalachmones* zur Verhandlung. Der Saal des Friedensrichters war vollgestopft mit Männern und Frauen, fast alles Zeugen. Jeder Platz war besetzt, man hätte keine Nadel mehr dazwischenschieben können.

»Ajsik, Joske, Slata, Selda!«, rief *Pan Milinjewski* auf. Und sogleich standen in der ersten Bank Reb Jossi *Grießbrei* und Reb Ajsik »Briß-Macher« mit ihren Frauen auf. Noch ehe der Friedensrichter auch nur ein einziges Wort sprechen konnte, fingen alle vier auf einmal an zu reden; und die Frauen natürlich mehr und lauter als alle anderen.

»*Gospodin mirowoj!*« ruft Selda, schiebt ihren Mann zur Seite und zeigt mit der Hand auf Slata, »*ona eta hultajke do minje prislajet* hajntikn purim *haroschi Schalachmones*, diese Schlampe dort will mir an diesem Purim ›gute *Schalachmones*‹ geschickt haben! Zum Gespött der Leute hat sie mich gemacht! Ein kleiner ekeliger Strudel und ein einziges Stück Biskuit waren es! Zum Lachen ist das, eine Schande vor den Leuten. Pfui! …«

»Oj, oj, oj, das kann ich nicht aushalten!«, schreit Slata und schlägt sich gegen die Brust. – »*Daj Bozhe menja takej schmatok solote*! Gott gebe mir ein Goldstück, so groß wie …«

»Amen!«, sagt Selda.

»Schweig, du Schandmaul! *Dwa poduschitschki*, zwei Obststücke waren es, Gospodin Friedenrichter! *Daj bozhe menej takej mazl*, und ein *Komiß-Brot*, reinstes Zarenbrot, *i zores ir i pranek i*, süßes Gebäck dazu, dass alle Plagen Pharaos auf sie kommen! Und noch eine Hamanstasche, weh ist mir!«

»*Jakoj Hamene uche*? Hamansohren? Da waren keine Hamansohren! Alles gelogen!«

Der Friedensrichter versuchte die Frauen zu beruhigen, zuerst im Guten und danach mit Strenge, er schwang seine Glocke, aber als er sah, dass das alles nichts half und dass es unmöglich war, ihnen den Mund zu stopfen, warf er sie einfach raus vor die Tür, damit es drinnen etwas ruhiger würde und man sein eigenes Wort verstehen könnte. Den Männern aber gab er den Rat, sie sollten zum Rabbiner gehen.

»*Do rabina*«, sagte er zu ihnen, »zum Rabbiner mit euren Hamanstaschen!«

Und alle machten sich nun auf zum Rabbiner.

7.

Der Rabbiner, Reb Josifel, war, wie es unseren Lesern ja schon bekannt ist, ein Mann, der fast alles ertragen konnte. Er ließ die Leute gerne bis zum Ende ausreden, so lange, bis sie fertig waren. Reb Josifel vertraute darauf, dass jeder Mensch, wie lange er auch reden mag, irgendwann einmal aufhören wird, denn ein Mensch, sagt er, ist keine Maschine. Diesmal war nur der Fehler, dass alle vier auf einmal redeten und einander dauernd unterbrachen. Und dazu mischten sich noch Leute von links und rechts ein. Aber was macht das schon aus? Alles auf der Welt muss einmal ein Ende finden. Als alle fertig waren mit Reden, Schreien und Streiten und es still wurde im Zimmer, wandte sich Reb Josifel mit einem Seufzer, ruhig und höflich, wie es seine Art ist, an beide Parteien:

»Ach, ach und weh, kommt da so ein heiliger Feiertag, Pessach! Pessach, ein ganz besonderes Fest! Unsere Eltern sind aus Mizrajim, aus Ägypten herausgezogen, sie haben das Meer durchschritten, solch ein großes Meer, aber trockenen Fußes! Sie irrten vierzig Jahre in der Wüste umher, ja, vierzig Jahre! Auf dem Berg Sinai empfingen sie die Tora, ach, welch eine Tora! In ihr steht wörtlich geschrieben: *we ohawto*, und du sollst lieben, *lerejacho*, deinen Nächsten, *komojcho*, wie dich selbst[5] sollst du ihn lieben. Ach, aber am Ende streiten sich die Menschen, *bawojnesejnu horabim*, um unserer großen Sünden willen,[6] reißen sich einander an den Bärten – und weshalb? Wegen Dummheiten, wegen unsinnigen Sachen, wegen Lappalien! Eine Schande vor den Augen der Gojim, so wahr ich lebe, eine Schande! Man sollte lieber an die Pessach-Unterstützung, den *Moes chitim*,[7] denken. Arme Leute haben nicht mal Mazzen für Pessach, von Eiern und von Schmalz und all den übrigen Sachen gar nicht zu reden! Aber nicht einmal Mazzen! Hilfe! Keine Mazzen an Pessach! So etwas Gewaltiges, Pessach, solch ein Festtag! Unsere Eltern sind aus Mizrajim, aus Ägypten ausgezogen, sie haben das Meer durchschritten, solch ein großes Meer, aber trockenen Fußes! Sie irrten vierzig Jahre in der Wüste umher, ja, vierzig Jahre! Auf dem Berg Sinai empfingen sie die Tora, solch eine Tora, welch eine Tora! Hört auf mich, ihr jüdischen Kinder, vergebt einer dem anderen, macht Frieden zwischen Euch und geht wohlbehalten nach Hause und denkt lieber daran, dass wir solch einen Feiertag haben, diesen großen und heiligen Feiertag! …«

Einer nach dem anderen stahlen sich die Leute aus dem Zimmer des Rows, unterhielten sich und machten Witze über diesen Urteilsspruch des Rabbiners: »*Jak nje psak, to psakez*!, Wenn schon kein Entscheid, dann wenigstens ein schönes Ende!« Wie es so die Kasrilewker an sich haben: Tief im Herzen spürte jeder für sich, dass Reb Josifel recht hatte, und die Leute schämten sich von neuem wegen der Geschichte mit den *Schalachmones* …

Und am ersten Pessachtag, früh, gleich nach dem Gebet, kam Reb Jossi *Grießbrei* (er ist der Jüngere!) zu Reb Ajsik »Briß-Macher« zum Kiddusch, er lobte den Pessachwein, der in diesem Jahr ganz wunderbar schmeckte, er leckte die Finger bei Slates Mazzeklößen. Am zweiten Tag in der Frühe war Reb Ajsik »Briß-Macher« (er ist schließlich der Ältere) bei Reb Jossi *Grießbrei* zum Kiddusch. Er konnte dessen Pessachwein nicht hoch genug loben. Ebenso wie Seldas Pessachkrapfen. Und mittags nach dem Essen, als sich Selda und Slate trafen und noch mal von den *Schalachmones* sprachen, kam die ganze Wahrheit zum Vorschein, wie das Öl auf dem Wasser, und beide Dienstmädchen, sowohl die schwarze Nechama wie auch die rote Nechama, erhielten, was sie verdient hatten: Gleich nach Pessach wurden sie beide entlassen.

Die Goldspinner

Kurze Einführung

»Die Goldspinner«? – Fragt sie lieber nicht, wie sie zu diesem Namen gekommen sind. Wie kann man denn Gold spinnen? Den Namen hat man ihnen in Kasrilewke nur aus Neid gegeben. Man beneidet sie, versteht Ihr mich, weil sie so große Verdiener sind. Das heißt, arme Schlucker sind sie natürlich immer noch, genauso wie alle Kasrilewker, möge es Euch nicht treffen. Nur wenn Purim kommt, verdienen sie gleich kiloweise Gold. In Seiner großen Güte hat sie der Höchste alle mit einem besonderen Talent gesegnet. Und die Welt beneidet doch talentvolle Menschen. Das kennen wir schon seit dem Anfang der Schöpfung. Und wir wollen uns bei dieser Sache auch keine Minute länger aufhalten. Vielmehr gehen wir gleich zu unseren Goldspinnern über.

1. Der Kopf der Goldspinner: »Naftali mit den langen Beinen«

»Naftali mit den langen Beinen« ist tatsächlich ein Mensch mit erschreckend langen Beinen. Sie fangen direkt unter dem Kinn an. Kein Mensch schafft es deshalb, mit Naftali zusammen zu gehen und nicht hoffnungslos zurückzubleiben. Nicht etwa, weil er so schnelle Tritte macht, nein, aber sein Schritt ist so groß. Gerade noch habt Ihr ihn neben Euch auf der Straße, und

Ihr bewegt Euch ein wenig voran, oho, er ist schon auf der anderen Straßenseite! Und diese Beine sind Naftalis Kapital, sozusagen sein Handwerkszeug. Kurzum, Naftali ist ein Makler.

Kommt ein Gutsbesitzer einmal alle Jubeljahre nach Kasrilewke, so riecht Naftali schon von weitem, dass ein vermögender Mensch angereist ist, und seine Füße lenken ihn wie von selbst ins Gasthaus. »Herr Baron, was brauchst du?« Und was auch der Gutsbesitzer grade nötig hat, wird ihm Naftali in einer Minute besorgen: einen Schneider, einen Schuster, einen Schmied, ein Dienstmädchen, ein Pferd, eine Kutsche, einen Aderlasser, einen Feldscher, einen Barbier, einen Handaufleger, weiß der Teufel was sonst noch. Es gibt nichts, was er nicht besorgen könnte. Der Nachteil ist natürlich, dass Naftali nicht der Einzige auf dem Jahrmarkt ist, wie man so sagt. Es gibt in Kasrilewke außer ihm noch andere Makler. Ungefähr genau so viele Makler wie Juden. Jedenfalls mehr Makler als Gutsbesitzer.

Daher ist es leicht, sich auszumalen, welche goldenen Geschäfte Naftali mit den langen Beinen in Wirklichkeit macht und wie traurig es ihm erginge, hätte nicht der Schöpfer, gesegnet sei Er, Seinem lieben Volk Israel den schönen, herrlichen, fröhlichen und lebendigen Feiertag *Purim* gewährt. An diesem lieben, herrlichen, fröhlichen und lebendigen Feiertag zeigt sich nämlich Naftalis Talent in seiner ganzen Pracht und seiner ganzen Meisterschaft. Naftali ist ein geborener Artist, und seine langen Beine sind für Purimspiele geradezu wie geschaffen.

Auf den ersten Blick mag Euch das vielleicht merkwürdig vorkommen, und Ihr werdet fragen: Was haben Purimspiele denn mit Beinen zu tun? Nehmt es mir nicht übel, sie haben sehr viel miteinander zu tun. Denn Naftali spielt keineswegs den König Ahasver, auch nicht den Haman, nicht Mordechai und nicht die Waschti. Er ist niemand anders als *Memuchan*,[1] so eine Art Oberhofmeister beim König Ahasver, und wer mit den berühmten Ahasver-Spielen etwas vertraut ist, der versteht auch gleich, dass die Rolle *Memuchans* dort entscheidend ist. Auf *Memuchan*, kann man sagen, ist das ganze Spiel aufgebaut. Wenn Waschti hereingerufen wird, um nackt vor dem König Ahasver zu erscheinen, splitternackt mit Verlaub, wer ruft sie? *Memuchan*. Will sich dann der König beraten, was man danach mit Waschti tun soll, weil sie sich nicht splitternackt präsentieren wollte, mit wem berät er sich? Mit *Memuchan*. Will sich Mordechai diplomatisch mit Esther besprechen: *Memuchan*. Kurzum: *Memuchan* hier, *Memuchan* da, *Memuchan* und wieder *Memuchan*! Und jetzt müsstet Ihr mal sehen, wie unser Naftali dabei seine langen Beine gebraucht! Gleich gebe ich Euch ein Beispiel:

Die Tür öffnet sich, und herein kommen alle Purimspieler mit ihrem breiten Willkommensgruß: »Einen schönen Feiertag allen miteinander!« Natürlich bleiben die Schauspieler erst einmal mit gesenkten Armen bei der Wand stehen. Nur unser *Memuchan* mit den langen Beinen tritt vor, das Schwert in der Hand, und mit dem *spodik*, einem hohen Pelzhut aus Papier, tritt er nach vorn, einen Schritt nach links, einen Schritt nach rechts, und nun ergießen sich Verse aus seinem Mund, wie aus einem Hafersack – wir dürfen Euch im Vertrauen mitteilen, dass alle Reime, die Euch beim Spiel begegnen, *Memuchan*s eigenes Werk sind, das heißt Naftali mit den langen Beinen hat sie sich selbst ausgedacht:

Ich bin *Memuchan*, der Oberhofmeister,
zugleich auch der Stallmeister
vom weisen Ahasver.
Man hat mich geschickt zu Waschti der Königun,
dass sie sich vor den Gästen soll verneigun,
barfuß und nackt wie im Garten Eden,
als der Urvater Adam noch tat leben.
Herein, herein, herein, Waschti, du Königin mein!

Da tritt von der Wand die Königin Waschti (Berel der Nuschler) nach vorne und antwortet ihm ebenfalls mit einem Reim – auch dieser Naftalis Werk –, ein bisschen näselnd und mit etwas weinerlicher Stimme, in einem Singsang wie der Kantor an Simchat Tora:

Kommt nur her, alle Frauen aus Persien und Medien
und all Ihr Matronen von Schuschan.
Wir wollen uns mit Euch etwas beredien.
Hört, wie mein Gemahl im Größenwahn
Sich stellet über die Tora.
Ein Schwachkopf ist er, nichts im Hirn
und dazu ein großer Schluckspecht vor dem Herrn.

Da aber erbost sich *Memuchan*, schreitet mit seinen langen Beinen vor und zurück und schüttelt seine Reime heraus – natürlich alles Eigenprodukte:

Was sagt Ihr zu der dreisten Person?
Gefällt Euch wirklich dieser Ton?
Wär' mir vor des Königs Zorn nicht bange
ich hackt' ihr ab den Kopf, der alten Klapperschlange!

Der König Ahasver (Mojsche Plezl) erhebt einen langen, mit Goldpapier umwickelten Stab:

Von mir aus könnt ihr alle köpfen, stechen und erschießen,
wenn nur endlich ein bisschen Schnaps tät' fließen.
Ihr Minister, was schaut Ihr so missmutig drein?
Schenkt lieber mal die Gläser ein,
so wollen wir trinken den lieblichen Wein,
dass jeder wird besoffen sein,
bis in den hellen Tag hinein.

Und die ganze Kompanie stimmt mit ein:
So wollen wir trinken den lieblichen Wein,

dass jeder wird besoffen sein,
bis in den hellen Tag hinein.

Nun tritt Mordechai auf (Nehemia der Schuster), zerlumpt, mit Buckel und einem Bart aus Flachs. Er verneigt sich vor dem König und spricht dann zu *Memuchan* mit wild rollenden Augen, fuchtelt dabei mit den Händen und singt mit einer schrägen Melodie:

Da seine Majestät nun als Witwer verblieb
und man in alle hundertsiebenundzwanzig Länder schrieb,
man möge ihm Mädchen bringen aus der ganzen Welt,
von guter Herkunft und mit einem Batzen Geld,
da habe ich für ihn eine Braut, so schön,
so etwas hätten wir gerne einmal im Leben gesehen,
eine Pracht von einem Mädchen, frisch wie grünes Gras,
etwas sommersprossig, mit einer langen Nas',
ihr Name ist Esther,
weder Bruder hat sie noch Schwester.
Vater und Mutter sind nicht mehr vorhanden,
auch einen Freund hat sie nicht und keine Verwandten.
Etwas über zwanzig Lenze ist sie auf der Welt,
wenn man die Sabbate und Feiertage nicht zählt.

Wieder macht *Memuchan* seine Riesenschritte hin und zurück und sagt mit feuriger Stimme:

Gut, gut, lass sie uns endlich sehen.
Lass sie sich im Kreise hübsch vor uns drehen.
Und findet sie des Königs Entzücken,
wird er die Krone aufs Haupt ihr drücken.
Und du, Mondrisch,[2] bekommst als Kuppler deinen Lohn,
eine Hamantasche, gefüllt mit Mohn.
Herein, herein, herein, Königin Esther, geschwind herein!

Und dann kommt der glanzvolle Höhepunkt. Naftalis Beine sind stärker als Eisen und sie müssen jetzt ein ordentliches Stück Purimarbeit leisten. Deshalb aber bekommt er auch den besten »Knochen zum Ablecken«, denn er ist sozusagen der Regisseur der ganzen Gruppe, der Chef, der Verfasser und der Kassierer zugleich. »Wenn Purim kommt, spinnt er Gold, ganze Lagen von Gold, dieser Mensch«, so sagen die Leute aus Kasrilewke über ihn; sie beneiden ihn natürlich, nicht um seines Talentes willen, sondern wegen der guten Umsätze.

2. Die Goldspinnerin: »Riwele, die Süße«

Wenn Kasrilewke jeden Tag im Jahr so viel Zuckergebäck, Obstkuchen und Törtchen verbrauchen würde wie an Purim für die *Schalachmones*, die Purimgeschenke, dann könnte es sich Naftali mit den langen Beinen sparen, das ganze Jahr über ein Makler und an Purim ein Komödiant zu sein. Seine Frau, die »süße Riwele«, würde ihn zusammen mit allen Familienangehörigen spielend das ganze Jahr über versorgen können. Denn so wie Naftali wegen seiner langen Beine berühmt ist, so ist seine Frau nicht weniger bekannt für das, was sie mit ihren Händen schafft.

Was die Figur angeht, ist Riwele von kleinem Wuchs, dünn, ja dürr sogar, man kann sie sehr leicht übersehen, und wenn man sie mit ihrem Mann Naftali vergleicht, sieht sie aus wie eine Viertelportion Huhn. Wenn Ihr sie so anseht, könnt Ihr Euch nicht vorstellen, dass sie, wenn Purim kommt und die Leute sich gegenseitig *Schalachmones* schicken, eine ganze Stadt mit Backwaren versorgt. Natürlich werdet Ihr Euch ausmalen, dass es in Kasrilewke noch andere Frauen gibt, die auch in diesem Geschäft tätig sind.

Wer aber besitzt solche »goldenen Hände« wie die süße Riwele? Ihre Kuchen und Lebkuchen, ihre Strudel und Feiertagsbrote, ihre Mohnteilchen und ihre gezwickelten Obsttaschen haben sich in der ganzen Welt einen Namen gemacht. Sie sind sogar bis nach Jehupez hin berühmt geworden. Letzteres geschah durch eine Begebenheit, die sich vor langer Zeit ereignete: Ein Witzbold von den Kasrilewker Spaßvögeln, deren es dort so viel gibt wie Sterne am Himmel, wollte sich über die Stadt Kasrilewke lustig machen und vor allem über die Produkte, die man dort herstellt. Was also machte dieser Schaumschläger? Er schickt einmal nur so aus Unsinn mit der Post eine Sendung *Schalachmones*, der oben erwähnten Backwaren, die unsere süße Riwele zu Ehren von Purim herstellt, an einen reichen Verwandten in Jehupez. Zu den *Schalachmones* legte er einen kunstvoll verfassten Brief, in welchem er den reichen Verwandten um Nachsicht für diese »Sendung« bittet, »es seien aber in Kasrilewke keine schlimmeren Sendungen aufzutreiben.« Wie überrascht aber war jener Spaßvogel, als er von seinem reichen Verwandten einen Dankesbrief bekam und darin die Aufforderung, er möge auf der Stelle von diesen süßen Sachen so viel wie möglich zusammenkaufen, sie auf jeden Fall gut verpacken und per Post auf seine Rechnung nach Jehupez schicken. (Wer wüsste nicht, dass reiche Leute im Allgemeinen und die Jehupezer im Besonderen jedenfalls gutes Essen sehr schätzen und besonders Süßigkeiten lieben?) Von der Zeit an wird Jahr für Jahr zu Purim ein ganzer Transport mit Riweles Süßigkeiten nach Jehupez auf den Weg gebracht, und so wurde ihr Name auch dort berühmt.

3. Erntezeit

Wollte Riwele aber nur auf den reichen Knaben dort in Jehupez bauen, so könnte sie davon sicher nicht leben. Ihre Haupteinnahme hat sie immer noch vor Ort. In den paar Tagen von Purim weiß die süße Riwele nicht, wo sie all die Hände hernehmen soll, die sie braucht. Überlegt mal: Sie selbst ist es, die backt, sie selbst verkauft, sie selbst verpackt und sie selbst muss mit allen Hausfrauen abrechnen. Allein für das Abrechnen braucht man doch den Kopf eines Ministers!

Hier bringen wir Euch ein Beispiel, wie Riwele mit der Frau eines wohlhabenden Bürgers abrechnet. Diese heißt Sore-Perel und trägt mitten in der Woche eine Perlenkette:

»Von Euch, Sore-Perel, kriege ich, alles zusammen, für ein halbes Dutzend Lebkuchen mit Rosinen, nach dem üblichen Preis sechs Groschen das Stück, sechs mal sechs, wieviel ist sechs mal sechs? Dreiunddreißig, nicht wahr? Und Ihr habt vier Mandelbrote genommen, zu acht Groschen das Stück, mich selbst kosten sie ja schon sieben, wenn ich es gut überlege. Also vier mal acht, sind achtundvierzig; dann noch zwei große Obstteilchen ohne Honignudeln und drei Obstteilchen, aber mit Nudeln, ich gebe Euch die Teilchen günstig, fünf Stück zu vierundzwanzig Groschen, ich zahle ja selbst drauf, ob Ihr's glaubt oder nicht. Fünf mal vierundzwanzig macht zusammen? Sechs mal vierundzwanzig wären ein Rubel und sechzig Groschen, und jetzt fünfmal, kommt also heraus: ein Rubel weniger sechzig Groschen. Wie viel haben wir jetzt zusammen? Also dreiunddreißig und achtundvierzig macht zusammen zweiundachtzig, dazu ein Rubel, sind anderthalb Rubel und zweiundzwanzig, jetzt weniger sechs Groschen, wie viel bleiben von einem halben Rubel und zweiundsechzig Kopeken, wenn man sechs Groschen abzieht? Ist es nicht ein Rubel und neunzig?«

»Gesegnete Feiertage! Welche zweiundsechzig? Woher kommen bei Euch die zweiundsechzig?«, schreit jetzt Sore-Perel und beide Frauen fangen von neuem ihre Rechnerei an.

»Gesund sollt Ihr sein, Sore-Perel, die Summe liegt doch klar auf der Hand, nein? Ein halbes Dutzend Teilchen mit Rosinen zum üblichen Preis, sechs Groschen das Stück, sind zusammen sechs mal sechs, wie viel macht sechs mal sechs? Nicht zweiundvierzig?«

»Herzlichen Glückwunsch! Es werden immer mehr bei Euch! Vorher kamen dreiunddreißig raus, jetzt sind es schon zweiundvierzig! Nicht schlecht, nicht schlecht die Rechnung!«

Es hilft nichts, sobald man ans Geld und ans Rechnen kommt, müssen sich die Frauen doch an uns Mannsleute wenden. Und Riwele ruft Naftali weg von den Schauspielern, aber Naftali kann das nicht leiden, wenn man ihn mitten bei der Arbeit unterbricht, fuchsteufelswild wird er dann.

»Das ist vielleicht ein Zirkus mit den Frauen! Sie können Euch keine zwei und zwei zusammenrechnen! Also, her mit der Rechnung, aber dalli, der Tag bleibt nicht stehen!«

So sagt Naftali aufgebracht, und man rechnet ihm den ganzen Zettel vor, natürlich beide Frauen gleichzeitig. Naftali hört mit geschlossenen Augen zu, rechnet mit den Fingern nach, verliert aber bald den Faden und verrechnet sich. Dadurch wird er immer noch zorniger und er fällt über seine Frau her:

»Schon tausendmal habe ich es dir gesagt, wo du doch ein Spatzenhirn hast und keine zwei und zwei zusammenrechnen kannst, dann frage ich dich, welcher böse Geist reitet dich, dass du deine Ware en gros verkaufen musst? En detail verkauft man, Stück für Stück! Zum Beispiel so: Was nehmt Ihr? Einen Lebkuchen? Gebt sechs Groschen her! Noch ein Lebkuchen? Noch sechs Groschen! Eine Obsttasche? Gut, legt vierundzwanzig Groschen hin! Noch eine Obsttasche? Noch mal vierundzwanzig Groschen!«

Natürlich gefällt Sore-Perel die ganze Sache nicht, dass man da mit ihr abrechnet wie mit einer armen Frau, aber sie hat keine andere Wahl. Wo sonst soll sie denn solche Backwaren für die *Schalachmones* herbekommen wie bei Riwele? Wenn Purim kommt, ist Riwele hochgeehrt und hochbegehrt. Jeder Mensch hat seine Zeit, und wenn man den Dieb dringend braucht, schneidet man ihn vom Galgen ab, wie man so sagt. Nicht umsonst beneidet sie die ganze Stadt:

»Goldene Hände, goldene Hände! Und sie scheffelt Gold! Beide scheffeln sie Gold, wenn Purim kommt.«

4. Der junge Goldspinner: »Noah der Schnitzler«

Dem einem gibt Gott eine schöne Stimme zum Singen, dem anderen Hände, um ein Instrument zu spielen, dem dritten wiederum Füße zum Tanzen. Noah, den ältesten Sohn Naftalis aber, segnete die Natur mit einer Begabung zum Schnitzen. Noch als Noah ein Kind war, lief er stets grün- und blaugeschlagen herum, vom Vater verprügelt und von der Mutter verdroschen:

»Hat man so etwas schon einmal gesehen, ein Junge geht Tag und Nacht herum und hat nichts anderes im Kopf als schneiden und zerstückeln und schnitzen und schnitzeln und noch einmal schnitzeln?«

Um diese Passion zum Schnitzen aus dem Jungen herauszuprügeln, steckte man ihn in den Cheder und sagte dem Rebben hundertmal eindringlich, er solle ihm die Arme zerbrechen, wenn er ihn dabei ertappt, dass er ein Messer in der Hand hält. Soll er lieber etwas lernen! Das Lernen mit dem Rebben hat aber nicht im Geringsten geholfen. Noah verließ den Cheder mit äußerst wenig Torakenntnis. Dagegen aber wuchs seine Meisterschaft im Schnitzen. Er schnitzte an allem herum, was ihm vor die Augen kam. In Kasrilewke gab es besondere Spezialisten, die sagten, dem Bürschchen sitze ein böser Geist in den Händen, anders könne es nicht sein. Wenn er einmal in eine große Stadt käme, würde noch allerhand aus ihm werden. Natürlich wussten sie nicht genau, was aus ihm werden könnte. Inzwischen sollten ihm besser die Hände abfaulen, denn alle Bänke und Pulte im Lehrhaus hat er wahrhaftig kunstvoll mit Schnitzereien verziert. Menschen und Vögel und mit Verlaub sogar Schweine hat er reingeschnitzt. Für die Schweine erhielt Noah eine tüchtige Abreibung, sowohl vom Vater als von der Mutter und auch vom Rabbiner und vom Schammes und vom Bader. Wer nur ein wenig religiöses Gespür hatte, der verabreichte ihm, soviel er vertragen konnte:

»Was sich solch ein Bursche untersteht! Schweine an einem heiligen Ort!«

Aus alldem aber lernte unser »Schnitzer« jedoch rein gar nichts. Der Funke, das Erbe des großen *Bezalel*[3] aus dem *Chumesch*, glühte in ihm und ließ ihn nicht ruhen, bis schließlich sein Talent in aller Pracht zum Erstrahlen kam. Das geschah durch einen Zufall, so wie alle großen Entdeckungen in der Welt meist unbeabsichtigt, durch ein nebensächliches Ereignis, zum Vorschein kommen.

Es war einige Tage vor Purim. Man hatte ihm ein Geschenk gekauft, einen hölzernen *Grager*[4] und solch eine Hamansrassel, womit gegen Haman in der Synagoge bei der Megille Krach geschlagen wird. Noah betrachtete den Grager und die Hamansrassel von allen Seiten, zerlegte in größter Ruhe alles in die Einzelteile und baute sie dann wieder zusammen. Und dabei kam ihm ein Gedanke: Wenn er nur ein Werkzeug zur Hand hätte, würde er solche Grager und Hamansklappern machen, die alle anderen Grager und alle Hamansklappern der ganzen Welt glatt in den Schatten stellen. Dazu fehlten Noah nur zwei Sachen: Material und Instrumente, das heißt Holz und ein Messer. Was soll man also machen? Es war ja klar, um Holz musste er sich keine großen Gedanken machen, Holz konnte man bei der Mutter von unterm Ofen her organisieren. Wo aber nimmt man das Werkzeug her, woher kriegt man ein Messer? Und Noah hatte eine glänzende Idee. Er nahm seinen Grager und die Hamansklapper und ging mit ihnen raus auf den Markt, um sie dort zu verkaufen und sich dann von dem Geld ein Messer zu kaufen. Da passierte ihm aber ein Unglück (bei allen Erfindungen geschehen Unglücke!). Der erste Kunde, an den sich Noah wandte und dem er ein günstiges Geschäft anbot, packte ihn bei der Hand und brachte ihn direkt zum Vater:

»Was ist denn das, Reb Naftali, Euer Kleiner handelt schon mit Gragern?«

Nun, das kleinste Kind wird ja nichts anderes erwarten, als dass der Erfinder zunächst einmal seine Tracht Prügel bekam, wie es ihm zustand. Und erst danach, als Naftali den Sohn genauer ausfragte, wozu er denn so dringend Geld brauche, und Noah ihm unter Tränen alles gestand und ihm die reine Wahrheit erzählte, was ihm auf dem Herzen lag, erteilte ihm der Vater zunächst noch eine Lektion, betitelte ihn mit dem Ausdruck »ausgewachsener Esel«, kaufte ihm dann aber gleich selbst ein Messer, suchte ihm auch selbst das Holz aus, und Noah setzte sich hin und arbeitete mit voller Kraft; es glühte ihm unter den Händen, so dass an einem einzigen Tag eine ganze Batterie von *Gragern* und Hamansklappern das Licht der Welt erblickte, und dazu so meisterhaft gearbeitet, dass die ganze Stadt zu ihm pilgerte und sie bestaunte und jedermann Naftali gratulierte: »Um Euren Sohn braucht Ihr Euch keine Sorgen zu machen. Der wird sich schon einmal selbst versorgen …«

Seit der Zeit weiß die ganze Stadt von einer Ecke bis zur anderen, dass man *Gragers* und Hamansklappern oder Purimrasseln zu einem vernünftigen Preis bei Naftalis Sohn bekommt, beim Schnitzler Noah.

Und wie viel Ware Noah auch zubereitet, alles wird doch bis aufs letzte Stück verkauft! Jedes Jahr, wenn Purim vorbei ist, könnt Ihr von Noah dieselben Worte hören:

»Dieses Jahr war wirklich ein *Grager*-Jahr!«

Nicht umsonst also beneidet die Stadt Naftali wegen seiner Kinder:

»Ein Glücksfall von lauter Goldspinnern ist das«, so sagt Kasrilewke mit einem Seufzer, »nicht genug, dass er selbst in seinem Metier und sie in ihrem Fach gut verdienen und Gold scheffeln, wenn Purim kommt. Jetzt müssen sie auch noch Kinder mit goldenen Händen haben!«

5. Die kleinen Goldspinner

Wenn Ihr mal was Schönes sehen wollt und es Euch nicht viel kosten darf, dann fahrt, mit Verlaub, einmal zu Purim nach Kasrilewke, kehrt in irgendeiner Herberge ein, wo Ihr wollt, und schaut dort aus dem Fenster nach draußen – dann werdet Ihr was zu sehen bekommen! Von ganz früh an seht Ihr Jungen und Mädchen, wie sie leichtfüßig im Matsch herumspringen und wie die vergifteten Mäuse von einem Haus zum anderen rennen. Den Kopf haben sie in ein Tuch eingehüllt, fast alle gehen sie barfuß, obwohl es draußen noch kalt ist und ein eisiger Wind Schneeflocken durch die Luft wirbelt. In den Händen halten sie Platten und Teller verschiedener Größen oder Schalen und Schälchen, alle mit weißen Tüchern bedeckt. Hier tragen jüdische Kinder die *Schalachmones* herum, welche die Kasrilewker Frauen einander schicken. Sie tauschen die guten Backerzeugnisse aus, die unsere süße Riwele hergestellt hat.

»Ite-Lea hat mir zwei Fladen und ein Feiertagsbrot geschickt, dazu ein Stück Lebkuchen und zwei Mandelbrote. Ich schicke ihr dafür einen Fladen und zwei Stück Lebkuchen, zwei Feiertagsbrote und ein Stück Mandelkuchen. Und Jente Mirel hat mir eine Obsttasche und zwei Mandelbrote bringen lassen, dazu zwei Stück Strudel und ein Mohnteilchen, dafür schicke ich ihr zwei Obsttaschen und ein Mandelbrot, ein Stück Strudel und zwei Mohnteilchen.« So kombinieren die Kasrilewker Damen kunstvoll die *Schalachmones* zusammen und achten dabei genau darauf, dass es sowohl nach etwas aussehen soll, damit man sich nicht blamiert, und dass es im Wert so etwa eins zu eins aufgeht. Und da man in der Stadt doch friedlich miteinander zusammenlebt, gibt es eine Menge Adressen, wohin die *Schalachmones* geschickt werden müssen. Mit den eigenen Dienstboten oder Kindern ist das unmöglich zu schaffen. Man muss auf Fremde zurückgreifen. Und darum sind in dieser Zeit Jungen und Mädchen Mangelware; solche, die gute Beine haben und sich etwas für Pessach verdienen wollen, stehen hoch im Kurs.

Glücklich sind die Eltern, die möglichst viele Jungen und Mädchen haben. In Kasrilewke gibt es natürlich eine Menge solcher glücklicher Familien. Aber besser als alle anderen sind die Goldspinner dran. Denn so viele Mädchen und so viele Jungen wie bei Naftali zu Hause gibt es selbst in Kasrilewke selten. Wie viele es im Ganzen sind, kann ich Euch nicht genau sagen. Anderer Leute Kinder soll man nicht zählen,[5] lass sie gesund und munter heranwachsen, sie schaden doch niemandem. Im Winter liegen sie hinter dem Ofen, nackt und bloß, eins fast auf dem anderen, wie die Würmer. Im Sommer treiben sie sich draußen im Mist herum, spielen mit Steinchen oder Fangen oder »Expedition« oder sogar »Platzregen«, das heißt, sie wirbeln so viel Staub auf, wie sie nur können, so dass es stockdunkel in der Gasse wird und man fast erstickt. Dann fliegen die Ohrfeigen, die Backpfeifen, Faustschläge und Verwünschungen, wie man sie selbst im Kapitel der »Züchtigungen«[6] nicht findet:

»Ah, auf Krücken sollt ihr herumhumpeln, krumme Füße sollen euch wachsen, dass ihr euch nicht mehr rühren könnt, bei den Würmern sollt ihr liegen …«

Aber wenn Purim naht, dann spürt die ganze Bande, das kleine Gemüse, dass sie auch einen Wert haben, einen großen sogar. Man zerreißt sie bald in der Luft, so wild sind die Leute auf sie. Wenn eine Kasrilewker Dame zur angemessenen Zeit bei Riwele ihre *Schalachmones* bestellt, dann bestellt sie in einem Atemzug auch ein Kind dazu, Junge oder Mädchen, damit diese die *Schalachmones* austragen. Und Riweles Kinder, Jungen wie Mädchen, verbreiten sich über alle Straßen der Stadt mit ihren bedeckten Platten, Schalen und Schälchen; ihre Backen glühen, die Stirn ist schweißnass und die Augen brennen. Öfters begegnen sie einander im Schlamm der Gassen, aber sie haben keine Zeit, auch nur mal eine Minute stehen zu bleiben und die *Schalachmones* der anderen zu begutachten. Nur im Vorbeilaufen werfen sie sich Wortfetzen zu, die ein Mensch von außerhalb unmöglich verstehen kann:

»Hej, Petelele, wohin bist du unterwegs?«

»Zur dicken Lea. Und du, Hinkefuß?«

»Zu Reb Alters Frau, der Nudelsuppe; schon was eingenommen?«

»Kann man wohl sagen. Und du?«

»Ich hab' schon einen Rubel und zwei Vierziger, dazu einen Gulden und zwölf Groschen, und du?«

»Ich hatte noch keine Zeit zu zählen, ich fürchte aber mehr als du!«

»Wisch dir die Rotznase ab!«

»Brich dir den Hals!«

Und man geht wieder auseinander, der eine hierhin, der andere dahin.

Die Kasrilewker Bürger sitzen schon lange bei der Festmahlzeit von Purim. Sie singen *Schojschanes Jankew*, »Jakobs Lilie«[7], sie sehen mit Vergnügen Naftali mit den langen Beinen und seinen Purimspielern[8] zu, aber Naftalis Kinder laufen immer noch von Haus zu Haus mit den *Schalachmones* herum und sammeln die Groschen der Stadt ein. Die Stadt aber treibt ihre Späße mit ihnen:

»Hej, Junge, komm mal her. Zu wem gehörst du, zu Naftali?«

»Ja, zu Naftali.«

»Heute bist du sicher auf einen ganzen Hunderter gekommen. Oder doch etwas weniger?«

»Hi, hi.«

»Sag es nur, schäm dich nicht.«

»Hi, hi.«

Aber so sicher, wie Ihr lachend den Kleinen anschaut und sein »hi, hi« hört, so sicher wird derselbe Knirps eine Tasche voll Gold nach Hause bringen. Ein Haus voller Goldspinner!

6. Die Goldspinner bei der Mahlzeit

Kasrilewke ist schon lange von der Purimmahlzeit aufgestanden. Viele überlegen, ob sie jetzt zu Bett gehen sollen; noch mehr Leute schlafen bereits und schnarchen ganz gemütlich nach dem bisschen Schnaps, den man aus Freude darüber getrunken hat, dass man einen Feind erledigt hat – den Haman natürlich. Nur eine einzige Familie hat sich eben erst zu Tisch gesetzt, um das Festmahl zu halten. Der große geflochtene *Kojletsch*, das Festtagsbrot[9], ist aufgeschnitten, und alle haben sich fröhlich und lebhaft über ihn hergemacht.

Hier haben wir unsere Goldspinner:

Alle sind sie ausgehungert, müde, sie spüren ihre Beine nicht mehr, und alle haben sie eine Menge Geschichten vom heutigen Tag zu erzählen, ganze Stapel von Geschichten! Naftali von seinen Purimspielern: Wie gut sie heute gespielt haben, ausgezeichnet sogar! Nur der Waschti hat beim Hebräischen nicht gerade brilliert!

»Soll er die Cholera bekommen bis in den Pessach hinein! So oft man das mit ihm einstudiert hat, diesem Waschti, dass er sagen soll: ›Stellt er sich über die Tora!‹, näselt es aus seinem Rüssel heraus: ›Das gefällt mir wunderbar!‹ Was ist dann dabei wunderbar? Ach, geh mit deiner ganzen Sippe zum Teufel! Wie will man auch mit so einer verstopften Nase reden?«

Das alles erzählt Naftali. Riwele aber hat noch schönere Sachen von ihren Kundinnen zu erzählen: Um die letzte Kopeke haben sie gehandelt! Eine sogenannte Dame hat sich nicht lange bedacht und wollte sogar ein kleines Obstteilchen mitgehen lassen.

»Na, du kannst dir schon denken, ich werde mich gerade beklauen lassen! ›Wie viele Obsttaschen, Madame, habt Ihr eingepackt?‹ Sagt sie: ›Vier!‹ ›Und was ist mit der fünften?‹ Sie wird rot und meint zu mir: ›Ist das denn ein Obstteilchen?‹ Sage ich: ›Was soll es denn sonst sein? Vielleicht eine Wanduhr?‹ Und sie darauf: ›Ich dachte, es sei ein Honigteilchen.‹ Und ich nur: ›Und, ist denn ein Honigteilchen vielleicht für den Müll?‹« So erzählt Riwele.

Die Geschichten, die Noah zu berichten hat, drehen sich natürlich wie immer um seine Grager:

»Dieses Jahr war vielleicht ein Grager-Jahr! Alle sind sie über die Grager hergefallen! Grager und Grager und noch einmal Grager! Gestern hatte ich schon vor der Dunkelheit keinen einzigen Grager mehr! Kommt aber ein neuer Kunde und sagt, ich solle ihm einen Grager verkaufen. Sage ich zu ihm: ›Ich habe keine Grager mehr.‹ Sagt er: ›Es hilft dir gar nichts, du musst mir zwei Grager geben.‹ Und ich antworte: ›Wo soll ich denn die Grager hernehmen?‹ Und er darauf: ›Komm schon, wo hast du deine Grager?‹«

»Wirst du endlich einmal mit deinen Gragern aufhören oder nicht?«

So sagt der Vater, und Noah senkt die Augen, beugt sich herunter und schneuzt sich die Nase unter dem Tisch. Das gefällt natürlich der kleinen Bande. Jetzt ist auch ihre Zeit gekommen, von ihren wunderbaren Erlebnissen beim Austragen der *Schalachmones* zu berichten. Es gibt so viel zu erzählen und immer weiter zu erzählen. Es könnte bis Pessach so gehen. Dabei ist jetzt erst Purim, und alle sind sie müde vom Tag; langsam muss man schlafen gehen.

Und die Kinder verteilen sich auf ihre Plätze hinter dem Ofen, fallen um wie die Fliegen und schlafen den süßen Schlaf von glücklichen Menschen, die einen guten, erfolgreichen Markttag hatten.

7. Die Goldspinner zählen das Geld

Es ist bereits tiefe Nacht. Kasrilewke schläft schon lange den guten Schlaf nach der üppigen Purimmahlzeit und den *Schalach-*

mones. Nur zwei Menschen in der ganzen Stadt sind noch auf; sie denken noch lange nicht ans Schlafengehen. Das sind die Goldspinner, Naftali mit den langen Beinen und die süße Riwele, seine Frau. Leise haben sie die Tür geschlossen, die Fenster verhängt, jetzt wenden sie sich der Kasse zu. Sie wollen das bisschen Kleingeld zusammenrechnen, das die großen und die kleinen Goldspinner an diesem erfolgreichen Tag eingefahren haben. Sie schaffen es aber nicht. Sie zählen und zählen und können doch nicht alles richtig zusammenzählen.

Entweder hat *er* einen Fehler in der Summe oder *sie*. Sie werden schon ärgerlich aufeinander.

»Dass eine Frau nicht mal zwei und zwei zusammenrechnen kann!«, sagt der Mann, aber die Frau antwortet ihm:

»Also, warum zählst du nicht, mein großer Rechenkünstler?«

»Nein, zähl du, du kannst das besser!«

»Nein, zähl du, du kannst es besser!«

Ihr braucht keine Angst zu haben, dass jetzt Mann und Frau in Streit geraten. Jetzt ist nicht die Zeit für Streit. Jetzt muss man ausrechnen, was man kaufen könnte und was man kaufen wollte und was man kaufen muss: Schuhe für sich selbst und Kaftane und Kleider für die Kinder, das ist schon mal Nummer eins. Dann Mazzen für Pessach, nicht wahr? Und Schmalz? Einen Topf voll Borschtsch? Und einen Sack Kartoffeln, das ist doch klar. Seltsam, so viel sie auch zusammenrechnen, so sehr sie schon mal das Geld in Gedanken ausgeben wie die Verschwender, die Prasser, die großen Scharlatane der Welt, es stellt sich heraus, dass es immer noch reichen wird, sowohl für ihre eigenen Schuhe als auch für die Kaftane und Kleidchen der Kinder und auch noch für Mazzen zu Pessach, für Schmalz und den Bottich voll Borschtsch und selbst für den Sack Kartoffeln.

Und beider Gesichter glühen, die Augen glänzen, die Backen röten sich und die Herzen heben sich empor. Beide fühlen sie, dass die Welt, die Gott erschaffen hat, doch so schlecht nicht ist, und auch die Menschen sind, ehrlich gesagt, gar nicht so übel!

Nur, dass die Leute neidisch sind, wenn ein anderer mal etwas kriegt! Sie gönnen es ihm nicht, dass einer jetzt mal einen guten Tag hat, gerade mal einen einzigen guten Tag!

»Meinetwegen soll ganz Kasrilewke verbrennen! Eine Stadt von lauter Neidern!«

So sagt Naftali; jetzt aber verteidigt Riwele die Stadt:

»Arme Leute, seien wir ehrlich, was sollen sie machen?«

»Arme Leute, sagt sie! Das ist ihre Erklärung für alles: arme Leute, haha. *Kasriels*,[10] elende Schlucker, Habenichtse, Rumtreiber, Bettler, Hungerleider!«

»Dass es uns nicht treffe!«, sagt Riwele mit Schrecken.

Sie hat plötzlich Angst vor dem bösen Blick bekommen.

Und von weit, weit draußen her, man weiß nicht genau woher, ist das Krähen eines Hahns zu hören. Er ist ein alter Bekannter und dazu ein alter »Kantor« mit verbrauchter Stimme. Er setzt nicht mal so schlecht an, mit dem richtigen Feuer auf dem hohen Ton, aber er endet jämmerlich auf der unteren Oktave und ein bisschen so, als müsste er sich selbst Mut machen:

»Ki-ke-ri-ki …«

Sein Kikeriki tönt so, als stelle er sich selbst die Frage:

»Hej, du alter Narr, warum schreist du so?«

Draußen wird es schon hell, bläulich dämmert der Morgen herauf. Der Tag erwacht.

Freude an den Kindern

Ein Monolog

Reich bin ich nicht, hört Ihr? Weit davon entfernt. Aber ich beschwere mich nicht. Immerhin bin ich ein Bürger hier mit einer eigenen Wohnung. Nur was hat man, ehrlich gesagt, bei uns von einer eigenen Wohnung? Nichts als lauter Ärger. Aber Freude an den Kindern, die habe ich, gepriesen sei Sein Name, mehr als der Allerreichste und Vornehmste von Kasrilewke. Wenn bei mir Feiertag ist und alle Kinder kommen zusammen, Söhne und Töchter, unberufen, Schwiegertöchter und Schwiegersöhne mit allen Enkeln, wer kann sich dann mit mir vergleichen?

Nehmt zum Beispiel Purim, bei der großen Mahlzeit.

Ich frage Euch, wie schmeckt denn eine festliche Tafel, wenn man mutterseelenallein mit der Frau dasitzt und isst? Nehmen wir mal an, es hat Fisch gegeben, Suppe ist da, die Nudeln, und Zimes, dies noch und das noch und was weiß ich noch mehr …? Es bringt gar nichts! Ein Pferd, nicht dass ich es vergleichen will, isst auch. Aber ein Mensch ist doch kein Pferd, und besonders ein Jude nicht! Und dann noch am Feiertag. Und erst an einem Feiertag wie Purim, zur großen Mahlzeit!

Zuerst mal die Kinder. Acht habe ich, unberufen, gesund sollen sie sein, alle verheiratet (zwölf waren es im Ganzen, vier sind dahingegangen, mögen diese hier ihre Jahre dazubekommen!). Die eine Hälfte Söhne, die andere Töchter; vier Schwiegersöhne und vier Schwiegertöchter, macht genau sechzehn.

Und nun erst die Enkel, lang sollen sie leben! Ich will mich nicht versündigen, aber alle Töchter und alle Schwiegertöchter kommen Jahr für Jahr nieder, gelobt sei Sein Name. Bei einer sind es elf, bei der anderen neun, bei dieser wieder sieben, keine ist unfruchtbar, wie man so sagt; dass eine gar keine Kinder hat, gibt es bei mir nicht.

Mit einem Sohn, dem mittleren, hatte ich zuerst ein bisschen Schwierigkeiten. Die Schwiegertochter bekam lange Zeit kein Kind. Es geht ein Jahr vorbei und wieder ein Jahr und – nichts. Nun fängt also das Kapitelchen an: Ärzte, der Rebbe und, nicht dass ich es vergleichen will, der Tatar mit den Heilkräften. Es hilft aber alles nichts.

Um es kurz zu machen, was bleibt einem dann übrig als der Scheidebrief? Was soll man denn anderes tun? Wenn es doch sein muss! Also Scheidung! Es kommt zum Termin, was? wer? wann? Sie will nicht! Was heißt, sie will nicht? Sie sagt, sie liebt ihn. Du Dummkopf, warum hörst du auf sie, sage ich zu ihm, wenn sie sagt, dass sie dich liebt! Da sagt er: Er liebt sie auch! Was haltet Ihr von solch einem Überklugen? Ich sage zu ihm: Aber Kinder! Und er darauf: Liebe! Ein richtiger Hornochse. Was meint Ihr, nein? Ist es nicht so?

Um es kurz zu machen, sie haben sich *nicht* scheiden lassen. Und Gott hat geholfen. Schon seit sechs Jahren kommt sie nieder und noch einmal nieder, tatsächlich, Jahr um Jahr, sie überschüttet mich mit Enkeln!

Ihr solltet meine Enkelkinder sehen, alle sind sie gut geraten. Eines ist schöner als das andere, man muss sie nur anschauen. Ich sage Euch: Prachtexemplare, Goldstücke!

Und dann: wie sie lernen! Wollt Ihr eine Seite Talmud? Schon bekommt Ihr sie, und sogar auswendig! Vom *Chumesch mit Raschi*, von den übrigen Sachen im *Tanach*, von Grammatik mit allen Raffinessen wollen wir gar nicht erst reden. Und wie sie lesen und wie sie schreiben können: Jiddisch und Russisch und Deutsch und Französisch, und so weiter und so weiter …

Wenn ich mal ein Briefchen zu lesen habe oder eine Adresse schreiben muss oder was anderes, da gibt es einen richtigen Krieg: »Großvater, ich!« »Großvater, ich!«

Nun fragt Ihr vielleicht: Von was leben sie alle? Pah! Gott ist groß, und Er weiß, Seine Welt zu führen. Mal so, mal so. Mal besser und mal mit Schwierigkeiten. Nun, Ihr könnt Euch schon denken: häufiger schlecht als gut; man quält sich und kriegt schließlich das Jahr gerade so rum. Wenn nur die Gesundheit stimmt, wie man so sagt: Hauptsache gesund.

Meinem ältesten Sohn ging es zuerst gar nicht schlecht. Er wohnte in einem Dorf in der Nähe, in Slodejewke wohnte er. Und er hatte dort sein ordentliches Auskommen. Als aber der *Ukas*, der Erlass vom 3. Mai, rauskam,[1] hat man ihn mit allem Respekt einfach weggeschickt, rausgeworfen. Er wollte natürlich dagegen angehen, er zeigte ihnen, dass er kein *poseliwschejsja* ist, kein neu Zugezogener. Er brachte auch Papiere bei, dass er dort seit Adams Zeiten wohnt, alles reichte er beim Senat ein! Um es kurz zu machen, es half gar nichts, man hat ihn endgültig von dort weggeschickt, und bis zum heutigen Tag hat er sich davon nicht erholt. So sitzt er also mit der Frau und den Kindern bei mir. Was sollte ich denn tun?

Mit meinem zweiten Sohn ging es von Anfang an nicht gut. Was er auch anfängt, nichts, aber auch gar nichts gerät ihm. Ein Pechvogel, wie man so sagt. Alles geht bei ihm schief. Kauft er Getreide, fällt gleich der Preis. Handelt er mit Ochsen, krepieren sie ihm; versucht er es mit einem Stück Wald, wird es ein warmer Winter. Ein richtiger Glückspilz, er muss nur einen Blick auf den Fluss werfen, gleich werden sämtliche Fische eingehen! Da gehe ich mit mir zu Rate und sage zu ihm: Weißt du was? Nimm die Frau und die Kinder und schaff dich rüber zu mir. Schlimmer kann es ja nicht werden!

Meinem dritten Sohn ging es ganz passabel. Aber beim großen Brand, dass wir davon verschont bleiben, ist er total abgebrannt! Mit nichts auf dem Leibe kam er heraus und hatte dann noch allerhand auszuhalten mit Verdächtigungen, mit Behörden und anderen Schwierigkeiten. Fragt mich lieber nicht, es ist ja vorbei. Heute sitzt er mit der ganzen Bande bei mir. Wo denn sonst?

Nur bei einem meiner Söhne geht es ganz ordentlich. Aber was will das schon heißen: ganz ordentlich! Man sagt das so. Geld hat er keines, aber dafür einen reichen Schwiegervater. Das heißt, solch ein gewaltiger Verdiener ist der auch wieder nicht! Zwar betreibt er eine Menge Geschäfte, überall dreht er sich herum, na ja, auch mal mit Schwindeleien, soll Euch Gott davor behüten! Er dreht es so lange, bis er sich selbst und die anderen ganz verdreht hat. Aber stört es ihn? Immer dreht er sich wieder heraus, der Hund! Schon ein paar Mal hat er nicht nur sein Geld, sondern auch das Geld der Kinder in den Sand gesetzt. Sage ich zu ihm: »Was habt Ihr mit dem Geld meines Sohnes zu schaffen?« Sagt er zu mir: »War es vielleicht Euer Geld?« Darauf ich: »Er ist immerhin mein Sohn.« Und er: »Ist sie vielleicht nicht meine Tochter?« Sage ich: »Und weiter?« Und er: »Bah! Bah!« Und ich noch einmal: »Unmöglich ist das!« Darauf er: »Genau!« Ein Wort gibt das andere, ich nehme mir also meinen Schafskopf von einem Sohn beiseite und sage zu ihm: »Pfeif auf deinen reichen Schwiegervater, diesen ewigen Verdreher und komm zu mir, es wird schon ausreichen, wenn wir nur zusammenhalten.«

Mit meinen Schwiegersöhnen, müsst Ihr wissen, habe ich leider kein Glück. Aber echt gar kein Glück! Das heißt, vorwerfen kann ich ihnen nichts, und ich schäme mich auch nicht mit ihnen, denn auf der anderen Seite muss man sagen, selbst der reichste Mann hat nicht solche Schwiegersöhne. Feine, anständige Burschen, aus den besten Familien, Menschen, die etwas darstellen. Und mit Köpfchen dazu!

Einen Schwiegersohn zum Beispiel habe ich, von bester Abstammung, ein Goldjunge, sage ich Euch, ein angenehmer Mensch, gut geraten, mit allen Vorzügen, ein großer Gelehrter, sitzt den ganzen Tag da und lernt. Von der Hochzeit an halte ich ihn bei mir auf »Kost«. Wenn Ihr nur einen Blick auf ihn werft, werdet Ihr auch sagen, es wäre zu schade, solch einen Menschen glatt in die Welt zu schicken, was würde da aus ihm werden?

Der andere Schwiegersohn hat nicht solch einen gewaltigen Stammbaum, aber trotzdem ist er ein außergewöhnlicher Junge. Denn sagt, was Ihr wollt. Schreiben und lesen und rechnen und singen und tanzen kann er und was noch mehr! Er spielt zum Beispiel auch Schach. Wenn man es genau sagen will: Er ist ein Meister im Schach. Was aber die anderen Dinge angeht, es ist ihm nicht beschert, wie König Salomon sagt: »*Loj lachachomim lechem*, den Weisen fehlt das Brot«[2]. Alle großen Könner laufen ohne Stiefel herum. Ich habe schon alles Mögliche mit ihm versucht: Er war Pächter und Krämer, dazu Melamed und Heiratsvermittler auch, aber es klappt nichts bei ihm – und wenn du dich in Stücke reißt! So ist er also jetzt mit den Kindern bei mir geblieben, ich werde doch meine eigene Tochter nicht auf die Straße setzen!

Noch einen Schwiegersohn habe ich, nun, kein Alleskönner, aber doch was Besonderes. Ein kluger Kopf mit einer schönen Handschrift, und im Talmud kennt er sich aus. Dazu kann er sich ausdrücken. Wenn er redet, fließen ihm die Worte nur so heraus, es ist eine Wonne, ihm zuzuhören. Einen Fehler hat er ja, er ist zu zart, zu edel und zu feinsinnig, kein bisschen handfest. Das heißt, er ist auch nicht ganz gesund. Wenn Ihr ihn so anschaut, fehlt ihm scheinbar gar nichts. Nun, was ist dann das Problem? Dass er so stark schwitzt und dann der Husten! Seit einiger Zeit hat er diesen elenden Husten, mit einem Röcheln mittendrin; dann kriegt er fast keine Luft mehr! Die Ärzte sagen, er soll viel Milch trinken und nach Bojberik[3] zur Erholung fahren. Dahin, so heißt es, fahren alle Kranken. Dort ist Wald, sagen sie, und der Wald ist eine Arznei gegen den Husten. Also plane ich, im Sommer, wenn Gott will und wir es erleben, mit ihm nach Bojberik zu fahren. Bis dahin, also bis dass er gesund wird, habe ich ihn natürlich mit der Frau und den Kindern bei mir auf den Schultern. Gibt es denn eine andere Möglichkeit?

Jetzt habe ich noch einen letzten Schwiegersohn, zwar ein einfacher Mensch, aber arbeiten kann er, sage ich Euch! Das heißt, Gott bewahre, kein Handwerker, kein Schneider oder Schuster, und ein Chederjunge ist er auch nicht. Er ist Fischhändler, also, er handelt mit Fisch. Auch sein Vater handelte mit Fisch und sein Großvater auch schon, die ganze Familie, alles dreht sich bei ihnen um Fisch. Fisch und wieder Fisch und noch einmal Fisch. Das heißt, sie sind schon anständige Leute, ordentlich und so, aber sehr einfache Menschen. Ihr wollt bestimmt wissen, wie ich denn an solch einen Schwiegersohn komme? Nun, vielleicht gibt es da einen tieferen Sinn, wie man so sagt: In einem Fluss leben ganz verschiedene Hechte. Vielleicht ist es meiner Tochter so beschert, dass sie solch einen Mann haben muss. Dass wir uns richtig verstehen: Ich habe gar nichts gegen ihn. Meine Tochter lebt sehr glücklich mit ihm zusammen. Denn seiner Natur nach ist er ein guter Mensch, ein Diamant von einem Menschen, sehr umgänglich, hört Ihr? Vor allem uns gegenüber, bis dahin, dass er ihr alles gibt, was er verdient, und damit unterstützt er doch auch meine anderen Schwiegersöhne und meine Söhne, soweit er kann. Wenn man es so sieht, so schuftet er für uns und zeigt so, dass er vor uns Respekt hat, denn er weiß sehr gut, er fühlt es, versteht Ihr mich, wer *er* ist und wer *wir* sind! Denn das wollen wir doch festhalten: Er ist er, und wir sind immer noch wir, das kann man nicht einfach mit der Hand beiseiteschieben.

Denn wenn es einmal geschieht, dass man unter verständigen Menschen zusammenkommt, und meine Kinder unterhalten sich über das Kleingedruckte,[4] Ihr versteht, irgendeinen Abschnitt aus dem *Schulchan Aruch* oder ein gesalzenes Stück Talmud oder einfach einen Bibelvers, dann muss er ja dabeisitzen und schweigen, denn so etwas wird für ihn immer ein Geheimnis bleiben.

Natürlich kann er stolz sein, dass er solche Schwager hat und für sie arbeiten darf. Was meint Ihr? Ist es vielleicht nicht so? Was?

Jetzt, wo Ihr schon ein bisschen mit meinem Haushalt bekannt seid, da könnt Ihr Euch auch schon vorstellen, welche Freude ich habe, wenn ein Festtag kommt, zum Beispiel Purim, die große Mahlzeit, und alle Kinder und alle Enkel sitzen unberufen um den Tisch herum, und man spricht den Brotsegen über dem großen wunderbaren Purim-Kojletsch, dem Kojletsch mit Safran und mit Rosinen bespickt, und dazu der herrliche Fisch, gezuckert und gepfeffert, mit Meerrettich, und dann die prächtigen langen gelben Nudeln mit Suppe! Man trinkt ein gutes Tröpfchen Branntwein und, wenn Gott hilft, auch eine Flasche Wimrosig dazu, Koweschaner[5] Wimrosig, oder ein Gläschen guten Kirschlikör, wenn welcher aufzutreiben ist, aber zur Not macht auch ein einfaches Glas Schnaps ein Festmahl. Und dann fangen wir an zu singen, zuerst stimme ich an: »*Schojschanes Jankew*, Jakobs Lilie«. Und gleich noch einmal: »*Schojschanes Jankew*« und ein drittes Mal: »*Schojschanes Jankew*«, darauf fallen die Kinder ein:

»*Zehejle wesimche*! … war glücklich und fröhlich!«

Und dann die kleinen Rabauken, die Enkel mit ihren hellen Stimmchen:

»*Or lajehudim*, Licht und Freude war bei den Juden,
or lajehudim, or lajehudim«.

Und danach auch noch ein Tänzchen! Nun, wer kann sich dann mit mir vergleichen? Lasst Brodski[6] Brodski sein und Rothschild Rothschild! Ein König bin ich, wie Ihr mich hier vor Euch seht, ein König!

Zwar bin ich nicht reich, hört Ihr! Aber Freude an den Kindern habe ich, gepriesen sei Sein Name, mehr als der reichste und vornehmste Mensch in Kasrilewke.

Von Pessach bis Laubhütten

Eine merkwürdige Geschichte, von einem Mann erzählt, der sich als leidenschaftlicher Schachspieler erweist – dies alles im Kreise einer munteren Gesellschaft, irgendwo und irgendwann in einer kalten Winternacht, und nach einem lebhaften Kartenspiel: dazu noch im Anschluss an ein gutes Abendessen.

Es war im Winter, schon lange nach Mitternacht. Die Abendtafel war zu Ende gegangen, der Tisch zeigte, dass die Leute gut gespeist hatten. Die grün gedeckten Kartentische waren mit Kreide vollgeschrieben, auf ihnen lagen Spielkarten hingeworfen; Asse und Könige lugten hier und da heraus und reizten sich gegenseitig: jetzt sind wir dran! Die Leute hätten sich ja zu gerne noch einmal zu einer *Präferenz*, einem *Wind* oder einer *Oke*[1] hingesetzt, man schämte sich aber vor sich selbst; es war schon zu spät in der Nacht. Deshalb saßen die Leute einfach so da, rauchten, tranken schwarzen Kaffee und ergingen sich in Klatsch und Tratsch, über dieses und jenes. Als das Gespräch dann stockte, weil es nichts mehr zu erzählen gab, warf einer aus der Gesellschaft ein einziges Wort in die Runde: »Schach«. Dann noch einer und ein dritter: »Schach«. Mit all dem aber wollten sie nur das Interesse eines anderen Mannes wecken, eines leidenschaftlichen Schachspielers mit Namen Rubinstein.

Rubinstein ist ein besessener *Schachmatikus*. Um Schach spielen zu können, ist er bereit, zehn Meilen zu Fuß zu gehen, ohne zu essen und ohne zu trinken. Er kann auch eine ganze Nacht ohne Schlaf auskommen: wirklich ein Schachliebhaber, der einem Angst einjagen kann. Über ihn und Schach erzählt man sich eine ganze Reihe von Anekdoten. Dass er nächtelang gegen sich selbst spielt. Dass er sich schon dreimal hat scheiden lassen: wegen Schach. Dass er schon einmal drei Jahre lang verschollen war, auf und davon gewesen, alles wegen Schach. Mit einem Wort, wo Rubinstein ist, da geht es um Schach, und wo von Schach die Rede ist, da werdet Ihr bald Rubinstein finden. Und Rubinstein hat es gerne, wenn man von Schach spricht. So wie ein guter Saufbruder, wenn von einem Gläschen Schnaps erzählt wird. Wenn man Rubinstein anschaut, fällt einem zuerst seine enorm hohe Stirn auf. Ein großgewachsener, breitschultriger Mensch mit einem auffallend gebeugten Rücken. Dazu große, jedoch kühle Augen. Er ist von schlanker Gestalt, ja mager, aber seine Stimme ist tief wie eine dunkle Glocke, eine richtige Bassstimme. Wo er sich gerade aufhält, hört man daher immer nur Rubinstein, nur ihn allein.

Als er mitbekommt, dass man von Schach redet, zieht Rubinstein seine zerfurchte Stirn noch mehr in Falten, schaut mit einem Auge auf den schwarzen Kaffee, den er gerade trinkt und bei dem er wohl ergründen will, wonach er schmeckt, nach Seife oder nach Spülwasser? Dann wendet er sich an keinen Einzelnen direkt, aber an alle zugleich, und seine Bassstimme tönt wie eine dumpfe Kirchenglocke:

»Meine Damen und Herren, wenn Ihr eine schöne Begebenheit von einem Schachspieler hören wollt, dann setzt Euch alle dorthin, und ich erzähle Euch eine Geschichte aus vergangenen Zeiten.«

»Eine Geschichte von einem Schachspieler, meint Ihr? Eine Geschichte aus früheren Zeiten?« Das warf die Gastwirtin ein, die schon befürchtet hatte, die Gäste würden gleich alle auseinandergehen. »Ausgezeichnet, sag Felitschka, sie soll das Pianoforte abschließen, und sei du so freundlich, mach die Tür zu und bring noch zwei, drei Stühle her. Ich bitte Euch alle, nehmt Platz, der Herr Rubinstein wird uns jetzt eine Geschichte von einem Schachspieler erzählen, eine Geschichte aus vergangenen Zeiten.«

Rubinstein betrachtete die zu Ende gerauchte Zigarre, mit der ihn der Hauswirt beehrt hatte, von allen Seiten und wollte dabei wohl schätzen, was sie gekostet hatte. Er legte die zerfurchte Stirn in Falten, so als wollte er sagen: ›Hm, sie sieht ja aus wie eine Zigarre, aber den Geschmack hat sie von einem alten Besen‹. Dann aber fing er seine Geschichte mit folgenden Worten an:

»Dass ich selbst, meine Damen und Herren, ein begeisterter Schachspieler bin und dass wir in meiner ganzen Familie von Natur aus alle reine *Schachmatikusse* sind, das muss ich Euch nicht erzählen. Ihr wisst ja, dass der Name Rubinstein etwas in der Welt gilt,[2] und ich würde zu gerne wissen, ob Ihr mir einen Rubinstein nennen könnt, der kein Schach spielt.«

»Ich kenne einen Rubinstein, einen Handelsvertreter, er kommt jede Woche zu mir. Außer *strachovanje zhisni*, Lebensversicherungen, kennt er rein gar nichts. Ein richtiges Rindvieh!«

Das war einer von den anwesenden Gästen, ein junger Mann mit einem Eierkopf und einer goldenen Brille. Er hielt sich für gebildet und machte gerne witzige Bemerkungen. Rubinstein ließ sich nicht aus der Ruhe bringen, er schaute den jungen Mann mit seinen großen schwarzen kühlen Augen eindringlich an und bemerkte mit seiner sonoren Bassstimme:

»Dann gehörte er nicht zu unseren Rubinsteins. Ein echter Rubinstein ist ein *Schachliebhaber*. Das ist so normal, wie es bekannt ist, dass echte Narren immer nur blöde Witze machen.

Nun, ein echter Rubinstein war mein Großvater Ruben Rubinstein, er war, meine Damen und Herren, ein richtiger *Schachmatikus*. Bei ihm hätte die ganze Welt untergehen können, wenn er mitten beim Schachspiel war. Von weit her aus der ganzen Welt kam man zu ihm, um eine Partie Schach zu spielen: Gutsherren, Grafen, Adlige. Dabei war er nicht mehr als ein einfacher Uhrmacher, ein armer Handwerker, allerdings gut in seinem Fach, ein echter Künstler. Aber weil ihm Schach über alles ging, kam er nur mit Mühe durchs Leben, er machte öfters schwere Zeiten durch, nie hatte er genug Verdienst, kaum dass es fürs tägliche Brot reichte.

›Und siehe es geschah …‹[3] Es passierte also, meine Damen und Herren, dass eines Tages vor dem Haus des Großvaters eine prächtige Kutsche vorfuhr mit zwei feurigen Rossen im Zweispänner. Und aus der Kutsche steigt mit zwei Bediensteten ein nobler Herr, ein Edelmann, von oben bis unten mit Orden und Medaillen behangen: ein richtiger Fürst! Und gleich kommt er zur Sache: ›Wo wohnt hier der Jude Ruben Rubinstein?‹ Der Großvater, er mag es mir verzeihen, erschrak zuerst nicht wenig. Bald aber fasste er sich und antwortete mit folgenden Worten: ›Ich bin der Jude Ruben Rubinstein – womit kann ich dienen?‹ Das gefiel dem Hohen Herrn, und er wandte sich weiter an den Großvater:

›Wenn du‹, sagte er, ›der Jude Ruben Rubinstein bist, so freut mich das. Man soll den Samowar anstellen, und dann schafft das Brett her, spielen wir eine Partie Schach. Ich habe sagen hören, dass du ordentlich Schach spielst und dass dich noch keiner matt gesetzt hat‹.

So also spricht der hohe Herr zu ihm (und daran erkennen wir, dass auch er ein Schachliebhaber war). Und er setzt sich mit dem Großvater hin; sie fangen an, Schach zu spielen. Eine Partie und noch eine Partie und eine dritte, eine nach der anderen. Derweil wurde der Samowar heiß, man reichte Tee, wie es üblich ist, dazu allerlei Eingemachtes und andere Sachen zum Essen; dafür sorgte schon die Großmutter. Obwohl kein Groschen im Beutel war! Draußen bei der Kutsche hatte sich die ganze Stadt versammelt. Ist das vielleicht nichts? Solch ein hoher Herr bei unserem Ruben Rubinstein! Natürlich gab es auch schon allerhand Gerede. Der eine sagte, der hohe Herr käme von der Regierung, er wäre mit einer Revision, einem *obisk*, einem Durchsuchungsbefehl gekommen, wegen falschem Gold undsoweiter.

Ein anderer meinte, es gehe hier um eine Anzeige, Verleumdung, falsche Anschuldigungen, um einen Prozess. Aber ins Haus reingehen und nachsehen, wie der hohe Herr mit dem Großvater dasitzt und Schach spielt, das wagte niemand. Wer würde sich auch so etwas erlauben?

Was soll ich Euch viel erzählen, meine Damen und Herren, der hohe Herr, obwohl er nicht schlecht, ja man könnte sagen sogar ganz gut spielte, erhielt doch vom Großvater ein Matt nach dem anderen. Und je mehr er verlor, umso mehr geriet er in Feuer, und natürlich verlor er immer weiter. Aber der Großvater: Meint Ihr vielleicht, er verzog auch nur das Gesicht? Kein bisschen! So als würde er mit irgendjemand x-Beliebigem spielen, was weiß ich mit wem! Das regte den Herren ganz schön auf, was glaubt Ihr wohl? Kein Mensch verliert gerne und dann noch gegen wen? Gegen einen Juden! Aber er kann nichts sagen, weil sein Gegner wirklich gut spielt! Wie man so sagt: Wenn einer was kann, soll man es nicht abstreiten. Und das will ich Euch auch sagen, meine Herren und Damen, einen echten Schachspieler interessiert das Spielen selbst viel mehr als das Gewinnen oder Verlieren. Bei einem echten Schachfanatiker gibt es gar keine einzelnen Spieler, sondern nur ›das Spiel selbst‹. Ich weiß nicht, ob Ihr das verstehen könnt.«

»Schwimmen können wir zwar nicht, aber wir verstehen etwas davon«, warf wieder einmal der junge Witzbold dazwischen und wie immer gerade an der falschen Stelle. Und Rubinstein, der leidenschaftliche Schachspieler, sah ihn mit seinen kühlen Augen an, durch und durch, und bemerkte dann: »Ja, man sieht sehr gut, dass Ihr schwimmt!« Darauf zog er wieder an seiner Zigarre und erzählte weiter:

»Nun, wie alles auf der Welt einmal ein Ende haben muss, meine Damen und Herren, so war auch ihr Spiel schließlich zu Ende. Der Hohe Herr stand auf, knöpfte sich von oben bis unten zu, langte dem Großvater zwei Finger hin und sagte Folgendes zu ihm:

›Hör mich an, Ruben Rubinstein, du hast mich‹, sagte er, ›geschlagen, und ich muss zugeben, dass du der beste Schachspieler bist, nicht nur in meiner Provinz, sondern im ganzen Land und vielleicht sogar in der ganzen Welt. Und ich schätze mich glücklich‹, sagte er, ›dass ich die Ehre und das Vergnügen hatte, mit dem größten Schachspieler der Welt zu spielen. Sei sicher, dass von heute an dein Name noch berühmter sein wird als bisher. Ich werde es den Ministern erzählen und ich will es am Hof berichten.‹

Als er solche Worte hörte: ›Minister‹ und ›am Hof berichten‹, wandte sich der Großvater zum Magnaten: ›Wer bist du denn, mein edler Herr?‹ Lacht der hohe Herr darüber, und es schwillt ihm die Brust mit den ganzen Medaillen, und er sagt zum Großvater: ›Ich bin der Gouverneur.‹ Da wird es dem Großvater doch ein bisschen klamm ums Herz. Hätte er gewusst, wer da mit ihm am Brett sitzt, sicher hätte er anders gespielt … Nur ist die Sache nicht mehr rückgängig zu machen. Derweil verabschiedet sich der Gouverneur sehr freundlich und begibt sich zur Kutsche, setzt sich hinein und schon: *paschol!*, marsch und weg!

Es versteht sich von selbst, dass jetzt die ganze Stadt über den Großvater herfiel: ›Wer war das?‹ Als aber die Leute erfuhren, dass es der Gouverneur gewesen ist, staunten sie noch mehr: ›Was hat der Gouverneur hier gewollt?‹ Der Großvater erzählte, dass der Gouverneur nur wegen Schach gekommen war. Die Leute aber spuckten dreimal aus und ergingen sich in kräftigen Verwünschungen. Danach liefen sie auseinander, man redete noch eine Weile darüber und vergaß es dann wieder. Und auch der Großvater hat es vergessen. Der Kopf stand ihm nach etwas anderem, er tüftelte einen neuen Schachzug aus, und nebenbei gab es auch die Sorgen ums tägliche Auskommen. Ein Jude quält sich doch, er arbeitet wie ein Pferd, nur um ein Stückchen Brot zu finden.

›Und siehe es geschah …‹, meine Herren und Damen, nach einer gewissen Zeit, ich kann Euch nicht sagen, wie lange diese Zeit gedauert hat, nur dass es am Vorabend von Pessach war.

Und beim Großvater im Haus war noch nichts vorhanden, um über die Feiertage zu kommen, nicht mal ein Stückchen Mazze. Jede Menge Kinder, dass sie der böse Blick verschone, und der eine muss doch zu Pessach ein Hemd und der andere ein Paar Stiefel bekommen – aber schlecht sieht es aus! Sitzt also der Großvater mit seinem gebeugten Rücken da, das Augenglas eingeklemmt, und macht sich an einer Uhr zu schaffen, die stehen geblieben war und nicht weitergehen wollte. Und er denkt bei sich: ›*Me'ajen jowe esri* … woher kommt mir Hilfe?‹[4]

Plötzlich öffnet sich die Tür, und zwei Gendarmen treten ein und direkt auf den Großvater zu: ›*Pashalojtje*, bitte sehr!!‹ In dem Moment geht ihm ein seltsamer Gedanke durch den Kopf (der Großvater hatte manchmal merkwürdige Ideen): Vielleicht kommen sie vom Gouverneur? Wer weiß, alles ist doch möglich, vielleicht will der ihm eine Freundlichkeit erweisen, ihn glücklich machen. Ist es nicht schon öfters geschehen, dass durch einen Zufall, wegen einer Kleinigkeit, ein hoher Herr sich einen Juden rausgreift, ihn mit Gold überschüttet und ihn mit seinen Kindern und Kindeskindern glücklich macht?

Es stellte sich aber heraus, meine Damen und Herren, dass es kein bisschen in diese Richtung lief. Man bat ihn mit aller Höflichkeit, er möge sich aufmachen und auf Wanderschaft begeben nach – ratet mal wohin! –, nach Petersburg gar! Wieso nach Petersburg? Das wissen sie selbst nicht. Sie bekamen, sagen sie, ein Papier aus Petersburg und in diesem Papier steht: ›*Nemedleno dostawit jewreja Rubina Rubinstejna w Sankt Peterburg.*‹ ›Vielleicht liegt da was vor! Gib schon zu, Bursche, was für ein Gaunerstück hast du angestellt?‹ Der Großvater aber schwört, dass er nicht die leiseste Ahnung hat. In seinem ganzen Leben, sagt er, hat er keiner Fliege etwas zuleide getan. Die ganze Stadt, sagt er, kann das beschwören! … Man interessiert sich aber nicht für das, was er sagt, und befielt ihm, sich in Bewegung zu setzen und aufzumachen ›mit der Etappe‹,[5] heißt es, denn sobald die Rede ist von ›*dostawit*‹, ›überstellen‹, wie wird es da wohl anders gehen als ›mit der Etappe‹ und in Ketten geschmiedet? Und dann noch *›nemjedleno‹*, unverzüglich! Das heißt doch eindeutig: so schnell wie möglich!

Und wirklich, meine Damen und Herren, sie packten ohne viel Federlesens den Großvater, sie waren dabei nicht zimperlich, sondern legten ihn gleich an Händen und Füßen in Ketten und führten ihn mit allen Gaunern und Dieben zusammen in der echten ›Etappe‹ weg. Und was in diesen Jahren beim Iwan ›mit der Etappe ziehen‹ hieß, das muss man Euch ja wohl nicht besonders erklären. Das wissen doch alle, wenn ein schwächlicher Mensch ›mit der Etappe‹ verschickt wurde, so kam er oft nicht lebend an! Denn Eisenbahnen gab es damals noch nicht und richtige Straßen auch nicht, da sind die Menschen wie Fliegen tot umgefallen. Mehr als die Hälfte der Gefangenen ging unterwegs zugrunde und die restlichen erreichten ihren Bestimmungsort als ausgezehrte, elende Krüppel.

Zum Glück aber war mein Großvater von solch einer Statur wie ich, das heißt, er war dürr und knochig, aber seine Knochen waren robust und stark. Außerdem war er ein nachdenklicher Mensch, fromm dazu und ein Philosoph. ›Der Mensch stirbt nur einmal und nicht zweimal. Wenn es ihm also bestimmt ist, noch weiter auf dieser Welt zu leben, so wird ihm jetzt niemand das Leben nehmen können.‹ Warum aber sprach er so direkt von Leben und Sterben? Weil es ganz so aussah, als ob diese Sache nach Spießruten, nach Auspeitschen riecht, nach Sibirien und vielleicht noch nach Ärgerem! Er verabschiedete sich nicht bloß für immer von der Frau, den Kindern und der ganzen Stadt, er erbat sich auch den *Majwer Jabek*,[6] das Büchlein mit den Totengebeten, und wollte gleich sein *Widuj* sagen, das Bekenntnis vor dem Sterben. Man versuchte ihn zu trösten, die ganze Stadt begleitete ihn wie bei einer richtigen Beerdigung. Zahllose Tränen wurden vergossen.

Und, meine Damen und Herren, wenn ich Euch all das erzählen wollte, was der Großvater auf dieser Reise auszustehen hatte, so müssten wir miteinander nicht nur eine Nacht, sondern drei Nächte sitzen, und das wäre doch schade, wir könnten die Zeit besser für eine Schachpartie nützen. In aller Kürze sage ich Euch nur, dass sich die Reise über den ganzen Sommer hinzog, von Pessach bis Laubhütten, denn die Etappen werden, meine Herren und Damen, in Abschnitte eingeteilt, und auf jeder Station zwischen den Abschnitten hielt man die Getriebenen mal eine, mal zwei Wochen und manchmal für noch längere Zeit fest, bis ein neuer Transport von Dieben und Briganten zusammengestellt war; erst dann trieb man sie weiter. Und selbst dann, als man nach viel Drangsal, nach vielen Plagen und Qualen im herrlichen St. Petersburg angekommen war, meint Ihr vielleicht, da hatte alles schließlich ein Ende? Da irrt Ihr Euch! Denn dort packte man den Großvater und sperrte ihn in ein steinernes Verlies, eine Zelle, ein finsteres Loch, in dem man weder sitzen noch gehen, noch stehen, noch liegen konnte …«

»Aber bestimmt kann man dort wunderbar Schach spielen«, warf der junge Witzbold wieder ein. »Ja, versteht sich, und auch blöde Witze machen«, versetzte Rubinstein und erzählte weiter: »Dort, in der steinernen Zelle, schloss der Großvater nun endgültig mit dem Leben ab. Er sagte auswendig sein *Widuj*, er sah schon den Todesengel vor sich und spürte, dass ihn seine Seele bereits vor dem Urteilsspruch verlassen wird. Ehrlich gesagt, wünschte er sich nun den Tod. Ein klein wenig hatte er noch Hoffnung auf die Stadt gesetzt. Er war sich sicher, dass die Stadt nicht untätig bleiben werde. Es würden sich Fürsprecher finden, einflussreiche Männer, die sich für ihn verwendeten, sie würden ihre guten Beziehungen nutzen, und wenn man jemanden ›schmieren‹ müsste, würde man auch schmieren. Es geht doch darum, einen unschuldigen Menschen vor einem Unglück zu retten, vor einer üblen Verleumdung! Und der Großvater irrte sich nicht, meine Herren und Damen, vom ersten Tag an, als man ihn verschickt hatte, und danach den ganzen Sommer hindurch wurde alles Mögliche versucht! Man lief zu Advokaten, man suchte Menschen mit guten Beziehungen, man ließ reichlich Geld fließen, ja, hohe Summen setzte man ein. Es half aber soviel wie ein *Schema Israel*! Geld wurde angenommen, ja, aber man konnte nicht versprechen, etwas für den Großvater tun zu können. Und sie erklärten gleich mit guten Argumenten, warum es fast unmöglich war. Zum Beispiel so: Einen Dieb oder einen anderen Verbrecher kann man leicht mit Geld rausholen. Wieso? Weil man weiß, dass er ein Dieb ist, der ein paar Pferde gestohlen, oder ein Verbrecher, der ein Haus in Brand gesteckt hat. Aber solch eine Sorte Mensch wie Rubinstein, sagten sie, der nichts gestohlen und auch kein Haus angezündet hat, wer kann denn sagen, was für eine Art Verbrecher der ist? Vielleicht ein ›Politischer‹? Und in jenen Tagen war doch ein ›Politischer‹ viel schlimmer als jeder andere Verbrecher, selbst wenn der eine ganze Provinz umgebracht hatte! Es war schon gefährlich, sich für einen ›Politischen‹ nur einzusetzen! Das Wort ›Politischer‹ durfte man nicht einmal laut aussprechen, nur ganz leise, im Dunkeln. Andererseits: Wie hätte aus dem Uhrmacher Ruben Rubinstein ein ›Politischer‹ geworden sein können? Nun, auf dieser Welt ist alles möglich – ein Mensch mit Verstand, ein Philosoph …!

Also, meine Herren und Damen, wie schon gesagt, alles auf der Welt hat mal ein Ende. Es kam der Tag, an dem sich die Türen des Gefängnisses öffneten und zwei Gendarmen, von Kopf bis Fuß bewaffnet, traten ein, packten den Großvater – er war mehr tot als lebendig –, setzten ihn in eine Kutsche, und gleich hieß es: *Paschol*, ab! Wohin? Das fragte er sich schon nicht mehr. Zur Verurteilung? Meinetwegen zur Verurteilung. Zum Schafott? Wenn's denn sein soll, zum Schafott. Wenn es nur ein Ende nimmt! Und er stellt sich den Prozess vor, wie man ihn vor den Senat bringt und ihm sagt: ›Ruben Rubinstein, bekenne!‹ Er aber antwortet dem Senat: ›Ich bekenne, dass ich ein Jude bin, dazu ein armer Uhrmacher, der von seiner Hände Arbeit lebt. Noch nie habe ich jemanden bestohlen, niemanden betrogen und keinen beleidigt, Gott ist mein Zeuge. Wenn Ihr mich zu Tode quälen wollt, quält mich, aber nehmt vorher meine Seele, sie ist in Eurer Hand.‹ So unterhält sich der Großvater in Gedanken mit dem Senat.

Da fährt die Kutsche an eine Mauer heran; man befiehlt dem Großvater auszusteigen. Er steigt aus, und man führt ihn hinein, direkt ins Innere des Gebäudes, zuerst in einen Raum, daraufhin in noch einen weiteren Raum. Man befiehlt ihm, sich auszuziehen, ganz, bis aufs Hemd. Er versteht nicht, was das bedeuten soll. Aber wenn Euch ein Gendarm den Befehl gibt, die Kleider auszuziehen, so weiß man doch, was sich gehört. Danach lässt man ihn, Ihr müsst schon hundertmal entschuldigen, meine Damen und Herren, auch das Hemd ausziehen. So zieht er auch das Hemd aus. Und man führt ihn in ein Bad, aber ein Bad, sage ich Euch! Man wäscht ihn, man reibt ihn ab, man spült ihn ab mit Wasser und man zieht ihn wieder an und – fährt weiter. Er fährt und fährt und fährt. Da überlegt er: Schöpfer der Welt, was wird da mit mir geschehen? Und es geht ihm im Kopf herum, was er einmal über Spanien und Portugal in den Büchern gelesen hat. Aber er kann sich nicht genau erinnern, wo er die Geschichte her hat: von dem Brauch, dass man, ehe man einen Verbrecher zum Schafott führte, ihn davor ins Bad brachte. Und wie er so darüber nachdenkt, meine Herren und Damen, fährt der Wagen in einen Hof mit Eisengittern drum herum und auf der Spitze jedes Gitterstabes ein Adler. Sie kommen vorbei an Generälen mit Epauletten und Medaillen. Dann wird ihm gesagt, er solle keinen Schreck bekommen, jetzt werde man ihm den Zar vorstellen, und er soll ganz normal geradeaus schauen und keine überflüssigen Worte reden, sich über nichts beklagen und nur auf Ja ein Ja und auf Nein ein Nein antworten. Und bevor er auch nur Zeit findet, zu überlegen, wo er auf der Welt ist, steht er schon in einem ausgemalten Saal mit prachtvollen Bildern und vergoldeten Stühlen, und direkt vor ihm steht ein hochgewachsener Mann mit Backenbart. Dieser Mann mit dem

Backenbart (es war der Zar Nikolaus der Erste) durchdrang den Großvater mit seinem Blick; anschließend kam es zwischen ihnen zu folgender Unterhaltung:

Der Zar: ›Wie heißt du?‹

Der Großvater Rubinstein: ›Ruben Scholimow Rubinstein.‹

Der Zar: ›Wie alt bist du?‹

Der Großvater Rubinstein: ›Siebenundfünfzig.‹

Der Zar: ›Wo hast du Schach spielen gelernt?‹

Der Großvater Rubinstein: ›Es vererbt sich bei uns in der Familie.‹

Der Zar: ›Man sagt, du seist der beste Schachspieler in meinem Land.‹

Darauf hätte ihm der Großvater gerne geantwortet: Lieber wäre ich nicht der beste Schachspieler in deinem Land. Darauf hätte ihn der Zar wohl gefragt: Was ist denn los? Da hätte ihm der Großvater schon Bescheid gegeben, dass man einen berühmten Schachspieler, den der Zar selbst kennenlernen will, nicht so behandelt. Der Großvater Ruben Rubinstein hätte schon klar und deutlich antworten können! Nur, in diesem Moment gab der Zar einen Wink mit der Hand, Generäle stürzten herbei, und dieselben Gendarmen führten den Großvater wieder in den Hof und aus dem Hof hinaus. Und dann hat man ihn freigelassen. Man sagte ihm allerdings noch, er solle unverzüglich nach Hause fahren, denn hier habe er kein Recht, sich aufzuhalten. *Wie* er nach Hause kam, fragt mich lieber nicht. Aber er kam lebendig davon. Und er kam genau zu Sukkot, zu Laubhütten, nach Hause. Meine Damen und Herren, meine Geschichte ist zu Ende.«

Eine »Expropriation« an Pessach[1]

1.

Seit Menschengedenken schon hat Kasrilewke es Odessa nachgemacht. Aber seit sich überall die Panik ausbreitet und das totale Durcheinander herrscht, bleibt Kasrilewke keinen Zentimeter hinter Odessa zurück: In Odessa gibt es einen Streik – so streikt man auch in Kasrilewke. In Odessa wird die »Konstitution«[2] eingeführt, so wird auch in Kasrilewke die »Konstitution« eingeführt. Gibt es in Odessa einen Pogrom, folgt bestimmt auch in Kasrilewke ein Pogrom. Ein Spaßvogel hat einmal verlauten lassen: Als man in Odessa begann, sich die Nasen abzuschneiden, schärften die Leute in Kasrilewke sofort ihre Messer. Ein Glück nur, dass in Kasrilewke einer genau auf den anderen aufpasst, was der als Nächstes macht. So wartete also jeder, wer sich wohl als Erster die Nase absäbelt. Und so warten die Leute noch bis heute.

Nach solch einer Vorrede wird es niemanden wundern, dass kein Tag vergeht, an dem man nicht in den Zeitungen ein neues Unglück aus Kasrilewke erfährt: dass sich zum Beispiel eine Bande beim Bäcker eingeschlichen und ihn um sein ganzes Backwerk expropriiert hat. Oder dass ein Schuster ein paar Stiefel schon fast fertig repariert hatte – nur noch die Sohle und die Absätze fehlten –, da überfiel man ihn am helllichten Tag, flüsterte ihm gleich den schönen Vers ins Ohr, den wir an Jom Kippur sagen: »*Se'u jedejchem*, Erhebet Eure Hände‹,[3] also ›*ruki werch*! – Hände hoch …!‹, und nahm ihm die Stiefel einfach weg.

Oder, ein armer Jude ging über die Häuser betteln, an einem Donnerstag ist das passiert, da hat man ihn in eine Seitengasse abgedrängt, ihm sofort eine Pistole an die Schläfe gedrückt und ihn um alles erleichtert, was er bei sich hatte. Oder hört nur die Geschichte, die mir eine Frau erzählt hat … aber ich habe keine Lust, noch weiter zu erzählen, was eine Frau erzählt hat. Frauen haben schwache Nerven, und wir haben unruhige Zeiten, es kann sich auch rausstellen, dass sie Äpfel mit Birnen verwechselt hat. Jedenfalls will ich nicht für irgendwelche verrückten Geschichten verantwortlich gemacht werden.

Kurzum, zu der Zeit begann in Kasrilewke das Kapitelchen Expropriierungen, »Enteignungen«, eine schlimmer als die andere. Es war schon so weit, dass die Leute davor erschauerten, überhaupt in der heutigen Zeit zu leben; man sehnte sich nach den alten Zeiten vom Polizeihauptmann zurück, der sich zwar gerne ein Rubelchen geben ließ, andererseits aber doch eine ganze Stadt fest in der Hand hatte. Und man fing an, zu Gott zu flehen und Gebete zu sprechen:

»Hilf, Schöpfer der Welt, *haschiwejnu nasad*, nichts wie zurück, lass uns umkehren! Barmherziger treuer Vater, *chadesch jomejnu kekadem*, erneuere unsere Tage wie früher!«[4] Doch dies ist alles nur eine Vorrede. Die Geschichte selbst fängt jetzt erst an.

2.

Benjamin Lastetschka Ziegenmelker war der reichste Mann in Kasrilewke. Seinen Reichtum kann man gar nicht genau ausrechnen. Erstens hatte er reiche Verwandte auf der ganzen Welt. Diese Verwandten sind zwar jetzt nicht mehr so reich wie früher einmal; man darf ja die heutigen Zeiten mit den vielen Bankrotten nicht vergessen, da ist das kein Wunder. Ein Wunder ist eher, dass die Juden sich noch über Wasser halten, und um von den Kasrilewker Juden zu sprechen – die sind doch stärker als Eisen!

Wie Heringe im Fass haben sie sich alle an einem einzigen Ort versammelt und fressen einer den anderen bei lebendigem Leibe auf. Etwas Glück liegt wohl in jenem weiten Amerika, das jedes Jahr ungefähr zweimal so viel Juden aufnimmt, wie sie hier verhungern oder durch Pogrome und andere Schicksalsschläge wegsterben. Trotzdem seht Ihr, was Gott kann: es gibt auch in Kasrilewke einen reichen Juden; er heißt, wie gesagt, Benjamin Ziegenmelker; alle sind sie neidisch auf ihn, weil er keinen um Hilfe anzugehen braucht außer seine reichen Verwandten. Ihr könnt Euch vorstellen, einen vermögenden Verwandten um Hilfe anzugehen, ist auch nicht grade ein Zuckerschlecken, denn die meisten reichen Verwandten sind gewöhnlich, man sollte ja so etwas nicht laut sagen, richtige Geizhälse. Trotzdem bleibt natürlich der Benjamin Ziegenmelker der reichste Mann in Kasrilewke. Wenn man um eine Wohltat bitten muss, zu wem geht man? Natürlich zu Benjamin Ziegenmelker. Und Benjamin hört sich alles genau an, hilft auch mal aus … mal mit einem Rat, mal mit einem guten Wort, mal mit einem Seufzer; nun, an sich ist das ja nicht schlecht, denn wäre es ohne dies Seufzen vielleicht besser? Ach, zum Teufel mit all diesen Sachen!

Was ist nun der Unterschied zwischen einem reichen Mann in Kasrilewke und zum Beispiel einem Reichen in Jehupez?[5] Die Jehupezer Reichen haben ein weiches Herz, sie können das Elend der armen Leute nicht mit ansehen. Darum halten sie ihre Türen verschlossen, stellen einen Pförtner an die Schwelle und lassen keine menschliche Seele herein; es sei denn, dass er anständig gekleidet ist. Und wenn der liebe Sommer kommt, so erheben sie ihre Flügel wie die Schwalben und fahren ins Ausland. Nun, dann versucht einmal sie zu finden! Aber das sollte mal ein Reicher aus Kasrilewke versuchen! Die Knochen würde man ihm brechen! Ob er will oder nicht, Benjamin Ziegenmelker ist der unbestrittene Anführer der Gemeinde. Und bei allen

Spendensachen ist er der Erste; nicht nur um die erste Spende selbst zu geben, sondern auch dann, wenn man den Stock in die Hand nimmt und von Haus zu Haus geht, um bei den armen Leuten Gaben für die armen Leute zu sammeln.

Und dann erst, wenn es am Vorabend von Pessach darum geht, die *mo'es chitim* einzusammeln, die Pessachunterstützung für die Armen![6] Da müsst Ihr Euch unbedingt das Vergnügen gönnen und Benjamin Ziegenmelker ansehen, und sei es nur von weitem. Ich weiß ehrlich nicht, ob je einer der großen Vorreiter fürs Allgemeinwohl in seinem Wahlkampf leidenschaftlicher geschwitzt hat als unser Ziegenmelker die vier Wochen vor Pessach. Ein einziges Schwitzbad! Er schwört Euch, dass er von Purim bis Pessach nicht aus den Kleidern kommt. Glauben wir ihm das ruhig aufs Wort, hat er denn einen Vorteil davon? Geld verlangt er nicht für seine Anstrengungen. Aha, Ihr sagt jetzt schnell, er tut es um der Ehre willen! Meinetwegen seht es so. Was stört Euch daran? Jeder Mensch strebt nach Ehre. Auch die Aristokraten verachten sie sicher nicht! Wir werden die Natur des Menschen nicht verändern! Das wäre vergebliche Mühe.

3.

Der Brauch, an Pessach milde Gaben für die Ärmsten zu sammeln, ist sehr alt. Eine stark verwurzelte Art von »Philanthropie«. Ich glaube allerdings nicht, dass der Brauch so übel ist, wie uns heutzutage manche Leute einreden wollen. Sie sagen, »Philanthropie« sei der Tod der Gesellschaft. Ich will mich nicht mit ihnen über Theorien streiten und auch nicht in Polemik verfallen. Ich will hier nur sagen, dass es meiner Meinung nach viel schlimmere Sachen gibt: dass nämlich die reichen Leute nichts geben wollen und dass man ihnen alles mit Gewalt aus den Händen reißen muss! Und noch tausendmal schlimmer sind die »besseren Leute«, die auch nichts geben wollen, aber sie erzählen Euch das Blaue vom Himmel und wollen Euch beweisen, dass sie deshalb nichts geben, weil sie ein »Prinzip« haben. Bitte meidet solche Menschen wie den Tod! Solche Leute sind alt und vertrocknet wie verdorrter Fisch. Und missmutig wie ein alter Kater. Gott sei Dank ist in Kasrilewke die Sache mit dem »Prinzip« noch nicht in die Mode gekommen. Wer in Kasrilewke nichts gibt, hat nichts. Aber am Vorabend von Pessach, wenn die Zeit für die *mo'es chitim* kommt, ist auch das keine Entschuldigung. Es gibt ein Sprichwort in Kasrilewke: Jeder Mensch ist verpflichtet, *mo'es chitim* entweder zu geben oder anzunehmen.

Seltsame Leute, diese Kasrilewker Juden. Tausende von Jahren ist es her, dass sich ihre Ur-Ur-Großväter von der Knechtschaft in Ägypten befreit haben. Sie aber können es sich bis auf den heutigen Tag nicht abgewöhnen, Jahr für Jahr acht Tage lang hintereinander Mazzen zu essen, und ich fürchte stark, dass diese trockene Speise noch sehr lange in Mode bleiben wird. Ein ganzes Jahr lang kann ein Mensch in Kasrilewke so hungern, dass er sich in Krämpfen aufbläht, kommt aber Pessach, so kann die ganze Welt einstürzen, er muss mit Mazzen versorgt werden! Der Fall ist dort noch nicht eingetreten, dass ein Mensch direkt an Pessach verhungert wäre. Und wenn es sich doch einmal trifft, so muss man das auf die Rechnung des gesamten Jahres setzen, das heißt, er ist, Gott behüte, nicht deshalb gestorben, weil er an den acht Tagen von Pessach keine Mazzen bekommen hätte, sondern weil er die übrigen 357 Tage des Jahres kein *Chomez*, nichts Gesäuertes, zu essen hatte. Und das ist, versteht Ihr mich, ein gewaltiger Unterschied.

4.

Aber nichts auf der Welt ist ohne Ausnahmen. Und das Jahr, aus dem wir unsere Geschichte schildern, war solch ein Jahr, wie es

Kasrilewke noch niemals bisher erlebt hatte. Es zeigte sich nämlich, dass es mehr Empfänger für *mo'es chitim* gab als Geber. Hätten sich nicht einige vor den Leuten geschämt, so hätten praktisch alle Leute dort den Drang verspürt, *mo'es chitim* zu erbitten. Das große Erbarmen kam über jeden, der unseren Reichen Benjamin Ziegenmelker nur anschaute. Wie er da am letzten Tag vor Pessach im Komitee saß und dauernd Absagen erteilen musste:

»Es ist kein Geld mehr da. Es ist verbraucht, nehmt es mir nicht übel …!«

»Bis nächstes Jahr, lasst es Euch gutgehen«, antworteten ihm die abgewiesenen armen Leute und fügten im Stillen hinzu: »Und mögt Ihr dann zu *uns* wegen *mo'es chitim* kommen müssen!«

Einer nach dem anderen verließen die Armen das Komitee, mit leeren Händen und gerötetem Gesicht wie nach einem Dampfbad. Sie schimpften auf die Reichen. Mit allen Kräften wünschten sie sie zum Teufel, mögen ihre Flüche ins Meer versinken!

Unter den letzten Abgewiesenen war eine ganze Gruppe von jüngeren Leuten, Arbeitern, die aber den ganzen Winter ohne Arbeit verbracht und schon alles verkauft hatten, was sie besaßen. Einer hatte seine silberne Uhr versetzt und von dem Geld Zigaretten gekauft; alle Männer rauchten gemeinsam, um die Hungergefühle zu stillen, alle gemeinsam wie in der Pariser Kommune.[7] Bevor sie zum Komitee gekommen waren, hatten die jungen Männer einen der Ihren als Wortführer ausgesucht, einen Damenschneider mit Namen Schmuel Abe Fingerhut. Aber wenn hier auch Schmuel Abe Fingerhut der Wortführer war, so unterstützte ihn doch die ganze Kompanie, alle redeten und argumentierten sie; sie beschwerten sich, dass sie vor Hunger fast stürben; sie würden buchstäblich zusammenbrechen.

Der Vorsteher des Komitees, Benjamin Ziegenmelker, ließ sie ausreden, und als sie alles losgeworden waren, sprach er folgendermaßen zu ihnen: »Nehmt es mir nicht übel, Ihr hättet Euch Eure Worte sparen können. Denn erstens seid Ihr nicht verheiratet, und *moës chitim* geben wir nur an Verheiratete, zweitens seid Ihr unberufen junge Leute, die in der Lage sind zu arbeiten und so Geld für Pessach zu verdienen. Drittens haben wir dieses Jahr eine gute Ernte von Armen eingefahren, und es gibt viel mehr Nehmer als Geber. Viertens hatten wir zu unserem Bedauern schon heute am frühen Morgen keinen zerbrochenen Heller mehr in der Kasse. Wenn Ihr es nicht glaubt, hier, seht selbst.«

Und der Vorsteher des Komitees kehrte vor ihren Augen all seine Taschen auf links und führte ihnen vor, dass rein gar nichts darin war. Die Gruppe der jungen Männer war sprachlos, nur ihr *leader*, Schmuel Abe Fingerhut, hatte das »heilige Mundwerk«[8] eines Rebben. Ihm musste man die Zunge nicht schmieren. Er antwortete dem Vorsteher mit einer richtigen Predigt, halb auf Jiddisch, halb auf Russisch: »*Zhal*, schade, dass Ihr nicht mit dem Ende angefangen habt, da hättet Ihr es vermieden, *tratjen poroch ponaprasno*, Euer Pulver umsonst zu verschießen. Und ich werde Euch auf all Eure vier Vorwürfe unsere *wosrazhenje*, unseren Einspruch vortragen.

Wo perwich, erstens, dass wir *holostiakes* sind, nicht verheiratet, ist doch ein Vorteil für Euch, denn so habt Ihr weniger Arme im Schtetl.

Wo wtorich, zweitens, wenn Ihr sagt: ›arbeiten‹: *sdelajtje odolzhenje*, tut uns den Gefallen, gebt uns Arbeit! Dann werden wir Euch die Welt auf den Kopf stellen!

W tretjich, drittens, wenn Ihr von den armen Leuten sprecht, so hat die Schuld daran *s odnoj storony*, einerseits, der Kapitalismus und *s drugoj storony*, andererseits, die Ausbeutung des Proletariats.

A w tschetwjortich und viertens, wenn Ihr Euch hinstellt und die Taschen *wiworatschiwajete*, auf links wendet, so ist das kein *dokasatelstwo*, kein Beweis. *Nje somnjewajemsja*, wir haben keinen Zweifel daran, dass zum Beispiel bei Euch zu Hause die Schränke gefüllt sind mit Mazzen, Eiern, Zwiebeln, Kartoffeln, Gänseschmalz und *tomu podobnoje*,[9] dergleichen mehr, auch mit genügend Wein für die vier Becher. Alle miteinander seid Ihr *Burzhukes*[10] und dazu skrupellose Ausbeuter und weiter gar nichts! *Towarischtschi*, Genossen, kommt, gehen wir!«

An dieser Stelle müssen wir anmerken, dass Kasrilewke, welches doch Odessa und die anderen großen Städte in allem nachmacht, noch nicht so weit fortgeschritten ist, dass ein Ausbeuter wie unser reicher Benjamin Ziegenmelker seine Schränke wirklich öffnet und den armen Leuten Mazzen, Eier, Zwiebeln, Kartoffeln und den Wein für die vier Becher austeilt und selbst mit Frau und Kindern ohne das alles zurückbleiben wird. Ich bin aber sicher, so sicher wie zwei mal zwei vier sind, dass meine Kasrilewker Ausbeuter das tatsächlich machen würden – wenn nur vorher Odessa oder Jehupez oder andere große Städte mit diesem guten Beispiel vorangegangen wären. Es gibt nur keinen Grund für Kasrilewke, meine lieben Freunde, die ersten auf dem Jahrmarkt zu sein.

5.

Mit reinem Gewissen, frisch gebadet und in Feiertagsstimmung hat sich Benjamin Ziegenmelker mit Frau und Kindern am ersten Pessachabend zum *Seder* gesetzt. Ruhig und gut gestimmt, genau wie ein echter König, der sich in seinem Reich wohlfühlt. Zu seiner Rechten seine Frau, die Königin Sore-Leje, feiertäglich herausgeputzt mit einem neuen Seidentuch, unter dem zwei lange Ohrringe aus echtem vierundachtzig-karätigem Silber hervorbaumeln. Und um den ganzen Tisch herum die Kinder, die Prinzen und Prinzessinnen, ein ganzer Strauß frischgewaschener Köpfe, roter Backen und strahlender Augen. Selbst die

Magd Slate, die sich das ganze Jahr hindurch plackt wie ein Maulesel, hat ihre Haare gewaschen, sich mit Patschuli-Seife gereinigt und ein neues Baumwollkleid angezogen, dazu trägt sie neue Stiefeletten und hat ein breites rotes Stirnband um die schwarzen Haare gebunden. Alle fühlen sich gut, sie sind fröhlich, frei, so als wären sie selbst gerade erst aus Ägypten herausgekommen. Mit großem Gehabe leiert der jüngste der Prinzen die vier Fragen herunter, und der Vater, der König Benjamin Ziegenmelker, beginnt nun langsam, in einer schönen Melodie und mit lauter Stimme, Antwort auf diese Fragen zu geben, die alte Antwort: »*Awodim hojinu*, Knechte waren wir *lepare bemizrajim*, beim Pharao in Ägypten, und Gott hat uns von dort herausgeführt mit starker Hand und mit großen Wundern, Er zahlte alles Pharao mit zehn ordentlichen Plagen heim.« Und er fängt an, mit lauter Stimme und in der bekannten Melodie die wunderbaren Plagen aufzuzählen. Plötzlich …

6.

Plötzlich hörte man einen Schlag gegen die Tür und dann noch einen Schlag und darauf noch zwei Schläge. Wer kann das sein? Soll man öffnen? Oder lieber nicht öffnen? Es wurde am Ende beschlossen, zu öffnen, denn das Klopfen ging immer weiter und wurde immer lauter und lauter. Der König, die Königin und die Prinzen waren verstummt, die Magd Slate aber öffnete die Tür. Und in das Zimmer strömte die ganze Mannschaft der jungen Männer, ihr *Leader* Schmuel Abe Fingerhut an der Spitze. Mit einem munteren »Einen guten Feiertag allerseits!« kamen sie herein.

Obwohl ihm das Herz bis in die Hosen gerutscht war, fasste sich unser Reicher, Benjamin Ziegenmelker, und begrüßte die Gesellschaft: »Seid willkommen! Welch eine Überraschung! Was bringt Euch hierher?«

Da trat der Wortführer Schmuel Abe Fingerhut nach vorne und begann eine Ansprache, wie es so seine Art ist: in der halb russischen, halb jiddischen Mischung. So sprach er:

»Ihr sitzt da schön im hellen Licht bei einem Glas Wein und *prasdnowajete*[11] den heiligen Feiertag, wir armen Proletarier aber *propadajem*, kommen um, vor Hunger. Ich finde, das ist *njesprawedliwo*, es ist ungerecht. Und darum *prikasiwaju*, befehle ich Euch, dass Ihr uns jetzt Euer Feiertagsabendessen auftragen lasst. Wehe Euch, wenn Ihr auch nur versucht, einen Pieps zu tun oder das Fenster zu öffnen oder die Polizei zu rufen oder *tomu podobnoje*, dann wird es schlimm für Euch enden. Dann werden wir Euch zu Asche machen. Genosse Mojsche, wo ist die Bombe?«

Die letzten paar Worte bewirkten, das alle Hausbewohner wie gelähmt sitzen blieben, wie festgenagelt an ihren Plätzen. Aber als der »Genosse Mojsche«, ein dunkler Schustergeselle mit schwarzen buschigen Haaren und vom Pech geschwärzten Händen, zum Tisch vortrat und einen hohen runden, mit einem Lappen bedeckten Gegenstand auf den Tisch stellte, verwandelte sich die ganze Tischgesellschaft in das, was einmal aus Lots Weib geworden ist, als sie sich umdrehte und sehen wollte, was mit den Städten Sodom und Gomorra geschehen war.

Mit Zähneklappern tischte nun die Magd Slate auf: zuerst den heißen gepfefferten Fisch, danach die Suppe mit den Fettknödeln, Latkes und Klöße und all die anderen guten Sachen; und die Kameraden verspeisten alles mit solch einem Appetit, als hätten sie wirklich lange Zeit nichts mehr gegessen. Dazu tranken sie vom Wein, beschlossen auch, dass sie keinen einzigen Tropfen übrig lassen würden; sogar das Ei, den angerösteten Lammknochen, die Petersilie und die bitteren Kräuter sowie das braune Mus[12] ließen sie sich vorlegen, nicht die geringste Spur einer Erinnerung an den *Seder* blieb übrig außer den Haggadabänden. Und während all dies vor sich ging, spottete der Wortführer Schmuel Abe Fingerhut noch über den reichen Mann aus Kasrilewke, über den Exploiteur, den Ausbeuter Benjamin Ziegenmelker. Folgendes gab er ihm zu verstehen:

»Jedes Mal sagen *wir* die Haggada, und *Ihr* esst die Knödel, aber *w nastojaschtscheje wremja*, dieses Mal sprecht *Ihr* die Haggada, und *wir* essen die Knödel. *Bourgeois*, gebe Gott, dass Ihr ein Proletarier werdet wie wir! Auf nächstes Jahr bei der ›Konstitution‹!«

Der Epilog zu der Tragödie

Mitternacht war schon vorüber, und der arme Reiche Benjamin Ziegenmelker saß mit seinen Hausbewohnern immer noch um den Tisch, immer noch vor Schreck erstarrt. Auf dem Tisch stand auch immer noch die »Bombe«, der hohe rundliche mit dem Lappen umhüllte Gegenstand. Die »Kameraden« hatten ihnen vor dem Weggehen befohlen, sie sollten noch zwei Stunden an Ort und Stelle sitzen bleiben, wenn nicht – würde es übel enden! In dieser Nacht schlief niemand im Haus. Alle dankten Gott, dass sie mit dem bloßen Leben davongekommen waren.

Nun, und was ist aus diesem hohen rundlichen mit dem Lappen verhüllten ›Verhängnis‹ auf dem Tisch geworden? So wird der neugierige Leser fragen. Und wir können ihn beruhigen: Eine mit Mazzenmehl gefüllte Blechdose für Schuhwachs ist nicht gefährlich. Sie könnte tausend Jahre so dastehen und nicht explodieren, es sei denn, Gott behüte … einen guten Feiertag Euch!

Die Geschichte einer Mütze

Eine Geschichte zu Ehren von Pessach, erzählt von einem Mann aus Kasrilewke, der mit Zinsscheinen handelt und dünne Zigaretten raucht. Die Geschichte ist wörtlich so wiedergegeben, wie er sie den Mitreisenden im Zug erzählt hat.

»Habe ich richtig gehört, Ihr sagtet: ›zerstreut‹? Also, da gibt es bei uns in Kasrilewke einen Mann, Ihr hört doch zu, ja?, Scholem-Schachne heißt er, aber die Leute nennen ihn alle Scholem-Schachne, den *Schussel*, deshalb, weil er so zerstreut ist. Zerstreut, was man nur zerstreut nennen kann! Wirklich ein richtiger *Schussel*, sage ich Euch, dass sich Gott erbarme. Wei oh wei, was man sich bei uns von diesem Scholem-Schachne für Geschichten erzählt und Anekdoten – stapelweise sage ich Euch, stapelweise! Ein Jammer, dass Ihr keine Zeit habt, nun ja, es ist ja kurz vor Pessach, ich weiß! Denn ich hätte da, Ihr hört doch zu, ja?, *Panje* Scholem Alejchem, Stoff für Euch, eine Masse Stoff, da könntet Ihr ohne Ende schreiben und schreiben! Aber wenn Ihr erlaubt, werde ich Euch eine einzige Geschichte erzählen, was mit diesem Scholem-Schachne, dem *Schussel*, einmal genau kurz vor Pessach passiert ist. Es ist eine Geschichte mit einer Mütze, aber keine erfundene Geschichte, sondern eine wahre Geschichte, eine ›seriöse‹, eine reelle Geschichte. Wenn sie auch wie eine Anekdote klingt!«

So also fing ein Kasrilewker Mann zu reden an, ein Kaufmann, der mit *Obrieskes* handelt, mit geschnittenen Papierstreifen, mit Coupons[1] nämlich, also Zinsscheinen; er streicht sein Bärtchen von oben hinunter bis zum Hals und raucht dünne Zigaretten, eine nach der anderen.

Ich will hier gestehen, dass diese »reelle« Geschichte, die mir der Kasrilewker Mann erzählte, tatsächlich etwas von einer Anekdote an sich hat, und ich bin deshalb lange mit mir zu Rate gegangen, ob ich sie Euch weitergeben soll oder nicht. Aber andererseits überlegte ich mir: Ein Mann aus Kasrilewke, einer der mit Coupons handelt, hat doch von sich aus gar keine Beziehung zur Literatur und schon gar nicht zu frommen Büchern! Das heißt also, wenn er sagt, dass die Geschichte »reell« ist, dann muss man ihm doch Glauben schenken. So gebe ich Euch also diese Geschichte weiter, und zwar in seiner eigenen Sprache, kein einziges Wort habe ich hinzugefügt.

***

Er selbst, also der Scholem-Schachne, von dem ich Euch erzähle und der bei uns in Kasrilewke den Namen »der *Schussel*« hat, ist ein Makler, der sich um Gutsbesitzer herum zu schaffen macht und für sie *imenies* handelt, also Landgüter. Nun, man sagt das so: »Landgüter handeln«. Natürlich hat man diesbezüglich noch nie gehört, dass Scholem-Schachne tatsächlich selbst Landgüter gehandelt hat! Na und? Was soll's? Ein Jude hält sich in der Nähe von Gutsbesitzern auf, die Landgüter besitzen. Und darum redet er dauernd von »Vorwerken«, von »Pachthöfen«, von »Nebengebäuden«, von »*Tschernosem*, Schwarzerde«,[2] »Dreschmaschinen«, »Inventarverzeichnissen«, von »Wäldern«, von »Bauholz« und lauter solchen Sachen, die etwas mit Landgütern zu tun haben.

Doch einmal senkte Gott gnädig seinen Blick auf unseren Scholem-Schachne, und zum ersten Mal, seit er Landgüter handelt, hat er es geschafft: Er hat wirklich ein Landgut verhandelt. Na ja, Ihr könnt es Euch schon vorstellen, das Geschäft selbst haben andere getätigt, denn als der Moment gekommen war, um sich die Provision zu teilen, stellt sich doch heraus, dass der wirkliche Makler nicht unser Scholem-Schachne der *Schussel* war, sondern Drabkin, ein jüdischer Händler in Landgütern aus dem Minsker Gouvernement, ein großer, ein gerissener, ein echt gefährlicher Händler, zusammen mit zwei Brüdern, auch sie Makler in Landgütern und auch sie mit allen Wassern gewaschen. Das Ganze endete, Ihr hört doch zu, ja?, mit einen Riesenauflauf. »Hat man sowas schon mal gehört: Ein Mensch bemüht sich und handelt, aber kaum dass er endlich was fertig gehandelt hat, kommen andere Leute daher und machen seinen Handel zunichte.« Aber, machen wir es kurz, Scholem-Schachne gibt keine Ruhe, er macht einen Mordskrach, es kommt zu einem Prozess, zu einer Verhandlung vor dem Rabbinatsgericht, Zeugen werden angeschleppt, mit Mühe hat er einen Vergleich geschafft, einen Teil zurückbekommen, *borech schepotrani*,[3] Gott sei Dank, diese Sache ist er los!

Nun, als er seine paar Groschen kassiert hatte, schickte also Scholem-Schachne gleich die größere Hälfte an die Frau nach Hause, damit sie ein bisschen von den Schulden abbezahlt und damit sie daheim auch mal ein paar Tage nicht leben müssen wie die Hungerleider, also damit die Frau den Kindern für die Festtage etwas nähen lassen, auch schon ein bisschen was für Pessach besorgen kann. Und selbst ist man doch auch nur ein Mensch, man wird also für sich selbst etwas kaufen und der Frau und den Kindern zu Pessach Geschenke mitbringen, wie man es ja überall auf der Welt tut. Derweil bleibt die Zeit nicht stehen, ein Tag vergeht, und noch ein Tag, und kaum dass man sich versieht, ist fast Pessach da; unser Scholem-Schachne fliegt weg aufs Telegrafenamt und jagt eine Depesche nach Hause:

»*Jedau neprjemeno pasku domoj*, eintreffe daheim zweifelsohne Pessach«. Aber das sagt sich so leicht dahin: ›eintreffen‹ und dazu noch *neprjemenno*, ›zweifelsohne‹! Wenn nämlich das ›Eintreffen‹ so eintrifft wie bei uns! Versucht Ihr bitte einmal nur aus reinem Spaß die genaue Ankunftszeit anzugeben, wenn Ihr zu uns nach Kasrilewke fahrt, mit der neuen Bahn, die man uns aus lauter Freundlichkeit dahingelegt hat. Ihr werdet den Geschmack des Paradieses spüren, Eure Enkelkinder werden noch ein Lied davon zu singen haben. Gut, solange Ihr nach Slodejewke fahrt, merkt Ihr noch, dass Ihr fahrt. Seid Ihr aber mal in Slodejewke, so habt Ihr eine *peresadka*, Ihr müsst also umsteigen, und zwar auf die neue Bahn, die man uns nach Kasrilewke gebaut hat, und Ihr müsst einige Stunden dort warten, wie es auf dem Fahrplan steht – wenn nicht noch eine Verspätung gemeldet wird! Wenn aber doch? Und dazu noch um Mitternacht, wo man schon todmüde ist und man ungemein gerne schlafen möchte, aber keinen Fleck findet, um sich hinzulegen? Nicht umsonst übersetzen es unsere Kasrilewker Neunmalklugen so, wie Euer Tewje sagt: »*Tow schem mischemen tow*, besser ein guter Name als köstliches Öl«.[4] Oder wie man hier sagt: »*Swami dobre, a bes was lutsche* – mit Euch ist es gut, aber ohne Euch noch besser«. Mit anderen Worten: Ohne die Bahn war es um einiges angenehmer als mit der Bahn.

Um es kurz zu machen, unser Scholem-Schachne kommt mit seinem Koffer bis Slodejewke. Er hat, Ihr hört doch zu, ja?, bisher schon zwei Nächte nicht geschlafen. Nun muss er sich auf weitere Folterqualen gefasst machen, das heißt, eine ganze weitere Nacht warten. Was tun? Er sucht ein Plätzchen, um sich niederzusetzen. Gut gesagt: niedersetzen! Wohin? Zu wem? Nichts da! Kein Fleckchen frei auf dem Boden, alles voll mit Zigarettenresten und jeder Zentimeter vollgespuckt! Alles ekelhaft, schmutzig! Auf einer Bank findet er gerade noch ein Eckchen, um den Kopf anzulehnen, aber wirklich nur, um zu sitzen und den Kopf anzulehnen, denn die ganze Bank nimmt irgendein hoher Herr ein, eine »Amtsperson«, die sich ganz gemütlich ausgestreckt hatte und schnarcht. Wer aber diese »Amtsperson« ist, woher sie kommt und wohin sie fährt, das kann er nicht sagen, unser Scholem-Schachne. Sicher aber eine sehr hohe Amtsperson! Das erkennt er gleich an der Mütze: einer militärischen Mütze, mit einem roten Stirnband und einer Kokarde dran. Vielleicht ist es ein Offizier oder, wer weiß, sogar einer von der Polizei, wer kann das genau sagen? Kann sein, er ist mit großem Bahnhof angekommen, hat fein gespeist, sich einen angetrunken und sich dann ausgestreckt wie beim lieben Gott im Weinberg und schläft da jetzt vor sich hin! Ach, wenn man ein Goj ist und dazu noch eine höhergestellte Person, dann lebt es sich nicht gerade schlecht, so denkt er bei sich, unser Scholem-Schachne nämlich, und geht mit sich zu Rate: Soll er sich wirklich dahinsetzen, neben diesen offiziellen Menschen, oder soll er sich nicht besser ein wenig entfernt halten? Schwer zu entscheiden in den heutigen Zeiten, wer weiß, was für eine Amtsperson, was für einen hochgestellten Menschen er da vor sich hat? Gut, wenn der dort nur ein Provinzinspektor ist! Was aber, wenn er gar ein *Isprawnik*, ein Kreispolizeichef, wäre? Oder ein noch höherer Beamter? Vielleicht sogar Purischkewitsch[5] höchstpersönlich, sein Name sei ausgelöscht? Sollen ihm andere Hände besorgen, was er verdient!

Schon beim Gedanken an Purischkewitsch läuft es unserem Scholem-Schachne kalt den Rücken herunter. Dann aber überlegt er sich: Was gehen mich Amtspersonen an? Und was schert mich Purischkewitsch? Zahlt er selbst nicht für seine Fahrkarte genauso wie Purischkewitsch, und ist es vielleicht gerecht, dass von dem ganzen bisschen irdischen Glück dem einen alles zufällt und dem anderen gar nichts? Der da vor ihm schlummert so gemütlich, warum soll er sich nicht auch für einen Augenblick anlehnen? Man ist doch schließlich nur ein Mensch, nicht wahr, zwei Tage hintereinander nicht geschlafen! Und Scholem-Schachne geht hin, setzt sich auf die äußerste Ecke der Bank und lehnt sich zurück. Nicht etwa, um direkt zu schlafen, Gott bewahre, nur einfach so, um etwas auszuruhen. Da erinnert er sich, dass er doch zu Pessach nach Hause fährt und am nächsten Tag schon Pessachabend ist, also, wer weiß, vielleicht könnte er, Gott behüte, einschlafen und die Bahn verfehlen! Nun, er ist aber doch ein Jude, Ihr hört zu, ja?, gleich verfällt er auf einen Gedanken, Scholem-Schachne meine ich, und sucht nach dem Aufseher vom Bahnhof, Jareme heißt der, und er kennt ihn seit langem. So macht er folgendes Geschäft mit Jareme aus: Da es so ist, dass er, Scholem-Schachne, sich ein bisschen dorthin auf die Bank setzen und anlehnen will, dort, wo der Herr da liegt, und weil er, Scholem-Schachne, schon die dritte Nacht kein Auge zugetan hat, deshalb befürchtet er, er könne, Gott behüte und bewahre, die Bahn verpassen! Deshalb solle er, also Jareme, ihn um Himmels willen aufwecken, wenn er eingeschlafen sein sollte. Denn morgen Abend haben wir doch einen Feiertag, Pessach … »*Paska!*«, gibt er ihm auf gojisch zu verstehen, drückt ihm dabei etwas in die Hand und schärft ihm noch einmal ein: »*Paska, Jareme, tschi ti ponimajesch, nascha paska*, Pessach, begreif es doch endlich, du gojischer Kopf, unser Ostern!« Nun, der Goj nimmt natürlich ohne weiteres das Geldstück an, steckt es in die Tasche und sagt zu ihm, er möge ruhig schlafen, denn sobald nur eine *powestke*, nur die kleinste Meldung von der Bahn ankommt, würde er ihn sofort wecken. So geht er also hin, Scholem-Schachne, und setzt sich, zuerst nur so halb, danach aber richtig, klemmt sein Köfferchen neben sich, damit man es ihm nicht abluchsen kann; er selbst setzt sich zurecht, erst so ein bisschen, dann aber immer fester und tiefer, macht auch ein Auge halb zu, immer mit der festen Absicht, dass er nur ein wenig ruhen will und mehr nicht. Bald aber zieht er schon ein Bein auf die Bank hoch und dann das zweite Bein und danach dauerte es nicht lange, und er schläft ganz und gar ein. Nun, wie tief meint Ihr, schlief er ein? Richtig fest, so wie Gott es geboten hat, den Kopf zurückgeworfen, die Mütze ist dabei runter auf die Erde gefallen, und mein Scholem-Schachne schnarcht schon wie ein ganzes Regiment Soldaten! Na ja, ein lebendiger Mensch, zwei Nächte hintereinander nicht geschlafen, ist das denn ein Wunder?

Als er so eingeschlafen war, so erzählt er selbst, Scholem-Schachne meine ich, hatte er einen Traum, einen seltsamen Traum, ein totales Durcheinander. Er träumte, dass er genau zu Pessach nach Hause fährt, Ihr hört doch zu, ja?, nur, wie kommt er darauf, nicht mit der Bahn, sondern mit einer gojischen Fuhre fährt er und mit einem altbekannten Goj, Iwan Zlodi. Die Pferde kriechen langsam dahin, kaum dass sie die Füße bewegen. Scholem-Schachne regt sich auf, er klopft dem Goj von hinten auf die Schulter: »*Schob tubi chwarobe*, der Schlag soll dich treffen, Iwan, Bester, merkst du nicht, wie du dahinschleichst? Hast du schon vergessen, Iwan Zlodi, dass wir bald Pessach haben? *Paska nascha jewrejiska,* unser jüdisches Ostern!« Einmal und zweimal und dreimal fragt er ihn so. Der aber rührt sich nicht. Er schweigt wie verstockt. Dann aber zieht er plötzlich den Pferden eins über, aber ordentlich, und die Pferde rasen auf einmal mit dem Wagen dahin wie von wilden Geistern getrieben, bergauf und bergab. Aber heißa! Scholem-Schachne hat schon seine Mütze verloren! – noch eine Minute und er selbst wird zerschmettert werden!

»Bester Iwan, *derzhi koni*, halt doch die Pferde an«, schreit Scholem-Schachne zum Goj, er hält sich mit beiden Händen den Kopf und jammert dabei, dass er seine Mütze verloren hat. Wie kann er denn ohne Mütze in die Stadt hineinfahren? Aber geh, schrei so lange, bis du schwarz wirst. Der Goj treibt die Pferde an, und die Pferde rasen. Doch plötzlich – brrrr! – bleiben sie stehen; mitten im Feld bleiben sie stehen. Was ist geschehen? Nichts. »Steht auf!«, sagt der Goj zu ihm, »es ist Zeit«. Wieso Zeit? Für was Zeit? Scholem-Schachne versteht gar nichts. Er richtet sich auf, reibt sich die Augen und will schon gehen, da merkt er, dass er keine Mütze aufhat. Ein sicheres Zeichen, dass der Traum nicht nur ein Traum war. Wo ist er eigentlich? Es dauert aber nicht lange, bis Scholem-Schachne zu sich kommt, er kennt den Goj, ja, es ist gar nicht Iwan Zlodi, sondern es ist Jareme, der Aufseher vom Bahnhof. Da erinnert er sich wieder, er ist doch in Slodejewke auf dem Bahnhof und fährt ja zu Pessach nach Hause und jetzt muss er noch zum Schalter laufen und eine Fahrkarte kaufen. Ja, das sollte er tun, aber seine Mütze ist nicht da! Sein Koffer ist wohl da, aber nicht die Mütze. Wo kann bloß die Mütze sein?

Er tastet mit den Händen um sich her, er sucht und sucht und kriegt auch eine Mütze zu greifen. Ihr meint, seine eigene Mütze? Nein, es ist nicht seine Mütze! Wie kann das sein, was ist da geschehen? Er hat die Mütze vom hohen Herrn mit der Kokarde und dem roten Band aufgesetzt! – Nun, Ihr hört doch zu, ja?, er also gleich hin zum Schalter, um eine Fahrkarte zu kaufen. Aber beim Schalter ist ein Gedränge, Kopf an Kopf stehen die Leute. Er kriegt es mit der Angst zu tun, Scholem-Schachne, vielleicht würde man, Gott bewahre, bald alle Fahrkarten verkauft haben; also drängt er sich mit dem Koffer an den Leuten vorbei nach vorne. Wie die Leute seine Mütze mit dem roten Band und der Kokarde darauf erblicken, machen sie ihm Platz. »*Wam kuda, wasche blagorodje*, wohin möchten Sie, Euer Exzellenz?«, fragt ihn der Mann am Schalter. Scholem-Schachne wundert sich: wieso auf einmal *blagorodje*, »Euer Exzellenz«? Und zugleich ärgert er sich ein bisschen, dass da ein Goj sich über ihn als Juden lustig macht. Also sagt Scholem-Schachne zum Mann am Schalter: »Nach Kasrilewke.« »Nach Kasrilewke?«, fragt ihn der Schaltermensch weiter und schaut direkt auf das Mützenband und auf die Kokarde: »Welche Klasse, Euer Exzellenz?« Das ärgert ihn nun noch mehr, wie man sich leicht vorstellen kann, und er hat nicht übel Lust, den Kassierer ordentlich anzufahren, wie es sich gehört, weil nämlich ein Goj sich nicht angewöhnen soll, einen Juden zu verspotten. Dann aber überlegt er sich wiederum: Pah, wir Juden leben doch im Exil, besser schweige ich. Und er lässt sich eine Fahrkarte dritter Klasse geben. Nun verwundert sich der Kassierer von neuem und fragt ihn noch einmal: »Welche Klasse?« Langsam gerät Scholem-Schachne in Zorn und sagt ihm mit allem Nachdruck:

»Dritte!« Der Kassierer denkt bei sich: »Dritte? Meinetwegen dritte …«

Kurzum, Scholem-Schachne bekommt seine Fahrkarte, er greift den Koffer und wirft sich schnurstracks hinein ins Gewühl von Juden und Gojim, sie seien wohl unterschieden; er sucht den Waggon dritter Klasse. Die Leute aber, als sie das Mützenband mit der Kokarde sehen, weichen respektvoll zurück und machen dem hohen Herrn Platz. Scholem-Schachne wundert sich natürlich. Er geht aber weiter und sieht, wie aus einem Waggon ein Schaffner mit einer Laterne kommt. »*Sdjes tretij klass*? Ist dies die dritte Klasse?«, fragt Scholem-Schachne, stellt einen Fuß auf das Trittbrett und hebt schon den Koffer hinein.

»*Sdjes, wasche blagorodje*, ja, die dritte Klasse, Euer Exzellenz!«, antwortet ihm der Schaffner und lässt ihn nicht weitergehen. »Alles vollgestopft, zum Bersten voll«, sagt er zu ihm, »wie ein Fass voller Heringe, kein Strohhalm passt mehr dazwischen.« Und er nimmt Scholem-Schachne den Koffer ab und sagt zu ihm: »Kommt mit, *wasche blagorodje*, ich besorge Euch einen Platz.« Der Teufel soll ihn holen, schon wieder *wasche blagorodje*, »Euer Exzellenz!«, wundert sich Scholem-Schachne. Aber seine Gedanken sind mit dem Koffer beschäftigt, er hat Angst, dass er mit all diesen »Exzellenzen« vielleicht seinen Koffer verlieren wird. So läuft er dem Schaffner mit der Laterne nach, und der Schaffner mit der Laterne führt ihn zu einem Waggon zweiter Klasse, aber der Waggon zweiter Klasse ist auch voll besetzt, genauso zum Bersten voll. »Gehen wir weiter, *wasche blagorodje*«, bemerkt der Schaffner zu ihm, nimmt ihm von neuem den Koffer ab und geht voraus. Und Scholem-Schachne: ihm nach. »Wohin in aller Welt bringt er mich?«, denkt Scholem-Schachne und zerbricht sich von neuem den Kopf über dieses *wasche blagorodje*!, er lässt aber die ganze Zeit die Augen nicht vom Koffer. Das ist ihm wichtiger als alles andere. Und schon sind sie im Waggon erster Klasse! Dort stellt der Schaffner den Koffer ab, verbeugt sich vor Scholem-Schachne, Scholem-Schachne verbeugt sich vor ihm und er, also Scholem-Schachne, bleibt allein.

Wie er so ganz allein im Waggon dasitzt, schaut sich Scholem-Schachne mal ein bisschen um, Ihr hört doch zu, ja?, wo er sich überhaupt befindet. Er begreift nicht, wie ihm auf einmal diese Ehre zugekommen ist, im Waggon erster Klasse …, dieses Salutieren … *wasche blagorodje*, »Euer Exzellenz«! Vielleicht kommt es daher, dass er dieses Geschäft abgeschlossen und ein Landgut gehandelt hat? Hätte er solch eine Ehre jetzt von den eigenen Leuten bekommen, also von Juden, wäre das noch verständlich gewesen. Aber Gojim! Ein Schalterbeamter! Ein Schaffner! Oder ist es doch vielleicht alles nur ein Traum? Und Scholem-Schachne reibt sich die Stirn, schaut im Vorbeigehen auch in den Spiegel. Und sofort wird ihm schwarz vor Augen, eine höllische Angst überfällt ihn. Er sieht da im Spiegel den Regierungsbeamten vor sich. Er erkennt ihn sofort! »All meine schlimmsten Träume sollen sich an ihm erfüllen, an Jareme nämlich, an Händen und Füßen und am Kopf soll es ihn treffen! Was so ein Unbeschnittener fertigbringt! Zwanzigmal habe ich es ihm doch gesagt und ihm noch Geld gegeben, damit er mich, Scholem-Schachne, für die Bahn aufweckt, geht der aber, dass ihn die Cholera treffe, hin und weckt stattdessen den Regierungsbeamten auf, Scholem-Schachne aber lässt er glatt auf der Bank liegen!« Armer Scholem-Schachne, du wirst dieses Jahr Pessach in Slodejewke feiern und nicht zu Hause! – Also nicht lange überlegt, schnappt er sich, Scholem-Schachne nämlich, den Koffer, und hopp, vom Waggon runter zurück in den Bahnhof und direkt zu der Bank, wo Scholem-Schachne liegt, um diesen Scholem-Schachne aufzuwecken, denn ehe man sich's versieht, könnte doch, Gott behüte, die Lokomotive pfeifen und dann pfeift sie doch auch auf Scholem-Schachnes Pessach! Und genau das geschah nun. In dem Moment, wo Scholem-Schachne mit seinem Koffer vom Waggon hinuntergesprungen war, hörte man schon, Ihr versteht, was ich meine, einen Pfiff und dann noch einen Pfiff und dann »Gute Nacht Jakob!«, und der Zug war auf und davon.

»Ihr wollt wissen, wie es weiterging?« So beendete der Mann aus Kasrilewke, der mit Zinsscheinen handelte, seine Geschichte mit einem Lächeln und zündete sich eine neue Zigarette an, dünn wie ein Strohhalm. »Was weiter geschah, ist keine große Sache mehr. Das Wichtigste daran ist, dass unser Scholem-Schachne der *Schussel* wegen seiner Zerstreutheit einen schlimmen Pessach hatte. Seine beiden Seder-Abende verbrachte er irgendwo bei wildfremden jüdischen Menschen in Slodejewke. Nur, lass sein Pessach gewesen sein, wie es war – die Tage *nach* Pessach waren noch viel schlimmer. Erstens hat doch Scholem-Schachne, Ihr hört doch zu, ja?, eine Frau, nun, wie soll ich sie Euch beschreiben? Ihr habt doch auch eine Frau, und ich habe eine Frau, alle haben wir Frauen und kennen das paradiesische Gefühl, eine Frau zu haben! Ich kann Euch nur das eine sagen: Scholem-Schachnes Frau war eine echte Jüdin. Sie hat ihn sich wahrhaftig gut vorgenommen. Sie warf ihm gar nicht vor, dass er zu den Feiertagen nicht nach Hause gekommen war und auch nicht das rote Mützenband mit der Kokarde warf sie ihm vor. Nein! Das hat sie ihm alles vorerst nachgesehen. Später wird sie bestimmt auch darüber mit ihm abrechnen! *Einen* Vorwurf machte sie ihm nur wegen der Depesche. Und nicht so sehr wegen der Depesche im Allgemeinen, sondern wegen dem Wort ›*neprjemenno*, zweifelsohne‹. Welcher Teufel hat ihn geritten, dass er das Telegrafenamt reich machen musste mit einem überflüssigen Wort? ›*Jedau pasku neprjemenno domoj!* Eintreffe daheim *zweifelsohne* Pessach‹, und überhaupt, wie kann ein vernünftiger Mensch sagen: ›*neprjemenno*, zweifelsohne‹?

Es half ihm gar nichts, dass er versuchte, sich zu rechtfertigen, und dies oder jenes zu bedenken gab. Sie hat ihn gleich ein paar

Mal zum Teufel gewünscht. Und damit hatte sie nicht einmal Unrecht! Nur – was kann man da machen? Gar nichts! Dafür ist sie doch eine Frau, dass sie dem Mann die Hölle heiß macht! Und all das ist noch nichts, verglichen mit dem, was er, Scholem-Schachne, von der Stadt aushalten musste, von Kasrilewke also, denn noch bevor Scholem-Schachne am zweiten der Halbfeiertage nach Hause kam, hatte schon die ganze Stadt, Ihr hört doch zu, ja?, von der Geschichte mit Jareme und mit dem Regierungsbeamten und mit dem roten Mützenband und mit der Kokarde und mit dem Schaffner, und seinem ›*Wasche blagorodje!*‹ erfahren – alles, aber auch alles. Obwohl er selbst, Scholem-Schachne also, Stein und Bein schwor, dass alles ganz anders gewesen war, und erklärte, Spötter hätten sich das alles ausgedacht, Kasrilewker Witzbolde! Die haben doch sonst nichts zu tun, nur Kopfschmerzen fehlen ihnen, ist es nicht so? Verspätet hatte er sich, so sagt er, weil er unterwegs ausgestiegen war, um sich ein Landgut und ein Stück Wald anzusehen. Haha, ein Landgut? Haha, ein Stück Wald, welchen Wald? Alles Unsinn! Die Leute hielten sich die Seiten vor Lachen! Mit den Fingern zeigten sie auf ihn! Andere fragten ihn so beiläufig: ›Reb Scholem-Schachne, wie habt Ihr Euch denn in der Mütze mit dem roten Band und der Kokarde gefühlt?‹ Andere wiederum wollten wissen, ob es tatsächlich so angenehm ist, erster Klasse zu fahren, wie man sich erzählt? Junge Spitzbuben liefen ihm hinterher, eine ganze Bande, und schrien: »*Wasche blagorodje*! Euer Exzellenz, *wasche wisoke-wisoke blagorodje*!!!, Euer aller-allerhöchste Exzellenz!!!‹«

Ja, Kasrilewke darf man nicht unterschätzen!

Die »vier Becher«

»Ja, wen sieht man denn da? Welch ein besonderer Gast! Willkommen! Setzt Euch doch, setzt Euch, warum steht Ihr noch?«

Mit solch einem herzlichen Willkommensgruß empfängt uns, das heißt, mich und den Vater, einen Tag vor dem Pessachabend Reb Judl Weinschenker, ein stämmiger Bessaraber mit roten Bäckchen, einem beachtlichen Bauch und Speckfalten im Nacken, die ihre Entstehung nicht etwa eigenen oder fremden Kümmernissen verdankten, sondern schlicht und einfach dem reichlichen Genuss von Bratenfleisch mit Reisbrei, beides mit einem Gläschen Wein heruntergespült. Auf meinen Vater hält Judl große Stücke, und zwar vor allem deshalb, weil der Vater ein Weinkenner ist. Nur, wenn man es richtig betrachtet: Welcher Jude ist denn kein Weinspezialist? Der Wein ist doch eines der drei Dinge, in denen wir Juden die größten Kenner auf der Welt sind. Das erste ist bekanntlich die Musik, besser gesagt der Gesang, das zweite unser Gläschen Wein und das dritte sind Brillanten. Manchmal, wenn ich so in Nachdenken vertieft bin, stelle ich mir selbst die Frage: Gut, bei den ersten zwei Sachen, beim Gesang und dem Gläschen Wein, ist das ja kein Wunder: Denn welcher Jude hört nicht gerne Gesang, welcher Jude hat nicht irgendwann mal richtig berühmte Kantoren gehört, die einen Namen in der Welt haben, wie zum Beispiel *Jerucham, Pitsche Odesser, Benje, Bezalel, Nissi Belzer, Baruch Karliner, Blumenthal, Bachmann, Pinje Minkowski*[1] und noch mehr solcher Weltklassekantoren? Vielleicht hat er sie nicht selbst gehört, aber andere haben sie wohl gehört. Was macht das aus! Jedenfalls verstehen wir etwas vom Gesang! … Nun, über den Wein muss man kein Wort verlieren, jeder Jude trinkt doch Wein, selbst der allerärmste, jedenfalls einmal im Jahr, an Pessach, zum Sedermahl. Und wenn kein richtiger Wein da ist, trinkt er eben Rosinenwein oder er nimmt Met, vielleicht sogar Borschtsch, irgendetwas muss er ja zu den »vier Bechern« trinken, es ist schließlich Pessach. Was wollt Ihr mehr? Nehmt den besten Champagnerwein oder gar *jajin nesach*,[2] »Trankopferwein«, den wir gar nicht trinken dürfen und von dem wir also eigentlich gar nicht wissen, was für einen Geschmack er hat – aber wenn es sein muss, werden wir Euch auch dazu eine kompetente Bewertung abgeben, rein nach unserer Vermutung natürlich. Oder nehmt den Wein aus dem Land Israel. Wenn Ihr mit irgendeinem Juden über Israelwein sprecht, so wird er sich nicht schämen und offen zugeben: »Ah, Ihr meint Israelwein? Karmelwein? Ich will Euch die reine Wahrheit sagen, ich selbst habe Karmelwein noch nie getrunken, und wisst Ihr auch, warum nicht? Weil ich jedes Jahr bei den ›vier Bechern‹ meinen eigenen Wein trinke. Ich nehme mir einen echten *Wimrosig* aus Bender in Bessarabien und mische ihn mit irgendetwas Süßem, danach kriegt er doch einen derart himmlischen Geschmack, dass ihn sogar der Zar selbst trinken könnte. Allein aus dem, was ich von solchen Weinkennern gehört habe, die also tatsächlich diesen Karmelwein versucht haben, erkenne ich mit meinem bloßen Verstand, dass der Karmelwein kein schlechter Wein sein kann.« Kurzum, wir Juden verstehen uns auf Wein nicht weniger als auf Gesang.

Aber die dritte Sache – Brillanten, das bleibt mir bis heute ein Rätsel; woher soll bei uns die Kompetenz für Brillanten kommen? Wo lernen denn Juden echte Brillanten kennen? Auf ewig werde ich nicht die Ohrringe vergessen, die uns die Urgroßmutter, möge sie ein schönes Paradies haben, als Erbstück hinterlassen hat. Als die Großmutter gestorben war, hat man ihre Ohrringe bei uns in Kasrilewke wer weiß wie teuer geschätzt. Die

Spezialisten konnten nicht genug die Reinheit der Steine rühmen, ihre Farben und das »Spiel«, in dem sie »spielten«. Es fand sich sogar ein Kenner, der behauptete, kein Auge hätte je so etwas gesehen, und solche Brillanten gäbe es an keinem Ort der Welt. Höchstens noch bei der englischen Königin. Darauf meldete sich natürlich ein anderer; er lachte den ›Spezialisten‹ aus und meinte, dass es bei der englischen Königin, wie man sich vorstellen kann, bestimmt etwas größere Brillanten gäbe. »Brillanten sind keine Sabbatbrote, die man nach der Größe einschätzt!«, sagte der erste wieder. »Das Besondere von Brillanten liegt in der Farbe, in der Reinheit und und im ›Spiel‹, in dem sie ›spielen‹.« Nach einiger Zeit, als wir die besagten seltenen Ohrringe wegbrachten, um sie zu versetzen oder zu verkaufen, hatten die Brillanten auf einmal an Wert verloren. Wo war plötzlich ihr Wasser, ihre Klarheit und ihr »Spiel« hingekommen? Dieselben Spezialisten von vorher sagten nun: »Was soll ich viel sagen, stumpf und ohne Glanz, wie Nägelköpfe, nicht mehr als ein paar Groschen wert.« Aber da diese Angelegenheit mit den »vier Bechern« eigentlich sehr wenig zu tun hat, kehren wir lieber zurück zu Reb Judl Weinschenker.

Nachdem er so freundlich empfangen worden war, sagt der Vater zu ihm, dass wir wenig Zeit haben, es ist doch Vorabend von Pessach; darum bitten wir ihn, gleich mit uns in den Keller zu gehen, damit wir den Wein für die »vier Becher« aussuchen können.

»Aber mit dem größten Vergnügen«, bemerkt Judl und nimmt eine Kerze sowie ein Glas für den Pessachwein mit. Alle drei gehen wir hinunter in den Keller.

»Welchen Wein würdet Ihr denn zum Beispiel dieses Jahr gerne zu Pessach trinken?«, fragt Judl und betrachtet beiläufig die Kellerdecke.

»Welchen Wein ich dieses Jahr zu Pessach trinken möchte?«, antwortet der Vater, indem er die Frage wiederholt.

»Ich hätte gern … das heißt, es soll ganz einfach ein Gläschen Wein sein, wie wir beide es schätzen, versteht Ihr?«

»Ich verstehe sehr gut, warum denn nicht? Ihr wollt also einen *Kafrisn*[3], einen ›Qualitätswein!‹«

Mit diesen Worten geht Judl in einen Winkel, beugt sich dort ins Dunkel, zapft ein Gläschen »Qualitätswein« und bringt es dem Vater:

»Soll mich Gott strafen, wenn schon jemand anderes bei mir diesen Trunk gekostet hat! Nun, versucht ihn nur auf der Zunge!«

Der Vater lässt das Glas ein paar Mal hin und her kreisen, hält es dann gegen das Licht, danach führt er es zum Mund, verzieht aber sofort die Nase:

»Nein, Reb Judl, nehmt es mir nicht übel, so etwas nenne ich keinen ›Qualitätswein!‹«

»Ah, ich weiß, was Ihr meint!«, sagt Judl und zapft ein anderes Glas »Spitzenwein«. »Nun, was sagt Ihr zu diesem Gläschen? Seht Euch nur seine Farbe an, kristallklar, sage ich Euch.«

Der Vater versucht etwas vom »Kristallklaren« und gibt dann sein Urteil ab:

»Na ja, warum nicht? Das ist wenigstens ein Glas Wein! Der Haken ist nur, dass er, unter uns gesagt, ein bisschen flach schmeckt. Ihr habt ihn ein bisschen mit Wasser veredelt, verzeiht, etwas gepanscht, gebt es zu!«

»Gott behüte!«, sagt Judl und schwört, es soll ihm der Pessach verdorben werden, wenn das nicht ein echter und reiner *Koweschaner*-Wein[4] ist. »Kein verschnittener, bitte sehr, ein sauberer Knabe, frisch von der Traube. Ein perfekter *Bordeaux*.«

»Ach, Reb Judl!«, bemerkt der Vater zu ihm. »Das bringt uns doch nicht weiter. Wir haben ja schon darüber geredet, dass Ihr mir ein Gläschen von solch einem Wein bringen sollt, der seinen Namen verdient. Was kommt Ihr mir dann mit solchen Sachen: *Bordeaux – Schmordeaux*!«

»Es ist ein Elend mit diesen Fachleuten!«, sagt Judl, gießt das Gläschen »reinen Bordeaux« wieder zurück und zapft ein anderes Glas Wein, gleich aus zwei Fässern auf einmal. Er reicht es dem Vater mit veränderter Miene:

»Wisst Ihr was? Sagt Ihr selbst dazu, was nötig ist, Ihr seid doch ein Weinkenner. Ich will lieber still sein. Ich bin gar nicht da, fertig!«

Der Vater hält zuerst das Glas gegen das Licht, langsam führt er es an die Lippen, trinkt etwas vom Glas; nun verändert sich sein Gesicht, er wird sichtlich munterer.

»Ja, das ist ein Wein! Der verdient den Namen ›Wein‹! Wisst Ihr, warum? Weil in ihm alles steckt, was ein Wein haben muss: Kraft und Blume. Mit einem Wort: Das ist wahrer Wein!«

»Soll mir das Glück treu bleiben«, sagt Judl und springt auf den Vater zu, »denn seit ich mit Wein handele, hatte ich solch einen Tropfen noch nie im Keller. Und meint ja nicht, ich hätte eine große Menge davon! Dass wir miteinander solch ein fröhliches Fest haben werden, wie ich …«

»Immer langsam!«, unterbricht ihn der Vater mitten im Wort. »Genau betrachtet verhält es sich doch so: Wein ist es, aber ein wirklicher ›Spitzenwein‹ – noch lange nicht! Keine Rede davon, es ist nicht mehr als ein ordentliches Glas Wein. Und jetzt möchte ich Euch doch bitten, Reb Judl, dass Ihr Euch die Mühe macht und mir ein Gläschen Wein zapft von diesem, … von diesem, … nun, Ihr wisst schon, welchen ich meine, vom richtigen *Wimrosig*! Erinnert Ihr Euch? Ah, war das ein *Wimrosig*!«

Judl klatscht sich mit beiden Händen auf den Kaftan und lacht dabei.

»Es ist ein Verhängnis mit den Spezialisten! Nicht nur, dass sie etwas vom Wein verstehen, nein, jetzt erinnern sie sich auch noch an den Geschmack vom letzten Jahr, von vor zwei Jahren, vielleicht sogar vor drei Jahren!«

Und Judl schüttet den Rest vom Glas aus und zapft ein neues Gläschen, diesmal nicht aus zweien, sondern aus einem einzigen Fass, bringt es wortlos, aber mit einem Nasenschnauben dem Vater, so als wollte er sagen: »Nun, was sagt Ihr dazu?« Der Vater schlürft einmal, zweimal und ein drittes Mal, schaut dabei jeweils das Glas von unten an, beißt sich auf die Unterlippe und schüttelt den Kopf; er redet zu sich selbst und betont dabei die Worte:

»Ah – ist das – ein Glas – Wein! Hört Ihr, Reb Judl, das genau ist der richtige Wein, der den Namen ›Wein‹ verdient. Wenn man diesen Wein trinkt, spürt man, dass man Wein trinkt; mit diesem Wein habt Ihr etwas auf der Zunge. Über ihm, versteht Ihr mich, kann man den Weinsegen[5] sprechen, denn noch einmal: das ist Wein!! Aber nun sagt mir, mein lieber Reb Judl: *ma joker*, was kostet er? Woher kommt er? Und: *uma schmoj*, was ist sein richtiger Name?«

»Oho«, sagt Judl lachend, »Ihr wollt aber auch alles wissen! Man kann gar nicht anders, als Euch die Wahrheit zu sagen! Die Sache ist so: Der Wein ist mein eigener *Wimrosig* Nummer dreizehn, er heißt *Schatolafit* und er kostet nicht weniger als sechs Rubel der Krug, macht also nach Adam Riese vier Gulden der Liter. Und ich will tot umfallen, wenn ich dabei nicht draufzahle, wo ich ihn selbst für fünf Gulden pro Liter einkaufe. Vergesst nicht, wie viel Verlust ich dabei habe! Das ist keine Kleinigkeit: *Wimrosig*! Man sagt das so daher: *Wimrosig*! Hört auf mich, verliert keine Zeit, lasst Euch zwei Flaschen von diesem *Wimrosig* abfüllen und zwei Flaschen vom Benderer *Margaux*, den Ihr vorhin versucht habt. Für die Frauen wieder ein Fläschchen vom echten *Smirer* Dessertwein, den Ihr jedes Jahr bei mir kauft, dann könnt Ihr beruhigt sein, denn Ihr habt mit Gottes Hilfe den richtigen Wein für die ›vier Becher‹! Und ich wünsche Euch einen schönen Pessach, Eurer Frau und Euren Kindern auch, und vor allem, dass Ihr Erfolg habt und stark seid und zu allen künftigen Pessachfesten keinen schlechteren Wein zu trinken braucht! Jankel, hör mal, wo steckst du wieder, zum Teufel noch mal!«

Auf diesen Ruf hin tauchte, ich weiß nicht woher, ein seltsames Wesen auf, ein kräftiger schwarzer Bursche in einem gefütterten, stark versengten Kaftan, den er mit einem Strick zusammengehalten hat; dazu zwei große, erschreckend große Stiefel.

Sein Gesicht ist irgendwie trübsinnig, verschlafen, er schaut einem nicht in die Augen, sondern spricht mit heiserer Stimme, so als sei er eben erst aufgewacht:

»Ha, was ist? Hat mich jemand gerufen?«

»Wo warst du? Was hast du gemacht?«

»Wer? Ich? Gar nichts, ich bin mit den Rosinen beschäftigt. Ich mache *Malaga*!«

»Hör zu, Jankuz, was ich dir jetzt sage: Nimm ein paar Flaschen und schwenke sie ordentlich aus. Dann zapfst du zwei Flaschen *Wimrosig Bordeaux Schatolafit* vom Fass Nummer dreizehn und zwei Flaschen vom lieblichen *Margaux* aus dem Fass acht und dann noch eine Flasche vom *Smirer* Dessertwein Nummer eins. Einen Moment noch, langsam, langsam, was treibt dich der Teufel davon? Also merke es dir, Jankuz, *Wimrosig, Schatolafit* Nummer acht, *Margaux* Nummer dreizehn, und wenn ich sage *Margaux* Nummer dreizehn meine ich *Margaux* Nummer dreizehn. Unsinn, was rede ich da? *Schatolafit* Nummer dreizehn, *Margaux* Nummer acht und *Smirer* Nummer eins, den besseren! Jetzt rühr dich, beeil dich, du Schlafmütze!«

Jankel geht langsam weg, um irgendwo in einem finsteren Winkel irgendwelchen Wein zu zapfen. Er macht sich dort im Dunkeln zu schaffen und kommt nach ein paar Minuten mit den gefüllten Flaschen zurück, kramt einen Korken nach dem anderen aus seiner Tasche hervor und kaut mit seinen starken Zähnen auf ihnen herum, bis sie schließlich in die Flaschen passen. Judl Weinschenker unterhält sich derweil mit meinem Vater, alles dreht sich um Wein.

»Sagt mal, Reb Judl, mein Lieber, wie ist dieses Jahr bei Euch der Rosinenwein geworden?«

»Der Rosinenwein? Ausgezeichnet!«, sagt Judl, »besser als der beste ungarische Wein! Mit dem kann sich kein Tokayer messen, kein Champagner, kein Portwein. Die ganzen französischen Weine und alle anderen steckt er glatt in die Tasche!«

»Letztes Jahr«, sagt der Vater, »letztes Jahr war Euer Rosinenwein, Ihr müsst schon verzeihen, nicht besonders gut!«

»Was soll das heißen?«

»Das soll heißen«, sagt der Vater ruhig, »dass man ihn nicht herunterschlucken konnte. Es war, mit Verlaub, vielleicht Borschtsch, aber kein Wein!«

»Was sagt Ihr da? So wahr ich lebe, aber die Leute haben sich die Finger nach ihm geleckt, sie konnten ihn gar nicht genug loben! Am Tag nach Pessach war kein einziger Tropfen mehr von ihm da!«

»Und ich sage Euch«, sagt der Vater gelassen, »es war nichts anderes als eine ekelhafte Brühe, Ihr müsst schon entschuldigen. Auf der Oberfläche hatte er Schimmel angesetzt, einen Geschmack besaß er wie gekochte Kletten, und ein Geruch ging von ihm aus wie von sauren Gurken!«

»Es muss daran liegen«, bemerkt Judl darauf und breitet die Arme aus, »dass Ihr ihn irgendwo im Warmen habt stehen lassen oder dass die Flaschen nicht ordentlich verkorkt waren.«

»Nein, Ihr irrt Euch, Reb Judl, die Flaschen waren gut verkorkt, wie immer, und ich habe sie an einem kühlen Platz aufbewahrt wie immer, aber etwas anderes war schuld: Die Rosinen waren bei Euch im Keller wohl nicht richtig gegangen, deshalb haben sie bei mir in den Flaschen weitergegärt, und dadurch bekam der Wein diesen ekelhaften sauren Geschmack und schließlich einen Stich. Das Kind (dabei zeigte der Vater auf mich) hatte es sogar mit dem Magen zu tun, dass ich nicht daran erinnert werde, vom ersten Seder an fast bis Schawu'ot. Deshalb hüte ich mich dieses Jahr, Eurem Rosinenwein zu nahe zu kommen.«

Komisch! Ich selbst hatte die ganze Geschichte schon vergessen. Aber als der Vater sie jetzt plötzlich erwähnte, erinnerte ich mich wieder genau daran, wie ich mich im vergangenen Jahr über die Reste in den »vier Bechern« hergemacht und sie bis auf den Boden des Glases ausgeschlürft hatte. Als ich vom Seder aufstand, hatte ich fast den Boden unter den Füßen verloren, und der Tisch mit den Bechern und alles andere tanzte mir vor den Augen, ich konnte mich kaum noch auf den Beinen halten. Danach – alles, was danach kam, sehe ich nur im Halbschlaf vor mir: Ein Bett ... ich liege darin ... die Mutter hält mir die Stirn und schimpft auf irgendjemanden, ich weiß nicht mehr, auf wen: »Dass ihn der Schlag treffe mit seinen Rosinen und seinem Wein: ein tödliches Gift! Mir einfach das Kind zu vergiften!«

»Einen guten Feiertag«! So verabschieden wir uns von Judl dem Weinhändler und wünschen uns noch einmal gegenseitig: »Einen guten Pessach!« Und wir gehen munter und in bester Laune mit dem Wein nach Hause. Der Vater ist in Hochstimmung, weil er noch rechtzeitig seinen Wein für die »vier Becher« kaufen konnte – so hat er es vermieden, sich morgen zwischen den gemeinen Leuten herumstoßen zu lassen. Und ich bin fröhlich, einfach so, denn wer hat es schon so gut wie ich? Bald, sehr bald, nach nur noch einem Tag kommt der liebe »Freund Pessach«. Man braucht nicht in den Cheder zu gehen, und zu Hause warten schon die neuen Kleider auf mich, die knarrenden Stiefel und die neue glänzende Mütze.

Als wir mit den »vier Bechern« nach Hause gekommen waren, sucht der Vater zuerst nach einer kühlen Stelle, einem koscheren Ort, einem pessachgemäßen Platz, um den Wein dort abzustellen. Er müht sich um ihn und bangt um ihn wie um ein teuer umsorgtes Kind. Uns allen schärft er ein, dass wir dem Wein auf keinen Fall mit unseren *Chomez*-Händen nahekommen sollen. Wir sollten am besten gar nicht in den Winkel hineinschauen. Später, im Anschluss an die »Suche nach dem Gesäuerten«, gehen wir schlafen (die letzte *Chomez*-Nacht!). Die ganze Nacht jagt mir ein Wirrwarr von seltsamen, verrückten Träumen durch den Kopf. Es träumt mir, dass Judl Weinschenker meine neuen Kleider und meine neue Mütze trägt. »Das ist *meine* Mütze!«, schreie ich auf ihn ein, »sie wurde mir gestern erst für Pessach gekauft!« Und sein stämmiger Diener hat sich über unsere »vier Becher« hergemacht. Er steht da, den Oberkörper nach hinten gebeugt, aus einer umgestülpten Weinflasche gießt er sich alles in den Mund. Der Wein sprudelt heraus – gluck – gluck – gluck. Und er trinkt gierig – die ›vier Becher‹ sind verloren! »*Chomez* sind sie wieder geworden!«, schreie ich und schrecke zitternd aus dem Schlaf hoch. Da danke ich Gott, dass es nur ein Traum war!

***

Mit äußerster Mühe den großen Augenblick herbeigesehnt; jetzt noch zwei, höchstens drei Stunden, dann ist endlich Pessach. Überall ist es sauber, überall riecht es nach Pessach.

Der Ofen ist ausgebrannt und kalt geworden. Der Tisch ist gedeckt, die Mazze-Stücke knacken, wenn man sie bewegt. Ein feiner Duft von Gänseschmalz breitet sich aus. Es duftet nach Kartoffelpuffern. Die »vier Becher« stehen schon gut sichtbar da, nun sind sie aufgedeckt, jetzt darf man auf sie schauen. Der Vater ist noch beschäftigt, er reibt *Charoset*, das Mus. Aber ich … ich bin schon lange fertig! Wie ein echter Prinz, wie ein *ben-melech*, ein Königssohn, sehe ich aus, von Kopf bis Fuß habe ich mich mit allen neuen Kleidern geschmückt, lauter knisternden, raschelnden prächtigen Sachen! Ich weiß nicht, wie ich die Zeit rumbringe. Soll ich mich hinsetzen? Das wäre zu schade, mein Kaftan könnte zerknittert werden! Herumlaufen? Der Glanz an den Schuhsohlen wird dann abgerieben! Stehen bleiben? Dann kann man aber nicht hören, wie die Stiefel knarren … Ich trete vorsichtig auf, so als würde ich über dem Boden schweben. Schade nur, dass man mit den neuen Stiefeln unmöglich durch den Matsch, den berühmten Kasrilewker Matsch, zur Synagoge laufen kann. Ich muss die alten *Chomez*-Stiefel anziehen. Die ganze Freude ist mir dadurch verdorben!

In der Synagoge ist es sauber, hell, festtäglich; es herrscht eine fröhliche Stimmung! Alle Hängelampen und Wandleuchter sind blankgeputzt und glänzen. Die Kerzen brennen. Alle Leute sind frisch gewaschen, feiertäglich angezogen, sie beten in Hochstimmung. Und wir, die Chederjungen, die kleinen Halunken, betrachten uns gegenseitig, wessen Kaftan länger und welcher kürzer ist und wessen Mütze besonders schön glänzt. Ein Jammer, dass die neuen Stiefel zu Hause bleiben mussten, das verdirbt mir die Freude. Und wer ist schuld daran? Der Matsch! Der Kasrilewker Matsch ... Aber was solls? Wir werden das überleben. Alles kann man durchstehen. Den Matsch endlich überwunden und zu Hause angekommen, ziehe ich sofort wieder die neuen knarrenden Stiefel an, denn schließlich ist der Matsch bei uns nur – draußen! Drinnen im Haus dagegen ist alles rein und sauber und anständig, eine wahre Wonne! Alles glänzt, alles strahlt und blinkt vor Sauberkeit. Es funkelt einem in den Augen. Die Mazzen und die Seder-Schüssel und alles andere vom Sedertisch stehen bereit. Der Vater, der »König«, in einem weißen »Kittel« am Kopf der Tafel auf dem Sedersessel; zu seiner Rechten die Mutter, die »Königin«, im Seidenkleid und ich, ihr »Prinz«, an der anderen Seite. Ich stehe auf und frage den Vater auswendig die »vier Fragen«. Ich trage sie mit Schwung vor und mit allem, was dazugehört, und in der richtigen Melodie, so wie man aus dem Talmud liest: »Vater, ich habe dir vier Fragen gestellt. Jetzt gib mir die Antwort und lege es mir dar. Aber wenn du es mir nicht darlegen kannst, so werde ich mir selbst die Antwort finden: *Awodim hajinu lepare bemizrajim*, einst waren wir Knechte des Pharao in Ägypten ...«, so fangen wir mit lauter Stimme an zu singen,[6] einer übertönt den anderen, und ich bin mit allem wieder zuerst fertig; wie ein übermütiges Fohlen beweise ich dem Vater, wie gut ich die Haggada auswendig gelernt habe und sie heruntersurren kann wie am Schnürchen: »*Awodim hajinu lepare bemizrajim* ... Gott aber hat uns von dort herausgebracht mit großen Wundertaten ...« Und wir erzählen einander die schöne Geschichte: die Geschichte von Rabbi Elieser und von Rabbi Jehoschua und Rabbi Elasar ben Asarja, Rabbi Akiwa und Rabbi Tarfon, die eine ganze Nacht zusammensaßen und den Auszug aus Ägypten miteinander erörterten. Und wir zählen die »vier Söhne« der Haggada auf, *echod chochem*, einer war ein Kluger, *echod rosche*, der andere war ein Bösewicht, *we'echod tam*, und einer war ein Narr, *we'echod sche'ejne jedeje lischojl*, der vierte aber konnte noch nicht fragen, das heißt, er war, mit Verlaub, ein Hornochse! Denn die drei anderen fragen immerhin jeder seine eigene Frage, der aber sitzt da wie der Golem aus Lehm:[7] Das alles geht ihn nichts an, es interessiert ihn nicht, dass man uns einmal in Ägypten gequält und unser Leben bitter gemacht hat. Wir kneteten Lehm und buken Ziegel, wir bauten Pitom und Ramses, und der Pharao erließ immer neue schreckliche Erlasse gegen uns: »Hätte der Heilige, gelobt sei Er, uns nicht zur rechten Zeit aus Ägypten geführt, so wären wir ewig Knechte, ewig Sklaven geblieben – wir und unsere Kinder und unsere Kindeskinder. Darum ist es ein Gebot, dass wir jedes Jahr den Seder richten und unseren Kindern die großen Wunder vom Auszug aus Ägypten erzählen.«

Bei uns gibt es heutzutage unter der Jugend eine Menge solcher *sche'ejne jedeje lischojl*, Kinder, die nicht fragen können, die wie die Golems aus Lehm beim Seder sitzen. Sie beobachten, wie sich der Vater herumquält, wenn er trockenen Meerrettich mit Charoset-Mus isst, das nach gar nichts schmeckt, und dazu murmelt er irgendetwas in seinen Bart, er schämt sich vor der *Bonne*,[8] dem Dienstmädchen. Aber warum sollen gerade unsere Kinder schuld sein, was können solche Kinder, die nicht zu fragen wissen, dafür, wenn man im Gymnasium die jüdische Geschichte nicht gelernt hat? Auch die *Bonne* erzählt ihnen nicht die Geschichte vom Auszug aus Ägypten; keiner hat sie darüber aufgeklärt, was diese trockenen *Mazzen* bedeuten, dieser *bittere Meerrettich* und das *Charoset* mit all den anderen jüdischen Bräuchen und Pessachspeisen! Natürlich, keiner wird die Knödel verschmähen oder die Kartoffelpuffer, den Auflauf und die Krapfen. Ein guter Pessach-Borschtsch mit Mazzen oder geröstete Mazzen mit Eiern überbacken sind auch nicht übel. »Pessach« – so sagt die heutige Jugend – »*slawni prasdnik, budjem kuschat chremslech i pit sladkoje vino*, Pessach ist ein schönes Fest, lasst uns Pfannkuchen aus Mazzenmehl essen und süßen Wein trinken«. Nur versteht keiner von ihnen, was die Worte bedeuten: *Awodim hajinu*, wir waren Knechte, und wir sind Knechte geblieben … Keiner von ihnen weiß, welch einen Geschmack die Worte haben: »*Sman chejresejnu*, die Zeit unserer Befreiung«! …

Aber ich will zur Haggada zurückkommen und wie ich zusammen mit dem Vater eine Geschichte unseres Ur-Ur-Urahns Terach erzählte und dann die von unserem Vater Abraham und von Jizchak mit seinen zwei Söhnen Jakob und Esau. Und im Vorbeigehen erinnerten wir uns an unseren Onkel Laban, den Aramäer, der noch tausendmal schlimmer war als Pharao, denn Pharao hat seine schändlichen Verordnungen nur gegen die männlichen Personen erlassen, Laban dagegen wollte das jüdische Leben ganz und gar vernichten, mit der Wurzel ausrotten. Danach kommen wir zu der Geschichte, wie Pharao über alle herfallen wollte, wie er sich im Blut jüdischer Kinder badete. »*Wanizak* … und wir schrieen …«, mit einem großen Wehklagen schrien wir zum Schöpfer der Welt (dabei fangen wir laut an zu schreien), dass Er sich doch für uns einsetzen soll. Und Gott erhörte unser Gebet. Er schickte Moses und Aaron zum Pharao, damit dieser die Juden aus Ägypten herauslässt. Da wollte natürlich der Pharao nichts von hören; deshalb strafte ihn Gott mit Zehn Plagen: »*Dom … zfardeje …*, Blut … Frösche …« Bei jeder Plage halten wir einen Moment inne und gießen ein bisschen Wein aus unseren Bechern; dann füllen wir die Becher wieder und sprechen weiter. Zusammen mit Rabbi Jossi dem Galiläer rechnen wir alle Plagen zusammen, mit denen Pharao geschlagen wurde; dabei kommen viel mehr zusammen als die zehn bekannten Plagen: In Ägypten, so die Rechnung von Rabbi Akiwa, kriegte der Pharao fünfzig Plagen und im Schilfmeer zweihundertfünfzig Plagen, so haben wir also alles zusammen dreihundert Plagen … Das geschieht ihm recht, denke ich bei mir, soll er nur wissen, dass man sich mit einem Juden besser nicht anlegt, denn bei Juden können aus einer einzigen Plage noch viel mehr entstehen … Später, als wir sagen: »*Lefifoch*, denn verpflichtet sind wir …«, und zum *Hallel* kommen, zu den Dankpsalmen, wird aus dem Vater ein Kantor und aus mir ein Sängerjunge. Er schraubt seine Stimme in der Melodie wie ein echter Kantor in die Höhe, und ich unterstütze ihn dabei nach Kräften als Chorsänger; die Mutter strahlt vor Stolz über uns beide, bis wir schließlich zu der Stelle kommen: »*Hinejni muchon umsumon*, siehe, ich bin willens und vorbereitet, das Gebot des zweiten Bechers der ›vier Becher‹ zu erfüllen«.[9] Dabei wiege ich mich hin und her wie ein Alter, spreche den Segen, kippe das Glas leer bis zur Neige, schlürfe es noch aus bis zum letzten Tropfen. Die Mutter schaut zu mir hin und droht mir mit dem Finger, so als wollte sie sagen: Denke daran, du Lausbub, dass es nicht wieder so schlimm endet wie im letzten Jahr! Mich kümmert das aber überhaupt nicht. Letztes Jahr war etwas anderes, aber heute ist es wieder anders! Später, nach der ausgiebigen Mahlzeit, nach dem *Afikojmen* und dem Tischgebet, fange ich wieder an, mich hin und her zu wiegen, und ich bekräftige: »Ich bin bereit und vorbereitet, das Gebot des dritten Bechers der *arbe kojses* zu erfüllen«. Und wieder leere ich das Glas in einem Zug. Ich spüre schon, wie sich mir der Kopf dreht. Trotzdem habe ich noch all meine Gedanken beisammen. Ich fülle den vierten Becher der *arbe kojses* und spreche zusammen mit dem Vater das »*Schfojch chamos'cho*, schütte Deinen Grimm aus über die Völker …«; dabei sind wir aufgestanden, und ich werfe einen Blick zur Tür, vielleicht werde ich diesmal sehen, wie der Prophet Elia hereinkommt und aus seinem Becher[10] trinkt? Danach setzen wir uns wieder und sprechen all die anderen Stücke der Haggada, noch eine ganze Menge sind es: *Hojde*, *Neschomes* und »es war in der Mitte der Nacht …«. Ich unterstütze den Vater, als er singt: »*lecho ulecho, lecho ki lecho, lecho af lecho*, Dein ja Dein, Dein war und Dein wird sein, Dein, ja Dein allein«, und das Ende des Liedes schreie ich aus vollem Halse heraus:

»*Leschono habo'e biruscholajim*! Das nächste Jahr in Jerusalem!«

Da spüre ich, wie es mir im Kopf seltsam heiß wird, die Backen glühen, vor den Augen sehe ich so etwas wie einen Nebel, aber drinnen im Herzen bin ich äußerst vergnügt, sehr lustig und fröhlich! Irgendetwas hebt mich empor in die Lüfte. Ich fühle mich wohl, und das ist die Hauptsache. Hätte ich mich nicht geschämt, so hätte ich angefangen zu tanzen … Die Mutter schaut auf mich und lacht, sie platzt fast vor Lachen. Wisst Ihr vielleicht, warum sie so lacht? Ich jedenfalls verstehe kein bisschen, warum sie lacht, und außerdem weiß ich nicht mehr, ich kann mich beim besten Willen nicht erinnern, ob ich den *kos-revi'e*, den »vierten Becher«, getrunken habe … oder nicht. Ich kann mich auch nicht erinnern, ob ich dem Vater noch das *Chad-gadje*, das Lämmchen, habe singen helfen. Oder war ich da schon in meinen süßen Kinderschlaf gefallen? Aber an eines erinnere ich mich genau: dass ich damals sehr zufrieden war, sehr glücklich und vergnügt! Gott allein weiß, ob sich unsere heutigen Kinder noch so richtig am Festtag wohlfühlen können, wie es sich zu Pessach gehört!

Unsere heutigen Kinder tragen keine kleinen Kaftane und keine Mützen, sie tragen bereits Uniformen und haben an den Mützen bereits »Knöpfe«, Kokarden; aber sie kennen nicht mehr den wahren Geschmack und das wahre Vergnügen der »vier Becher«. Dafür kennen sie bestens die wahre Bedeutung und das Elend mit den »Prozentquoten« an den Gymnasien. Sie können die Worte *Chad-gadje*, ein kleines Lämmchen, nicht übersetzen, dafür kennen sie die genaue Bedeutung der Ausdrücke *maljen-*

ki zhidianak oder *maljutki zhidek*, »Judenbankert, Judenlümmel …«, und mit noch einer ganzen Reihe anderer Dinge bekommen unsere heutigen Kinder zu tun, die sie, mit Gottes Hilfe, besser nicht kennen sollten!

Aber weil heute der Vorabend von Pessach ist, will ich Euch nicht in Trübsal versetzen und Euch den Feiertag nicht mit unpassenden Gedanken und nicht mit traurigen Überlegungen verderben. Darum schließe ich mein Feuilleton mit den Worten aus der Haggada:

»*Leschono habo'e biruscholajim*!
Nächstes Jahr in Jerusalem!«

Die Heimreise zu Pessach

Die Geschichte erzählt, wie der Kleinkinderlehrer Fischl von Balte nach Chaschtschewate heimfuhr und was er bei dieser Reise erlebte.

1.

Genau zweimal im Jahr, zum Monatsbeginn von Elul und von Nisan, fährt der Melamed Fischl von Balte nach Chaschtschewate[1] zu seiner Frau und seinen Kindern nach Hause. Zu Pessach und zu Laubhütten also. Fast sein ganzes Leben lang war es ihm beschert, nur ein Gast bei der eigenen Frau und den eigenen Kindern zu sein, zwar ein sehr willkommener Gast, aber immer nur für eine kurze Zeit, nur zu den Feiertagen. Und ging der Feiertag zu Ende, hieß es wieder: auf, zurück nach Balte! Zurück zum Lernen und Pauken, zurück zu den Züchtigungen mit dem Gürtel, zurück zum Talmud, zu den groben verstopften Köpfen, zurück zu seinem Wanderleben, seinem Umherziehen, seinem Leben in der Fremde, heimatlos und umhergetrieben – und zurück zur ständigen stillen Sehnsucht nach Hause.

Dann aber, wenn Fischl nach Hause kommt, ist er wahrlich der König. Seine Frau Bas-Schewe kommt nach draußen, geht ihm entgegen, bindet das Kopftuch fest, wird dabei feuerrot und fragt ihn ganz beiläufig, ohne ihm, Gott bewahre, in die Augen zu schauen:

»Wie geht es dir?« Und er antwortet ihr darauf:

»Und dir?«

Sein Sohn Frojke, schon ein *Bar-Mizwa*-Junge, begrüßt ihn. Der Vater stellt dem Sohn gleich eine Frage:

»Woran seid ihr gerade beim Lernen, Ephraim?«

Sein Töchterchen Rejsel, ein hübsches Mädchen mit kleinem geflochtenem Zopf, umarmt und küsst ihn.

»Vater, was hast du mir als Geschenk zum Feiertag mitgebracht?«

»Baumwollstoff für ein Kleid und der Mutter ein Seidentuch! Komm, gib der Mutter das Tuch.«

Und Fischl nimmt aus dem Tallitbeutel ein Tuch heraus – nun ja, Ihr könnt es Euch schon denken, nicht aus reiner Seide, aber halbseiden ist es immerhin! Bas-Schewe errötet noch mehr, sie zieht ihr Kopftuch über die Augen und macht sich irgendwas im Haus zu schaffen, sie läuft im Zimmer hin und her. Dann bleibt sie auf einmal stehen:

»Bring nur den *Gemore*-Band, Frojke, der Vater soll dich abhören, damit er sieht, wo ihr jetzt seid.«

Und Frojke ist ja ein braver Junge, ein eifriger Schüler, er begreift schnell und hat ein gutes Gedächtnis, und er lernt so gerne! Fischl hört ihn ab, wie er den Talmud hersagt, er verbessert ihn hier und da, und sein Herz weitet sich, er strahlt vor Freude, seine Seele ist glücklich. Ein guter Junge, sein Frojke, etwas ganz Besonderes!

»Wenn du ins Bad gehen willst, ich habe dir ein frisches Hemd zurechtgelegt!«, sagt Bas-Schewe beiläufig zu ihm und schaut ihm, Gott behüte, wieder nicht in die Augen. Fischl fühlt sich sonderbar wohl, wie einer, der aus dem Gefängnis heraus in die freie helle Welt gelangt ist und sich nun unter den eigenen Leuten befindet, zwischen nahen und vertrauten Menschen. Und er denkt schon an das gut befeuerte Bad mit seiner glühenden Hitze; im Nu liegt er zusammen mit anderen Männern ganz oben, auf der obersten Bank, und schwitzt, er bearbeitet sich mit dem Reisigbesen, er haut sich, und es ist ihm immer noch nicht stark genug:

»Ah, ah, noch fester, fester, herrlich, Ihr Männer, noch fester!«

Nach dem Bad kommt er frisch und munter, wie neugeboren nach Hause und nimmt sich den Feiertagsabschnitt aus der Bibel vor. Er zieht den Sabbatkaftan mit dem neuen Gürtel an, wirft einen flüchtigen Blick auf Bas-Schewe in ihrem neuen Kleid mit dem Seidentuch; wirklich, eine schöne Frau hat er, und so fromm und zurückhaltend und ehrbar. Er geht mit Frojke in die Synagoge. Dort angekommen, wird er von allen Seiten herzlich begrüßt:

»Willkommen, Fischl, was treibt Ihr, Melamed?«

Nun, was wird er schon treiben, er paukt mit den Kindern.

»Und was hört man Neues in der weiten Welt?«

»Was soll es Neues geben, die Welt ist eben, wie sie ist.«

»Und was macht Balte?«

»Nun, Balte ist immer dasselbe Balte.«

Jedes Mal, jedes Halbjahr das gleiche Gespräch, fast Wort für Wort.

Der Kantor Nissel steht auf, um das Abendgebet zu beginnen. Er steigert sich mit der Stimme, soweit er kann, wird immer lauter und lauter, und wenn er zu der Stelle kommt: »*Wajedaber Mojsche es mojedi Jisroʼel*, und Moses verkündete die Festzeiten des Ewigen«,[2] so steigert er seine Stimme in fast himmlische Höhen. Frojke steht neben dem Vater, er betet voll Andacht, und Fischls Herz wird immer weiter, er strahlt vor Stolz, sein ganzes Herz freut sich: solch ein braver Junge, sein Frojke, ein gutes Kind!

»*Gut jontew*, gute Feiertage!«

»Gute Feiertage, ein gutes Fest!«

»Ein gutes Fest, Euch auch!«

Auf dem Tisch steht schon der ganze Seder bereit: die vier Becher, der *maror*, der angebratene Knochen und das Ei, das *charoset* und alle übrigen Sachen, die nicht fehlen dürfen. Auch der Sedersessel ist bereitet: zwei Stühle mit einem Kissen darauf. Gleich wird Fischl König sein, gleich wird er sich *al kise-hamal-*

ches setzen, auf den königlichen Thron.[3] Bas-Schewe, die Königin im neuen Seidentuch, sitzt neben ihm, der Prinz Ephraim (Frojke) mit der neuen Mütze und die Prinzessin Rejsel mit ihren Zöpfchen gegenüber. Achtung, Leute, bitte etwas Respekt: Der Melamed Fischl hat auf seinem Stuhl Platz genommen, um zu regieren!

2.

Die Bande junger Burschen aus Chaschtschewate, die gerne alle anderen verspotten, und ganz bestimmt so jemanden wie einen Melamed, sie haben sich etwas über Fischl ausgedacht: Er hätte einmal seiner Bas-Schewe am Abend vor Pessach eine Depesche mit folgendem Wortlaut geschickt: »*Rebjata sobrani. Dengi wesu. Prigotow pulijedu zarstrowat.*« Dem Sinn nach heißt das so viel wie: »Habe genug Jungens zusammen. Geld bringe ich mit. Bereite Kugel. Komme und übernehme die Gewalt«. Die Depesche, so sagten die Witzbolde aus Chaschtschewate, hat man gleich am Bahnhof abgefangen, bei Bas-Schewe durchsuchten sie alles, fanden aber nichts. Und Fischl transportierte man, Ihr müsst schon entschuldigen, mit der »Etappe« nach Hause.[4] Ich kann Euch aber mein Wort darauf geben, dass die ganze Geschichte erstunken und erlogen ist. Niemals in seinem Leben hat Fischl eine Depesche geschrieben; niemals hat man bei Bas-Schewe eine Untersuchung vorgenommen und nichts gefunden. Und man hat auch Fischl nicht mit der »Etappe« nach Hause transportiert. Das heißt, man hat ihn wohl einmal mit der »Etappe‹ verschickt, aber nicht wegen einer Depesche, sondern wegen seinem Pass, Ihr müsst Euch das mal vorstellen! Und auch das nicht von Balte aus, sondern von Jehupez, und nicht am Vorabend von Pessach, sondern mitten im Sommer. Er versuchte damals, versteht Ihr mich, in Jehupez eine Arbeit als Melamed zu finden. Und vergaß dabei, seinen Pass mitzunehmen!

Er meinte, alles sei dort wie in Balte. So setzte er sich also ordentlich in die Nesseln und hat von da an seinen Kindern und Kindeskindern ein für alle Mal verboten, jemals in Jehupez eine Anstellung als Melamed zu suchen.

Seit dieser Zeit fährt er zum Cheder-Unterricht nach Balte, und wenn Pessach naht, versucht er, schon ein paar Wochen früher mit dem Pensum fertig zu werden; er setzt alles daran, sich rechtzeitig nach Hause aufzumachen, vielleicht schon zu *Schabbes Hagodel*. Aber das alles gelingt nur unter der Bedingung, dass alles gut verläuft, das heißt, dass der Weg passierbar ist und man eine Fuhre erwischt und mit ihr übers Eis kommt, oder mit der Fähre. Aber was wird sein, wenn zum Beispiel der Schnee schmilzt und überall ist ein riesiger Matsch? Natürlich ist dann keine Fuhre zu kriegen, das Eis auf dem Bug hat sich gelöst, die Fähre geht noch nicht, mit einem einfachen Boot aber ist es lebensgefährlich! Und der Feiertag steht doch schon vor der Tür! – Was macht man dann? Schwer zu sagen! Genauso schwer, wie wenn man am Abend vor Sabbat von Machniwka nach Berditschew unterwegs ist oder von Sochatschow nach Warschau, bergauf wohlgemerkt, und dazu in der Dunkelheit, und es regnet in Strömen und Ihr seid todhungrig und zum guten Schluss bricht noch eine Achse! Na, dann sieht es übel aus, sehr übel sogar, miserabel, was glaubt Ihr wohl!

Der Melamed Fischl weiß nur zu gut, was »miserabel« heißt! Seit er Melamed wurde und von Chaschtschewate nach Balte und von Balte nach Chaschtschewate fährt, hat er schon manche Reisen hinter sich und allerhand Reiseerlebnisse gehabt! Über die Hälfte des Weges ist er schon mal zu Fuß gegangen und musste dabei sogar den Wagen schieben! Er hatte schon das Vergnügen, mit einem Priester im Schlamm zu liegen, natürlich der Priester oben und er unten. Er ist schon vor einem Rudel Wölfe geflüchtet, das den Wagen von Chaschtschewate bis Balte verfolgt hatte. Am Ende aber stellte sich heraus, dass es gewöhnliche Hunde waren und keine Wölfe. Aber solch ein Unglück, wie es ihn an diesen Tagen vor Pessach überfiel, das hatte er noch niemals erlebt.

Das ganze Elend kam vom Bug, das heißt, davon, dass der Bug sehr spät geschmolzen war und gerade in der Zeit verrückt spielte, als unser Melamed Fischl nach Hause eilen wollte. Und er war tatsächlich in besonderer Eile, weil es schon Freitagabend, also Sabbatbeginn, war und zugleich Pessachanfang; denn in diesem Jahr fiel der Anfang von Pessach genau auf einen Sabbatabend.

3.

Zum Bug war Fischl am Donnerstagabend mit einer gojischen Fuhre gefahren. Nach seiner Planung hätte er schon am Dienstagmorgen ankommen müssen, da er bereits am Sonntag nach dem Markt von Balte aufgebrochen war. Da verführte ihn aber der böse Geist, auf den Markt zu gehen und auf gut Glück nach einer Kutsche zu suchen, die gleich abfährt. Er wäre besser mit Jankel dem Schlawiner in dessen Fuhre gefahren, und sei es auch auf der *reschtewanje*, dem Notsitz, hintendrauf, mit dem Gesicht nach rückwärts und mit herunterbaumelnden Füßen, wo man ordentlich durchgerüttelt wird, bis einem fast übel wird – aber so wäre er immerhin schon lange zu Hause gewesen und hätte die Beschwernisse der Fahrt längst vergessen! Er aber musste unbedingt eine billigere Fuhre haben! Dabei ist es doch eine alte Weisheit: Was billig ist, kostet mehr!

Zwar hatte ihm der Saufbold Jona, der in Balte die Fuhren vermittelt, gesagt: »Hört auf mich, Onkelchen, macht lieber die zwei Rubel locker, und Ihr werdet wie ein Graf beim Fuhrmann Jankel in der Kutsche sitzen, wenn auch hinten im Wagen!«

Aber wie es das Pech wollte, hat der Teufel vor ihm ein bekanntes Gesicht auftauchen lassen, einen Goj aus Chaschtschewate:

»*E tschojesch, Rabin, tschi nje pojedemo tschasom Chaschtschewate*? He, Herr Rabbiner, wollen wir vielleicht nach Chaschtschewate?«

»Stimmt genau, und was kostet es?« Das wollte er unbedingt von ihm wissen: was es kosten wird, aber zu fragen, ob er ihn auch rechtzeitig zu Pessach nach Hause bringt, solch ein Gedanke ist Fischl nicht einmal im Traum gekommen. Denn selbst wenn man von Balte bis nach Chaschtschewate zu Fuß hinter dem Wagen herläuft und dabei noch kleine Schritte macht wie beim Achtzehngebet, so wird man doch wohl in einer Woche zu Hause sein!

Schon als er zur Stadt hinausfuhr, bereute Fischl, dass er diese Fuhre genommen hatte, obwohl sie groß und er der Einzige im Wagen war und dasitzen konnte wie ein Graf. Er erkannte nämlich gleich, dass er in dem Tempo, wie sich das Pferd dahinschleppte, nicht weit kommen würde, denn sie fuhren und fuhren einen ganzen Tag lang und kamen doch nicht vom Fleck. Und so oft er den Fuhrmann bedrängte und fragte, ob es noch weit sei, antwortete ihm dieser Unbeschnittene kein einziges Wort außer: »*A chto jaho sna*, wer kann das schon genau sagen.« Noch viel später, als es schon Abend geworden war, holte ihn Jankel der Schlawiner mit seinen vier feurigen und mit Glöckchen behangenen »Adlern« unter großem Pfeifen und Getöse ein. Sein Planwagen war vollgeladen mit Fahrgästen, zusätzlich saßen einige vorne und hinten auf dem Boden. Als er den Melamed beim Goj im Wagen sitzen sah, knallte Jankel mit der Peitsche durch die Luft und verwünschte sie beide nach allen Regeln der Kunst, Fuhrmann wie Fahrgast; er überschüttete sie und ihren lahmen Gaul mit Spott, so wie es nur ein Jankel fertigbringt. Und als er sie schließlich überholt hatte und weiterfuhr, deutete er mit der Hand auf eines der Räder:

»Hej Mann, bei dir löst sich ein Rad!«

»Brrr!«, bremste der Goj, stieg mit dem Melamed aus dem Wagen; er untersuchte die Räder, inspizierte die Achse, kroch sogar unter den Wagen, suchte und suchte und fand natürlich nichts.

Erst langsam begriff er, dass Jankel ihn hereingelegt hatte, so kratzte er sich kurz im Nacken unterm Kragen und fing an, Jankel und alle Juden der Welt mit Flüchen zu verwünschen, die Fischl sein Leben lang noch nie gehört hatte. Seine Stimme überschlug sich, und seine Wut steigerte sich; er brüllte:

»*A schob tubi robra ne bulo*! … Ein böses Jahr dir, ein Unheil nach dem anderen! Geht zum Teufel, du und deine Pferde und deine Frau und deine Tochter und deine Tanten und Onkel und deine ganze Verwandtschaft und … all Ihr verfluchten Juden zusammen!«

Es dauerte eine ganze Zeit, bis sich der Goj wieder auf den Wagen setzte, aber beruhigt hatte er sich nicht. Immer noch verwünschte er den Fuhrmann Jankel zusammen mit allen Juden, bis sie endlich mit Gottes Hilfe in ein Dorf kamen, um dort ein Nachtlager zu suchen. Dort blieben sie. Am frühen Morgen stand Fischl auf, sprach sein Morgengebet, sagte auch ein paar Abschnitte aus den »Geboten Israels«[5] und einige Psalmen, aß ein Bejgel und war zur Weiterfahrt bereit. Der Nachteil war nur, dass Fjodor [so hieß sein Fuhrmann] noch keineswegs bereit war. Fjodor hatte bis spät in der Nacht mit einem seiner Verwandten und Kumpeln zusammengesessen, hatte gut gefeiert und ordentlich gezecht, den ganzen folgenden Tag und noch einen Teil der Nacht verschlafen und war erst danach zum Aufbruch bereit.

»Hör nur«, redete ihm Fischl ins Gewissen, als er im Wagen saß. »Hör mir zu, Fjodor, der Teufel soll deine Mutter holen, gehört sich denn so etwas? Ich habe dich doch extra genommen, damit wir zum Feiertag ankommen! Ist das etwa anständig? Ist das die feine Art?«

Und noch weiter redete Fischl ihm ins Gewissen, wies ihn zurecht und ermahnte ihn, halb auf gojisch, halb in der heiligen Sprache; das übrige erklärte er mit den Händen. Fjodor verstand natürlich, was Fischl meinte, aber er antwortete ihm nicht einmal eine einzige Silbe darauf; er fühlte wohl, dass Fischl im Recht war, also verhielt er sich still wie ein Kätzchen, bis er am vierten Tag noch auf der Seite von Petschane[6] Jankel dem Schlawiner von neuem begegnete, der schon mit Getöse und wildem Jagen wieder zurückfuhr und unserem Fischl und seinem Fuhrmann die herrliche Nachricht überbrachte:

»Ihr könnt gleich wieder nach Balte zurückfahren. Der Bug ist schon aufgerissen.«

Beim Wort »aufgerissen« gab es Fischl einen Stich ins Herz. Fjodor aber war sicher, dass Jankel ihn wieder einmal an der Nase herumführte, so wiederholte er noch einmal seine Schimpfkanonade und seine Flüche und Verwünschungen; alles Böse, alles Verderben, alle Übel der Welt wünschte er Jankel auf den Hals, auf seine Hände und Füße.

Er hörte nicht auf, zu schimpfen und zu fluchen, sein Mund stand nicht still, bis sie am Donnerstagabend endlich zum Bug kamen. Gleich machte er sich auf zum Fährmann Prokop Baranjuk, um ihn zu fragen, wann er die Fähre in Gang setzt. Und während der ganzen Unterhaltung nahmen diese beiden Unbeschnittenen, Fjodor und Prokop, natürlich ein bisschen Schnaps zu sich. Fischl aber stellte sich hin und betete *Mincha*.

4.

Die Sonne ging unter; sie übergoss mit ihren rötlichen Strahlen die hohen Berge zu beiden Seiten des Flusses. Die waren zum Teil noch schneebedeckt, teilweise aber schon etwas begrünt, kleine Bäche waren zu sehen, sie schlängelten sich die Berge hinunter und ergossen sich plätschernd in den Fluss. Dort flossen sie mit den Rinnsalen aus dem gerade erst zerborstenen Eis und den abwärtsströmenden Eisschollen zusammen. Wie auf einem Teller ausgebreitet lag Chaschtschewate mit seinem spitzen

Kirchturm da am anderen Ufer. In der untergehenden Sonne sah der Kirchturm aus wie eine angezündete Kerze. Fischl stellte sich zum Achtzehngebet mit dem Gesicht nach Chaschtschewate, er bedeckte die Augen und versuchte die sehnsüchtigen Gedanken zu vertreiben, die sich in seinem Kopf festgesetzt hatten: Bas-Schewe und ihr neues Seidentuch. Frojke mit dem Talmudband, Rejsel mit ihren Zöpfchen und das heiße Bad, die oberste Bank, auch frische Mazzen und guter gepfefferter Fisch, der scharfe Geschmack von Meerrettich, der einem in die Nase steigt, der Pessach-Borschtsch mit Mazzen, ach, welch einen paradiesischen Geschmack der hat! Und all die anderen guten Sachen, die sich der Mensch in seinen Gelüsten ausdenkt! Aber wie sehr auch Fischl die versucherischen Gedanken vertreiben wollte, immer wieder nahmen sie von ihm Besitz, wie Sommerfliegen, und ließen ihn nicht so mit Andacht beten, wie es richtig gewesen wäre.

Das Achtzehngebet beendet, zum *Alejnu* gut ausgespuckt,[7] ging Fischl zu Prokop und unterhielt sich mit ihm über die Fähre und den Beginn von Pessach. Er machte, halb auf Russisch, halb auf Hebräisch und das übrige mit den Händen, deutlich, was Pessach für Juden bedeutet, und was der Sabbat vor Pessach ist, und dass er, wenn sie nicht bis morgen um diese Zeit den Bug überquert haben, total geliefert ist; denn abgesehen davon, dass sie ihn zu Hause erwarten, seine Frau, seine Kinder – dabei stieß Fischl solch einen tiefen Seufzer aus, dass es einem das Herz zerreißen konnte –, wird er doch, Gott bewahre, acht Tage lang nicht essen und nicht trinken dürfen,[8] da kann er sich am besten gleich lebendig in den Fluss werfen! Bei diesen Worten wandte sich Fischl zur Seite, damit man nicht sehen sollte, wie ihm Tränen in die Augen getreten waren.

Prokop verstand wohl, in welch einer Lage sich Fischl jetzt befand, so antwortete er ihm darauf, dass er sehr gut wisse, dass bei ihnen morgen ein Feiertag ist, er weiß sogar, wie der Feiertag heißt, und darüber hinaus weiß er, dass es einen Feiertag bei

Juden gibt, an dem man Schnaps trinken soll, er weiß sogar, dass sie Wein und starken Schnaps trinken, wenn dieser Feiertag kommt, und dieser Feiertag heißt *Hamane ucha*, Hamans Ohren,[9] und er weiß, dass es noch einen weiteren Feiertag gibt, an dem sich alle Juden betrinken müssen, aber wie dieser Feiertag heißt, weiß er nicht mehr, er hat es vergessen.

»*Dobre, dobre*, gut, gut«, unterbrach ihn Fischl mit weinerlicher Stimme mitten im Wort, »*ale scho bude is nasche prasnek*, schön und gut, was ist jetzt aber mit meinem Feiertag? Wenn, Gott bewahre, morgen, *al tiftach pe lasotn*,[10] ich darf es gar nicht aussprechen, die Stunde kommt …«

Darauf antwortete ihm Prokop kein einziges Wort. Er zeigte nur mit der Hand auf den Fluss, wie um zu sagen: Siehst du nicht, was dort los ist?

Fischl hob den Blick und schaute auf den Fluss. Und er sah etwas, was seine Augen noch niemals im Leben gesehen hatten, und hörte etwas, was seine Ohren noch niemals im Leben gehört hatten. Denn man muss es sagen, der Melamed Fischl hatte noch niemals in seinem Leben »die wahre Welt draußen« gesehen, und wenn, dann nur im Vorbeigehen, wenn er vom Cheder zum Bethaus und vom Bethaus zum Cheder lief. Der wunderbare blaue Bug zwischen den beiden gewaltigen Höhenzügen, das Rauschen der kleinen Bäche, die sich vom Berg herunterschlängeln, das Tosen der Schneeschmelze, die feuerroten Strahlen der untergehenden Sonne, die in glutrote Farbe getauchte Spitze der Kirche, die frische Kühle der Vorpessachwelt draußen und zu alledem die Erkenntnis, dass er so nahe an seinem Heim ist und es doch nicht erreichen kann. Dies alles zusammen ergriff unseren Fischl derart, dass er sich wie auf Flügeln emporgehoben wähnte. Es trug ihn in eine andere, neue Welt, in eine Traumwelt. Es kam ihm nun so vor, als sei es ein Leichtes, über den Bug zu kommen, kinderleicht, wenn nur der Höchste ein kleines Wunder tun wird, wenn Er es nur gelingen lässt. Mehrere solcher Gedanken gingen unserem Fischl im

Kopf herum, sie trugen ihn so hoch in die Luft und so weit weg vom Ufer des Flusses, dass er gar nicht merkte, wie es inzwischen stockfinstere Nacht geworden und der Himmel mit Sternen übersät war. Ein kühles Lüftchen stahl sich unter seinen Kaftan, drang bis zum *Tales-Kotn*, Fischl aber war immer noch in solche Gedanken vertieft, die ihm vorher niemals auch nur im Traum gekommen waren: irdische und himmlische Sachen, die Größe der Welt, der Schöpfer des Himmels und der Erde und so weiter …

5.

Es war eine schwere Nacht, die der Melamed Fischl im Hause des Fährmanns Prokop verbrachte. So etwas möchte er nicht noch einmal erleben. Aber der frühe Morgen begrüßte ihn mit dem milden Lächeln der freundlichen Sonne. Ein außergewöhnlich schöner Tag begann mit einer angenehmen Wärme, die das bisschen übriggebliebenen Schnee in eine Suppe verwandelte, die Suppe in Wasser; das Wasser aber ergoss sich dann von allen Seiten in den Bug. Der Bug wurde klar, hellblau, er drohte über die Ufer zu treten; an manchen Stellen führte er große Eisschollen mit sich; sie sahen aus wie lebendige, schreckenerregende Phantasiewesen, wie weiße Elefanten, die einander nachjagten, sich hetzten, damit sie nicht zu spät kämen. Der Melamed Fischl beendete sein Gebet, er aß den letzten Rest vom gesäuerten Brot aus seinem Tallitbeutel, dann ging er hinunter zum Fluss, um zu sehen, wie es mit der Fähre steht. Zu seinem Erschrecken erfuhr er von Prokop, dass die Fähre frühestens am Sonntagmittag fahren könne – wenn Gott hilft! Fischl fasst sich mit beiden Händen an den Kopf, er zittert an allen Gliedern, er wird böse auf Prokop und beschimpft ihn in seiner Sprache, halb Gojisch, halb Hebräisch, den Rest mit den Händen. Warum hat er ihm denn gestern Hoffnung gemacht, dass sie heute mit der Fähre über den Fluss setzen können? Darauf antwortet ihm Prokop kühl, dass er ihm nicht das Geringste wegen der Fähre versprochen hat. Er hat ihm wohl versprochen *überzusetzen* und er kann ihn auch übersetzen, wenn er es unbedingt will, mit einem Kahn zum Beispiel oder auf einer Frachtbarke, auf einem Nachen. Aber dafür muss er mindestens einen *poltinek* bezahlen, einen halben Silberrubel.

»*Nechaj bude lodke nechaj bude multe*, meinetwegen ein Kahn, meinetwegen ein Boot, wenn ich nur nicht über Sabbat hier draußen bleiben muss«, antwortet ihm Fischl und ist in dem Augenblick bereit, auch zwei Rubel zu bezahlen oder sogar selbst über den Fluss zu schwimmen und damit sein Leben für den heiligen Feiertag zu opfern. Und er treibt Prokop an, dieser möge doch schnell den Kahn oder den Nachen bereitstellen und ihn endlich auf die andere Seite des Bugs bringen, nach Chaschtschewate, wo ja Bas-Schewe, Frojke und Rejsel ihn schon sehnsüchtig erwarten. Es ist sogar möglich, dass sie auf der anderen Seite des Bugs stehen, drüben auf der Höhe, sie können ihn sehen, sie winken ihm zu, sie bewegen die Hände in seine Richtung, rufen ihn, aber man kann sie nicht sehen und ihre Stimmen nicht hören, weil der Fluss so breit, so schrecklich breit ist, viel breiter als sonst.

Die Sonne stand schon hoch am blauen Himmel, als Prokop Fischl schließlich aufforderte, in den Nachen zu springen.

Als er dies hörte, versagten Fischl mit einem Mal Hände und Füße, er wusste nicht, was er machen sollte. Sein ganzes Leben lang war er noch nie auf einem Boot gefahren, noch nie im Leben hatte er einen Kahn betreten. Und er malte sich aus, dass das Boot gleich umkippen wird, und sicher ist man dann doch verloren!

»Springt endlich in das Boot, damit wir rüberfahren«, sagte Prokop noch einmal zu ihm, machte eine Bewegung mit dem Ruder, kam näher ans Ufer und nahm Fischl sein Gepäck aus der Hand.

Der Melamed Fischl hob vorsichtig die Rockschöße, er drehte sich auf der Stelle hin und her, er konnte sich nicht entschließen, ob er springen sollte oder nicht. Da waren auf der einen Seite der Sabbat und der Pessach-Abend, Bas-Schewe, Frojke, Rejsel, das heiße Bad, die Seder-Mahlzeit mit ihm als König, auf der anderen Seite die Lebensgefahr, der Todesengel, *me'abed-as-me-ladas:* sich selbst das Leben genommen! Denn wenn er, Gott bewahre, umkippt, heißt es doch: Ruhe in Frieden! Aus mit Fischl! Fischl wand sich so lange mit hochgeschürzten Rockschößen auf der Stelle, bis ihn Prokop anschrie und ihm zurief: »Gleich pfeif ich auf dich und fahr alleine auf die andere Seite nach Chaschtschewate!« Als er das teure Wort ›Chasch-tschewate‹ hört, erinnert sich Fischl von neuem an seine Lieben zu Hause, er nimmt seine letzte Kraft zusammen und fällt in den Kahn. Ich sage mit Absicht: er fällt hinein, denn als er den einen Fuß hineingestellt hatte, kippte das Schiffchen auf eine Seite, er hat Angst, dass er fallen wird, also macht er jäh eine Bewegung zurück und fällt der Länge nach auf den Boden des Kahns. Es dauert ein paar Minuten, bis er wieder zu sich kommt; sein Gesicht ist totenbleich, Hände und Füße zittern ihm und sein Herz schlägt laut wie eine Wanduhr: *tick-tack, tick-tack.*

6.

Gemütlich wie bei sich daheim sitzt Prokop auf der Vorderspitze des Nachens. Mal eine kleine Bewegung mit dem Ruder nach einer Seite und dann nach der anderen, und das Boot gleitet über das spiegelglatte Wasser. Fischl aber dreht sich der Kopf, er kann kaum aufrecht sitzen. Sitzt er überhaupt? Nein, er hängt eher, er hängt halb in der Luft. Im nächsten Moment kann er doch eine falsche Bewegung machen, dann verliert er wieder das Gleichgewicht und schon fällt er – platsch! – ins Wasser, und das war es dann mit Fischl! Bei diesem Gedanken fällt ihm der

Vers aus dem Schilfmeerlied ein: »Wie Blei versanken sie in gewaltigen Wassern.«[11] Bei der Vorstellung eines derartigen Todes stellen sich ihm die Haare zu Berge. Nicht auszudenken: Er wird nicht einmal ein Grab haben …! Gleich will er ein Gelübde tun. Was soll er geloben? Eine Spende? Dazu ist er zu arm, leider bettelarm! So gelobt er: Wenn Gott ihn heil und gesund nach Hause bringt, wird er ganze Nächte lang sitzen und lernen, den ganzen Talmud wird er in einem Jahr mit Gottes Hilfe durchgehen.

Fischl hätte zu gerne gewusst, ob es noch weit ist bis zum anderen Ufer. Aber unglücklicherweise saß er mit dem Gesicht zu Prokop, im Rücken hatte er Chaschtschewate. Er wagte aber auch nicht, Prokop zu fragen, weil er befürchtete, dass schon durch ein einziges gesprochenes Wort das Boot kentern könnte – und es mit ihm aus wäre. Jetzt aber macht Prokop selbst seinen Mund auf und fängt an zu sprechen. Er sagt, dass es keine gefährlichere Reise auf dem Wasser gibt als während der Zeit der Eisschmelze. Man kann, sagt er, nicht einfach geradeaus fahren, man muss höllisch aufpassen, sich in Windeseile hierhin und dahin drehen und häufig wieder umkehren.

»Da kommt ein Eisbrocken gerade auf uns zu!«, so sagt Prokop, rudert zurück und lässt einen riesigen Eiskoloss vorbei, der mit unglaublichem Getöse an ihnen vorüberschwimmt. In seinem ganzen Leben hat Fischl so etwas weder gesehen noch gehört. Und jetzt erst begreift er langsam, als welch ein wildes Abenteuer sich diese Reise herausstellt. Er hätte wer weiß was dafür gegeben, wenn er schnell zum anderen Ufer kommen oder aber zurückkehren könnte!

»Siehst du, da!«, macht ihm Prokop mit der Hand ein Zeichen und zeigt irgendwohin nach vorne.

Fischl hebt langsam die Augen nach vorne, er hat aber Angst, sich zu bewegen. Er schaut und schaut, aber er sieht nichts! Nur Wasser sieht er, lauter Wasser, nichts als Wasser.

»Da kommt eine große Eisscholle auf uns zu. Wir müssen uns schnell davonmachen, zurückfahren geht nicht mehr.«

So sagt Prokop und arbeitet ruhig mit beiden Armen. Und das Boot gleitet dahin, es schwebt fast wie ein Fisch im Wasser. Fischl merkt auf einmal, dass es ihn an allen Gliedern fröstelt. Er will etwas fragen, aber er wagt es nicht. Doch Prokop redet selbst.

»Wenn wir jetzt nicht vorbeikommen, wird es schlecht ausgehen.«

Da kann sich Fischl nicht mehr zurückhalten, und er fragt ihn:

»Sagt mir, was heißt ›schlecht‹? Was meint Ihr damit, ›schlecht‹!«

»Schlecht heißt, dass wir dann verloren sind«, sagt Prokop.

»Verloren?«

»Ja, verloren!«

»Und was meinst du damit: ›verloren‹?«, fragt ihn Fischl noch einmal.

»Verloren heißt, dass wir zerschmettert werden.«

»Zerschmettert?«

»Ja, zerschmettert!«

Fischl kann nicht verstehen, was die Worte ›verloren‹ und ›zerschmettert‹ hier bedeuten. Aber er spürt wohl, dass es nun in Richtung *majwer-jabek*, in Richtung »Todesgebet« und »die andere Welt« geht. Kalter Schweiß bedeckt nun seinen ganzen Körper, und wieder erinnert er sich an die Bibelstelle vom Schilfmeerlied: »Wie Blei versanken sie in gewaltigen Wassern«.

Um unseren Fischl zu beruhigen, erzählt ihm Prokop jetzt eine schöne Geschichte vom letzten Jahr um die gleiche Zeit. Das Eis auf dem Bug hatte sich gelöst. Und die Fähre konnte nicht eingesetzt werden. Da kam jemand zu ihm, ein Steuereinnehmer aus Uman, ein ordentlicher Mann, er versprach, ihm einen *Karbowanez* zu zahlen, einen ganzen Rubel. Danach aber bekamen sie es mit zwei schrecklich großen Eisschollen zu tun. Er steuerte nach rechts, wollte mitten zwischen den beiden Eisstücken hindurch, da gab es einen Stoß gegen das Boot, und *krach*, lagen sie beide im Wasser. Ein Glück, dass er schwimmen konnte. Aber der Umaner Steuereinnehmer ging ›hops‹. Und der Rubel war dahin.

»*Propaw karbowanez*, einen ganzen Rubel verloren!«, so beendete Prokop seine schöne Geschichte mit einem Seufzer. Fischl aber lief ein Schauder über den Leib, seine Kehle war trocken. Er konnte kein Wort herausbringen, seine Stimme versagte, nicht mal einen Mucks gab er von sich.

7.

Als sie kräftig in der Flussmitte dahinfuhren, hielt Prokop auf einmal inne, schaute und schaute auf das Wasser. Danach legte er die Ruder beiseite, holte ganz tief aus der Innentasche ein Fläschchen hervor, öffnete es, nahm zwei, drei Schluck und verstaute die Flasche wieder; dazu aß er ein paar Pfefferschoten und rechtfertigte sich vor Fischl, dass er unbedingt zwei, drei Schluck vom »bitteren Tropfen« zu sich nehmen müsse, sonst fühle er sich auf dem Wasser nicht wohl. Dann wischt er sich den Mund ab, ergreift von neuem die Ruder, schaut noch einmal über das Wasser und bemerkt dann:

»*A teper treba tikati*, jetzt müssen wir sehen, dass wir davonkommen!«

Wohin davonkommen? Vor wem davonkommen? Das konnte Fischl nicht verstehen, er hatte aber Angst, danach zu fragen. Er fühlte nur, dass jetzt der Todesengel in der Nähe war, denn Prokop kniete nieder und arbeitete nach Leibeskräften mit dem Ruder; er befahl Fischl, während er mit der Hand auf den Boden des Kahns deutete:

»*Rabin! Ljagaj na spid!*«

Fischl verstand gleich, dass er sich jetzt niederlegen müsse, so ließ er sich nicht lange bitten. Er sah, wie sich von weitem ein ganzes Geschwader von Eisblöcken näherte, eine riesige Masse

Eis; so verschloss er die Augen, fiel mit dem Gesicht auf den Boden des Schiffchens, er zitterte wie ein Lämmchen und brachte einen lauten Schrei hervor: »Schma Jisro'el!« Er sagte auch das kleine *Widuj*, das Sterbegebet, er hatte Angst, dass er kein jüdisches Begräbnis bekommen und gleich in den tiefsten Abgründen der Wasser liegen werde; nicht lange wird es dauern, dann kommt ein Fisch und verschlingt ihn, wie es einst dem Propheten Jona ergangen war, als er nach Tarsis fliehen wollte. Und jetzt erinnerte er sich auch an das Gebet des Propheten Jona, er singt es leise und weint dabei, die Tränen rinnen ihm herab: »Die Wasser umfingen mich bis an die Seele, die Tiefe umschloss mich!«[12]

So singt der Melamed Fischl und weint still vor sich hin, die Tränen rinnen ihm herunter. Bas-Schewe tut ihm leid, bald wird sie eine Witwe sein und seine Kinder Waisen. Prokop aber arbeitet nach Leibeskräften; er singt dabei wahrhaftig noch ein Lied:

»Oj wi galki
Oj wi tschornokrile
Oj wi tschorno-kri-hi-hi-le!«
»Ach ihr Dohlen, ach ihr Schwarzgefiederten!«

Prokop fühlt sich hier auf dem Wasser genauso zu Hause wie auf dem Festland, gerade wie bei sich daheim. Prokops Dohlen und Fischls Todeswellen, Prokops schwarzgefiederte Vögel und Fischls Tiefen verschmelzen miteinander, verschmelzen zu einem seltsamen Gesang auf dem Bug, zu einem Duett, wie man es dort noch niemals gehört hatte, seit der Fluss Bug genannt wird.

»Was hat er nur solch eine Angst vor dem Tod, dieser Jude«, überlegt Prokop, nachdem er einer großen Eisscholle ausgewichen ist und noch einmal sein Fläschchen aus den tiefsten Abgründen seiner Tasche herausgezogen, zwei, drei Schlucke genommen und dazu ein paar schwarze Pfefferschoten gegessen hat.

»Man muss sich das mal überlegen, solch ein kleiner armseliger Jude, solch ein armer Mensch, ein jämmerlicher Kerl, ich würde ja für ihn nicht mal den lumpigen Kahn da hergeben, wie der vor dem Tod zittert …«

Prokop stößt ihn mit dem Stiefel in die Seite, aber Fischl zittert nur. Prokop bricht in Lachen aus, aber Fischl hört es nicht. Fischl betet die Psalmen. Fischl sagt *Widuj*, das Bekenntnis vor dem Sterben, er sagt für seine eigene Seele *Kaddisch* und denkt dabei an sein jüdisches Begräbnis.

»*Westawaj durnoj Rabin*, steh auf, du närrischer Rebbe, wir sind schon in Chaschtschewate angekommen!«

So ruft Prokop seinem Fahrgast, dem Melamed Fischl zu, er weckt ihn auf, wie aus dem Schlaf. Fischl hebt langsam und vorsichtig den Kopf, er schaut sich mit den rot verweinten Augen nach allen Seiten um:

»Cha-schtsche-wa-te?«

»Chaschtschewate! Schnell, Rebbe, gib den halben Rubel!«

Fischl kriecht aus dem Kahn, er sieht, dass er wirklich zu Hause ist. Er weiß nicht, was er tun soll: Soll er gleich in die Stadt laufen? Oder soll er hier tanzen? Oder soll er zuerst Gott loben und Ihm danken, dass Er ihn aus solch einer Gefahr gerettet hat? Er bezahlt dem Goj den halben Rubel, nimmt seinen Packen unter den Arm und rennt so schnell es geht nach Hause. Doch plötzlich hält er einen Augenblick inne und wendet sich mit dem Gesicht zum Fährmann:

»*Sluchaj na, Prokop serdze*, hör mal Prokop, mein Lieber, komm morgen, so Gott will, auf ein Gläschen Pessach-Schnaps und Feiertagsfisch zum Melamed Fischl! Komm unbedingt! Vergiss es nicht!«

»Bin ich denn verrückt?«, antwortet ihm Prokop und leckt sich schon im Voraus die Lippen nach dem Pessach-Schnaps, den er morgen probieren, und nach dem Festtagsfisch, den er essen wird, »Wie werde ich so etwas vergessen! Pessach-Schnaps! Jüdische Fische! Geht in Ordnung, Rebbe, geht in Ordnung!«

***

Als der Melamed Fischl nach Hause kam, lief ihm Bas-Schewe entgegen, mit feuerrotem Gesicht. Sie hatte ihr Tuch zurechtgezogen und fragte ihn: »Wie geht es dir?« Und er antwortete: »Und du, wie geht es dir?« Danach fragte sie: »Warum kommst du so spät?«

Darauf er: »Man muss Gott danken! Ich habe ein Wunder erlebt, ein Wunder des Himmels!« Aber kein Wort mehr wollte er von dieser wunderbaren Reise erzählen. Dazu war jetzt noch keine Zeit. Nicht einmal Zeit, um Frojke abzuhören, wo sie gerade beim Talmud sind. Keine Zeit, um Rejsel ihr Geschenk und Bas-Schewe das Seidentuch zu geben. Das alles musste man auf später verschieben. Fischl wollte aber noch ins Bad. Gerade noch geschafft, das Bad! Als er vom Bad nach Hause gekommen war, erzählte er immer noch nichts. Er verschob es auf später, nach dem Seder. Dauernd aber sagte er vor sich hin:

»Ein Wunder vom Himmel … Man muss Gott danken … Wie führt doch der Höchste Seine Welt … Ein Himmelswunder. Gelobt sei der Name des Gesegneten …«

Und zusammen mit Frojke lief er rasch zur Synagoge.

Der erste Pessach-Abend im Krieg

Durch das große weiße Feld im großen weiten Alten Land, das Mandschurei genannt wird, zieht sich eine lange schmale Spur von zwei dünnen schwarzen Schnüren. Das ist die große Sibirische Eisenbahn, die bergauf, bergab durch das breite wilde Asien läuft, in weite Fernen hin, zum Meer, direkt nach Kwantung und bis zur Stadt Port Arthur.

Die Bahnstrecke zieht sich dahin, und Tag wie Nacht laufen auf ihr Lokomotiven dahin, eine nach der anderen, sie machen sich durch ihr Rattern und Pfeifen bemerkbar, sie schleppen ganze Schlangen von Waggons mit Menschen, Pferden, Gewehren, Verpflegung und Futter mit sich.

Es ist Abend. Der erste Abend von Pessach. Wir schauen in einen der Waggons. Er ist vollgestopft mit Soldaten.[1] Von der langen Reise ermattet und von der tagelangen Fahrt ermüdet, sind die Soldaten still geworden. Der eine hockt auf dem Boden, zieht an einem Stück eingerolltem Papier und stellt sich dabei vor, es wären »Zigarrchen«, ein anderer liegt ausgestreckt auf einer Bank, mit dem Gesicht nach oben, und pfeift leise vor sich hin. Aus seinem Pfeifen hört man eine Wehmut heraus, eine Trauer, einen Gruß an die weit, weit entfernte Heimat, hin zu dem weit entlegenen Dorf, wo gewiss die Erde schon vom Schnee befreit und grün geworden ist; dort riecht es schon nach frischem Gras, ein Gesang ist aus der Ferne zu hören, die schönen Mädchen singen ihre süßen Lieder, sie singen aus vollem Halse; und der Mann hier hört ihren Gesang und pfeift ihnen das Lied nach.

Etwas abseits von den anderen, an einer Seite des Waggons, nah bei der Laterne, sitzen zwei Soldaten auf einer Bank. Ein älterer mit einem gestutzten schwarzen Bart, der andere ist jünger, mit blondem Bärtchen. Und obwohl sie beide hohe sibirische Lammfellmützen tragen, erkennt man doch gleich an ihren bleichen Gesichtern, den weißen Händen und den schwarzen Augen, dass wir es da mit ›unseren Leuten‹ zu tun haben, mit unseren Brüdern, den »Kindern Israels«.

Sie sitzen beide über einem kleinen Siddur, einem Gebetbuch, schauen aufmerksam hinein und wiegen sich hin und her. Sie sprechen leise etwas vor sich hin, nach einer Melodie, einen langen Text. Manchmal unterbrechen sie sich und unterhalten sich leise miteinander, dann fahren sie fort, in der begonnenen Melodie weiterzusingen.

Sie sagen die *Haggada*. Sie haben angefangen, hier im Waggon den *Seder* zu singen nach jener bekannten Melodie, der gleichen Melodie wie dort in der Heimat, aber jetzt so leise, dass man es kaum hören kann: »*Mazo su sche'onu ochlin al schum mo-ho-o:* Was bedeuten die ungesäuerten Brote, die wir essen?«[2]

»Ach, wenn wir hier nur ein Stückchen Mazze hätten!«, ruft der eine mit einem Seufzer aus, der Jüngere, aber der Ältere antwortet ihm halb auf Russisch: »*Durak*! Du Narr, im Krieg ist man doch *swobodne*, frei davon, frei von allem!«

»Und weshalb sagen wir dann die Haggada?«

»Zur Erinnerung daran, dass es dort auch Pessach ist, bei uns, zu Hause …«

Der Jüngere wird nachdenklich. Die ergreifenden, wunderbaren Worte »Pessach«, »dort«, »zu Hause«, »bei uns« gießen sich ihm wie ein Strom ins Herz, und vom Herzen heraus ergießen sie sich über den ganzen Körper, in alle Glieder, sie erfüllen ihn mit neuer Wehmut und mit einer schrecklichen Sehnsucht, noch ärger als vorher. Und seine Seele reißt sich auf eine Minute von seinem Körper los und fliegt in ein kleines bessarabisches Städtchen. Das Städtchen ist in der Tat winzig, es heißt *Holo-*

neschti,[3] der Matsch steht dort den Leuten fast bis zum Gürtel; und Arme gibt es da, ach wie viele arme Menschen! Eine Enge herrscht und ein Gestank, man kriegt keine Luft mehr, dass sich Gott erbarme! Aber wie freundlich und warm kommt es ihm jetzt vor, gerade dieses kleine arme, matschige, enge, stinkende *Holoneschti*. Wenn es irgendwo ein Paradies gibt, denkt er bei sich, ein Paradies auf Erden, so ist es gewiss *Holoneschti*. Und wen wundert das? Dort ist er doch geboren, aufgewachsen und groß geworden, dort hat er Vater und Mutter zurückgelassen, Schwestern und Brüder, Bekannte und gute Freunde. Was machen sie wohl jetzt? Sie feiern den Seder und denken jetzt ganz bestimmt an ihn. Ganz sicher! Sie denken: Ach, Gott allein weiß, wo jetzt unser armer Lejbke ist.

»*Paschol dalsche*, los, voran! Warum machst du nicht weiter, du Langweiler«, ermuntert ihn der Ältere mit einem Stoß in die Rippe und singt leise in der gleichen Melodie wie vorher weiter:

»*Morer se sche'onu ochlin al schum mo-ho-o*, dieser *maror*, die bitteren Kräuter, die wir essen, woher stammt der Brauch?«[4]

»Wenn wenigstens etwas *maror* hier wäre!«, ruft Lejbke mit einem bitteren Lächeln aus und wirft einen Blick auf seinen älteren Gefährten mit Namen Rachmiel. Und Rachmiel antwortet wie immer halb auf Russisch, wie es seine Gewohnheit ist:

»*Tschepucha, satschem tebe maror*, Unsinn, was soll dir hier *maror* nützen?«

Und er fährt mit der Antwort aus der Haggada fort:

»Zur Erinnerung, dass die Ägypter das Leben unserer Väter in Ägypten verbitterten.«[5]

Doch auch Rachmiels Kopf ist jetzt nicht in Ägypten, sondern bei sich zu Hause, irgendwo in der Ukraine, in Klein-Pereschtschepene[6] bei seiner Frau und den Kindern. Und er erinnert sich wieder an die Trennung von den Seinen bei der Abreise. Wie er sie alle beruhigen wollte, ihnen vorwarf, sie seien Angsthasen, und dass der Krieg gar nicht so gefährlich sei, »denn genauso wie ich von einem anderen getötet werden kann, so kann ja der andere auch durch mich umkommen. Das ist schon mal Nummer eins. Und zweitens bin ich doch«, sagt er, »immerhin ein Soldat, der dem Zar *wera i prawda*, auf Treu und Glauben, dient. Und weil der Feind«, sagt er, »unser Land überfallen hat, darf ich auf nichts Rücksicht nehmen und muss losziehen und gegen ihn kämpfen: *Do posliednej kapli krowi!* Bis zum letzten Blutstropfen!«

So endete Rachmiel auf Russisch; in den fünf Dienstjahren hat er nämlich gelernt, sich halb auf Russisch auszudrücken. Nun, als es dann zum letzten Teil des Dramas kam, als er anfing, die Kinder zum Abschied zu küssen, sie aber laut zu weinen begannen, und das Jüngste, Izikel sich an ihn klammerte und dabei laut schrie: »Papa, jetzt nicht gehen Krieg!«, da war seine Frau in Ohnmacht gefallen! Rachmiel hatte es nicht mehr ausgehalten; mehr tot als lebendig hatte er sich aus ihren Händen losgerissen und war davongelaufen. Aber kaum war er mit den anderen Soldaten in den Waggon gestiegen, hatte er bereits alles hinter sich gelassen und sich Frau und Kinder aus dem Kopf geschlagen: Er zieht doch in den Krieg: *Sa zarja i otetschestwo*, für den Zar und für das Vaterland!

Rachmiel sagt das am Ende mit Stolz. In seine schwarzen strahlenden Augen hat sich dabei ein seltsames Feuer gestohlen, das sein Gefährte so gerne an ihm sieht. Es gefällt ihm, aber verstehen kann er es nicht. Rachmiel ist ein erfahrener, langgedienter Soldat, er aber, Lejbke aus *Holoneschti*, ist gerade erst als Rekrut eingezogen worden; mit einer Truppe anderer Rekruten hat man ihn vor längerer Zeit hierhergebracht. Schon auf dem Weg wurde er krank, fast einen ganzen Monat lag er im Spital; als er schließlich wieder gesund geworden war, verfrachtete man ihn hierhin, in diesen Waggon. Hier haben sich die beiden Juden schnell kennengelernt, sind gute Kameraden geworden, sie erzählten sich gegenseitig ihr bitteres Los und wurden ein Herz und eine Seele. Lejbke erzählt Rachmiel stolz, dass man ihm von zu Hause einen kleinen *Siddur* und zwei *Tefillin* mitgegeben hat, kleine Gebetsriemen. Rachmiel schaut den kleinen *Siddur* und die Gebetsriemen an und bemerkt, der Siddur werde ihnen bald zu Pessach nützlich sein, denn er enthält auch die Haggada; und wegen der *Tefillin* beneidet er ihn, sagt Rachmiel, denn wenn er vielleicht durch eine Kugel umkommen wird, so bekommt er doch wenigstens ein jüdisches Begräbnis. Ihm dagegen, Rachmiel, haben sie alles Mögliche mitgegeben, Kleidung, Zeug, warme Filzschuhe, dies aber nicht. Wirklich, um die kleinen Gebetsriemen beneidet er ihn.

Lejbkes blasses Gesicht wird noch blasser, seine großen Augen werden noch größer, und er fragt den älteren erfahrenen Gefährten Rachmiel:

»Wa … wa … was heißt, ein jüdisches Begräbnis ha … haben?«

Der ältere und erfahrene Kamerad Rachmiel macht ihm klar, dass man im Krieg Hunderte von Gefallenen in einer Grube begräbt, alle so, wie sie bekleidet waren, und wenn ein Jude dabei ist und ein Paar *Tefillin* bei sich hat, dann heißt das so viel wie ein jüdisches Begräbnis bekommen …

Lejbke schaut auf den älteren Gefährten, auf Rachmiel, und er wundert sich, wie kaltblütig dieser vom Tod spricht. Denn Lejbke, der einfache, arme Bursche und Handwerker, kann nicht begreifen, dass sein Kamerad Rachmiel mit solch einer Begeisterung in den Krieg zieht. Rachmiel versucht es ihm nüchtern zu erklären, aber in Lejbkes Kopf geht es nicht hinein. Vor allem eines kann er nicht verstehen: »Es stimmt«, sagt er darauf zu ihm, »was du eben gesagt hast, dass jeder Mensch eine Pflicht hat, das kann ich noch verstehen, aber was ist daran großartig? Auf was soll man da stolz sein?«

»Du Ochse«, sagt Rachmiel zu ihm und versucht, ihm auch dies klarzumachen. Er ist vor allem darüber froh, dass er, der Jude Rachmiel, dem Kaiser dient, dass er, der Jude Rachmiel, der ganzen Welt seine Treue beweisen kann.

»Sollen unsere Feinde sehen, dass auch ein Jude treu und ehrlich dient, dass auch ein Jude seinen Kopf für das Land hinhält, wo seiner Urureltern Gebeine in ihren Gräbern ruhen und wo auch er einmal begraben sein wird …«

Lejbke schaut mit großen Augen auf seinen Gefährten und denkt bei sich:

›Was für merkwürdige Menschen sind doch die ukrainischen Juden! …‹

Die übrigen Soldaten im Waggon schauen auf die beiden Männer und wundern sich, in welch seltsamer Sprache die jüdischen Männer miteinander reden.

Bei allen anderen Soldaten im Waggon heißen sie nur »*naschi zhidki*, unsere Juden«.

Aber man lebt einträchtig mit ihnen zusammen; man schläft zusammen, man isst zusammen und wie richtige Kameraden raucht man zusammen »Zigarren«! Vielleicht ist auch darum eine gute Kameradschaft im Waggon entstanden, weil es hier alles in allem nur einen einzigen *gramotner*[7] gibt, einen, der lesen und schreiben kann und der sich auch in den schwierigsten Sachen auskennt.

Und dieser eine ist Rachmiel.

Rachmiel trägt ein Exemplar der Zeitung *Nowosti*[8] bei sich, in dem der aktuelle Krieg erläutert wird. Darin ist eine Karte der Mandschurei, auch Port Arthur ist noch darauf und »unsere« Flotte, auch das Land Korea und das Land des Feindes; ehrlich gesagt, was für ein Land soll das sein? Doch gerade in jenes Land eilen all die Soldaten hier; sie wären zu gerne etwas schneller dort, um mit dem Feind abzurechnen. Und mittendrin auch er, Rachmiel. Rachmiel liest für alle aus dem Blatt vor und zeigt ihnen mit dem Daumen die Karte und auch des Feindes Land, Japan. Das soll ein Land sein? »Japsenland«, sagen die Soldaten. Mit einem einzigen Federstrich kann man doch solch ein Land einnehmen und wie eine Fliege zerquetschen, wie eine Wanze zerdrücken!

Vom häufigen Lesen ist die Zeitung schon eingerissen und zerfleddert, man könnte sie sehr gut für ein »Zigarrchen« gebrauchen. Aber es wäre schade darum! Rachmiel liest so interessante Dinge daraus vor, solch schöne Geschichten von russischen Soldaten aus vergangenen Tagen, aus der Zeit des Krim-Krieges: wie sich damals die »Unsrigen« geschlagen haben, sich direkt ins Feuer stürzten. Mit den Japanern werden sie sich jetzt genauso schlagen, sich auch gleich ins Feuer stürzen, und er, Rachmiel, wird mittendrin sein.

Danach liest ihnen Rachmiel aus der Zeitung noch die Geschichte von einem gewissen Berg vor, vom *Malachow Kurgan* auf der Krim.[9] Es ist ein Hügel mit Zehntausenden gefallenen russischen Soldaten.

»Alle liegen zusammen, einer auf dem anderen«, erklärt Rachmiel. »Alle in einem Topf: Feldwebel und Gefreite und einfache Soldaten.«

»Und Juden?«, fragt Lejbke mit einem erschrockenen Blick.

»Juden auch. Alle gleich«, sagt Rachmiel fest, wie jemand, der über alles Bescheid weiß.

»*Wrjosch*, du lügst«, wirft einer dazwischen, ein Soldat mit einem pickeligen Gesicht.

»Nein, es ist wahr«, verteidigen einige Soldaten Rachmiel und bitten ihn weiterzulesen.

»Erzähl, Brüderchen.«

Rachmiel aber war in Zorn geraten. Jetzt sprach der Jude aus ihm, und er wollte jenen pickeligen Soldaten nicht so leicht davonkommen lassen.

»*Bolwan*, du Blödian«, sagt Rachmiel erregt zu ihm. »Was verstehst du denn von solchen Dingen? Nach dem Tod und im Krieg sind alle gleich. Für den *malach hamowes*, den Todesengel, gibt es keine Juden und keine Nichtjuden. Vor Gott sind sie alle nur Menschen.«

»Du lügst!«, sagt noch einmal der Soldat mit den Pusteln im Gesicht. »Ich habe von einem Buch gehört, darin steht: Wenn der Antichrist kommen wird, werden alle, die mit dem Kreuz gesegnet sind, von den Toten auferstehen, Ihr aber werdet verfaulen wie die Hunde!«

»Dreckskerl, verrückter Kopf!«, schreit Rachmiel in höchster Wut. »Was erzählst du da? Weißt du überhaupt, was du sagst?«

Der kleine Soldat mit dem unreinen Gesicht will die Hände gegen ihn heben, aber alle übrigen verteidigen den Juden. Sie werden nicht gestatten, dass man Rachmiel beleidigt. Der aber kann sich trotzdem nicht beruhigen. Er hat sich in Feuer geredet und glüht vor Zorn:

»So ein Blödmann, und wagt hier noch zu reden. Weiß er denn nicht, dieser Dummkopf, dass vor Gott und vor dem Zaren alle Menschen gleich sind? Denn wenn wir beide, er und ich, uns mit dem Feind schlagen, ist die Kugel nicht wählerisch, der, den sie trifft, haucht sein Leben aus. Wenn des Feindes Kugel mich treffen wird, so weiß ich doch, dass ich für denselben Zar gefallen bin wie du, und für dasselbe Land wie du!«

Und noch andere flammenden Worte bringt Rachmiel aus Klein-Pereschtschepene vor und ist dabei immer noch erregt. Alle anderen haben Respekt vor diesem Juden, sie haben Rachmiel und seine klugen Ausführungen ins Herz geschlossen. Ihm zuliebe respektiert man auch seinen Kameraden Lejbke, den sie sonst nicht so schätzen, weil er mit seinen erschrockenen Augen immer aussieht wie ein gejagter Hase. Rachmiel zuliebe lässt man sie beide zusammen bei der Laterne auf der Bank sitzen, um einander zu erzählen, was ihnen wichtig ist.

»Wieso wiegen sich die Juden so hin und her?«, fragt ein Soldat den anderen.

»Lass sie sich wiegen«, antwortete ihm der andere. »Sie haben heute einen Feiertag!«

»Schabasch?«

»Nein, nicht Sabbat, sondern ein Festtag.«

»Was für ein Fest?«

»Still, fragen wir Rachmiel selbst. Rachmiel!«

»Stört ihn nicht!«, rufen die anderen Soldaten. »Die Juden beten, lasst sie beten.«

Rachmiel und Lejbke wiegen sich weiter hin und zurück, immer heftiger.

Sie sind schon beim *Hallel* angekommen, sie singen es in der überkommenen Melodie: »Halleluja, lobet, Ihr Diener des Ewigen, lobet den Namen des Ewigen«.[10] Und als sie zum Ende des Psalms kommen, wird einer von ihnen zum Kantor, natürlich Rachmiel, und trillert mit der Stimme: »*Mojschiwi akeres … Halelu-hu-hu-ja*, der Du der Unfruchtbaren Hausrecht gibst, als einer fröhlichen Mutter von Kindern, Halleluja.«[11]

Und beide, Rachmiel und Lejbke, werden von ihren Gedanken weit fortgetragen. Der eine nach *Holoneschti*, zum Vater und zur Mutter, zu Schwestern und Brüdern, vielleicht gar zu einer Verlobten, zu einem Mädchen mit schwarzen Zöpfen, roten Backen und weißen Zähnen, der andere nach Klein-Pereschtschepene zur Frau und zu den Kindern.

In *Holoneschti*, stellt sich Lejbke vor, sitzen sie jetzt auch beim Seder, aber dort sind sie alle an einem Tisch, und auf dem Tisch liegen Mazzen, dort stehen Becher mit Rosinenwein oder mit Pessach-Met, der *Maror* ist bereit und *Charoset*, bald wird man frischen Fisch auftragen, gepfefferten Fisch, welch eine Wonne! Und Lejbke bewegt die Nasenlöcher, es kommt ihm so vor, als dufte es hier nach frisch gepfeffertem Fisch.

Auch Rachmiels Gedanken sind zu Hause, dort in Klein-Pereschtschepene … Bei seiner jungen schönen Fejgele, die jetzt vielleicht zu Vater und Mutter zum Seder gekommen ist. Man lässt sie ihr Herz ausschütten, versucht sie zu trösten. Ja, Rachmiel ist jetzt weit weg, aber er wird mit Gottes Hilfe bald zurückkommen, wenn nur erst Frieden ist!

So sagen ihre Eltern, sie wollen sie überzeugen, dass der Frieden schon nahe ist. Aber seine Fejge will das nicht hören, sie will sich nicht trösten lassen. Wegen der Kinder und vor allem wegen dem Kleinsten, Izikel. Wenn man ihn fragt:

»Izikel, wo ist der Papa?«, zeigt er mit den Händchen irgendwohin, weit, weit weg, und sagt dabei: »Tate on-on-on.«

Und Rachmiel, der Held von Klein-Pereschtschepene, beugt sich nieder, um die Nase zu schnäuzen, und wischt sich dabei eine Träne fort, damit der Kamerad Lejbke aus *Holoneschti* es nicht sieht.

In großer Eile

Ein Brief von Menachem Mendel an Scholem Alejchem

כִּי בחפזון יָצָאתָ מֵאֶרֶץ מִצְרַיִם
Denn in großer Eile bist du
aus dem Land Ägypten gezogen (Dtn 16,3)

Einen Gruß meinem lieben getreuen Freund usw. usw. usw., unserer Leuchte und unserem Wegweiser, Reb Scholem Alejchem, lang möge er leben und sein Licht leuchten!

Erstens teile ich Euch mit, dass ich – Dank Seinem lieben Namen! – gesund und bei bestem Wohlbefinden bin; der Ewige, gelobt sei Er, möge helfen, dass einer vom anderen nur tröstliche und erhebende Nachrichten höre. Amen. Zweitens vermelde ich Euch, dass ich mit Gottes Hilfe hier ein »König«[1] sein werde, das heißt, ich bin zu Pessach wohlbehalten nach Kasrilewke gekommen, zu meiner Frau und meinen Kindern und zum Schwiegervater und der Schwiegermutter und zu all meinen Lieben und Getreuen. Und ich beeile mich, lieber teurer Freund, Euch von alledem Mitteilung zu machen, in aller Kürze wohlgemerkt, denn ausführlich kann ich jetzt nicht schreiben, es ist ja der Vorabend von Pessach, und am Vorabend von Pessach muss ein Jude doch alles bechiposn erledigen, in größter Eile, auf die Schnelle sozusagen, wie es in der Tora heißt: »*Bechiposn*, in großer Eile, *jozose*, bist du herausgezogen, *me'erez mizrajim*, aus dem Lande Ägypten.« Mit was aber soll ich anfangen? Ich weiß es selbst nicht. Ich glaube jedoch, vor allem anderen muss ich Euch dafür danken und meine Anerkennung zollen, dass Ihr mir den klugen Rat gegeben habt, ein *Schadchen* zu werden, ein Heiratsvermittler. Ihr könnt es mir glauben, ich werde Euch das niemals vergessen, was Ihr dadurch in meinem Leben bewirkt habt. Ihr habt mich doch buchstäblich aus dem Land der Sklaverei befreit, mich aus der Hölle, nämlich aus Jehupez, herausgezogen, und zugleich habt Ihr mich von dem schrecklichen und finsteren Beruf der Maklerei erlöst und mir stattdessen einen anständigen und ehrenwerten Beruf verschafft; für das alles muss ich Euch doch rühmen und preisen und Euren Namen segnen und gebührend herausstellen! Ihr verdient es ehrlich, dass Euch Gott das alles hundertfach zurückzahlt! Amen. Es stimmt zwar, bisher habe ich noch keine Heiratspartie vermittelt, aber es fängt schon an, es arbeitet schon in mir, es regt sich schon etwas, es ist in Bewegung, und wenn etwas in Bewegung ist, dann besteht doch die Hoffnung, dass sich mit des Höchsten Hilfe auch etwas entwickelt. Und vor allem, weil ich nicht allein arbeite! Ich arbeite partnerschaftlich mit noch anderen Heiratsvermittlern zusammen, mit den größten *Schadchonim* der Welt; mit Reb Eljaki, dem Landschadchen, mit Reb Mendel Broder, mit dem Schmorgoner Schadchen, mit Motl Schafran, mit Reb Jentes und mit Reb Scholem und noch mit einer Reihe anderer: Gepriesen sei Sein großer Name, jetzt kann ich schon sagen: Ich habe einen Namen in der Welt! Wohin ich auch komme und wo ich mich vorstelle: »Menachem Mendel aus Jehupez«, bietet man mir gleich einen Platz an, man reicht Tee und Konfitüre und man behandelt mich wie einen lieben Gast, man führt mir die Braut vor, und die Braut zeigt, was sie kann, sie parliert mit der Gouvernante auf Französisch, die Worte purzeln nur so heraus, und ihre Mutter sitzt ganz schön aufgeputzt dabei und wendet den Blick nicht von mir. Ihre Augen sagen: »Nun, wie gefällt sie Euch? Ja, sie kann was, nicht übel, wie sie spricht, nicht wahr?« Ich selbst habe ja auch ein paar Brocken Französisch aufgeschnappt und verstehe die Sprache, z. B. wenn man zu mir sagt: »*Parlez vous français*, also: wie geht es Euch?«, dann sage ich: »*Merci bonjour*, danke, gelobt sei Sein Name«. Danach setzt man mir die Braut ans Instrument, damit sie mir auf dem Pianoforte ein paar Stückchen von Goldauni vorspielt oder aus »Schulamit«.[2] Ein Vergnügen, sage ich Euch, es geht einem unter die Haut. Danach laden mich der Vater und die Mutter der Braut ein, zum Mittagessen zu bleiben. »*Mechetejse*, warum nicht?« Bei der Mahlzeit legt man mir das beste Stück Fleisch vor, mitten in der Woche verwöhnt man mich mit *Zimes*. Nach dem Essen unterhalte ich mich mit der Braut. »Was für einen hättet Ihr gerne? Einen Juristen oder einen *Ingenjör* oder einen Doktor?« Natürlich einen Doktor! Und wieder purzeln ihr im Gespräch mit der Gouvernante die französischen Worte nur so heraus. Mittendrin erscheint von neuem die Mutter und zeigt mir die Handarbeiten ihrer Tochter. »Was sie genäht hat und was sie gestickt hat!«, sagte sie, »jeder bewundert es! Und dann ist sie ihrer Natur nach so herzensgut, still wie eine sanfte Taube und klug, so was gibt's nicht mehr!« Der Vater schildert mir in breiten Worten seine eigene Herkunft, von wo er abstammt und wessen Schwiegersohn er ist, dazu noch, wer sein Großvater und sein Urgroßvater waren, und auch die Verwandtschaft seiner Frau, lauter höhergestellte Menschen, wohlhabend, sehr vermögend sogar, und alle aus den angesehensten Familien der Welt. »Bei uns in der Familie«, sagt er, »gibt es keine gewöhnlichen Menschen«. »Und arme Schlucker auch nicht«, sagt sie. »Kein einziger Handwerker«, sagt er. »Keine Schneider«, sagt sie, »kein Schuster«. »Und Scharlatane«, sagt er, »werdet Ihr bei uns auch nicht treffen.« »Und Getaufte«, sagt sie, »schon gar nicht!« Später, beim Abschied, mache ich dem Vater eine zarte Anspielung, dass kein Mensch eine Ahnung davon hat, welche Kosten heutzutage für die Reise aufzubringen sind! Und wenn er kein ausgemachter

Narr ist, dann merkt er, was man meint, geht noch mal rein und holt etwas Geld für meine Ausgaben. Ich sage Euch, lieber Freund, Heiratsvermittlung ist gar kein übler Beruf, und erst recht dann nicht, wenn Gott hilft und man eine Partie tatsächlich abschließt! Bei mir hat sich, wie ich Euch schon erzählt habe, bisher noch kein Erfolg eingestellt. Irgendwie läuft es noch nicht so geschmiert. Zuerst sieht alles wunderbar aus, alles passt zusammen, es könnte gar nicht besser sein, wie vom Anfang der Welt an einer für den anderen bestimmt, aber am Ende stellt sich raus, dass es doch nicht so ganz zusammenpasst: Dem einen gefällt das Mädchen nicht, der anderen ist der Knabe zu alt, da ist die Abstammung zu edel, da ist zu wenig Geld vorhanden, dieser hier verlangt das Unmögliche, und der andere weiß selbst nicht, was er will. Wie dem auch sei, jedenfalls gibt es immer genug Ärger und Schwierigkeiten und Bauchschmerzen, mehr als Ihr Euch wünscht! Gerade jetzt bin ich wegen ein paar Partien in Verhandlung, wie immer mit anderen Vermittlern zusammen, und wenn der Höchste gnädig ist und es zu einem guten Ende kommt, dann werden die Abschlüsse doch in aller Munde sein! Die Parteien sind wohlgestellt, sogar vermögend, und von feinster Abstammung, wie Ihr sonst keine findet, und ihre beiden Töchter richtige Schönheiten, wahre Wunderkinder, beide hochgebildet, beide wohlerzogen und gut von Charakter, klug und dabei zurückhaltend, mit allen Tugenden ausgestattet. Und ich habe wahrhaftig genügend passende Ware für sie! Zum Beispiel einen Doktor aus Odessa; er verlangt aber nicht weniger als dreißigtausend Rubel Mitgift, er kann es sich aussuchen, denn laut der Praxis, die er hat, ist er viel mehr wert, so sagt er jedenfalls selbst. Und dann habe ich noch einen aus *Belaja Zerkow*[3] im Angebot, ein Juwel, sage ich Euch, und eine Seele von Mensch; ein prächtiges Geschäft, für nur zwanzigtausend. Dann noch einen in Jehupez, nur der will gar nicht heiraten. Und eine Reihe von Doktoren habe ich, sie wiederum brennen darauf, zu heiraten. Und einen ganzen Packen Juristen, von fünfzehntausend und von zehntausend und noch kleine Juristelchen, von der Sorte, die man schon für sechstausend oder für fünftausend kriegen kann, vielleicht sogar für noch weniger.

Und schließlich ein paar *Ingenjöre*, die schon selbst Geld verdienen, dazu einige Anfänger in der Sparte, die erst eine Anstellung suchen. Ich habe also ein ganzes Sortiment von Heiratskandidaten, alle erfolgversprechend, ein paar von der allerfeinsten Sorte, aus Tetrewitz, aus Makarewke, aus Jampol und aus Strischtsch, nicht unbedingt hochstudierte Kandidaten, eher einfache Burschen, aber wertvolle Menschen, dazu Aufgeklärte, Zionisten – kurzum, bei mir gibt es unberufen ein reiches Angebot. Das Problem ist nur, wenn der Bräutigam zwar die Braut will, diese aber will ihn auf keinen Fall, und eine andere Braut ist da, die gerade diesen Bräutigam zu gerne nähme, dort aber will der Bräutigam nicht. Da werdet Ihr vielleicht fragen: Warum sollte dann dieser Bräutigam nicht jene Frau nehmen, die der andere Bräutigam nicht haben will, und umgekehrt; warum sollte diese Braut nicht den Bräutigam nehmen, den die andere Braut partout nicht will? Ich habe diesen Gedanken auch schon gehabt, aber es klappt nicht. Wisst Ihr, warum nicht? Weil sich doch mittenrein noch fremde Leute mischen, sogenannte »gute Freunde«. Sie haben dabei natürlich – Gott behüte – keine besonderen Absichten, nur fangen sie an, auf beide Bräutigame und beide Bräute einzureden. Darüber geht, wie Ihr Euch denken könnt, das ganze Spiel kaputt. Natürlich laufen unterdessen Briefe und Depeschen hin und her, alles ist ein riesiges Durcheinander. Und nun muss auch noch mittendrin der Pessach hereinschneien, er erweist sich wie eine Gräte im Hals und hat natürlich die ganze Sache erst mal unterbrochen. Da überlege ich mir, meine Geschäfte werden mir schon nicht davonlaufen – es ist doch Ware, die durch Liegen nicht an Wert verliert –, warum soll ich nicht auf einen Sprung nach Kasrilewke fahren zu den Feiertagen, ich war doch schon lange Zeit nicht dort! Und das ist nicht gerecht gegenüber der Frau und den Kindern und auch nicht anständig vor den Leuten. Mir selbst ist es auch schon ein bisschen unangenehm. Kurzum, ich kam an Pessach nach Hause und schreibe Euch diesen Brief von hier. Natürlich werdet Ihr mich fragen, warum ich Euch nicht schon früher geschrieben habe? Der Grund ist: Ein Jude ist doch stets außer Atem, wir Juden haben doch niemals Zeit, immer *bechiposn*, immer in Eile, immer hasten wir, immer rennen wir. Ich hatte fest damit gerechnet, dass ich eher heute als morgen, nein, auf der Stelle mit Gottes Hilfe eine ordentliche Partie zustande bringe, und wollte Euch darüber gerne genauer schreiben. Da es aber so kam, dass sich all meine Vermittlungen auf später verschoben haben und jetzt noch in der Luft hängen und es nicht klar ist, in welche Richtung sich alles entscheiden wird, darum habe ich es auf später verlegt, Euch zu schreiben, wenn mich Gott in Frieden nach Hause gelangen lässt.

Jetzt aber will ich Euch beschreiben, wie meine Heimkehr zur Frau und zu den Kindern verlief, alles werde ich Euch genau schildern, wie Ihr es gerne habt. Wenn trotzdem meine Schilderung nicht so perfekt gelingt wie die Eurige, sollt Ihr mir das nicht übelnehmen. Jeder von uns muss so reden, wie ihm der Schnabel gewachsen ist.

Erst gestern kam ich also mit der Bahn an. Weil aber der Matsch hier so gewaltig ist, brauchte ich fast die ganze Nacht, um mich mit der Fuhre hierher zu schleppen. Um ein Haar hätte ich mitten an Pessach mit dem Fuhrmann und den Pferden unterwegs festgesessen! Ihr kennt ja den Matsch hier noch aus früheren Zeiten; seit man aber auf die Idee gekommen ist, die Stadt zu pflastern, ist wie zum Trotz der Matsch noch schlimmer geworden. Stellt Euch vor, die Leute laufen bei uns hier schon ohne Galoschen herum, die Welt steht Kopf. Die Frauen haben sich etwas Wunderbares ausgedacht: Sie gehen so, in den Strümpfen, ohne Schuhe! Mal sehen, was sie als Nächstes erfinden. In der Frühe kamen wir also in der Stadt an, wir mussten alle aus der Fuhre aussteigen und, was hilft es, durch sämtliche

Gassen und über den ganzen Markt zu Fuß gehen. Das Gesicht brannte mir vor Scham, Bekannte hielten mich mitten im Matsch an, jeder begrüßte mich mit einer anderen geistreichen Bemerkung: »Ah, wie geht es Euch?« »Was gibt es Neues auf dem Markt in Jehupez?« »Schaut an, wie er herumspaziert: oben mit Hut und unten in Gummigaloschen!« Lacht Ihr nur, lacht nur, denke ich mir und schleppe mich mit größter Mühe durch den Matsch. Ihr könnt gut lachen, überall auf der Welt benutzt man Galoschen, aber hier sind sie eben überflüssig geworden, hier seid Ihr schon im Land Israel. Kurzum, wir schleppten uns irgendwie nach Hause. Zu Hause aber war die Hölle los. Vom Koschermachen[4] und Schrubben, vom Braten und dem Verbrennen von Chamez[5] war ein gewaltiger Rauch entstanden, und dazu ein Radau vom Geschrei und Gekreische der Frauen und Dienstmädchen, ein Gezeter, ein Trara, man konnte taub davon werden! Kein Wunder, es ist der Abend vor Pessach! Als Erste kam mir die Schwiegermutter entgegen, lang soll sie leben. Genau wie früher, kein bisschen verändert. Sie stand draußen und hatte sich über etwas wie ein Kinderbett gebeugt, das Tuch fest um den Kopf und unter dem Kinn mit einem Knoten zusammengebunden. In einer Hand hielt sie einen Topf mit Kerosin, in der anderen einen Federwisch und ging so den Wanzen zu Leibe. Wie sie mich erblickt, ist sie keineswegs beeindruckt; sie fährt in ihrer Arbeit fort und spricht gleichsam zu sich selbst:

»Oh, wenn man vom Teufel spricht … welch eine angenehme Überraschung! Da haben wir ja unseren Paradiesvogel! Ja, ja, er findet immer den Weg nach Hause! Eine Ziege läuft mal davon, ein Huhn verschwindet, aber ein Mann kommt immer wieder heim, nur von jener Welt kommt keiner mehr zurück. Wenn es heute nicht der Vorabend von Pessach wäre, hätte ich gleich den Ofen abgerissen. Nicht umsonst hat sich gestern die Katze gewaschen … und der Hund die Därme gefressen … Schejne Schejndel, Tochter, komm mal her, guck mal, wer da ist! Dein Juwel, die Zierde deines Hauptes, unser teurer Toraschrein, schnell den Abfallkübel ausgegossen!«

Auf diese Worte kam meine Frau erschrocken nach draußen gerannt. »Zum Teufel, du fehlst mir gerade noch!«, begrüßt sie mich. »Die beste Zeit hast du dir wieder ausgesucht, um heimzukommen. Erst macht er sich ein schönes Leben dort draußen, bleibt Jahre und Tage weg, wälzt sich dort auf allen Dachböden herum, dient allen Götzen und Teufeln, und dann überlegt er sich, dass er gerne auf Erew Pejsech nach Hause kommen will, wenn man gerade das letzte bisschen Chamez ausfegt, so dass keine Zeit bleibt, auch nur ein Wort zu wechseln oder sich ein neues Kleid anzuziehen, um nicht wie ein Schlampe herumzulaufen, so wie deine feinen Jehupezer Damen, sollen sie verbrennen dafür, dass sie dich dort mit Zangen und Klauen festhalten! Sollen sie die kommenden Pessachtage nicht erleben, Schöpfer der Welt! Und er, dass er Geschwüre kriege, meint Ihr vielleicht, dass er mich wenigstens mal fragt, wie es mir geht? Oder was die Kinder machen? Sorele, Fejgele, Jossele, Nechamenju, Mojsche, Herschel, euer Vater ist angekommen, er hat sich noch mit letzter Kraft daran erinnert, dass es uns gibt, sollen meine Feinde so etwas erleben! Wie du aussiehst, mit deinem schönen Hut! Was sagst du von dem Kind, soll es nur gesund und stark werden, lässt sich einfach nicht den Kopf waschen, dass es tot umfalle; nicht genug, dass man sich das ganze Jahr mit ihm herumquält, jetzt ist noch Pessach, dass Gott mich nicht strafe …«

Ich will Euch die reine Wahrheit sagen, lieber Freund, ich habe meine eigenen Kinder fast nicht mehr wiedererkannt. Und sie mich natürlich noch weniger. Aber obwohl mich meine Frau nicht gerade so liebevoll empfing, wie ich es vorher gehofft hatte, sah ich trotzdem sehr gut, dass sie im Grunde glücklich war: Denn als ich die Kinder küsste, hat sie sich etwas zur Seite gedreht, damit man nicht sehen soll, wie sie weint. Am herzlichsten und freundlichsten hieß mich der Schwiegervater willkommen. Er freute sich, als wäre er mein eigener Vater. Oder wie ein Kind oder auch wie einer, der jahrelang eingesperrt war und plötzlich noch einen Leidensgenossen erblickt … Mein Schwiegervater ist ein eindrucksvoller Mann mit schönen dunklen Augen und einem prächtigen Bart. In den letzten paar Jahren hat er sich stark verändert; er ist jetzt weiß geworden wie eine Taube. Er begrüßte mich freundlich, fragte mich auch gleich, wie es mir geht, und winkte mich mit einer Geste zu sich, in sein kleines Erkerchen. Erst dort umarmte und küsste er mich.

»Weißt du was, Mendel«, sagte er seufzend zu mir. »Man wird nicht jünger! Ich habe im letzten Jahr gemerkt, dass man jedes Jahr älter wird. Setz dich und erzähl mir, was es Neues in der Welt gibt. Du warst ja eine Ewigkeit nicht hier. Wie geht es den Juden so, und wie verhält es sich genau mit der Sache von Dreyfus, was sagt man wegen dem Krieg, und was reden die Leute über *Plistina*?[6] Hier weiß man rein gar nichts. Alles Ochsen und lauter Rindviecher!«

Der Schwiegervater hatte auf ein langes und ausführliches Gespräch gehofft. Plötzlich aber hört man von draußen die durchdringende Stimme der Schwiegermutter:

»Baruch, Baruch!« (Das erste »Baruch« ist ein lauter Ausruf, das zweite »Baruch« aber schon eindringlich und vorwurfsvoll, in einem verwunderten Ton: »Baruch! Baruch?«)

»Gleich, gleich, sofort, ich komme schon, ich komme, ich komme!« So antwortet der Schwiegervater, gleich springt er auch auf. Und so ging es ein paar Mal. Er wollte sich mit mir hinsetzen und unterhalten – jedes Mal aber ließ sich gleich die durchdringende Stimme der Schwiegermutter hören: »Baruch! Baruch!?« Und jedes Mal sprang er gleich in die Höhe: »Gleich, gleich, sofort, ich komme schon, ich komme, ich komme!« Erst als man in Eile die Erew-Pessach-Mahlzeit gegessen, das Gesäuerte verbrannt und man ihm ein frisches Hemd gegeben und ihm gesagt hatte, dass wir jetzt ins Bad gehen könnten, erst da wurde eine neue Seele in dem Mann lebendig. Dort, so meinte er, wird man doch mal in Ruhe miteinander sprechen können. Er musste aber am Ende einsehen, dass er da im Irrtum war, in einem gewaltigen Irrtum sogar. Im Bad sind sie über mich hergefallen wie die Bienenschwärme oder wie die Heuschrecken in einem Hungerjahr. Sie hätten mich fast lebendig aufgefressen. Jeder wollte genau von mir wissen, was in Jehupez passiert und ob es wahr ist, dass dort zur Zeit so viele Bankrott machen, wie man liest, und ob Brodski noch flüssig ist, und was wird bei der Sache mit Dreyfus herauskommen, und warum wird nicht darüber gesprochen? Und wie kann man das erklären, dass England sich so lange mit den Buren rumquält? Noch eine ganze Reihe solcher Fragen stellte man mir von allen Seiten, sie rissen mich geradezu in Stücke. Nicht eine Minute ließen sie mich allein mit dem Schwiegervater reden, wir konnten nichts Vernünftiges austauschen. Genauso ging es, als wir für die *arbe kojses*, die »vier Becher«, Wein kauften. Als ich mit dem Schwiegervater zu Reb Judel, dem Weinschenker, kam, gleich runter in den Keller, da begrüßte man mich von allen Seiten, und es entspann sich eine lange Unterhaltung über Wein aus dem Land Israel. Judel Weinschenker (er ist sichtbar alt geworden und hat keine Zähne mehr) schrie mit lauter Stimme, dass es hier nirgendwo Israelwein gibt, »alles, was man darüber erzählt, ist erstunken und erlogen, es gab niemals welchen und es wird auch keinen geben!« Aber ein moderner junger Mann, der sich in der Welt von heutzutage auszukennen schien, beharrte drauf, dass er es selbst in den Zeitungen gelesen hat.

»Zeitungen, Zeitungen, lauter Schmierblätter, was interessieren mich Zeitungen!«, schreit Judel Weinschenker, »alles erstunken und erlogen, irgendwelche gewissenlosen Lumpen haben sich das ausgedacht, die heutigen Zionisten …«

»So sicher, wie ich hier bei Euch sitze«, beharrt aber der junge Mann, »so sicher habe ich mit eigenen Augen Israelwein gesehen! Einen Beweis gebe ich Euch: Er heißt Karmelwein, und man verkaufte ihn in allen Jehupezer Geschäften.«

»In Jehupez, sagt Ihr«, mischen sich gleich ein paar Leute ein, »nun, hier haben wir gerade einen Mann aus Jehupez bei uns, Menachem Mendel, Borech-Hersch Leje-Dwosis Sohn! Fragen wir doch Menachem Mendel, er weiß es genau.«

Ich will also eine Antwort geben, aber sie lassen mich nicht, bei jedem Wort stellen sie mir zehn neue Fragen, und bevor ich nur eine einzige von diesen Fragen beantworten kann, kommt gleich ein anderer mit zehn neuen dazu: »Wieso heißt der Israelwein ›Karmel‹? Ist der Wein nun wirklich aus Israel oder vom Karmel? Und wie kommt er von Israel hierher und wie viel kostet er? Wer macht ihn da unten? Jüdische Kolonisten, also wirklich unsere eigenen Siedler? Wie viele Siedlungen haben wir im Land Israel, wie heißen sie, und in welcher Verbindung stehen sie zum Baron Rothschild? Und was Rothschild angeht, wie hoch schätzt man ihn? Wer hat mehr Geld, Brodski oder Rothschild? Warum ist eigentlich Rothschild Zionist und Brodski nicht? Ist es wirklich wahr, was man sagt, dass der Doktor Herzl den Türken das Land Israel für die Zionisten abkauft? Wie heißen eigentlich diese Aktien in Jehupez, die Scholem Alejchem in seinen Büchern beschreibt? Und wer ist das eigentlich, dieser Scholem Alejchem? Ist es wirklich wahr, dass er einer der Unsrigen ist, aus Kasrilewke?«

»Komm«, sagt der Schwiegervater zu mir, »nirgendwo kann man auch nur ein ruhiges Wort reden.«

Erst viel später, als wir das *Charoset-Mus* reiben, kann der Schwiegervater endlich ein paar Worte mit mir wechseln, aber nur ein paar Worte, denn immer von neuem vernimmt man die durchdringende Stimme der Schwiegermutter:

»Baruch! Baruch!?«

»Gleich, gleich, sofort, ich komme schon, ich komme, ich komme!«

Inzwischen haben sich die Frauen festtäglich umgezogen, sich fein zurechtgemacht und sich geschmückt wie wahre Königinnen. Die Schwiegermutter trägt ein Seidenkleid in grüner und aschgrauer Farbe, dazu ein gelbgeblümtes Seidentuch auf dem

Kopf; Schejne Schejndel dagegen: ein gelbgeblümtes Seidenkleid, dazu auf dem Kopf ein Seidentuch in grün und aschgrau. Auch ich ging in mein Eckchen und zog mich feiertäglich an, wie es sich für einen »König« gehört. Zwischendrin aber habe ich einen Bogen Papier aufgetrieben und schreibe Euch diesen Brief. Und ich bitte Euch sehr, mein lieber Freund, dass Ihr mir nicht böse seid, wenn der Brief ein bisschen *bechiposn* geschrieben ist, in großer Eile, es ist doch Pessach-Abend. So Gott will und Er uns das Leben gewährt und ich es schaffe, werde ich Euch in den Zwischenfeiertagen alles Weitere schreiben, in allen Einzelheiten.
Es grüßt Euch Euer bester Freund
Menachem Mendel.

PS. Das Wichtigste habe ich vergessen: Uns Juden ist es einfach nicht vergönnt, einmal ungetrübt Freude am Leben zu genießen. Alles rundherum war schön und feiertäglich, da muss aber das Unglück passieren, dass sich ein Hund in die Küche geschlichen – keiner weiß, wie das passieren konnte – und die *Sroje* gefressen hat, den angebratenen Lammknochen[7] vom Sederteller, und dazu die Hühnerhälse und die übrigen Kleinigkeiten, die man für den Seder-Abend gerichtet hatte. Auf einmal ein Riesentheater, ein Geschrei, es tönte zum Himmel! Ich dachte zuerst, dass jemand umgebracht worden ist oder dass es brennt oder dass man, Gott bewahre, jemanden mit kochendem Wasser übergossen hat. Einer schrie gegen den anderen, und alles wurde dann zu einem einzigen Gezeter. Schejne Schejndel brüllte das Dienstmädchen an, dieses wieder verwies auf den Hausherrn. Der Hausherr, sagte sie, ist an allem schuld, denn wenn der Hausherr herumläuft, nutzt er seine Hände nicht, er macht die Tür nicht zu, wie es sich gehört. Mehr als alle anderen hatte natürlich die Schwiegermutter zu lamentieren:

»Wehe mir, welch ein Unglück, welch ein Jammer! Wenn alle einen verrückt nennen, ist immer etwas dabei! Ein Narr ist doch eine Geißel Gottes, ein Unglück für alle Zeiten und schlimmer als ein Bandit! Sei ein Prophet und sieh voraus, dass er die Tür offen stehen lässt, und ausgerechnet an Erew-Pessach stiehlt sich ein Hund in die Küche. Und wie hat er bloß die Hälse gefunden? Ja, ein Unglück kommt selten allein! Wie man so sagt: Den besten Bissen schnappt sich der Hund! Und der Kuchen gerät nach dem Gast (damit meint sie wohl mich!).« Nur, was macht man jetzt?

»Baruch! Baruch!?«

»Gleich, gleich, sofort, ich komme schon, ich komme, ich komme!«

***

Ich schaue kurz auf den Schwiegervater und in sein Gesicht. Und ich denke bei mir: »Welch ein Jammer, du Unglücksrabe, du unglücklicher ›König‹. Und Jammer und Elend über deine ›Herrschaft‹ hier«!

Nun, lebt wohl und habt einen koscheren Pessach!

D.o. [der Obige]

Eine Beschneidung – welche Freude!

»Solch ein Unglückskind! Wann wird sie schließlich niederkommen? Natürlich kurz vor dem Feiertag! Wenn es nur schon so weit wäre!«

»Wenn wir Gnade bei Gott finden, ist es ein Junge! Ihr werdet schon sehen.«

»Den Messias wird sie zur Welt bringen, anders kann es nicht sein!«[1]

Solche und ähnliche Bemerkungen flogen den ganzen Tag im Haus vom Schreiner Henoch hin und her. Und Rejsel windet sich und stöhnt; sie weiß nicht, wie sie stehen oder liegen oder sitzen soll.

Es gab Augenblicke, in denen sie sich in einem Winkel versteckte; sie kniff sich ins Gesicht, kratzte sich die Haut blutig und wünschte sich den Tod.

»Schöpfer der Welt, liebster Vater, treuer Gott, lass mich doch sterben!«

Rejsel hatte schon in der Frühe gespürt, dass sie nun bald niederkommen wird, aber sie versteckte sich, damit es keiner merken sollte. Gegen Abend überfielen sie plötzlich richtige Wehen, sie fiel ins Bett, rang die Hände, biss die Zähne zusammen, sie wurde braun und blau im Gesicht und schrie mit verzerrter Stimme:

»Mutter, gib mir Kraft, dass ich sterben kann!«

Die Großmutter Sore-Rochel stand über das Bett gebeugt; sie hatte schon mehr als einmal solche Dinge erlebt. Sie krempelte die Ärmel über die knöchernen braunen Ellbogen, beugte sich über die junge Frau und tröstete sie: »Schrei nur, schrei es heraus, mein Kind! Beim Gebären muss man schreien, noch ein richtiger Schrei, dann hast du es mit Gottes Hilfe überstanden. Deine Mutter müht sich jetzt in jener Welt für dich. Dein Vater steht vor dem Göttlichen Gericht und bittet für dich. Du wirst es mit Gottes Hilfe gesund überstehen. Zum Trost für deine Qualen wirst du sicher einen Sohn bekommen.«

Die Wehen lassen nach, und Rejsel bleibt wie betäubt liegen; es rauscht ihr in den Ohren. Sie schläft nicht, dazu ist sie zu verwirrt. Sie weiß nicht, wo sie sich auf der Welt befindet. Irgendetwas geschieht mit ihr. Irgendetwas wird mit ihr passieren. Vielleicht hat jetzt ihr Kummer ein Ende? Vielleicht wird sie sterben? Aber Rejsel will ja nicht sterben. Nein! Sie hat noch Hoffnung in den, der ewig lebt, dass ihr Setl kommen wird. Vom weiten Amerika wird er herfahren, dann wird sie zusammenleben können mit ihrem lieben teuren Setl; es wird ein wunderbares Glück sein!

Wo aber ist Setl? Der Schneider Setl hatte sich einige Monate nach der Hochzeit aufgemacht, um Arbeit zu suchen. Nach Amerika ist er gefahren. Alle fahren sie jetzt nach Amerika, so ist auch er gefahren, und seit der Zeit ist er wie vom Erdboden verschwunden.

»Bestimmt hat er sich dort gleich wieder verlobt und frische Mitgift einkassiert, dass ihn die Krankheit dort kassiere, Schöpfer der Welt!«

So haben die Leute in Kasrilewke, im Haus des Schreiners Henoch, über ihn geredet. Alle! Außer Rejsel. Rejsel hatte ganz andere Gedanken über ihren Setl. Sie kannte ihn doch besser als alle anderen, obwohl sie ja nur insgesamt vier Monate zusammengelebt haben. Jede Minute, jeden Augenblick wartet Rejsel auf ihn. Wenn er nur noch lebt und gesund ist, bestimmt wird er kommen oder wenigstens einen Brief schreiben und ihr sein »Portret«[2] schicken. Ach, wenn Gott ihr helfen wird, und das wunderbare Briefchen mit dem »Portret« wird eintreffen, wer kann sich dann mit ihr vergleichen!

Viele Tage hat Rejsel so nach ihm ausgeschaut. Viele Nächte konnte sie nicht schlafen. Viele Tränen hat sie heimlich vergossen. Den Kopf im Kissen vergraben, damit die anderen es nicht sehen sollten, damit die guten Freunde sich keine Sorgen machen und sich ihre Feinde nicht über ihren Kummer freuen sollten.

Und ihr Kummer war unermesslich groß. Und er wuchs noch, als sie spürte, dass sie Mutter werden wird. Ach und Weh! Was soll sie tun? Wohin kann sie gehen und an wen sich wenden? Hätte sie sich nicht vor Gott und vor der Hölle gefürchtet, sie hätte sich sicher etwas angetan! Man kann sich das gut vorstellen, einmal ist es über sie gekommen, als sie unten beim Fluss war, um Weißwäsche zu waschen, da hätte sie sich fast ins Wasser gestürzt. Doch erinnerte sie sich gerade noch rechtzeitig an die andere Welt, und sie raffte den Packen Wäsche zusammen und rannte mehr tot als lebendig nach Hause. Wie sie so läuft, begegnet sie der Großmutter Sore-Rochel.

»Was rennst du so, Töchterchen«, fragt die alte Frau Rejsel. Rejsel bricht gleich in Tränen aus wie ein kleines Kind. Und Sore-Rochel, die einen guten Blick hatte, verstand sofort, was los war. Sie ließ Rejsel alles erzählen und ihr Herz ausschütten, soweit es nur ging.

»Es ist eine Fügung Gottes!«, sagte ihr Sore-Rochel. »Es kommt von Gott! Wer weiß, vielleicht rechnet Er es dir als Verdienst an, und Setl wird heimkommen.« Als sie den Namen Setl hörte, stieg Rejsel das Blut ins Gesicht, und beide Frauen setzten sich auf eine Bank vor einer Mauer, sie flüsterten und tuschelten miteinander, rechneten mit den Fingern und trennen sich schließlich.

Solange es ihr möglich war, behielt Rejsel das Geheimnis tief für sich verborgen. Bis es an einem Morgen ans Licht der Öffentlichkeit trat und kein Geheimnis mehr war. Von da an wurde ihr das Leben im Haus des Schreiners zur wahren Hölle. Es schien ihr so, als ob alle auf sie schauten, alle von ihr redeten, und vor allem konnte sie nicht ertragen, dass die Leute so auf

Setl schimpften. Wer auch nur meinte, etwas sagen zu müssen, badete sich in seinem Blut.

Schlimmer als alle anderen machte ihr die Bäckersfrau Lea das Leben schwer. Die Bäckersfrau Lea hat natürlich unendliches Mitleid mit Rejsel! Öfters kommt es vor, dass sie ihr ein Stück frische Semmel bringt oder ein kleines Brot oder eine Wähe aus einem gebackenen Teigrest. Und dabei pflegt sie dann zu bemerken:

»Da, Rejsel, versuch mal das Gebäck, soll es *ihm* dort in Amerika den Hals würgen, deinem Scharlatan, gleich mit dem ersten Bissen, liebster, treuer Gott!«

»Soll er wenigstens erfahren, dass er gerade Vater wird, dass ihn der Teufel verschlinge!«, unterstützt sie noch Frume, die Frau des Melameds.

»Und wenn er es dann hört, soll er die Krätze kriegen, dein *Schneideruk*, dass er zur Hölle fahre!«, gibt die Geflügelhändlerin Asna noch eins drauf.

Die genannten Frauen wohnen alle mit Rejsel beim Schreiner Henoch im Haus. Jede von ihnen hat ihre Kammer, ihr bisschen eigenen Hausstand und ihr Bettzeug, ihren Mann und ihre Kinder. Und Kinder gibt es, gelobt sei Sein Name, wahrhaftig genug bei ihnen. Immer herrscht dort ein Spektakel, ein Geschrei, ein Durcheinander, die Kinder prügeln sich untereinander, die Frauen kochen und backen, alles auf einem Ofen, sie klatschen miteinander und verleumden sich gegenseitig, sie streiten und versöhnen sich wieder. Eine leiht bei der anderen und umgekehrt, wenn es überhaupt was zu leihen gibt, sie freuen sich miteinander, wenn mal ein besonderer Anlass eintritt. Und so leben sie fast wie eine einzige große Familie.

Rejsel schreckt von neuem aus dem Schlummer hoch:

»Oh mein Gott! Oh mein Gott! Oh mein Gott!«

»So ist es richtig, so ist es gut, Töchterchen!«, unterstützt sie Sore-Rochel. »Jetzt kommen die richtigen Wehen. Noch ein-, zweimal richtig geschrieen, dann hast du es mit Gottes Hilfe gesund überstanden. – Ja, so! Ja, so! …

Glück und Segen dir, meine Tochter, einen Jungen hast du bekommen!«

Als Rejsels Sohn geboren war, hat man zuerst das Kind gebadet und gewickelt und dann geschaut, auf wen es rauskommt. Und alle drei Frauen riefen wie aus einem Mund:

»Schande auf ihn!, ganz und gar ›er‹, wie aus dem Gesicht geschnitten!«

Danach fingen sie an, sich zu überlegen, wie sie der Wöchnerin eine Brühe beschaffen könnten. Alle warfen sich gegenseitig vor, ihr nicht rechtzeitig ein Huhn besorgt zu haben. Der Hauptvorwurf traf natürlich Asna, die Geflügelhändlerin.

»Ihr seid doch eine Frau, die mit Geflügel handelt, hättet Ihr nicht schon vor zwei Wochen ein Huhn für Rejsel beiseitesetzen können? Für Hirse hätten wir schon gesorgt, und auch das Geld fürs Schächten hätten wir übernommen!«

Die Bäckersfrau Lea krempelte die Ärmel hoch und fing an, Buttergebäck für die Wöchnerin zu backen; die Rebbezin Frume lief zu ihrem Mann Chajim-Chone. Der Melamed solle sich eilen, gleich ein Amulett[3] für die junge Mutter zu schreiben. Also schob der Chajim-Chone die Ärmel hoch und schrieb das Amulett, aber eines, wie man es für die reichste Wöchnerin nicht finden wird! In der Mitte stand eine verzierte Pyramide

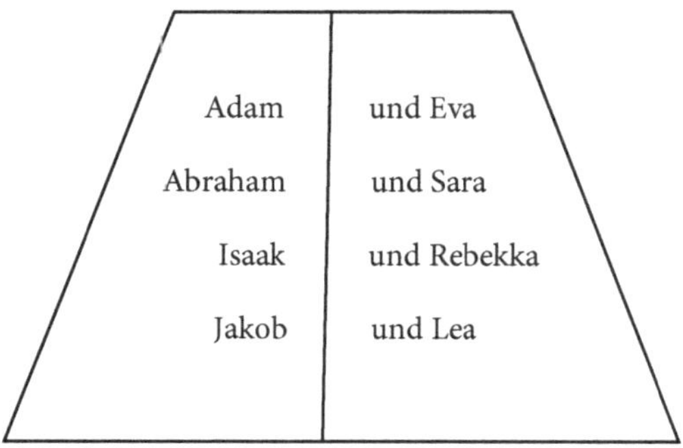

An den Seiten stand der bekannte Bibelvers:

מכשפה לא תחיה
Machschejfe loj tchie.[4]
Loj machschejfe tchie
Tchie machschejfe loj.
»Die Zauberin sollst du nicht leben lassen.
Nicht sollst du die Zauberin leben lassen.
Nicht leben lassen sollst du die Zauberin.«

Unten mit sehr großen Buchstaben die drei geheimen Namen:

»Sine«, »Sansine«, »Semanglof«.[5]

Jene drei Worte, die ein Mittel gegen den bösen Blick und gegen alle Gefahren sind. Mit einem Wort: Alles, was man brauchte, wurde besorgt.

Die Wöchnerin aber lag da und betrachtete die Frauen:

»Gott vergelt es ihnen! Warum tun sie das alles für mich? Was habe ich denn Gutes getan?«

Als die Männer mit all ihren Arbeiten fertig waren, unterhielten sie sich darüber, wie man die Beschneidung halten werde. Henoch, der Schreiner, obwohl er kein reicher Mann und nicht gerade wild darauf war, dass jetzt noch ein Junge ins Haus kam, bestand trotzdem darauf, dass er, wo doch das Fest bei ihm im Hause sein wird, das Recht hat, dieses gute Werk zu erfüllen; darum wollte er die Beschneidung auf sich nehmen. Das aber empfanden alle übrigen fast als eine Beleidigung:

»Wieso hat er allein das ganze Recht auf die gute Tat? Was er für Reden schwingt! Diese Beschneidung gehört uns allen zusammen!«

Und als es darum ging, die Ehrenämter zu verteilen, gab es natürlich wieder eine ordentliche Diskussion.

Henoch, der Schreiner, rechnete damit, dass man ihm als dem Hausbesitzer sicher den Platz des *Sandeks*, des Gevatters, überlassen würde. Jedoch irrte er sich da gewaltig. Den *Sandek*, so sagten alle, muss Chajim-Chone, der Melamed, machen, denn Reb Chajim-Chone ist ein Mann, der »lernen« kann, versteht Ihr mich?

So musste also der Schreiner Henoch klein beigeben und dazu noch sagen, dass er es auch genauso sieht. Dafür beehrte man ihn mit dem »Elias-Stuhl«[6]; das »Blutstillen« musste man dem Mann der Geflügelhändlerin Asna überlassen, denn der kann ungemütlich werden, wenn man ihn übergeht.

Kurzum, alle Ehrenämter wurden verteilt, so blieb nur noch eines übrig, und das war das wichtigste: Woher wird man den Schnaps kriegen?

»Schnaps?«, ruft Großmutter Sore-Rochel aus, »wenn Ihr keine größeren Sorgen habt!«

Und Sore-Rochel warf sich den Burnus aus Katzenfell um und ging zu ihrem Schwiegersohn Judl, dem Weinhändler, der die süßen Branntweine herstellt; sie überredete ihn, dass er zur Beschneidung zwei Flaschen roten Branntwein beibrächte, den man dort auch»Krambambuli« nennt. Und als die Leute sich nach dem Fisch das Gläschen »Krambambuli« genehmigten, wurden bald alle lebendig und lustig, und die Trinksprüche flogen nur so durch die Luft!

»Lechajim«, sagte der *Sandek*, Reb Chajim-Chone, der Melamed, ein Mann mit einer zerrupften Barthälfte und einem schwarz glänzenden Halstuch, »Lechajim, helfe Gott, dass wir es noch erleben und auf seiner Bar Mizwa anstoßen werden.«

»Lechajim«, rief der Elias-Stuhl, Henoch der Schreiner. »Lechajim, gebe Gott, dass wir es noch erleben und auf seiner Hochzeit anstoßen werden!«

Und der »Blutsauger«, also der Mann der Geflügelhändlerin Asna, ein ausgedienter Nikolajewesker Soldat[7] mit dicken schwarzen Lippen, nahm gleich drei Gläschen hintereinander und setzte bei seinem Trinkspruch noch eins drauf:

»Lechajim, gebe Gott, dass wir es noch erleben und auf die Beschneidung, auf die Bar Mizwa und auf die Hochzeit von ihm und seinen Kindern und seinen Enkeln und auch seinen Ur-ur-ur-enkeln tr-r-r-inken werden!«

Auch die Frauen nahmen ein Tröpfchen zu sich, sie bekamen flammende Gesichter und wurden gesprächig, sehr gesprächig sogar. Alle redeten sie durcheinander wie die Gänse.

Danach trugen die Männer die Tische und Stühle nach draußen, sie warfen, Ihr müsst schon entschuldigen, ihre Kaftane von sich und begannen in den Hosen zu tanzen, wie an Simchat Tora, nicht dass ich es gleichsetzen will.

Das Bett war mit einem alten zerrissenen Laken verhangen, von oben bis unten mit Amuletten bestückt. Auf dem Bett saß die Wöchnerin Rejsel mit ihrem Säugling auf dem Arm. Er war in Lumpen gewickelt, und sie hatte ihn an die Brust gelegt. Sie schaute auf all diese guten Menschen, die ihr, sie weiß nicht weshalb und warum, so viel Gutes gewünscht hatten; und sie blickte auf ihr Kind, ihren Trost. Ganz *er* … genau *er*, von Kopf bis Fuß *er*!

Und zwei Tränen fielen von ihren schönen tiefblauen Augen, sie rollten über ihr blasses ausgezehrtes Gesicht und fielen hinab auf ihre weiße jugendliche Brust.

Drei Kalender

Ihr fragt, wie komme ich, ein normaler Jude, ein Vater von Kindern, dazu, mit solch *trejfer* Ware zu handeln, mit verbotenen Artikeln, den pikanten Postkarten aus Paris? Das alles verdanke ich nur *ihm*, unserem wunderbaren Tolmatschow,[1] sein Name sei ausgelöscht! Jetzt, da schon einige Zeit vorbei ist, Tolmatschow ist nicht mehr da und Odessa ist wieder das frühere Odessa, kann ich ja die ganze Sache erzählen, ich meine, woher es kommt, dass unser Tolmatschow solch ein Judenfeind geworden ist. Ich fürchte, dass ich, wie Ihr mich da vor Euch seht, einen großen Anteil daran habe, wenn es nicht überhaupt im Ganzen von mir kommt! Natürlich ist Euch *udiwitelne*, es überrascht Euch, wie ich, ein Hausierer, der unter der Hand jüdische Zeitungen verkauft und der mit solchen pikanten Postkarten aus Paris handelt, also wie ich an den General Tolmatschow komme und wieso ich überhaupt mit Generälen so nahe bekannt bin. Aber die Geschichte ist, versteht mich bitte, so, dass jedes »Weshalb« sein »Deshalb« in sich verbirgt, und dass ein Jude ein Jude bleibt. Wenn Ihr Zeit habt, werde ich Euch jetzt etwas erzählen, und Ihr werdet eine schöne Geschichte hören.

Es war genau wie heute der Halbfeiertag von Laubhütten, genau hier in Odessa, schon vor einer ganzen Reihe von Jahren. Odessa war noch im Ganzen Odessa, man wusste von keinem Tolmatschow, und Juden konnten frank und frei auf der Straße mit jüdischen Büchern handeln. Jüdische Zeitungen gab es damals natürlich nicht so viele wie heute, man hatte vor niemandem Angst, und mit pikanten und interessanten Postkarten aus Paris Schwarzhandel treiben musste man damals auch nicht. So lief ich mit meinem bisschen Ware herum, mit Siddurim, Machsorim und Kalendern für das ganze Jahr, auf der Lanzherovskaia und auf der Katharinenstraße, neben *Frankoni*,[2] da, wo man Juden treffen kann – dort, wo alle Händler und Makler herumgehen und überhaupt alle Sorten von Juden –, und warte darauf, dass mir Gott einen kleinen Verdienst beschafft. Ich spaziere also, wie Ihr mich da vor Euch seht, bei *Frankoni* auf dem Trottoir herum, da, wo unsere Odesser Börsianer sich die Sohlen ablaufen, und überlege: Wie kann ich ein Geschäft mit dem bisschen Ware machen, das ich noch habe? Denn das Schofarblasen war schon vorbei, die Leute hatten auch bereits zu Jom Kippur gefastet, bald, kaum dass man es bemerkt, wird auch Laubhütten hinter uns liegen – und ich habe meinen kleinen Rest, das was mir übriggeblieben ist, noch nicht verkauft. Gott allein weiß, ob ich das überhaupt noch verkaufen werde, denn es ist eine Art von Ware, die man, wenn die Feiertage vorbei sind, am besten nimmt und einem Goj schenkt. Zu was taugen, ehrlich gesagt, liegengebliebene Kalender, die nach Neujahr noch immer da sind? Ich hatte eine schöne Anzahl davon, ich bin sie hie und da losgeworden, genau hier auf der Straße, vor allem bei den Börsianern. Es sind ja nicht die frömmsten Menschen, sie halten nicht viel von Büchern, aber ein jüdischer Kalender für das ganze Jahr, das ist auch für Börsianer eine nützliche Sache, man muss doch wissen, wann Pessach ist und wann einer Jahrzeit hat – ein Jude bleibt schließlich ein Jude.

Und wie ich da herumspaziere und neben *Frankoni* stehen bleibe und mir meine Gesellschaft von Börsianern betrachte, die hier hin und her laufen – ich erkenne sie alle schon an ihren Krawatten –, und mir so überlege: Wem legt man den Rest der Kalender vor, wo doch alle bereits für ein ganzes Jahr mit Kalendern von mir versorgt sind, ich bin mir fast sicher, dass ich keinen Einzigen übersehen habe. Wie ich also dastehe und sinniere, entdecke ich: Bei einem Tischchen von *Frankoni*, draußen ganz vorne, sitzt ein General mit Epauletten und rührt mit dem Löffel in seinem Glas Kaffee herum. Neben ihm steht ein *Krasne schaputschke*, ein »Rotkäppchen«, einer von denen also, die Besorgungen erledigen. Und der General sagt ihm gerade etwas, einmal und noch einmal, jener aber, das Rotkäppchen, antwortet ihm auf jedes Wort: »*Sluschajus, washe prewos'chodítelstwo*, zu Befehl, Euer Exzellenz«.

Ich denke für mich: Was hat er ihm da mitzueilen, der General meine ich, und gehe hin, wie Ihr mich da vor Euch seht, und stelle mich ein bisschen näher zum Tisch des Generals, gucke aber ganz unbeteiligt zur Seite, ein Jude bleibt doch ein Jude, und so höre ich, wie der General zu ihm, zum Rotkäppchen, einem echt gojischen Kopf, jedes Wort extra sagt, er betont sie besonders und legt sie ihm direkt ins Maul:

»Vergiss es nicht«, sagt er, »was ich dir jetzt sage, du sollst zu mir nach Hause gehen, auf die Cherson-Straße, Nummer 3«, sagt er, »und du sollst«, sagt er, »zur Generalin sagen, dass heute bei uns der Graf Mussin-Puschkin zum Abendessen kommt. Behalte es gut« sagt er, »und vergiss es nicht: Cherson-Straße 3 und der Graf Mussin-Puschkin!«

Und der andere, das Rotkäppchen, steht kerzengerade vor ihm, stramm wie eine gespannte Saite, und von ihm hört man nichts weiter als *sluschajus washe prewos'chodítelstwo*, zu Befehl Euer Exzellenz. Und als er schon gehen will, ruft ihm der General noch einmal nach:

»Vergiss es nicht, Cherson-Straße 3 und Graf Mussin-Puschkin!«

Als er sich wieder seinem Kaffee zuwenden will, sieht er mich, wie ich da direkt neben ihm stehe und in sein Glas Kaffee schaue, Gott bewahre, ganz unbeteiligt und gar nichts im Sinn habe, sondern *wo'oboschtsche*, einfach so. Er aber schaut mich an und macht zu mir: *tjebe tschewo nada*, was ich da will. Ich überlege: Was ich da will, wirst du mir nicht geben. Aber vielleicht, nun ein Jude bleibt doch ein Jude, was riskiere ich da? Und ich gehe hin, wie Ihr mich da vor Euch seht, und sage zu ihm: »Euer *prewos'chodítelstwo*, Euer Exzellenz, kauft einen *Luach* bei mir, einen Kalender.«

Er schaut mich an: »Was für einen Kalender?«

Ich sage zu ihm: »Einen jüdischen Kalender.«

Er schaut mich an wie einen Verrückten: »Zu was brauche ich einen jüdischen Kalender?«

Ich sage: »Wozu du ihn brauchst, weiß ich nicht, aber ich brauche etwas für die Feiertage, es sind nur noch drei Kalender übriggeblieben. Kauft«, sage ich, »Euer Exzellenz! …«

Und im Herzen denke ich: Zu schön wäre es, wenn sich das Geschäft machte und er sich von mir einen jüdischen Kalender geben ließe. Und wahrhaftig, wie ich das Wort »*prewos'chodítelstwo*« ausspreche, schaut er mich noch einmal an:

»*Paschol won*, verschwinde!«

Das Blut erstarrte mir in den Adern, und wie ich da vor Euch stehe, greife ich mir mein Päckchen, ein Jude bleibt doch ein Jude, und will schon ›*na ljewo krugom*, links schwenkt marsch!‹ machen, da höre ich plötzlich, wie er zu mir sagt:

»*Stupaj, sjuda*, komm mal her!«

Ich soll also wieder zurückkommen. Es hilft nichts, ich komme zurück und zeige ihm einen Kalender. Darauf fragt er mich, was der Kalender kostet. Ich sage ihm, was der Kalender kostet. Er nimmt den Kalender und bezahlt den Kalender, kein bisschen gehandelt hat er, kein Wort gesagt, nichts. Wie gefällt Euch solch ein General? Müssen nicht gleich drei Börsianer für ihn zum Teufel gehen?

So haben wir also schon einmal den ersten Erlös am Tag, denke ich, nehme meinen Packen und gehe weiter. Ein erster Verkauf ist sehr gut, aber wie geht es weiter? Wo findet man noch zwei solche Generäle, bei denen man den Rest der Ware los wird? Und ich komme auf einen Gedanken, ein Jude bleibt doch ein Jude. Warum habe ich ihm nicht noch einen Kalender vorgelegt? Würde es diesem General nicht gut anstehen, zwei jüdische Kalender für das ganze Jahr zu haben? Ei, was wird er denn mit dem *einen* jüdischen Kalender anfangen? Und wie ich so überlege, schießt mir ein neuer Gedanke durch den Kopf: Ich erinnere mich, wie er vor kurzem gerade hier ein paar Mal dem Goj eingetrichtert hat: »Generalin« … »Cherson-Straße Nummer 3« … »Graf Mussin-Puschkin«. So wahr ich lebe, hier könnte sich eine Einnahme für einen weiteren Kalender verbergen. Sei kein Tollpatsch, stell dich nicht dumm an, Abraham Markowitsch (so rufen sie mich nach dem Vater Me'ir Anschel), und mach ein Geschäft, so sage ich zu mir selbst, und nicht lange überlegt, habe ich mich, wie Ihr mich da vor Euch seht, rüber zur Katharinenstraße geschafft, von dort zur Deribasowsker und von der zur Sadower und gleich über die Elisabethstraße in die Cherson-Straße. Auf der Cherson-Straße angelangt, suchte ich direkt die Nummer 3, sie ist wirklich da, so wahr ich ein Jude bin. Und was für eine Nummer 3, ein zweistöckiges Gebäude, eine Villa! Sehr gut! Was tut man weiter? Man muss wohl an der Glocke ziehen und nach der Generalin fragen. Ich also nicht faul, gehe hin und ziehe an der Glocke und überlege dabei: Das wäre ja wunderbar, wenn jetzt ein Soldat und vielleicht noch mit einem Hund herauskommt, er wird mich davonjagen und vielleicht noch den Hund auf mich hetzen. Das fehlte mir noch! Nun, es vergehen ein oder zwei oder drei Minuten. Ich stehe da und warte, keiner taucht auf. Ich überlege: Das fehlt zu meinem Unglück, dass niemand zu Hause ist. Aber vielleicht ist die Glocke gerade kaputtgegangen; man muss es noch einmal probieren. Und ich gehe hin, und wie Ihr mich da vor Euch seht, klingele ich noch einmal, zweimal, dreimal. Da geht doch die Tür auf und eine *Schickse* springt heraus mit einem Besen in der Hand:

»Ihr wünscht?«

Ich will schon weglaufen, aber ich fange mich rechtzeitig, ein Jude bleibt doch ein Jude, und sage zu ihr:

»Ich muss zur Generalin, muss ich«, sage ich.

Sie schaut mich an, als wollte sie sagen, was ist das für ein lästiger Mensch, und macht mir die Tür direkt vor der Nase zu. Kein Gedanke daran, dass sie irgendein Wort an mich richtet! Ein schöner Willkommensgruß! Ob sie sich noch einmal blicken lässt? Oder wird sie vielleicht den Soldaten mit dem Hund herausschicken? So überlege ich und habe große Lust, mich davonzumachen. Aber da ich nun schon einmal da bin und geläutet habe, ist es jetzt zu spät, und so geht es weiter: Es vergeht noch keine halbe Minute, da öffnet sich die Tür, und es zeigt sich eine elegante Frau, jung und schön, wie Milch und Blut. Sollte sie die Generalin sein? – nein, dazu ist sie zu jung. Oder die Tochter des Generals? – dazu ist er zu jung. Inzwischen bleibt die Zeit nicht stehen, sie sagt zu mir:

»Was wünscht Ihr?«

Ich überlege mir, was ich jetzt weiter tun soll. Soll man sie anreden: »Meine Exzellenz«? Sicher richtig, wenn sie die Generalin ist! Wie verhält es sich aber, wenn sie es nicht ist? Warum soll man sie dann mit »Euer Exzellenz« anrufen? Aber ein Jude bleibt doch ein Jude, also finde ich mir einen Rat; ich verzichte ganz auf die »Exzellenz« und komme gleich zur Sache:

»So und so verhält es sich«, sage ich, »der General hat bei mir einen *Luach*, einen jüdischen Kalender gekauft, und mich hat er gebeten, nein, er hat mir befohlen, meine ich, ich soll diesen *Luach*, also diesen Kalender in die Cherson-Straße Nummer 3 bringen. Und da würde man mich auch bezahlen; und wenn man mir hier vielleicht nicht glauben sollte«, sage ich, »hat mir der General einen Anhaltspunkt mitgegeben, dass nämlich heute Abend der Graf Puschkin-Mussin zum Abendessen kommt.«

Da fängt sie an zu lachen, die Generalin nämlich: »Nicht Puschkin-Mussin, sondern Mussin-Puschkin!«

Ich denke für mich: Wenn du so lachst, bist du doch meine Dame, und bei mir hast du in jedem Fall recht, Mussin-Puschkin, Puschkin-Mussin, Hauptsache, denke ich, das Zeichen ist verstanden worden. Und ich überreiche ihr den Kalender. Sie nimmt den Kalender und betrachtet ihn von allen Seiten, dann fragt sie mich, was der *Luach* kostet. Ich sage ihr also, was der *Luach* kostet. So nimmt sie ihn und bezahlt ihn, verabschiedet sich noch mit einem Lächeln von mir – ja, sogar einen guten Tag wünscht sie mir! Nun, was haltet Ihr von der Dame? Wahrhaftig, nicht bloß eine Dame, sondern ein Goldstück! Sollen nicht nur drei Börsianer für sie büßen, sondern glatt dreißig! So bin ich also meinen nächsten Rest losgeworden; ich bin alles in allem mit einem einzigen Kalender zurückgeblieben. Jetzt könnte man gut heim und zum Essen gehen, oder vielleicht nicht?

Ich esse also zu Abend und ruhe mich ein bisschen aus, da juckt es mich schon wieder: Es stimmt, gerade sind wir den größten Rest losgeworden, jetzt bleibt aber alles in allem noch ein *einziger* Kalender, und ich habe Lust, diesen einen Kalender auch noch loszukriegen. Denn wozu taugt ein alter liegengebliebener Kalender? Man muss diesen Kalender loswerden! Nur, wie wird man einen Kalender los, wenn die Mehrzahl der Börsianer schon mit Kalendern versorgt ist? Nein, ich muss noch einmal über die Straßen der Stadt gehen. Und nicht lange überlegt, nehme ich meinen Packen und lasse mich einfach treiben. *Wo'obschtsche*, einfach so. Und weil ich die Landzheronowski Straße schon kenne, die Katharinenstraße auch, tragen mich meine Füße wie von selbst dahin, wo die Börsianer nach Futter suchen, wo soll man auch sonst hingehen? Vielleicht wird Gott einen *pokupátel*, einen Abnehmer schicken, alles zusammen nur noch ein einziger Kalender! Und, wie Ihr mich da vor Euch seht, laufe ich nun hin und her wie ein unruhiger Geist, ich schaue mir die Börsianer an, wie sie da rumrennen, wie die vergifteten Mäuse, nur um ein Rubelchen zu verdienen – jeder sucht seinen eigenen Verdienst! Inzwischen, während ich mich da rumtreibe, sehe ich von weitem bei *Frankoni* wieder einen General und wieder in voller Uniform. Ich überlege mir: Das wäre ja zu schön, wenn mir Gott einen neuen General als *Pokupátel* für den letzten *Luach* schickte. Und ein Gedanke geht mir durch den Kopf: Es ist vielleicht sogar ein Jammer, dass ich nicht mehr als einen *Luach* habe, denn sobald es einmal so ist, dass Generäle anfangen, jüdische Kalender zu kaufen, dann können mir doch alle Börsianer und die ganze Börse gestohlen bleiben. Und wie ich mir das überlege, schaue ich genau hin: Er ist es, es ist wirklich *mein* General. Ich erkannte ihn sofort, wie Ihr mich da vor Euch seht. Aber auch er erkannte mich gleich. Woran ich ihn erkannte? Ich sah, wie er von seinem Stuhl aufstand und mit dem Finger direkt auf mich zeigte.

Sehr übel, was soll man jetzt machen? Das fehlt mir noch, dass ich es jetzt mit einem General zu tun kriege. Und ich begann, wie Ihr mich da vor Euch seht, gleich größere Schritte zu machen, und wie große! Ich habe mir gleich ausgerechnet, dass ich in ein paar Minuten schon auf der dritten Straße von dort sein kann. Aber stellt Euch vor, es verging nicht mal eine halbe Minute, da hörte ich, wie jemand hinter mir herläuft und mir nachschreit, ich soll stehen bleiben. Wer kann das sein? Wirklich er selbst, der General? Ein seltsamer Tag mit einem General! Was da alles passieren kann! Ein Jude hat einen liegengebliebenen Jahreskalender verkauft. Schon steht die Welt auf dem Kopf. Leibhaftige Generäle verfolgen ihn! Schlimm, nur, was soll man jetzt machen? Noch schneller rennen? Aber wer weiß, vielleicht lässt er bald einen Pfiff los, und schon kommen Polizisten gerannt. Das fehlte mir noch, dass sie mich festnehmen! Bleibe ich aber stehen, werden sie mich wegen dem zweiten Kalender verhaften. Weil ich eine Generalin reingelegt habe. Besser ich tue so, als wüsste ich von nichts, so als ob ich gar nicht gemeint bin. Also gehe ich weiter, wie ich vorher gegangen bin, nicht gerannt, nicht zu langsam. So wie ein Mensch, der mit seinen eigenen Gedanken beschäftigt ist. Wenn er mich aber anhält und fragt, warum ich vorher so gerannt bin? So werde ich ihm sagen, dass es so eine Angewohnheit von mir ist. Was aber geschieht? Er hat mich doch eingeholt! Schlecht, nicht wahr? Aber nun werdet Ihr hören, was Gott vermag! Eingeholt, da hilft nichts. Ich bleibe also stehen und schaue hin: Was heißt hier General? Was für ein General? Alles Unsinn! Es ist irgendeiner von den Leuten, die bei *Frankoni* an den Tischen Kaffee servieren. Er läuft mit einer Serviette über dem Arm und wischt sich den Schweiß vom Gesicht!

»Dass dich der Teufel hole«, sagt er zu mir, als wir beide stehen geblieben sind, »was bist du so gerannt wie ein Verrückter?«, sagt er, »komm, der General ruft dich zu sich!«

»Was für ein General?«, sage ich, »und woraus schließt du, dass er mich ruft?«

»Was heißt, woraus ich das schließe? Bin ich vielleicht taub auf den Ohren? Ich habe doch gehört, wie der General zu mir sagt: Da läuft er, der Jude mit den Büchern, lauf ihm nach und bring ihn her!«

Wenn es so steht, überlege ich, ist das Unglück nicht so groß, der Todesengel ist noch mal vorbeigegangen. Ein Jude bleibt ein Jude. Man kann sich noch etwas ausdenken. Und blitzartig schießt mir ein total neuer Gedanke durch den Kopf. Vielleicht wird Gott ein Wunder tun, und ich werde hier sogar den allerletzten Kalender los, den dritten Jahreskalender? Und nicht lange überlegt, schlage ich mir, wie Ihr mich da vor Euch seht, mit der Hand gegen die Stirn und sage zu ihm:

»Wenn es so ist, dann rede doch! Warum hast du mir nicht gleich gesagt«, sage ich, »dass das der General mit den Büchern ist? Ein komischer General! Von ganz früh heute Morgen an«, sage ich, »will er mir dies Buch abhandeln. Er hat mich schon«, sage ich, »fast zur Weißglut gebracht. Es kostet einen Rubel, und er will mir nur einen halben geben. Ich habe ihm aber schon gesagt«, sage ich, »fünfundsiebzig Kopeken, oder siebzig oder sechzig, dass es mal ein Ende hat! Er aber bleibt stur«, sage ich, »einen halben und nicht mehr! Wenn es nicht das letzte Buch wäre«, sage ich, »so strafe mich Gott, wenn ich ihm auch nur eine halbe Kopeke erlassen hätte. Aber weil es für mich das allerletzte Buch ist«, sage ich, »du siehst es ja«, sage ich, »gib den halben Rubel her, und ich lasse ihm das Buch!«

***

Wer der General gewesen ist? Und wie er geheißen hat?

Ich weiß es bis auf den heutigen Tag nicht. Aber ich bin sicher, dass es kein anderer gewesen sein kann als Tolmatschow! Denn wenn nicht, woher hat sich bei ihm plötzlich solch eine Grausamkeit und solch eine Wut entwickelt, auf Juden *wo'obschtsche*, einfach so? Vor allem ergoss sich sein Zorn auf uns Hausierer mit den jüdischen Büchern und Zeitungen, sodass wir uns bis zum heutigen Tag nicht auf der Straße sehen lassen und mit keinem jüdischen Buch und keiner Zeitung handeln dürfen; alles muss man unter dem Rock versteckt haben und rumtragen wie Schmuggelware oder Diebesgut. Aber von solch einer »Schmugglerware« wie jüdischen Zeitungen kann man doch nicht leben, dass meine Feinde und Eure Feinde und alle Judenfeinde so mit leeren Händen dastehen mögen! Also muss man pikante Postkarten aus Paris dazunehmen, offen oder gar in Umschlägen versteckt; und das ist jetzt mein Hauptartikel. Zeitungen halte ich nur so nebenher, *wo'obschtsche*, einfach so, der andere Artikel, die pikanten Postkarten meine ich, geht viel besser. Dafür gibt es unter den Börsianern viel mehr Abnehmer als für jüdische Zeitungen, hahaha! Ich weiß, dass es abscheulich ist und dass Gott mich dafür strafen wird. Aber was soll man tun? Ein Jude bleibt ein Jude und versucht, irgendetwas zu verdienen; die Kinder müssen schließlich etwas zu essen haben. Vielleicht wird Gott Erbarmen haben, jedenfalls wird Er es verzeihen müssen, was bleibt Ihm anderes übrig. Hat Er denn eine Wahl? Es gibt da so einen Tag – Hoschana Rabba –, was meint Ihr? Soll es jedenfalls auf seinen Kopf fallen! Ich meine genau unseren Tolmatschow, denn wenn er, sein Name sei ausgelöscht und vergessen, wenn er nicht gewesen wäre, würde ich doch heute noch mit

Siddurim und Machsorim und mit Jahreskalendern handeln und hätte es mir erspart, mit solchen Scheußlichkeiten rumzulaufen. Vielleicht seid Ihr da ein Abnehmer? Ich habe gerade eine frische Sendung gekriegt, direkt aus Paris …

Nichts Neues bei uns!

Zwei Neujahrsbriefe
1. Einer, den ein Schneider aus Amerika an seinen Freund in der alten Heimat schreibt
2. Einer, den ein Schneider aus der alten Heimat an seinen Freund in Amerika schreibt

1.

My *dear friend* Jisro'el! »*Leschone tojwe tiksejwe wesichsejme*, zu einem guten Jahr sollt ihr eingeschrieben und versiegelt sein«[1], du und dein *wife* und deine *children*, möge es euch gut gehen zusammen mit ganz Israel! Amen!

Wir sind hier in großer Unruhe, weil ihr uns keine *letters* schreibt. Seit bei euch die *revolution* und die *constitution*[2] und die *massacres* angefangen haben, laufen wir wie kopflos hier herum. Wenn das, was unsere *papers* schreiben, kein reiner *bluff* ist, dann muss man schon die Hälfte von euch allen umgebracht haben! Jeden Tag erfahren wir eine neue *sensation* von euch! Gestern habe ich in einem *kabel* gelesen, dass man Mister Kruschewan[3], den Präsidenten der vierten Duma, aufgehängt haben soll; schreib mir bitte, ob das wahr ist! Und auch über deine Geschäfte sollst du mir berichten, ob du in einem Laden oder für dich selbst arbeitest. Und wie geht es deiner Chane-Rikel? Und was treibt Herschel? Und mein *cousin* Lipe, wie steht es mit ihm? Und Henochs Sohn Jossel? Und Bejze und Rochel? Und Slatke? Und Motl? Und wie geht es den anderen *operators*, den Arbeitern, was treiben sie? Und du planst, zu uns nach Amerika herüber zu *moven*? Schreib mir bitte über alles ganz genau in deinem *letter*. Was mich selbst angeht, was soll ich dir schreiben, *my dear friend*? Ich bin *all right*, und mein *wife* ist ebenfalls *all right*, und meine *children* sind *all right*. Gott sei Dank, wir haben hier alle unser Auskommen. Wir arbeiten hart und schwer, aber wir haben hier ein Leben. Geld können wir nicht beiseitelegen, aber wir haben zwei *rooms* und die *kitchen*. Den ganzen Tag über arbeiten wir, und abends gehen wir auf *pleasure* aus oder zu einem *meeting* der *Soschelisten* oder von den *Sajonisten* oder sogar ins jiddische *Tiater*! Das ganze Leben lang quält man sich, man hat es schwer, aber dafür sind wir frei. Und ich kann, wenn ich will, ein *member* werden in jeder *society*, welche ich will. Wenn ich will, werde ich sogar ein *citizen* und zu den *elections* zugelassen. Eine einzige Sache fehlt uns hier: die Heimat! Ach, welch eine Sehnsucht haben wir nach zu Hause! Meine Jenny (sie heißt jetzt nicht mehr Blume, sondern Jenny!) lässt mich nicht in Ruhe. Sie drängt mich, wir sollten zu Neujahr rüberfahren, um die Gräber der Lieben zu besuchen. Du müsstest jetzt mal meine Jenny sehen, du würdest sie nicht wiedererkennen. Eine *Lady* mit *hat* und mit *gloves*. Ich lege dir ein *picture* meiner Jenny und meiner ganzen *family* bei. Was sagst du zu meinem ältesten *boy*? Das ist Motl, Majk heißt er jetzt. Er ist *all right*. Er arbeitet in einer *factory* und verdient zehn bis zwölf Dollar die Woche. Würde er nicht *gamblen*, wäre er richtig *all right*. Der andere, Jack, war zuerst Arbeiter, jetzt hat er ein bisschen Englisch gelernt und ist *bookkeeper* in einem *barbershop*. Der dritte Mamser, *Benjamin*, hilft in einem *saloon*. Einen richtigen Lohn hat er nicht, bringt aber mal sechs, mal acht Dollar die Woche heim. Der vierte, der *boy* mit dem Hütchen auf dem Bild, treibt sich überall herum, in die *school* gehen will er nicht, Tag und Nacht läuft er in der *street* umher und spielt Ball. Meine Mädchen sind auch *all right*. Sie arbeiten in Werkstätten und haben Geld auf der *bank*. Der Fehler ist nur, man bekommt sie nie zu Gesicht. Sie gehen, wann sie wollen und wohin sie wollen und mit wem sie wollen.

Amerika ist eben ein freies Land. Man darf sich bei niemand in etwas einmischen, nicht einmal bei der eigenen Tochter. Nehmt nur zum Beispiel meine ältere Tochter, Chaja hieß sie früher, jetzt heißt sie bereits *Francis*, ich sage dir, ich hatte vielleicht einen Zirkus mit ihr! Sie hat sich, ohne dass ich es wusste, in einen herumgelaufenen *boy* verliebt und sich mit ihm verheiratet, einer von denen, die nicht weit von den *pickpockets* stehen. Er ist aus dem *home of refugees* getürmt, ihr aber hat er erzählt, dass er ein angesehener Kleidermacher wäre oder gar ein *real-estatenik*. Zum Ende stellt sich heraus, dass er ein Bigamist ist. Er hatte alles in allem drei verschiedene Frauen und war von keiner geschieden. Ich hatte eine Menge *trouble*, bis ich ihn schließlich los war. Sie hat jetzt einen Handkarren-Hausierer geheiratet und ist *all right*. Meine übrigen Töchter sind noch nicht gebunden, aber wenn sie sich mal binden, werden sie mich auch nicht fragen. Amerika ist ein freies Land, jeder *attendet* sein *business*, wie er es für richtig hält. Und *thats all*! So habe ich dir nun, *my dear friend*, ausführlich über alles geschrieben, was bei uns passiert. Und ich bitte dich jetzt, dass du mir auf jeden Fall mit einem *letter* über alles berichtest, was bei euch geschieht, und grüße jeden Einzelnen besonders freundlich, und ich wünsche euch noch einmal *ksiwe wechsime tojwe*, eine gute Einschreibung und Besiegelung dort oben! *Good bye* von mir, deinem besten Freund Jacob (früher einmal Jankel).

2.

Teurer Freund Jankel!

Deinen Neujahrsbrief habe ich genau am Abend von Rosch ha-Schana erhalten und ich danke dir herzlich für deinen lieben Brief und wünsche dir genauso *Leschone tojwe tiksejwe wesichsejme*, dass ihr zu einem guten Jahr eingeschrieben und versiegelt sein sollt! Gebe Gott, dass wir uns mit fröhlichem Herzen wiedersehen. Amen! Jetzt will ich dir auf deinen Brief antworten. Zunächst einmal dies: Wenn du wirklich einmal im Jahr einen Neujahrsbrief schreibst, dann schreibe bitte mal wie ein Mensch. Wer kann denn verstehen, was das heißt: *letter*, *paper*, *picture*, und all solche Wörter usw. Nun, du schreibst noch dazu, man soll dir immerzu schreiben und schreiben. Was soll ich dir schreiben? Eitel Sonnenschein herrscht bei uns. Den Reichen geht es gut wie immer, und die armen Leute sterben vor Hunger wie überall. Wir Handwerker sitzen da ohne eine Spur von Arbeit; von einer Sache sind wir, gelobt sei Sein Name, *obespetschet*, von einem Pogrom. Vor einem Pogrom haben wir nicht die leiseste Angst. Denn einerseits ist schon einer da gewesen und zweimal ist *ojdcho*[4], sowas kann nur in *Kischinew*[5] passieren. Der Pogrom kam bei uns ziemlich spät, dafür hatten wir aber einen Pogrom mit allen Raffinessen. Kurzum, viel kann ich dir darüber nicht schreiben, und ich will es nicht und weiß auch nicht, was ich schreiben soll. Ich kann dir nur eines berichten, lieber Jankel: ich lebe noch. Schon dreimal habe ich den Todesengel getroffen, aber nichts da! Wie sagt doch Getsi, der Damenschneider – erinnerst du dich an ihn? –: *mi berasch umi bemagejfe*, wenn es einem beschert ist, dass er sich weiter quälen soll, dann erhält ihn Gott dazu am Leben. Mich hat es nur um meine Frau und meine Kinder geschmerzt; ich hatte sie *lasosel* geschickt, zu Asasel, irgendwohin in die Wüste, weiß der Teufel wo, und sie haben sich ganz schön bei einem guten Goj auf dem Boden versteckt und dort mit allem Respekt zwei Tage und zwei Nächte verbracht, Gott behüte, nichts gegessen, nichts getrunken, nicht geschlafen und erst spät am dritten Tag, wo schon nichts mehr da war, was man rauben konnte, und niemand mehr, den sie schlagen konnten, ist bei uns mit Gottes Hilfe dann wieder Heil und Frieden eingekehrt.

Wir kletterten gemächlich und wohlbehalten alle wieder von den Speichern runter und keiner von unserer *semejstwe*, von der ganzen Sippe hat einen Schaden erlitten außer Lipa, die mit beiden Söhnen ermordet worden ist, Noah und Melech hießen sie, zwei hervorragende Arbeiter und außer Mojche-Hersch, den sie mit Verlaub vom Boden runtergezogen und kassiert haben, bevor er oben war, und Deboras Tochter Berel hat man erst später tot aufgefunden, direkt bei ihr im Keller und ihr Säugling (mit Namen Rejsel) lag noch an der Brust, als man sie fand … Wenn man alles zusammenzählt und auch die kleinen Kinder dazurechnet, sind von unserer *semejstwe* alles in allem sieben ermordet worden. Aber, wie sagt Getsi: *gam su letojwe*, es hat alles sein Gutes,[6] denn es hätte noch schlimmer kommen können. Gutes kann nie zuviel kommen. Du fragst nach Herschel? Sei unbesorgt, er sitzt schon mehr als ein halbes Jahr im Bau, weit entfernt von jeder Anstellung als Melamed! Weshalb? Vielleicht weil er so schräg geguckt hat wie die Kohanim beim Priestersegen. Man kann sich schon denken, dass man ihm alle Ehre antun wird: Entweder man wird ihn hängen oder man wird ihn erschießen, es kommt darauf an, wie sein Glück sich drehen wird. Denn zu allem, sagt Getsi, muss man Glück haben … Wie zum Beispiel Jossel, der Sohn von Henisch. Der ist gestorben, noch bevor man ihn eingesperrt hat. Weiter kann ich dir nicht viel schreiben. Nun, und nach Lejb, dem Sohn vom Schreiner Nechemia, fragst du nicht? Erinnerst du dich nicht an ihn? Er war ein totaler Versager, eine glatte Null, weißt du noch? *Lejb-Drejb-Hühnerklein* hieß er bei uns. Im Augenblick sitzt er wie ein Graf in der Festung von Petropawlowesk. Weißt du, wer einem aber wirklich leid tun kann? Slatke. Man sagt, sie hat den Verstand verloren vor lauter Kummer. Als wenn das nichts wäre: in einer Woche zwei Kinder zu verlieren! Und der Sohn von Awrom Mojsche ist sicher schon in Amerika. Wenn du ihn triffst, so grüße ihn und sag ihm, dass sein Vater ein Glückspilz ist und es geschafft hat: Er ist noch vor der »Konstitution« gestorben.

Und unser Motl ist einfach verloren gegangen. Keiner weiß, wo er steckt. So ist eine ganze Reihe von Menschen einfach verschwunden, man weiß nicht, wo ihre Gebeine hingekommen sind. Viele sind abgehauen, viele sind auch ermordet worden, und nicht wenige ruhen sich in den Gefängnissen aus, sie spazieren im sibirischen Schnee herum und verrichten Zwangsarbeit. Aber wer fragt nach ihnen? Die Genossen haben es sich ja ein für alle Mal in den Kopf gesetzt: entweder die »Konstitution« oder gar nichts! Wir Handwerker haben glatt das Maß verloren. Wie aber meint Getsi: »*loj meduwschech weloj me'ukzech*, weder deinen Honig noch deinen Stachel wollen wir«, so sagt man zur Biene.[7] Alles andere taugt gar nichts. Ein merkwürdiger Mensch, dieser Getsi: Einen Sohn hat man ihm im Krieg umgebracht, der andere sitzt, und er selbst hat auch allerhand Kummer, aber stößt er auf eine witzige Bemerkung oder ein Zitat, dann vergisst er alles darüber. Sonst gibt es von hier nichts Neues zu schreiben. Es ist Gott sei Dank alles *blahopolutschne*, zum Besten, und wir erfreuen uns alle, gelobt sei Sein Name, bester Gesundheit, außer dass meine Chane-Rikel über ihr Herz klagt. Nun ja, ist das vielleicht nichts, die ganzen Schrecken, die man von den »Expropriationen« aussteht? Du weißt vielleicht nicht, was man darunter verstehen muss? Ich will es dir beschreiben. Man kommt mit einer geladenen Bombe, und nicht mit Mazzenmehl gefüllt, das kann ich dir sagen, sondern mit Pulver und Nägeln, zu dir und man ruft dir zu: die Pfoten hoch! Getsi drückt das so aus: »*Ruki werch*, erhebet eure Hände![8]« Und man knöpft dir die Kapote auf und nimmt alles weg, was du hast, und jetzt mach was dagegen. Vor kurzem kamen bei uns zwei Genossen rein, sie ließen mit sich reden und nahmen einfach nur die Maschine mit. Eine Kuh hatte ich auch noch, aber sie war von alleine eingegangen. Und meine Broche ist noch ärmer dran, als sie früher war. Und Alter fehlt auch noch einiges, bis er ein reicher Mann ist. Lejser hat man vor langer Zeit rausgeschickt, weil etwas mit seinem Pass war. Es geschieht ihm recht, wer kann etwas dafür? Warum ist er auch ein Melamed? Mendl hat sich auch fein davongemacht, einfach hinge-

gangen und gestorben, einige sagen, an der Schwindsucht, andere vor Hunger, und ich meine, wegen beidem. Benjamins Ältester dient beim Militär, und von der Cholera redet man bei uns ganz normal. Obwohl, das fehlte uns gerade noch! Weiter kann ich dir keine Neuigkeiten schreiben. Aber dass deine Blume oder wie heißt sie jetzt noch, Jenny, jetzt zum Besuch der Gräber kommen will, die Zeit ist jetzt nicht günstig dafür, Jankel! Warte ein Jahr ab und, so Gott will, wird es bei uns ein bisschen ruhiger werden, die Menschen werden vielleicht aufhören, sich gegenseitig umzubringen. Dann werdet ihr ruhig kommen können, und wir gehen, so Gott will, miteinander aufs Friedhofsfeld hinaus. Es hat sich da draußen eine hübsche Menge Freunde eingefunden, gelobt sei Sein Name, von den bloß Bekannten will ich gar nicht reden. Und auch heute kommen noch jeden Tag neue dazu. Weitere Neuigkeiten gibt es bei uns nicht. Sei gesund und grüße jeden Einzelnen von mir herzlich. Nach Amerika fahre ich nicht. Dein Amerika gefällt mir immer weniger. Ein Land, wo eine Gazette *paper* heißt, wo aus Blume Jenny wird und ein Bräutigam drei Frauen auf einmal hat, vor solch einem Land muss man, sei mir nicht böse, doch eher davonlaufen. Aus deinem Brief entnehme ich, dass wir, wenn wir erst die »Konstitution« haben werden, die *wir* meinen, euer Amerika kein bisschen mehr brauchen! Dann werden wir hier ein besseres Amerika haben als ihr dort! Jankel! Ein Stück Gold werde ich kriegen und Kruschewan den Schlag, wie wir mit Gottes Hilfe eine Konstitution haben werden! Wenn uns Gott nur zu einem guten neuen Jahr versiegelt, uns hier und euch dort drüben!
Dein Freund Jisro'el.

Anmerkungen

EIN GUTES NEUES JAHR! *Leschone-tojwe.* 1919/1920 in *Der Tog*, Warschau, erschienen.

1 Zar Nikolaus I. (1796–1855).
2 *in den Tagen von Ahasver …*: Est 1,1.
3 Zar Nikolaus II. (1868–1918).
4 *… der König von Ägypten starb …*: vgl. Ex 2,23.
5 *und ein neuer König stand auf, der von Josef nichts mehr wusste:* Ex 1,8.
6 *ein Mensch mit reinen Händen:* vgl. Psalm 24,4 »Wer rein an Händen und lauteren Herzens ist …« (hier ironisch gemeint: wer kein Bestechungsgeld nimmt).
7 *ascher loj je'ose:* die man noch niemals zuvor erlebt hatte; Gen 20,9.
8 *reißt er ihr die Perücke runter*; Bei frommen Juden in Osteuropa hatte sich die Tradition entwickelt, dass der Braut – um nicht Eitelkeit zu wecken oder Verführung Vorschub zu leisten – kurz vor der Hochzeit die Haare abgeschnitten wurden. Sie trug von nun an ein eng gebundenes Kopftuch, Haube, Kappe oder eine Perücke (den *Scheitel*).
9 *Waje'onchu benej Jisroel:* Und die Kinder Israels stöhnten …; Ex 2,23.
10 *Howe nis'chakme:* lasst uns klug vorgehen; Ex 1,10.
11 *Anhänger vom Rebben*, hier: chassidischer Rebbe in einem ukrainischen Schtetl.
12 *Leschone tojwe tiksejwe wesichsejme:* »zu einem guten Jahr sollt Ihr eingeschrieben und versiegelt sein«, ritueller Wunsch zwischen Juden, von Rosch haSchana bis Jom Kippur.
13 *mit einem »P« fängt der Name dieser Stadt an:* Petersburg.
14 *er zeigte sie »lechol sorew wa'awodo:* all seinen Fürsten und Knechten«; Est 1,3.
15 *watidbak nafschu:* seine Seele hing an ihr; Gen 34,3: »Und *seine* [Sichems] *Seele hing* an [Dina, der Tochter Jakobs]«.
16 *Loj kom weloj so, …* er erhob sich nicht und fürchtete sich nicht; Est 5,9: »Als aber Haman den Mordechai im Tore des Königs sah, dass er *weder aufstand, noch sich vor ihm verbeugte*, da ward Haman voll Grimm über Mordechai«.

17 *»lo se haderech*, dies ist nicht der Weg«, vgl. 2 Kön 6,19: »Und Elisa sagte zu ihnen: *Dies ist nicht der Weg* [und dies nicht die Stadt]«. Unter dem Titel *»Lo su haderech!«* hatte der kultur-zionistische Vordenker Achad Ha'am im Jahre 1889 einen programmatischen Artikel in der Zeitung »haMeliz« veröffentlicht.
18 *»al rischn rischn we'al achren achren*, eins nach dem anderen, schön der Reihe nach«, Raschi zu Gen 24,24: so antwortet Rahel Abrahams Knecht bei der Brautwerbung.
19 *jajwer olaj mo:* mag auch mit mir geschehen was will; Hiob 13,13: »… Ich will reden, *was auch über mich ergehen mag*«.
20 Gen 13,17 [Abraham zu Lot]: »Mache dich auf und durchwandle das Land *nach seiner Länge und nach seiner Breite*«.
21 *a make ascher loj ksuwe batojre:* eine Plage, wie sie in der Schrift nirgendwo geschrieben steht; Dtn 28,61.
22 *Jerusalemer Talmud, yShekalim 1,1*(45d,60–69) [polemisch]: »Werden [die Israeliten] aufgefordert, einen Beitrag [zur Herstellung] des [Goldenen] Kalbes zu leisten, so spenden sie; werden sie aufgefordert, einen Beitrag zu der Errichtung] der Stiftshütte [zu leisten], so spenden sie.«
23 *Hachilojso leharojs es awdecho …*: Du hast begonnen, Deinem Knechte Deine Größe und Deine starke Hand zu zeigen; Dtn 3,24.
24 *… von Hodu bis Kusch*; Est 1,1.
25 *Wechaj achicha imoch:* Lev 25,36, »… damit dein Bruder lebe mit dir«.
26 *Tojcheche* [hebr. tochacha] = »Züchtigung, Verfluchung«: Bibelabschnitte, in denen die Strafen aufgezählt sind, die Israel treffen werden, wenn es Gott nicht gehorcht (Lev 26,14–45; Dtn 28,15–68).
27 *Gott wird dir einen Goj schicken, ascher loj tischma leschojnoj*, dessen Sprache du nicht verstehen wirst; Dtn 28,49. Der Witz besteht darin, dass in der Bibelstelle *goj* ein nicht-israelisches Volk bedeutet; beim Rebben aber wird daraus ein einzelner Nicht-Jude.

EIN WEISSES KAPOREHUHN *A wajse kapore*, 1994 in *Der Frajnd*, Petersburg, erschienen.
1 *Schwu'eß*, vgl. Glossar: Schawu'ot.
2 *Schalachmones[n]:* Purimgeschenke (meist Süßigkeiten und Getränke), die an Purim Verwandten und Bekannten nach Hause geschickt werden.
3 *Schaljapin*, Fjodor Iwanowitsch (1873–1938), berühmter russischer Opernsänger.
4 *Zschokke*: Heinrich Daniel, 1771–1848, Schweizer Schriftsteller, schrieb unterhaltende Novellen und historische Romane, anfangs im Stil der volkstümlichen Schauerromantik, dann mit hausbackenen Volkserzählungen. Er war in seiner Zeit einer der meistgelesensten deutschsprachigen Schriftsteller, mit Übersetzungen in viele Sprachen, auch in Jiddisch; sehr beliebt bei jüdischen Lesern, vor allem Leserinnen.

5 *Preferenz:* Preferenz, Tertelmertel, Oke: Jüdische Kartenspiele im Schtetl.
6 *bete die Menschenkinder:* vgl. Glossar: Kapores.

VERZEIHT MIR BITTE! *Men is sich mojchl*, 1911 in *Hajnt*, Warschau, und *Der Amerikaner*, New York, erschienen.
1 *Iwan Gonta*, berüchtigter Kosakenhauptmann, verantwortlich für das »Massaker von Uman«, 1768.
2 *… schlurft mit seinen Pantoffeln:* Zur Ordnung von Jom Kippur gehört es (nach mJoma 8,1), keine [Leder-]Schuhe zu tragen.
3 *kennt er sich sogar beim Kleingedruckten aus*, Gemeint ist die Fähigkeit zum Talmudstudium, einschließlich der oft in sehr kleiner Schriftgröße gesetzten jüngeren Ergänzungen rechts und links auf den Talmudseiten.
4 *Be'er Majim Chajim* (»Brunnen des lebendigen Wassers«, nach Gen 25,19): Titel verschiedener Werke, u. a. des Superkommentars zu Raschi's Pentateuchkommentar von Chajim Ben Bezalel (ca. 1520–1588).
5 *a make ascher loj ksuwe batojre:* siehe Anm. 21 zu »Ein gutes neues Jahr«.
6 *wie der Ton in der Hand des Töpfers:* vgl. Jer 18,5.
7 *birzusoj mekazer, ubirzusoj mefazer:* Witzig verdrehte Anfangszeile eines Jom Kippur-Bußgebetes, das nach Jer 18,4 formuliert ist: Während sich aber der Ton den Händen des Töpfers fügt, ist es beim Pferd des Wasserträgers gerade entgegengesetzt: Es macht, was es will (zum Bußgebet vgl. Magonet, *Jüdisches Gebetbuch 2*, S. 120; 728).
8 *Krankenspital*, s. Glossar: *Krankenbruderschaft*.
9 *Auslösung eines Erstgeborenen …* Auslösung des (prinzipiell zur Erinnerung an den Auszug aus Ägypten Gott geweihten) erstgeborenen Sohns bei einem Kohen am 30. Tag nach der Geburt.
10 *Nikolajewesker Soldat:* vgl. Geschichte EINE BESCHNEIDUNG – WELCHE FREUDE!, Anm. 7.
11 *Maschgiach:* Wächter, Aufseher; Person, die über die Einhaltung der Speisevorschriften (in Metzgereien, Bäckereien, Restaurants u. ä.) wacht.
12 *siebzehn silberne Kronen auf dem Gebetsmantel:* Es handelt sich um Kronen als Ornamente des Gebetsmantels aus Seide, Silber- oder Goldbrokat *(atorot)*.
13 *achtzehn Geldstücke:* Da die 18 dem Buchstabenwert von *chaj* = Leben, entspricht, ist sie eine beliebte Zahl.
14 *Handfass:* rituelles Waschbecken am Synagogeneingang.
15 *jekum purkn:* wörtl. »Erlösung komme [vom Himmel …]«; Name/Anfang zweier fast gleichlautender, hintereinander im Siddur abgedruckter aramäischer Gebete für den Sabbatmorgen nach der Haftara; das erste Gebet für die Gelehrten Israels und Babylons [die nicht mehr existieren!], das zweite für das Wohlergehen der Gemeinde; der zweite *jekum purkn* muss von der Gemeinde gesprochen werden und enthält Segenswünsche für verdienst-

volle und wohltätige Gemeindeglieder. (Vgl. den Witz in J. C. Rawnizki *Jidische vitsn II, S. 202: »tsulib vos tojgn tsvej jekum purkns? Tomer vet ejner vern farfaln, vet blajbn der tsvejter.«*) Siehe Bamberger, Sidur, S. 120 f.

16 *Hoschanazweige:* jidd. heschajneß, Weidenruten (s. Glossar: Hoschana Rabba).

17 *Schmure-Mazzen:* »behütete Mazzen«, für die das Getreide und selbst das Wasser zum Backen von vornherein abgesondert und zur Erhaltung der rituellen Reinheit unter Beobachtung bleiben müssen (siehe Weinberg, Lexikon, S. 241 f.).

18 *Wie lange wird man solch ein Verhängnis noch ertragen können?* Ex 10,3.7.

19 *Die 39 Schläge verpassen lassen:* Nach Dtn 25,3 sind es 40 Geißelhiebe für bestimmte Vergehen, die aber auf 39 herabgemildert wurden (mMak 3,10; yNas 53a); symbolische Auspeitschung am Vorabend von Jom Kippur.

ES GIBT KEINE TOTEN MEHR *nischto kejn mejßim*, 1902 in *Der Jid*, Warschau, erschienen.

1 *Vier Ellen*; s. Glossar.

2 *Mafter* (hebr. *maftir*): abschließende Vorlesung des Prophetentextes der Haftara in der Synagoge; Person, die zu dieser Lesung aufgerufen wird.

3 *Ato-horejso* [»man hat dich gelehrt …« Dtn 4,35] Anfangsworte und Name einer [sehr begehrten] an Simchat Tora vor dem Öffnen des Thoraschreins verlesenen Versgruppe.

EIN BENEIDENSWERTER MANN *Im meg men mekane sajn*, 1902 in *Der Jid*, Warschau, erschienen.

1 *die Stimme eines brüllenden Löwen:* vgl. Hiob 4,10.

2 *Atunem – nem …* Silben, die offenbar im synagogalen Gesang dazu geeignet sind, den Ausdruck des Leidens zu unterstreichen. Sie finden sich auch in Scholem Alejchems Roman »Josele Solovej« (Anfang Kap. II)

3 *Scha … mm … mm …! I – o – nu*! Nach der Tradition darf man Gebet und Toralesung nicht unterbrechen und – außer in der heiligen Sprache – nicht reden. *Zu Fragen der Unterbrechung des Gebetes* [vor allem des Achtzehngebetes] und der Toralesung vgl. Kap. 5 von Mischna Berachot u. ö., auch EJ (englisch), *Bitul ha-Tamid*, Bd. 4, Sp. 1061: vgl. z. B. Babylonischer Talmud bBer 40a: »Raw sagte: [spricht jemand] ›Nimm, gesegnet, nimm, gesegnet!‹, so braucht er den Segen nicht abermals zu sprechen; wenn aber. ›Salz her, Zukost her!‹, so muss er den Segen abermals sprechen (zwar sind auch die erstgenannten Worte eine Unterbrechung, sie haben aber immerhin eine Beziehung zum Segen!)«.

4 *Kaporehuhn:* Huhn [Hahn], das/der im Sühneritual des »Kaporesschlagens« am Rüsttag von Jom Kippur mit einem Sühnegebet über dem Kopf geschwungen und dann geschlachtet wurde.

5 *Lech bescholem*, gehe hin in Frieden, Ex 4,18.

EINFACH RAUSGESCHÜTTELT *Ojßgetrejßelt*. 1902 in *Der Jid*, Warschau, erschienen.

1 *Wajehi hajojm*, und siehe, es geschah in jenen Tagen …: Biblisches Zitat, Beginn des Buches Ruth 1,1 sowie der Megille Esther 1,1.

2 *Ha majrew arowim*, der Du die Abende herbeiführst …: Schluss der ersten Beracha vor dem Schema Israel im Abendgebet; vgl. Bamberger, Sidur, S. 176.

3 *Wie ein Goj im Aschrej ist er zu Hause* …, ursprünglich: »wi a jid in aschrej«. *aschrej* = wörtl. »Heil denen …«, Anfang/Name einer Zusammenstellung von Psalmen, die dreimal in den täglichen Gebeten vorkommen und also sehr geläufig sind.

4 *»Be'er Majim Chajim«*: Siehe Anm. 3 in der Erzählung »Verzeiht mir bitte«.

5 *Ibn Esra, Abraham:* um 1092–1167, Spanien/Italien, berühmter Bibelkommentator.

EIN LEICHTER FASTTAG *A gringer toneß*. 1903 in *Der Frajnd*, Petersburg, erschienen.

1 Der amerikanische Arzt Henry Tanner schloss 1880 eine Wette ab, dass er 40 Tage lang völlig auf Nahrung verzichten und lediglich Wasser trinken werde. Er war davon überzeugt, dass es möglich sei, durch Fasten verschiedene Krankheiten zu heilen. Nach großem Erfolg der Aktion in New York wiederholte Tanner die freiwillige Hungerkur noch mehrere Male.

2 *Gam su letojwe (»auch das ist zum Guten«)* …: Leitspruch des rabbinischen Weisen Nachum aus Gimzo (2. Jh. n. Z.), zitiert in bTaanit 21a.

3 *ist es doch ein Gebot Gottes:* z. B. Lev 16,29 u. ö. »am zehnten Tag des siebten Monats sollt Ihr fasten …«

4 *We'inisem es nafschosejchem* … Ihr sollt fasten; vgl. Lev 23,32.

5 *Schiwoser betames:* »der 17. Tamus«. Fasttag am 17. Tamus zum Gedenken an die Belagerung Jerusalems durch die Babylonier in Jahre 70 n. Z.

6 *Fasten Gedaljas:* Gedächtnisfasten am Tag nach Rosch haSchana zur Erinnerung an die Deportation der Juden durch Nebukadnezar nach der Ermordung des Statthalters Gedalja.

7 *Ester-Tones:* das Fasten von Esther (am Tag vor Purim), vgl. Est 4,15 f.

8 *Ojmer we'ojse* – gesagt, getan! Vgl. bBer 57b.

9 *Ejli Ziojn we'oreho:* Anfang und Name eines Klageliedes am Morgen von *Tischebow:* »Jammere o Zion …«. Wenn es gesungen wird, stehen die Beter, die bisher auf dem Boden saßen, auf.

10 *Ach Zion, fragst du nicht* …: Anfang des letzten der »Zioniden«-Lieder von Jehuda haLevi (vor 1075–1141); sie sind Teil der *Kinot* (Klagelieder) des 9. Aw und wurden auch von Franz Rosenzweig übersetzt (Franz Rosenzweig, Jehuda Halevi, S. 251 f.)

ZWEI TOTE *Tswej tojte.* 1909 in *Der Frajnd*, Petersburg, erschienen.

1 *An solch einem Feiertag*: vgl. Babylonischer Talmud, bMeg 7b: »Raba sagte: Am Purimfeste muss man so viel zechen, bis man zwischen ›verflucht sei Haman‹ und ›gepriesen sei Mordechai‹ nicht mehr zu unterscheiden vermag«.

2 *Du weißt doch, was der König Salomon über euch gesagt hat …*? Siehe z. B. Sprüche Salomos 5,3; 11,22 [»wie ein Schwein mit einem goldenen Ring im Rüssel, so ist eine Frau ohne Anstand«]; 19,3 u. a.

3 *jekum purkn*: Siehe die Erzählung »Verzeiht mir bitte«, Anm. 13.

4 *Lecho dojdi* (»Komm, mein Freund, [der Braut entgegen]«): Anfang und Name eines Hymnus von Schlomo Halevi Alkabez (ca. 1500–1580, Safed/Israel), der am Freitagabend gesungen wird, um Königin Sabbat zu empfangen.

5 *… dass ausgerechnet an Purim alle Saufbolde nüchtern sein sollten*: siehe Tendlau, *Sprichwörter*, Nr. 885.

6 *Hing ihn [Haman] dann zusammen mit seinen zehn Söhnen auf dem fünfzig Ellen hohen Baum auf*: Est 9,7 ff.

7 *Hamantaschen*: Vgl. Glossar *Purim*.

8 *… dass man sogar zum Unglück eine Portion Glück nötig hat*: Siehe Ignaz Bernstein, *Sprichwörter*, S. 282: »*Tsum schlimasl mus men ojch hobn masl*«.

9 *Smires*, Hebr. semirot: sabbatliche Tischgesänge.

10 *… der Du unseren Streit führst …*: aus der Beracha nach dem Vorlesen der Megilla, Bamberger, Sidur, S. 276.

11 *Die Glut Seines Zorns*: Psalm 78,38.

12 *Wajesose*, Hebr. Wajesata: vgl. Est 9,9; Hamans jüngster Sohn.

13 *schehakl nihije bidwore*, durch Dein Wort ist alles entstanden: Segensspruch vor dem Verzehr von Getränken [außer Wein] sowie über verschiedene Speisen; Schnaps, Branntwein. Siehe Bamberger, Sidur, S. 290.

14 *alle Könige aus Osten und Westen*: Anführer der feindlichen Mächte gegen Israel, vgl. bBer 4a u. ö.

ZWEI SCHALACHMONES – *Tswej schalech-monesn.* 1902 in *Der Jid*, Warschau, erschienen.

1 *Schalachmones[n]*: Purimgeschenke (meist Süßigkeiten und Getränke), die an Purim Verwandten und Bekannten nach Hause geschickt werden.

2 *wie Haman auf die Klapper*: Wenn an Purim das Buch Esther verlesen wird, machen vor allem die Kinder mit »Gragers« (Holzratschen, Klappern) Lärm, so oft der Name Hamans (vgl. Glossar) fällt.

3 *mit einem Loch in der Mitte*: Gelochte Münzen hatten öfters einen geringeren Wert als Münzen ohne Loch.

4 *chosn-brejsches … chosn Tojre*: Siehe Glossar: *Simchat Tora.*

5 *we ohawto*, und du sollst lieben: Lev 19,18.

6 *bawojnesejnu horabim*, um unserer großen Sünden willen: vgl. Jes 59,12; Esra 9,6 f.
7 *Mo'es chitim:* vgl. die Erzählung »Eine Expropriation an Pessach«, Anm. 6.

DIE GOLDSPINNER *Di goldshpiners*. 1909 in *Der Frajnd*, Petersburg, und *Der Amerikaner*, New York, erschienen.
1 *Memuchan ...:* Gestalt aus dem Buch Esther (Est 1,14 f).
2 *Mondrisch:* Gestalt der osteuropäischen Purimspiele; Spaßmacher; gespielt vom Darsteller des Mordechai, da dieser neben Königin Esther der einzige Jude in der Megille ist; es geht um jüdische Texte und Parodien, die nur ein Jude sagen kann.
3 *Bezalel:* Erbauer der Stiftshütte und ihrer Geräte; vgl. Ex 31,1–11; 36–39.
4 *Grager:* siehe Glossar: *Purim*; *Haman*.
5 *Anderer Leute Kinder soll man nicht zählen:* vgl. Ex 30,11 ff. sowie Kommentar von Raschi; 2Sam 24,1 und 1Chron 21,1.
6 *»Züchtigungen«* [Hebr. *tochacha*, Jidd. *Tojcheche*]: Bibelabschnitte, in denen die Strafen aufgezählt sind, die Israel treffen werden, wenn es Gott nicht gehorcht (Lev 26,14–45; Dtn 28,15–68).
7 *Schojschanes Jankef* (Hebr. *schoschanat-Ja'akow*): »Jakobs Rose« [oder Lilie], Purim-Lied.
8 *Purimspieler:* siehe Glossar: *Purim*.
9 *Kojletsch:* (meist geflochtenes) Weißbrot für Sabbat und Feiertage.
10 *Kasri'el:* mittelloser Mensch (vgl. im Nachwort den Abschnitt 1 »Kasrilewke«).

FREUDE AN DEN KINDERN *Naches fun kinder*. 1901 in *Der Jid*, Warschau, erschienen.
1 *Ukas, der Erlass vom 3. Mai:* Die Maigesetze des Russischen Reiches, die im Mai 1882 offiziell als »zeitlich begrenzte Verordnungen« erlassen und erst im März 1917 während der Russischen Revolution aufgehoben wurden, enthielten eine Reihe von antijüdischen Maßnahmen. Sie wurden von Zar Alexander III. als Reaktion auf die Pogrome in Kraft gesetzt, zu denen es nach dem Attentat auf seinen Vorgänger Alexander II. in zahlreichen russischen Städten gekommen war, und dienten der Einschränkung der Freizügigkeit der russischen Juden. Zu den Verordnungen gehörte, dass es von da ab Juden verboten war, sich außerhalb von Städten und Kleinstädten niederzulassen; siehe auch Nachwort, 2. Abschnitt: »Geschichtlicher Hintergrund«.
2 *Loj lachachomim lechem*, allen Weisen fehlt das Brot: vgl. Pred 9,11.
3 *nach Bojberik zur Erholung fahren:* Bojberik ist (auch in *Tewje, der Milchmann*) Scholem Alejchems Name für das Erholungsstädtchen *Boyarka*, 20 km außerhalb von Kiew gelegen.
4 *unterhalten sich über das Kleingedruckte:* Siehe Anm. 3 der Geschichte »Verzeiht mir bitte!«.

5 *Koweschaner Wimrosig:* Vgl. Anm. 3 der Erzählung »Die ›vier Becher‹«.
6 *Brodski, Israel M.* (1823–1888): Zuckerindustrieller in Kiew.

VON PESSACH BIS LAUBHÜTTEN *Fun pejsech bis sukes.* 1915 in *Der Tog*, Petersburg, erschienen.
1 *Präferenz, Wind, Oke:* Kartenspiele im Schtetl.
2 *Rubinstein, Akiva* (1882–1961): genialer polnisch-russisch-jüdischer Schachspieler.
3 *Und siehe, es geschah [in jenen Tagen] ...:* Biblisches Zitat, im Original auf Hebräisch, Beginn des Buches Ruth 1,1 sowie der Megilla Esther 1,1.
4 *Me'ajen jowe esri ...:* woher kommt mir Hilfe? *Psalm 121,1.*
5 *»mit der Etappe«:* Wenn die Polizei einen Menschen ohne Wohnrecht antraf, zog sie seinen Pass ein und händigte ihm ein Dokument mit dem Inhalt aus, dass er sich auf dem kürzesten Weg zu seinem Heimatort zu begeben habe. Fuhr er mit einem solchen Ausweispapier nicht sofort zurück, nahm ihn die Polizei fest und transportierte ihn von Gefängnis zu Gefängnis in Richtung Heimatort. Dieser Weg »in Etappen« konnte Wochen und Monate dauern (Scholem Alejchem, Moskauer Ausgabe, Bd. II, Anmerkungen, S. 346).
6 *Majwer Jabek:* »Übergang über den Jabbok« (vgl. Gen 32), Titel eines Gebetbuches mit Sterbe- und Totengebeten.

EINE »EXPROPRIATION« AN PESSACH *A peysechdike ekspropriatsye.* 1908 in *Der Amerikaner*, New York, erschienen.
1 Zum Titel und zum politischen und sozialen Hintergrund der Geschichte siehe Nachwort, Abschnitt 2: »Geschichtlicher Hintergrund«, sowie Karl Marx, *Das Kapital*, MEW 23, S. 791: »Die Expropriateurs werden expropriiert«.
2 *»Konstitution«:* siehe Nachwort, Abschnitt 2: »Geschichtlicher Hintergrund«.
3 *Erhebet eure Hände ...!* Aus der Beracha *Schema tefila* im Abendgebet vor Jom Kippur. Hier im Sinn von »Hände hoch!« (russ. *Ruki werch!*) gebraucht.
4 *Haschiwejnu ...:* Klagelieder 5,21; Anfang der 5. Beracha des Achtzehngebetes, siehe Bamberger, Sidur, S. 42.
5 *Jehupez:* Scholem Alejchems Bezeichnung für Kiew.
6 *mo'es chitim*, »Geld für Weizen«: Gaben, um die Armen zur Passah-Feier mit dem Nötigsten auszustatten.
7 *wie in der Pariser Kommune:* Die Pariser Kommune (im Frühjahr 1871) gilt als Versuch, Paris nach sozialistischen Vorstellungen zu verwalten. Für Marx lag ihr Geheimnis darin, dass sie »eine Regierung der Arbeiterklasse war« und das Resultat des »Kampfs der hervorbringenden gegen die aneignende Klasse«. Sie gilt auch als Beispiel für die »Diktatur des Proletariats«. In Frankreich setzte das Bürgertum dagegen die bürgerliche Republik durch, Bismarck und Wilhelm I. das Deutsche Reich.
8 *das »heilige Mundwerk«:* vgl. bSanhedrin 23a u. ö.

9 *tomu podobnoje:* [russ.] »und Ähnliches«.
10 *Burzhukes ...:* Angehöriger der Bourgeoisie.
11 *Prasdnowajete:* Ihr feiert ...; wir *propadajem* ... kommen um vor ...
12 *sogar das Ei, den angerösteten Lammknochen, die Petersilie und die bitteren Kräuter sowie das braune Mus ...:* siehe Glossar, Stichwort »Seder«.

GESCHICHTE EINER MÜTZE *Iber a hitl.* 1913 in *Hajnt*, Warschau, erschienen. Vgl. zur Geschichte: Bechtel, Le Chapeau fait-il le Juif? S. 67–79.
1 *Coupons* (Zinscoupons, Zinsscheine): Name der Quittungen, die Staatspapieren, Pfandbriefen, Aktien u. a. beigegeben wurden. Man hat sie vom Couponbogen (Zinsbogen) abgeschnitten und bei den bezeichneten Kassen gegen Bargeld eingelöst. Fällige Zinscoupons von börsengängigen Papieren bildeten an den größeren Börsen einen Handelsgegenstand mit selbständiger Preisnotierung (nach *Meyers Großem Konversations-Lexikon* [1897], 10. Band, S. 606).
2 *Tschernosem, Schwarzerde* (russ. tschernyj = schwarz, u. semlja = Erde), ist ein sehr fruchtbarer Bodentyp mit humusreichem Oberboden, der z. B. in den Flussgebieten des Dnjepr zu finden ist.
3 *borech schepotrani*, »Gelobt sei, der mich entlastet«: vom Vater des religiös volljährig gewordenen Jungen gesprochener Segensspruch; iron.: das/den/die wären wir los!, eine wahre Erlösung!
4 *wie Euer Tewje sagt: »Tow schem mischemen tow*, besser ein guter Name als köstliches Öl« Pred 7,1.
5 Purischkewitsch, V. N. (1870–1920): Führer der antisemitischen Fraktion im russischen Parlament.

DIE VIER BECHER *Arbe kojßes.* 1900 in *Der Jid*, Warschau, erschienen.
1 *Jerucham, Pitsche Odesser ...:* berühmte Kantoren Osteuropas zur Zeit von Scholem Alejchem: *Yeruham* Blindmann (ca. 1798–1891), Kantor und Komponist, u. a. in Berditschew; Osias *Abrass*, (=*Pitsche Odesser*; ca. 1820–1883); *Benje:* evtl. Benjamin Noah Kaplan (1826–1899), berühmt wegen seines lyrischen Tenors und seiner Koloraturen, zuletzt Kantor der Reichman-Synagoge in Warschau; *Bezalel* (Bezalel Odesser; ca. 1779–ca. 1873), Kantor in Odessa, Jerusalem; Spivak Nissan (»*Nissi Belzer*«; 1824–1906), Kantor in Belz, Kischinew und Berditschew; *Baruch Karliner* (ca. 1810–1871 oder 1879), Kantor in Karlin, Pinsk und Brisk; Nissan *Blumenthal*, (1805–1903), Kantor u. a. in Berditschew und Odessa; Jacob *Bachmann* (1846–1905), Kantor und Komponist, u. a. in Berditschew, Lemberg und Odessa; Pinchas *Minkowski* (»*Pinje*«; 1859–1924), Kantor und Komponist in Kischinew, New York und Odessa.
2 *jajin nesach:* Wein, den Juden nicht trinken dürfen, da er im Verdacht steht, für nichtjüdische Kulte bestimmt gewesen zu sein.
3 *Kafrisn* Wein aus Zypern

4 *Koweschaner Wein*: Rotwein aus der Weinbauregion Kovaszna in Transsilvanien/Rumänien.
5 *der Du die Frucht des Weinstocks erschaffst*; Ende des Weinsegens beim Kiddusch (Heidenheim, *Pessach-Hagada*, S. 5).
6 *so fangen wir mit lauter Stimme an zu singen:* Die Teile des Sederabends nach Heidenheim, *Pessach-Hagada: Awodim hajinu lepare bemizrajim*, »einst waren wir Knechte des Pharao in Ägypten« – ebd., S. 8 f.; *die Geschichte von Rabbi Elieser und von Rabbi Jehoschua und Rabbi Elasar ben Asarja, Rabbi Akiwa und Rabbi Tarfon, die eine ganze Nacht zusammensaßen und den Auszug aus Ägypten miteinander erörterten* – S. 9 f.; *Die »vier Söhne« der Haggada …* – S. 10–12; *Wir kneteten Lehm und buken Ziegel, wir bauten Pitom und Ramses …* – S. 16 f.; *Hätte der Heilige, gelobt sei Er, uns nicht zur rechten Zeit aus Ägypten geführt …* – S. 8; *Sman chejresejnu*, »die Zeit unserer Befreiung«! … – S. 5 f.; *Geschichte unseres Ur-Ur-Urahns Terach …* – S. 12; *Wanizak …* »und wir schrien …« – S. 17; *Mit Zehn Plagen … Dom … zfardeje …*, »Blut … Frösche …« – S. 22; *Zusammen mit Rabbi Jossi* dem *Galiläer rechnen wir alle Plagen zusammen, mit denen Pharao geschlagen wurde …* S. 23 f.; *Als wir sagen: »Lefichoch*, denn verpflichtet sind wir …« – S. 29 f., *und zum Hallel kommen*, zu den Dankpsalmen … – S. 30 f.; *Nach dem Afikojmen* – S. 33; *Schfojch chamos'cho*, schütte Deinen Grimm aus über die Völker … – S. 40 f.; *Hojde … Dankt …* – S.46; *Neschomes … die Seele alles Lebenden* –S. 47 f.; *es war in der Mitte der Nacht …* – S. 51 f.; *lecho ulecho, lecho ki lecho, lecho af lecho*, Dein ja Dein … – S. 56 f.; *Leschono habo'o biruscholajim!* Das nächste Jahr in Jerusalem! – S. 57.
7 *Golem aus Lehm:* Nach Psalm 139,16 bezeichnet »golem« den Menschen als formlose Masse vor der Geburt. Seit dem 12. Jahrhundert ist der Golem ein stummer, willenloser Mensch, der mit Hilfe eines magischen Rituals – analog zur Erschaffung Adams – künstlich aus Lehm erschaffen wurde. Berühmt sind die Golem-Sagen um den Baal Schem Tow (ca. 1700–1760), den Gründer des Chassidismus, und im 16. Jh. um den Prager Rabbi Löw.
8 *Bonne:* (frz.) Dienstmädchen.
9 *Hinejni muchon umsumon:* siehe, ich bin willens und vorbereitet, [das Gebot des zweiten Bechers der »vier Becher« zu erfüllen] vgl. Hagadah schel Pesach (Bar Jehuda), Brooklyn o. J., S. 92.
10 *Becher des Propheten Elias:* am Pessach-Abend für den Propheten Elias mit Wein gefüllter Becher.

DIE HEIMREISE AN PESSACH Ojf pejsech ahejm. 1903 in *Di jidische folkstsajtung*, Warschau, erschienen.
1 *Chaschtschewate:* ukrainische Stadt am Bug (Chaschuwato).
2 *Moses verkündete die Festzeiten des Ewigen:* Lev 23,44; aus dem Abendgebet vor den Wallfahrtsfesten, vgl. Bamberger, Sidur, S. 90.

3 *sich »al kise-hamalches«* setzen, auf den königlichen Thron: Est 1,2.
4 *mit der »Etappe nach Hause«*: siehe »Von Pessach bis Laubhütten«, Anm. 5.
5 *… aus den »Geboten Israels«*: jidd. *Chok leJisro'el*, populäres Werk mit Abschnitten aus Tenach, Talmud, Sohar.
6 *Petschane*, ukr. *Pischana:* ukrainische Stadt am Bug.
7 *zum Alejnu gut ausgespuckt:* Es war in manchen Gemeinden üblich, beim *Alejnu*-Gebet (siehe Bamberger, Sidur, S. 65) kurz vor dem Ende des Gottesdienstes bei dem Satz »dass Er uns nicht erschaffen gleich den Völkern der Länder …« symbolisch auszuspucken. Von daher der Ausdruck im Jiddischen »kumen farn ojsschpajen« = ganz zum Schluss kommen.
8 *… acht Tage lang nicht essen und nicht trinken dürfen:* weil es außerhalb des Schtetls nichts Ungesäuertes zu essen gibt.
9 *Hamane ucha*, »Hamans Ohren«: Anspielung auf Purim, siehe Glossar.
10 *al tiftach pe lasotn:* In Anlehnung an bBer 19a: »Nimmer öffne der Mensch seinen Mund vor dem Satan«.
11 *Wie Blei versanken sie in gewaltigen Wassern:* Ex 15,10.
12 *Die Wasser umfingen mich bis an die Seele:* Jona 2,6.

DER ERSTE PESSACH-ABEND IM KRIEG *Di erschte nacht pejsech ojf der milchome*. 1904 in *Der Tog*, Petersburg, erschienen.
1 Der Zeitpunkt der Geschichte ist der Beginn des »russisch-japanischen Krieges« (1904/1905), der mit einer verheerenden und verlustreichen Niederlage Russlands endete, siehe Nachwort, Abschnitt 2: »Geschichtlicher Hintergrund«.
2 *Mazo su sche'onu ochlin al schum mo-ho-o:* Was bedeuten die ungesäuerten Brote, die wir essen? (Heidenheim, *Pessach-Hagada*, S. 28).
3 *Holoneschti:* Stadt in Bessarabien, rumänisch *Olanesti*, nahe an der heutigen Grenze zwischen Moldawien und der Ukraine im Rajon (Distrikt) Ştefan Vodă gelegen; Ausgangspunkt von Scholem Alejchems Roman *Blonzhende Shtern*.
4 *Morer se che'onu ochlin al schum mo-ho-o*, dieser Maror, die bitteren Kräuter, s. Heidenheim, *Pessach-Hagada*, S. 28.
5 *Zur Erinnerung, dass die Ägypter das Leben unserer Väter in Ägypten verbitterten:* ebd.
6 *Klein-Pereschtschepene* [siehe Scholem Alejchem, *Eisenbahngeschichten* »Wirklich genommen!«]: ukrainische Stadt bei Luben.
7 *gramotne* (slaw.) alphabetisiert; ein Mensch, der lesen und schreiben kann.
8 *Nowosti:* Name mehrer Zeitungen in Osteuropa, vielleicht hier *Odesskiya Nowosti*, die ab 1901 u. a. von Wladimir Jabotinsky herausgegeben wurde.
9 *Malachow Kurgan:* Erhebung auf der Krim, nahe bei Sewastopol, 1855 Ort einer Schlacht im sog. Krimkrieg.

10 *Halleluja, lobt Ihr Diener des Ewigen ...*: Psalm 113,1, Beginn des Hallel, einer Zusammenstellung der Psalmen 113–118, vgl. Heidenheim, *Pessach-Hagada*, S. 30.
11 *der Du der Unfruchtbaren Hausrecht gibst ...*: Psalm 113,9, vgl. ebd.

IN GROSSER EILE *Bechiposn*. 1900 in *Der Jid*, Warschau, erschienen.
1 *»König« [an Pessach]*: im Gegesatz zum versklavten Israeliten in Ägypten. Beim Seder (vgl. Glossar) sitzt der Hausvater erhöht auf dem Sedersessel (»Königsthron«; vgl. Est 1,2); siehe Glossar: *Pessach*.
2 *Schulamit*: Operette von Abraham Goldfaden. Goldauni = Carlo Goldoni (1707–1793) ital. Kommödiendichter und Librettist.
3 *Belaja Zerkow*: ukrainische Stadt im Bezirk Kiew, wo Scholem Alejchem von 1883–1887 wohnte.
4 *Koschermachen*: Vgl. Glossar: *Pessach*.
5 *Chamez*: Vgl. Glossar: *Pessach*.
6 *Plistina* = Palästina.
7 *den angebratenen Lammknochen*: eine der symbolischen Speisen auf dem Sederteller (siehe Glossar: *Seder*) vgl. Ex 12,8 f.

EINE BESCHNEIDUNG – WELCHE FREUDE! – *An ongelegter briß*. 1901 in *Der Jid*, Warschau, erschienen.
1 *Den Messias wird sie zur Welt bringen, anders kann es nicht sein*: vgl. Achtzehngebet, 15. Beracha (vgl. Bamberger, Sidur, S. 44).
2 *Portret ...*: Foto, das Amerika-Fahrer [oft in geliehenen Kleidern] machen ließen und in die Heimat schickten.
3 *ein Amulett ...* (im jiddischen Text *schir-hamajles* [»Aufstiegsgesang«]: Zettel mit dem Text von Psalm 121 und bestimmten kabbalistischen Wörtern, von denen man hofft, dass es die Wöchnerin und das Neugeborene vor bösen Geistern schützt, wenn das Amulett im Zimmer aufgehängt wird.
4 *Machschejfe loj tchie ...*: die Zauberin sollst du nicht leben lassen, Ex 22,17.
5 *Sine, Sansine, Semanglof*: Nach Tradition der Kabbalah und in der Folklore wird Lilith, die erste Frau Adams und Verderberin neugeborener Kinder, durch die Engel der Heiligung *Sine, Sansine, Semanglof* bzw. Sanoi, Sansanoi und Samenglof, unschädlich gemacht.
6 *Elias-Stuhl*: hoher Stuhl, Ehrenplatz während der Beschneidungszeremonie – als symbolische Einladung für den Propheten Elia.
7 *Nikolajewesker Soldat*: jüdischer Soldat unter Zar Nikolaus I. (1796–1855).

DREI KALENDER *Draj lucheß*. 1913 in *Hajnt*, New York, erschienen.
1 Tolmatschow, Iwan N., General; von 1907–1911 Stadthauptmann von Odessa, ein berüchtigter Antisemit.
2 *Frankoni*: berühmtes Café und Restaurant, 1872 in der Katharinenstrasse 15–17 von Odessa eröffnet.

NICHTS NEUES BEI UNS! *Nischto kejn najes;* urspr. *tswej leschone toj briwlech.* 1907 in *Der Frajnd*, Petersburg, erschienen.

1 *Leschone tojwe tiksejwe wesichsejme*, »zu einem guten Jahr sollt ihr eingeschrieben und versiegelt sein«: ritueller Wunsch zwischen Juden von Rosch haSchana bis Jom Kippur.

2 Seit bei euch die *revolution* und die *constitution* und die *massacres:* siehe Nachwort, Abschnitt 2: »Geschichtlicher Hintergrund«.

3 *Kruschewan, Pawel A.:* bessarabischer antisemitischer Journalist, Kischinew (1860–1909), Herausgeber der Zeitung *Bessarabez*, in der er 1903 den Kischinewer Pogrom mit auslöste.

4 *Ojdcho*, wörtl.: »Ich preise Dich«, Anfangswort eines Psalmverses im Hallelgebet (Ps 118,21), das zweimal hintereinander zitiert wird (siehe Bamberger, Sidur, S. 206). Daher im Jiddischen in der Bedeutung von »bitte nicht noch einmal!« benutzt; vgl. die lateinische Redewendung »bis repetita non placent [wir wollen das nicht noch mal wiederholen!]« nach Horaz, Ars Poetica 365. Siehe Bernstein, *Sprichwörter*, S. 54.

5 *Kischinew:* zur Zeit Scholem Alejchems bessarabische Stadt am Rande des russischen Reiches; heute Hauptstadt von Moldawien. Der »Pogrom von Kischinew«: antisemitische, von der Zeitung *Bessarabez* unter ihrem Verleger P. Kruschewan demagogisch geschürte organsierte Ausschreitungen gegen Juden um Ostern 1903 in Kischinew mit vielen ermordeten und verletzten jüdischen Menschen sowie massiven Plünderungen jüdischer Häuser und Geschäfte.

6 *Gam su letojwe (auch das ist zum Guten) …:* Leitspruch des rabbinischen Weisen Nachum aus Gimzo (2. Jh. n. Z.), zitiert in bTaanit 21a.

7 *loj meduwschech weloj me'ukzech* [man spricht zur Biene:] Weder deinen Honig noch deinen Stachel wollen wir! Tanchuma Bemidbar zu Num 22,12 [Israel nimmt von Bileam weder den Fluch noch seinen Segen; vgl. Tendlau, *Sprichwörter*, 913; vgl. auch Midrasch Tehillim, zu Ps 1,22; *zaj mir nisht kejn feter - zerrajs mir nisht di shtiwel*, selbst wenn du mir Stiefel nähst, will ich nicht zu nahe mit dir bekannt sein.

8 *»ruki werch«:* »Hände hoch!« Siehe Anm. 3 in der Erzählung »Eine Expropriation an Pessach«.

Glossar

Die Transkription der jiddischen Wörter folgt im Glossar dem System, das Ronald Lötzsch in seinem *Jiddischen Wörterbuch* für deutschsprachige Leser eingeführt hat: *s* ist stimmhaft wie in »sagen«, *ß* – auch im Anlaut – ist stimmlos wie in »Riss«, *ch* wird immer hart ausgesprochen wie in »lachen«, *sh* bezeichnet den stimmhaften Zischlaut wie in »Etage« oder »Journal«. Im Text selbst, wo nicht die jiddische, sondern die im Deutschen allgemein übliche Lautform des hebräischen Wortes verwendet wurde, richtet sich die Schreibweise nach dem *Jüdischen Lexikon.*

Abtrünniger: siehe *schmaden.*

Achtzehngebet, auch *Schemone Esre*, hebr.; jidd. *schimeneßre*, wörtlich »achtzehn«, neben dem Schema Jisrael eines der Hauptgebete im Gottesdienst der Synagoge oder außerhalb, wenn ein Minjan erreicht wird. Es gilt als *das* Gebet, wird daher auch Tefila genannt (Gebet) oder Amida (stehen), weil es im Stehen gebetet wird. Das Achtzehngebet besteht aus einer Reihe von Bitten, die jeweils mit einem Segen und einem Bekenntnis über Gottes Handeln abschließen.

Ansiedlungsrayon (engl. *Pale of Settlement*): wird das Gebiet im Westen des Russischen Kaiserreiches bezeichnet, auf das zwischen Ende des 18. und Anfang des 20. Jahrhunderts das Wohn- und Arbeitsrecht der jüdischen Bevölkerung im europäischen Teil des Russischen Reiches beschränkt war. Das Gebiet war zuvor größtenteils Bestandteil Polen-Litauens gewesen und mit den Teilungen Polens Ende des 18. Jahrhunderts unter russische Herrschaft gelangt.

Bar Mizwe, hebr. *bar mizwa*, wörtlich »Sohn des Gebotes«. Mit vollendetem 13. Lebensjahr wird der jüdische Junge ein »bar mizwa«, d. h. erwachsen im Hinblick auf religiös-sittliche Rechte und Pflichten. Am Tag der Bar-Mizwe legt er erstmals die Tefillin (Gebetsriemen) an und wird in der Synagoge zum Vorlesen der Tora aufgerufen. Auch: Feier des Tages.

Beerdigungs-Bruderschaft, hebr. *chewra kadischa*, jidd. *chewre kedische*, wörtlich »heilige Vereinigung«: Bestattungsgesellschaft des Schtetls. Die *chewre kedische* kümmert sich um Fürsorge und Hilfe bei Krankheiten und erledigt das Nötige bei allen Todesfällen in der Gemeinde. Sie sorgt auch bei Armen für ein Begräbnis nach den religiösen Vorschriften.

Beß-Medresch, hebr. *bet hamidrasch*, wörtlich »Haus des Studiums«: Lehrhaus, ständig zum Gebet und Studieren geöffnet. Ursprünglich von der Schul (Synagoge) getrennt, war das Beß-Medresch vor allem in kleineren Gemeinden mit ihr identisch. Bei den Chassiden auch *schtub* oder *schtibl* genannt.

Beschneidung: siehe *Briß*.

Bethaus: siehe *Beß-Medresch*.

Briß, eigentlich *briß-mile*, hebr. *berit mila:* Beschneidung, wörtlich »Bund der Beschneidung«. Als Zeichen des Bundes Gottes mit Abraham (vgl. Gen. 17,9–14) und mit ganz Israel wird einem Jungen am 8. Tag nach der Geburt durch den Beschneider die Vorhaut entfernt. Durch die Beschneidung wird das Kind in diesen Bund aufgenommen. Der Gevatter (jidd. *ßandek*), einem Paten vergleichbar, hält den Jungen bei der Beschneidung auf dem Schoß. Hiermit wurde gewöhnlich der Großvater, Onkel oder ein sonstiger naher Verwandter geehrt.

Bußgebete, hebr. *selichot*, jidd. *ßlicheß*, werden während der Tage vor dem Neujahrsfest im Morgengrauen gesprochen.

Chanukka, hebr.; jidd. *chánike*, wörtlich »Weihe«: achttägiges Lichterfest zur Erinnerung an die Verfolgung des jüdischen Volkes im 2. Jahrhundert v. d. Z., die Siege der Makkabäer sowie besonders die Wiedereinweihung des durch Epiphanes IV. geschändeten Tempels in Jerusalem im Jahre 164. Chanukka beginnt am 25. Kislew (November/Dezember). Während der Festtage werden Chanukkalichter angezündet sowie Chanukkageld an Kinder, Arme und Bedürftige ausgeteilt.

Charoset, jidd. *charojß(i)eß:* eine der symbolischen Speisen auf der Sederschüssel: ein Gemisch aus kleingehackten Äpfeln und Nüssen, mit Zimt und etwas Wein. Es soll an den Lehm in Ägypten erinnern, aus welchem die Israeliten Ziegel bereiten mussten. Siehe auch unter *Seder.*

Chassid, hebr.; jidd. *choßed*, wörtlich »Frommer«: Anhänger einer in der Mitte des 18. Jahrhunderts in Südost-Polen entstandenen, später in ganz Osteuropa verbreiteten religiösen Bewegung, mit mystisch-ekstatischen, teilweise aber auch abergläubischen Zügen.

Cheder, hebr.; jidd. *chejder*, wörtlich »Stube«: traditionelle jüdische Elementarschule, in der Jungen vom 5. Lebensjahr an bis zur Bar-Mizwe (siehe dort) vom Melamed, dem Kleinkinderlehrer, unterrichtet werden, vor allem in Bibel und Talmud. Die weiterführende Schule ist die *Jeschiwe* (siehe dort).

Chomez, hebr. *chamuz* – Gesäuertes. vgl.: Pessach

Chumesch: Buch mit den 5 Büchern Mose (Pentateuch) für den Unterricht im Cheder und um der Toralesung zu folgen.

Chupe, hebr. *Chupa:* Baldachin, unter dem die Trauung vollzogen wird. Von daher auch Bezeichnung für die Trauung.

Elul: Der letzte Monat im jüdischen Jahr (August/September), geht den »hohen Feiertagen« voraus. Im Monat Elul wird beim Gottesdienst das Schofarhorn (Widderhorn) geblasen. In diesem Monat verrichtet der fromme Jude beim Morgengrauen besondere Bußgebete, sog. *ßlicheß*. Man besucht die

Gräber der Verstorbenen. Diese Zeit beginnt mit »Rosch-Chojdesch-Elul«, dem ersten Tag im Monat Elul.

Erew-Pejßach: Der Abend, an dem mit der Sedermahlzeit das Pessachfest beginnt (siehe dort).

Etrog, hebr.; jidd. *Eßreg:* Zitrusfrucht; zusammen mit dem Lulaw, dem »Feststrauß« (bestehend aus Palmzweig, Bachweiden- und Myrtenzweigen), eine der »vier Arten« am Laubhüttenfest.

fleischig/milchig: siehe *Speisegebote.*

Gabbai, hebr.; jidd. *Gabbe:* einer der Gemeindeältesten mit dem Ehrenamt, bei der Toralesung zu assistieren.

Gemore, hebr. *Gemara:* der (babylonische) Talmud; im engeren Sinn die jüngeren Teile des Talmud, die die Mischna kommentieren.

Goj, hebr. und jidd., Plural gojim, wörtlich: Volk/Völker: Bezeichnung für Nichtjuden, Christen, übertragen auch für solche Juden, die sich in den religiösen Vorschriften nicht auskennen oder sie nicht befolgen. *Gojisch:* nichtjüdisch.

Haggada, hebr.; jidd. *Hagode:* Bericht vom Auszug Israels aus Ägypten (nach Ex 12–15), der an den beiden Pessachabenden (siehe dort) bei Tisch verlesen wird.

Halbfeiertag, hebr. *chol hamo'ed*, jidd. *cholemojed*, wörtl. »Das Nicht-Heilige des Festes«: Zwischentage, Halbfeiertage zwischen den ersten und letzten beiden Tagen von Pessach und Sukkot, an denen das Arbeitsverbot zum größten Teil aufgehoben ist.

Haman, hebr.; jidd. *Homen:* nach dem Buch Esther unter dem Perserkönig Xerxes Regent und Günstling, der alle Juden vernichten wollte. Zur *Erinnerung* an den Fehlschlag der Pläne Hamans wird das Fest Purim (siehe auch dort) gefeiert. Wenn an Purim das Buch Esther verlesen wird, machen die Kinder und Erwachsene mit »Gragern« (Holzratschen, Klappern) Lärm, so oft der Name Hamans fällt.

Hoschana Rabba, hebr.; jidd. *heschajne rabe*, wörtlich »großes Hilf mir!«: der siebte Tag des Laubhüttenfestes. Letzter Tag der »hohen, schrecklichen Tage« (der großen Bußtage). Entsprechend der Kabbala ist es ein Tag, an dem Gebete gen Himmel geschickt werden, um das dort gefällte Urteil, das für jeden Menschen bereits für das kommende Jahr fest und auf dem himmlischen »Kwitl« (Zettel) geschrieben steht, doch noch verbessern zu können. Man wünscht sich »a gut kwitl«, einen guten »Zettel«. An Hoschana Rabba werden beim Gebet Hoschana-Zweige geschlagen, d. h. die »Ruten«, grüne Weidenzweige, werden in kleinen Bündeln auf den Fußboden oder gegen die Bänke geschlagen.

Hoschana-Zweige, jidd. *Heschajneß:* Weidenruten (siehe Hoschana Rabba).

Jahrzeit, jidd. *jorzeit:* Gedenktag, an dem der Tod der Eltern oder der nächsten Verwandten sich jährt.

Jarmulke oder auch *kapl:* kleine runde Kopfbedeckung, die ein frommer Mann beim Gottesdienst, Gebet und Studium trägt. Der orthodoxe Jude trägt seinen Kopf immer bedeckt.

Jehupez: Scholem Alejchems Bezeichnung für Kiew.

Jeschiwe, hebr. *Jeschiwa:* Schule für fortgeschrittenes Talmudstudium. Der Schüler, der »jeschiwe-bocher«, lebt meist bei den Schwiegereltern in »Kost« (Kost und Logis) oder versucht, wenn er auswärts wohnt und arm ist, abwechselnd bei verschiedenen Gemeindemitgliedern einen Freitischplatz zu bekommen.

Jom Kippur, hebr.; jidd. *jom-kiper:* der große Versöhnungstag, wird als Fast- und Bußtag begangen, die Männer sind meist den ganzen Tag in der Synagoge. Er ist der letzte Tag und Höhepunkt der zehn Bußtage vom 1. bis 10. Tischri (September/Oktober). Das Schlussgebet heißt *Ne'ila*.

Kaddisch, hebr.; jidd. *Kadesch:* liturgisches Gebet im Gottesdienst, Anbetung Gottes und Bekenntnis Seiner Herrschaft. Wird auch von Trauernden während des Trauerjahres und bei Jahrzeiten für die Seelen der Verstorbenen gebetet.

Kapores, jidd. *kaporeß*, hebr. *kaparot*; Sing. hebr. *kapara*, jidd. *kapore*, wörtl. Sühne, Loskauf: Die biblische Zeremonie mit dem Sündenbock wird seit der Verwüstung des Tempels nicht mehr ausgeführt. Aber es entstand stattdessen in Teilen der jüdischen Tradition ein volkstümlicher Brauch: Man schwenkt ein lebendiges Huhn feierlich über seinem Kopf (oder spendet Geld für Wohltätigkeit), dabei spricht man: »*se kaparti* ...« (»Dies sei meine *kapore*, mein Tausch, mein Ersatz, meine Sühne« usw.) und schenkt danach das geschlachtete Huhn den Armen. Im Jiddischen heißt dies *kaporeß schlogn*, Versöhnung »schlagen«, so als ob man persönlich ein Opfer brächte und sich peinigte. Männer nehmen für diesen Brauch einen Hahn, Frauen ein Huhn, aber *ein* Kapore-Huhn reicht für zwei Menschen. Man bevorzugt weiße Hühner, mit Hinweis auf Jesaja 1,18: »Wenn eure Sünden rot wie Karmesin sind, wie Schnee sollen sie weiß werden«. Anfang und Name des bei diesem – häufig angefochtenen – Sühneritus gesprochenen Gebetes lauten: »Bnej-Odem ...«, »Menschenkinder [die in der Finsternis und im Schatten des Todes sitzen ...]«.

Kapote: langes, bis zu den Füßen reichendes Männergewand (Kaftan).

Kiddusch, hebr.; jidd. *kidesch:* Segensspruch bzw. Gebet über dem Becher Wein zu Beginn des Sabbats bei der häuslichen Sabbatmahlzeit.

Kittel, jidd. *kitl:* von Männern an bestimmten Feiertagen getragenes weißes Leinengewand, wird auch als Leichentuch verwendet.

Kost, jidd. *keßt:* freie Wohnung und Verköstigung, die einem jungen Ehepaar von den Eltern bzw. den Schwiegereltern für eine bestimmte Zeit gewährt wird, damit der Ehemann sein Tora- und Talmudstudium fortsetzen kann.

Koscher, hebr.-talmudisch *kascher*, wörtlich »tauglich«: rein im Sinne der rituellen Reinheitsvorschriften (siehe Speisegebote).

Krankenbruderschaft, Krankenspital, jidd. *biker-chojlim:* eine der Wohltätigkeitsorganisationen im Schtetl, die versucht, die

Kosten für die Kranken zu decken, wenn die Familie dazu nicht in der Lage ist.

Kugel, jidd. *kugl:* bezeichnet Sabbat-Mehlspeisen verschiedener Art, Auflauf, süß oder mit Pfeffer.

Laubhütten: siehe *Sukkot.*

Luach, jidd. *lu'ech:* (Mond-) Kalender, verzeichnet die Daten der Feiertage, der Jahreszeiten, die Wochenabschnitte der Tora- und Prophetenlesungen sowie die Zeiten für das Anzünden der Sabbat-, Chanukka- und Feiertagslichter.

Machsor (hebr.: »Zyklus«): Gebetbuch für die Festtage Pessach, Schawu'ot, Sukkot, Rosch Haschana und Jom Kippur.

Majrew: Abendgebet.

Maseltow, hebr. *masal tow*, wörtlich »gut Glück!«: Glückwunschformel bei allen Gelegenheiten, auch Bezeichnung für eine freudige Nachricht.

Mazze, hebr. *maza:* ungesäuertes Brot, das an Pessach gegessen wird.

Mazzengeld, jidd. *moeß-chitin:* Geld, das man an Pessach an die Armen verteilt, damit sie das Fest begehen können.

Megille, hebr. *megila*, wörtlich »Rolle«: bezeichnet die Schriftrollen der Bücher Ruth, Hoheslied, Klagelieder, Prediger Salomo und Esther; meist Kurzform für die Megille Esther, die an Purim vorgetragen wird.

Melamed: Kleinkinderlehrer, siehe *Cheder.*

Meschumed: siehe *schmaden.*

Mincha, jidd. *minche:* Nachmittagsgebet.

Minjan, hebr.; jidd. *minjen*, wörtlich »Zahl«: die vorgeschriebene Anzahl von zehn männlichen Personen im Alter von mindestens 13 Jahren (siehe Bar-Mizwe), die für einen öffentlichen Gemeindegottesdienst in der Synagoge nötig sind; auch der Gottesdienst selbst. Der »erste Minjan« am Tage ist etwas schneller fertig, da die Gebete schneller gesprochen werden, denn die Betenden, in der Regel einfache Arbeiter, müssen rasch zur Arbeit.

Misnaged: Plural *Misnagdim:* orthodoxer Jude, der nicht dem Chassidismus angehört.

Mizwa, jidd. *Mizwe*, wörtlich »Gebot«: gute, verdienstvolle Tat.

Ne'ila: Schlussgebet an Jom Kippur.

Parascha, auch *Sidra* (Plural Paraschot; Sidrot): Wochenabschnitt der Tora. In Verbindungen: Paraschat, Sidrat (z. B. Sidrat Bereschit).

Pessach, hebr.; jidd. *pejßach*, wörtlich »das Vorüberschreiten«, die Verschonung: Pessach ist eines der drei großen Wallfahrtsfeste, gefeiert im Monat Nissan (März/April) zum Gedenken an den Auszug Israels aus Ägypten (Ex 12–15). Wichtig an der Festliturgie ist das Essen von ungesäuertem Brot (Mazzen), die Entfernung von allem Gesäuerten (Chomez) im Haus, das Reinigen des Geschirrs von allem Gesäuerten, die Sedermahlzeit am ersten Abend von Pessach (Erew-Pejßach), bei der die »Haggada« vom Auszug aus Ägypten vorgelesen wird.

Pitom und Ramses: zwei Städte, die das Volk Israel nach Ex 1–3 in der Sklaverei für den ägyptischen Pharao bauen musste.

Pogrom: russ. Bezeichnung für Massaker, Plünderung; zunächst Begriff für die Verfolgung einer bestimmten Bevölkerungsgruppe, mit Plünderungen und Gewalttätigkeiten verbunden. Im 19./20. Jahrhundert übliche Bezeichnung für Judenverfolgungen.

Purim: Freudenfest im Gedenken an die Errettung der persischen jüdischen Gemeinschaft vor der Verfolgung des Statthalters Haman. Der Tag wird karnevalsähnlich begangen, man führt Purimspiele auf, Geschenke werden ausgetauscht, man isst dreieckiges Mohngebäck (Hamantaschen). In der Synagoge wird die Megille Esther verlesen: Immer wenn der verhasste Name »Haman« fällt, lärmt man mit Holzrasseln und stampft kräftig mit den Füßen.

Raschi: Abkürzung für Rabbi Schlomo Jizchaki (1040–1105), bedeutender Kommentator von Bibel und Talmud.

Rebbe, jidd.: Oberhaupt von Chassidim, oftmals nicht gleichzeitig Rabbiner der Gemeinde.
Reb, jidd., »Herr!«: Anrede für Männer.
Row, jidd.: Rabbiner einer Gemeinde.
Rosch haSchana, hebr., jidd. *roscheschone*, wörtlich »Jahresbeginn«: einer der höchsten jüdischen Feiertage, am ersten und zweiten Tischri (September/Oktober) gefeiert. An Rosch Haschana wird im Gottesdienst das Schofarhorn geblasen.
Sabbatbrot, hebr. *chala*, jidd. *chale:* Weißbrot für den Sabbat.
Schabeß hagodel, hebr. *schabat hagadol:* »der große Sabbat« unmittelbar vor Pessach. Der »große« bezieht sich nach einigen Erklärungen auf die Lesung von Mal 3,4-24 (… der Tag des Ewigen, der große und furchtbare … 3, 23); andere Deutungen verweisen auf die »große« (lange) Predigt zur Erklärung der Pessach-Vorschriften, die der Rabbiner zu halten pflegte.
Schammes, hebr.; jidd. *schameß:* Synagogen-, Gemeindediener, Helfer im Beß-Medresch.
Schadchen, hebr. *Schadchan:* Heirats-, Ehevermittler.
Schechina: Die göttliche Gegenwart unter den Menschen, gedacht als im Heiligtum wohnend, mit Israel gemeinsam verbannt, bei jeder betenden Gemeinde anwesend.
Schema Jisrael, hebr.; jidd. *schma jißrol*, wörtlich »höre Israel!«: wichtigstes jüdisches Gebet. Es besteht im Kern aus den drei Abschnitten der Tora: Dtn 6,4–9; 11,13–21 und Lev 15,37–41. Es wird im Abend- und Morgengebet, vor dem Schlafengehen und im Gottesdienst gesagt. Unter *Schema Jisrael* versteht man auch nur den ersten Satz, Dtn 6,4: »Höre Israel, JHWH ist Gott, JHWH ist einzig«. Er gilt als *das* jüdische Glaubensbekenntnis und ist Gebetsruf in der Not und Sterbegebet. Er wird im Gottesdienst mehrfach wiederholt.
Schmaden, jidd. *schmadn:* sich schmaden, sich christlich taufen lassen, d. h. den Glauben der Väter und die Gemeinschaft mit Israel aufgeben. Ein Meschumed ist ein getaufter Jude, d. h. ein Abtrünniger.

Schofar, hebr.; jidd. *schojfer*, Widderhorn, vgl. Ex 19, 6. Das Schofarhorn wird vor allem am Neujahrstag und am großen Versöhnungstag (Jom Kippur) im Gottesdienst geblasen.

Scholem Alejchem, »Friede sei mit Euch!«: Gruß. Die Antwort lautet »Alejchem scholem, mit Euch sei Friede!«

Schul: traditioneller Ausdruck für die Synagoge. Die Schul ist ein Ort des Gebetes und des Lernens.

Schulchan Aruch, jidd. *schulchn-orech*, wörtl. »gedeckter/geordneter Tisch«: (1565 zuerst gedruckter) Kodex zum gesamten jüdischen Gesetz.

Schawu'ot, jidd. *schwueß*, Wochenfest, wörtlich »Wochen«: Wallfahrtsfest wie Pessach und Sukkot, das auf den fünfzigsten Tag nach Pessach fällt. Fest der Ernteerstlinge und des jungen Grüns sowie der Gabe der Tora am Sinai; daher wird im Festgottesdienst an Schawu'ot der Dekalog gelesen.

Seder, jidd. *ßejder:* die häusliche Tafel an den beiden ersten Pessachabenden, bei der die Hagada (s. o.) gelesen und mit Erzählungen erweitert bzw. umrankt, eine Mahlzeit gegessen und vier Becher Wein getrunken werden. Auf dem Tisch steht neben den Mazzen die Sederschüssel mit den symbolischen Speisen, die an das Elend des ägyptischen Frondienstes sowie die Verheißung der Befreiung erinnern, u. a. Maror (Bitterkraut – in Europa meist Meerrettich) Charoset (s. dort) und Sroje, ein angebratener Lammknochen mit etwas Fleisch daran (vgl. Ex 12,10).

Siddur: Gebetbuch

Simchat Tora, hebr.; jidd. *ßimcheß tojre*, wörtlich »Freude an der Tora«: neunter Tag nach dem Beginn des Laubhüttenfestes, feierliche Vollendung und Wiederbeginn der jährlichen Toralesung im Synagogengottesdienst. Die Torarollen werden fröhlich durch die Synagoge getragen und gegrüßt. Derjenige, der zur Lesung des letzten Kapitels der Tora aufgerufen und so geehrt wird, heißt »Bräutigam der Tora«, der »Bräutigam am Anfang« dagegen beginnt den neuen Zyklus.

Simchat Tora liegt zwei Tage nach Hoschana Rabba (siehe dort).

Speisegebote: Vorschriften über die Reinheit von Speisen. Zum Beispiel Verbot von nichtkoscherem Fleisch (Schwein, Wild u. a.), Verbot von Blutgenuss (daher Vorschrift des Schächtens); Milchiges und Fleischiges muss getrennt zubereitet und darf nicht zu gleicher Zeit verzehrt werden.

Sukkot, hebr., jidd. *ßukeß:* Laubhüttenfest, wörtlich »Laubhütten«. Zum Gedächtnis an die zeltartigen Hütten, in denen das Volk Israel während seiner Wüstenwanderung wohnte, hält sich die Familie an Sukkot eine Woche lang vorwiegend in einer Laubhütte auf, durch deren geflochtenes Dach die Sterne sichtbar sein sollen. Die Hütte *(ßuke)* wird vorher aus Zweigen, Stangen und Brettern gebaut und in der Wohnung oder im Hof aufgestellt. Das Fest beginnt am fünften Tag nach Jom Kippur im Monat Tischri (September/Oktober).

Tallit, hebr., jidd. *taleß*, Gebetsmantel: viereckiges Umschlagtuch aus Wolle, Baumwolle oder Seide, weiß mit dunklen Streifen. An den vier Ecken sind Schaufäden, »Zizeß«, Quasten aus drei weißen und einem blauen Faden. Der Tallit wird beim Morgengebet und bei feierlichen Gottesdiensten getragen.

Tales-Kotn, jidd.; hebr. *talit katan*, wörtlich »kleines Gebetstuch«, ebenfalls mit Zizeß, das unter dem Hemd getragen wird und dessen Schaufäden oft sichtbar heraushängen. Orthodoxe Juden tragen stets einen »Tales-Kotn«; sein Tragen wird als Vorschrift im Schema Israel erwähnt. Synonym mit Arbe-Kanfeß und Lejbserdak.

Talmud, wörtlich: »Studium, Lehre«: die von der Schrift ausgehende jüdische Lehre, besteht aus Mischna und Gemara. Man unterscheidet den Jerusalemer und den Babylonischen Talmud, abgeschlossen Anfang 5. Jahrhundert bzw. Ende 6./Anfang 7. Jahrhundert n. Z. Der Talmud hat erzählende Teile (Haggadot) und Teile mit Vorschriften (Halachot).

Tamus, hebr.; jidd. *tames:* Monatsname (Juni/Juli).

Tanach, Akronym aus *Tora*, *Newiiim* (Propheten) und *Ketuwim* (Schriften, Hagiographen; dritter Teil der Hebräischen Bibel von den Psalmen bis 2.Chronik).

taufen: siehe *schmaden*.

Tefillin, hebr., jidd. *tfiln:* Lederriemen, an denen zwei würfelförmige Kästchen befestigt sind, die, auf Pergament geschrieben, die Bibelstellen Ex 13,1–10; 11–16; Dtn 6,4–9 und 11,13–21 enthalten. Die Tefillin werden um die Stirn und den linken Arm gebunden und beim Gebet getragen. Nach der Vorschrift in Dtn 6,8 sind sie Zeichen des Bundes mit Gott.

Tischebow, jidd., hebr. *tischa be'aw*, neunter Tag des Monats Aw: Trauertag zur Erinnerung an die Zerstörung des Tempels in Jerusalem im Jahre 586 v. Z. und 70 n. Z. Strenger Fasttag. Er fällt in die Zeit Juli/August.

Tora, hebr., jidd. *tojre*, wörtlich »Lehre, Unterweisung«: im engeren Sinn die fünf Bücher Mose, handschriftlich auf eine Rolle geschrieben. Diese wird im Toraschrein der Synagoge aufbewahrt und in fortlaufender Lesung jährlich im Gottesdienst gelesen. Im weiteren Sinne meint Tora die ganze hebräische Bibel sowie die Gesamtheit der jüdischen Lehre.

Trejfe, unrein nach den rituellen Speisevorschriften. Siehe bei »Speisegebote«.

»*Vier Ellen*«, hebr. *arbe amot:* im talmudischen Recht häufiges Maß.

Widuj, »Bekenntnis«: Zusammenstellung von verschiedenen Gebeten, die zu bestimmten Gelegenheiten und vor dem Sterben gesagt werden.

Zaddik, wörtlich »Gerechter, Frommer«: Bei den Ostjuden auch der Rebbe der Chassidim.

Zimes: süßes (gedünstetes) Gericht, meist aus Obst oder Gemüse.

Zettel: siehe Hoschana Rabba.

Zizeß: siehe *Tallit* und *Tales-Kotn*.

Nachwort des Übersetzers

1. Kasrilewke

»Sie befindet sich genau in der Mitte jenes vielgepriesenen ›Ansiedlungsgebiets‹, in dem man die Juden dicht an dicht zusammengesteckt hat wie Heringe in ein Fäßchen und ihnen sagte: *Seid fruchtbar und mehret Euch!* – und der Name dieser berühmten Stadt ist *Kasrilewke.*

Wo kommt der Name Kasrilewke eigentlich her? Nun, das verhält sich folgendermaßen:

> Wie jeder weiß, gibt es bei uns für einen armen Mann Namen im Überfluß: Da gibt es den Mann aus einfachen Verhältnissen, und den Armen und den nebbich Armen, den Besitzlosen und den Notleidenden, den Bettelarmen und den Habenichts, den Hungerleider, den entsetzlich armen Schlucker und den Ärmsten der Armen. Ein jeder dieser Namen hat seinen unverwechselbaren Klang. Und dann gibt es da noch eine Bezeichnung: *Kasriel* oder *Kasrilik.* Die wird mit ganz besonderem Tonfall ausgesprochen, beispielsweise: ›Aj, bin ich, kein böser Blick soll mich treffen, ein Kasrilik!‹ … Kasrilik, das ist kein Bettler schlechthin, kein Schlemihl, das ist, versteht mich recht, ein solch armer Teufel, der, Gott sei Dank, schon nicht mehr zu fürchten braucht, daß die Armut seinem Ruf zum Schaden gereicht. Im Gegenteil, sie wird sogar mit Stolz und Würde zur Schau getragen! Wie sagt man doch: ›Arm, aber fröhlich …‹«.*

* Scholem Alejchem, *Der Fortschritt in Kasrilewke,* S. 5 f.

Unter den vielen Schtetlnamen im Werk von Scholem Alejchem (wie Slodejewke, Masepewke, Anatewka, und Bojberik) ist *Kasrilewke* der einzige, der aus dem Hebräischen kommt.

Kasri'el (ein jüdischer Vor- und Familienname) ist in der jüdischen Tradition ein Bote Gottes, ein Engel, der direkt am Thron Gottes wirkt.

> Der babylonische Talmud erzählt* von einer Diskussion der Weisen über die – [in unseren Zeiten und Breiten eher ungewöhnliche] Frage, ob Gott selbst betet. Die Frage wird ohne Umstände bejaht und gleich auch der Wortlaut von Gottes Gebet mitgeliefert: »Möge es Mein Wille sein, dass Meine Barmherzigkeit Meinen Zorn bezwinge.« Gleich darauf wird einer der Gelehrten, Rabbi Jischma'el ben Elischa, zum Thron Gottes geführt. Dort fordert ihn Akathri'el (jiddisch *Kasri'el!*) auf, Gott zu segnen. Und Rabbi Jischma'el segnet Gott mit folgenden Worten: »Möge es Dein Wille sein, dass Deine Barmherzigkeit Deinen Zorn bezwinge.«
>
> Seltsame Gedanken! Reicht es nicht aus, dass Gott selbst lieber Gnade als Gericht will? Hat Er es nötig, dass die Menschen Ihn auffordern, das zu tun, was Er doch Selbst will? Braucht Er den Segen der Menschen dazu? Braucht Gott Kasrilewke? Dass die Kasrilewker Ihn brauchen, ist überdeutlich, Hungerleider, Geplagte, Versager und arme Teufel, die sie sind. Aber kein Zweifel, Er hat auch *sie* nötig! Es steckt etwas von dieser Gewissheit darin, wenn Scholem Alejchem feststellt: »Arm, aber fröhlich ...«**.

In den Memoiren Scholem Alejchems ist das Dorf Woronkiw in der Nähe von Kiew, wo er einen Teil seiner Kinderjahre verbrachte, »sein liebes Kasrilewke«. Auch andere Schtetl in der Ukraine könnten es sein oder sind es. Etwa Ananjew oder Soboliwke, und Klein-Pereschtschepene. Und selbst Berditschew, eine größere Stadt von fast 50 000 Einwohnern, unter ihnen knapp 40 000 Juden, wo es eine Tramway gab und den chassidischen Hof des Rebben Levi Isaak ben Meir aus Berditschew, auch Berditschew ist Kasrilewke!

---

* bBerachot 7a; vgl. Mayer, *Der Talmud*, S. 567.

** Vgl. Frettlöh, Theologie des Segens, S. 393–395; Ebach, *Vielfalt*, S. 148 f.

2. Geschichtlicher Hintergrund

In jeder dieser Geschichten erleben wir etwas von der Verfolgung, Bedrückung, der Not und dem Leiden der jüdischen Bevölkerung zur Zeit Scholem Alejchems. Schon 1791 hatte die zaristische Regierung in Russland eine Reihe von Dekreten erlassen, die das Wohnrecht der Juden auf ein bestimmtes Gebiet im Westen Russlands, den sog. »Ansiedlungsrayon«, beschränkten. Zu diesen Gebieten gehörten die Provinzen Ukraine, Krim, Bessarabien, Weißrussland, Kurland, Litauen und Polen. Doch auch in diesem »Ansiedlungsrayon« waren die Juden vom flachen Land, aus den Dörfern und Großstädten vertrieben, mit dem Verbot konfrontiert, sich dort niederzulassen. Die jüdische Bevölkerung war mit Ausnahme weniger Privilegierter auf das Schtetl beschränkt. Zeitweise war es Juden auch nicht erlaubt, in größeren Städten wie Kiew, Sewastopol, Nikolajew u. a. zu wohnen, obwohl sich diese innerhalb des Rayons befanden. Ausnahmegenehmigungen gab es nur für Kaufleute, Menschen in besonders begehrten Berufen und ausgediente jüdische Soldaten.

Darüber hinaus wurde die jüdische Bevölkerung gedemütigt, niedergehalten und wirtschaftlich unterdrückt: durch zahllose Erlasse, Sondergesetze und besondere Steuern auf koscheres Fleisch, auf Sabbatkerzen, Mazzen und andere Dinge, die für fromme Juden unentbehrlich sind.

Seit 1827 – nach der Einsetzung von Zar Nikolaus I. (1825–1855) – mussten Juden im zaristischen Russland als Rekruten dienen und konnten sich nicht wie in früheren Zeiten durch eine hohe Steuer loskaufen. Sogar 12- bis 18-jährige Jungen wurden als sog. »Kantonisten« bis 1856 zu einer vormilitärischen Ausbildung gezwungen und hatten nach dem 18. Lebensjahr zeitweilig noch 25 Jahre (!) Wehrdienst zu leisten. Nur in günstigen Perioden waren Einzelkinder von dieser Zwangsrekrutierung befreit. Viele Juden leisteten gegen diesen Zwang jeden erdenklichen Widerstand, Söhne wurden verstümmelt, um sie untauglich zu machen, oder früh verheiratet; viele flohen am Ende aus ihrer Heimat, wenn Proteste und Bestechungen nichts genutzt hatten.

Nur in der Zeit der Regierung von Zar Alexander II., der von 1855 an regierte, kam Hoffnung auf Erleichterung in der jüdischen Bevölkerung auf. Hatte dieser Zar nicht auch die Leibeigenschaft aufgehoben und so Millionen von russischen Menschen aufatmen lassen? Begann nun vielleicht auch für Juden eine Zeit der Duldung, der Toleranz und ein Ende der antisemitischen Ausschreitungen? Doch die Hoffnung war nur von kurzer Dauer. Nach der Ermordung des Zaren im Jahre 1881 setzten wieder mit neuer Heftigkeit und Brutalität Verfolgungen ein; es gab Pogrome und judenfeindliche Erlasse.

Dazu gehörten die sog. »Maigesetze« des Russischen Reiches (die im Mai 1882 offiziell als »zeitlich begrenzte Verordnungen« erlassen und erst im März 1917 während der Russischen Revolution aufgehoben wurden), nach denen es Juden verboten war, sich außerhalb von Städten und Kleinstädten niederzulassen; dazu weitere antijüdische Maßnahmen. Sie wurden von Zar Alexander III. als Reaktion auf die Pogrome in Kraft gesetzt, zu denen es nach dem Attentat auf seinen Vorgänger Alexander II. in zahlreichen russischen Städten gekommen war, und dienten der Einschränkung der Freizügigkeit der russischen Juden. Ein weiterer judenfeindlicher Erlass von Alexander III. bestand in der Einführung einer Quotenregelung für jüdische Kinder in Regierungsschulen. So durften nach 1887 die aufgenommenen jüdischen Schüler im Ansiedlungsrayon höchstens 10 % und außerhalb des Rayons nur 5 % der neuaufgenommenen Christen ausmachen. Auch dieser Erlass wurde erst 1917 nach der Oktoberrevolution aufgehoben und bewirkte großes Leid in der jüdischen Bevölkerung, da deren Anteil in den Städten des Rayons bis zu 80 % ausmachte.

Nach dem russisch-japanischen Krieg (1904/1905), in welchem unverhältnismäßig viele jüdische Soldaten zu kämpfen hatten, und verursacht durch die russischen Niederlagen wie den Untergang der russischen Flotte, aber auch durch die allgemeine Unzufriedenheit in der Bevölkerung, wuchs in den Jahren 1904/1905, von der jüdischen Jugend und den Intellektuellen unterstützt, die revolutionäre Bewegung gegen die Regierung von Zar Nikolaus II. immer mehr. Juden unterstützten sie auch deshalb, weil die zaristische Regierung an vielen Orten Pogrome duldete oder gar förderte und der jüdischen Bevölkerung Russlands zahlreiche Einschränkungen auferlegte (Dubnow III, S. 567 ff.). Das Wohngebiet wurde weiter beschränkt, der Aufenthalt außerhalb der Städte und Schtetl auf dem Lande ganz verboten. Dazu kamen Beschränkungen beim Abschluss von Kauf- und Pachtverträgen, Verbote, an Sonn- und Feiertagen Handel zu treiben, Quoten für die Zulassung von jüdischen Ärzten und für den Besuch von Gymnasien, Heeresdienstpflicht und Zwangsrekrutierungen, Aberkennung des Wahlrechtes, Verbot der Namensänderung u. a.

Auf Druck der revolutionären Kräfte erließ Zar Nikolaus II. im Oktober 1905 ein Manifest, das der Bevölkerung die staatsbürgerlichen Freiheiten gewährleisten sollte und eine Verfassung in Aussicht stellte. Wenn auch die Freiheit der Bürger und die Gleichberechtigung der Nationalitäten nicht erwähnt wurden, so löste die Ankündigung dieser neuen »Konstitution« doch in der jüdischen Bevölkerung große Erwartungen aus. Das Manifest und das Anwachsen der revolutionären Bewegung rief jedoch gleichermaßen die antirevolutionären Kräfte auf den Plan. Im Oktober 1905 richteten die berüchtigten »schwarzen Hundert« (Schwarzhemden), unterstützt von Militär und Geheimpolizei, eine Woche lang überall im Lande Blutbäder an. Sie wendeten sich zwar auch gegen die russische Arbeiterschaft und fortschrittliche Intelligenz, jedoch war die jüdische Bevölkerung besonders stark betroffen. In über fünfzig Städten des Landes (unter anderem in Odessa, Kiew, Kischinew, Krementschug, Tschernigow, Jelisawetgrad) kam es zu Pogromen. 1906 proklamierte die zaristische Regierung das Standrecht, und in nur fünf Tagen wurden mehr als 1000 »politische Verbrecher«, darunter viele Juden, hingerichtet. In dieser Verfolgungszeit entschlossen sich mehr als 125 000 Juden zur Auswanderung nach Amerika; Scholem Alejchem, der einen Pogrom in Kiew miterlebt hatte, gehörte zu ihnen.

3. Lebensgeschichte

Schalom Rabinowitsch wird 1859 im ukrainischen Perejaslav nahe bei Kiew geboren. Der Vater war Getreide- und Holzhändler. Er hatte Sympathie für die jüdische Aufklärung *(Haskala)*, schickte jedoch den Sohn zunächst in den traditionellen *Cheder*, die Grundschule im Schtetl. Anders als die meisten jüdischen Kinder seiner Zeit hatte der Sohn aber das Privileg, ein russisches Gymnasium zu besuchen und abzuschließen. Danach unterrichtete er Russisch und andere Fächer in Perejaslav, wurde dann Hauslehrer bei einem reichen Landbesitzer in der Provinz Kiew. Wegen seiner engen Beziehung zu Olga, der Tochter des Hauses, verliert er den Posten. Er schreibt Feuilletons und Artikel auf Hebräisch und Russisch, wird danach für drei Jahre Regierungsrabbiner. Seine erste jiddische Geschichte *Zwei Steine* erscheint 1883. Es ist eine tragische Liebesgeschichte, die er Olga widmet.

Seine eigene Liebesgeschichte endet nicht so tragisch: Olga und er heiraten gegen die Bedenken ihres Vaters. Nach dessen baldigem Tod fällt ihnen ein beträchtliches Vermögen zu. Das Paar zieht nach Kiew, dem »Jehupez« seiner Werke. Dort begründet er mit einem Teil des ererbten Vermögens die *Jiddische Folksbibliotek*, in der er eigene Schriften und u. a. Werke von Mendele Mojcher Sforim und Jizchok Lejb Perez veröffentlicht, den beiden anderen großen Vertretern der modernen jiddischen Literatur. Seit dem Jahre 1883 verwendet Schalom Rabinowitsch vorwiegend den Künstlernamen *Scholem Alejchem* (»Friede sei mit Euch«), den jüdischen Willkommensgruß. Er schreibt nun vorwiegend auf Jiddisch. Im Übrigen versucht er sich als Börsenmakler, hat aber wie sein Held Menachem Mendel keinen Erfolg und geht 1890 bankrott. Er flieht vor den Gläubigern, landet – nach mehreren Stationen in Wien, Paris, Czernowitz und Bessarabien – in Odessa, wo er sich, wieder ohne Erfolg, in Geschäften versucht. Er schreibt einige größere Romane und Theaterstücke; der große Durchbruch kommt aber erst 1894 mit der ersten Folge der *Tewje*-Geschichten und 1895 mit der Brieffolge *Menachem Mendel, der Spekulant.*

Als sie 1905 Zeugen eines blutigen Pogroms in Kiew werden, entschließen sich Scholem Alejchem und seine Familie (wie viele andere Juden) zur Emigration in die USA. Da er mittlerweile über Russland hinaus bekannt ist, hofft er, in Amerika genug für den Lebensunterhalt verdienen zu können. Diese Hoffnung erfüllt sich nicht. 1907 kehrt er enttäuscht nach Europa zurück. Wir finden ihn für kurze Zeit in Berlin; der Plan einer Theaterinszenierung seines Stückes *Die Goldgräber* mit Max Reinhardt lässt sich nicht verwirklichen. So beginnt er erneut mit Reisen zu Lesungen seiner Werke durch die Städte und Schtetl Osteuropas. Hier wird er mit Begeisterung empfangen; die Menschen drängen in die Säle, Scholem Alejchem wird als Rezitator seiner eigenen Geschichten berühmt.

Indessen leidet seine Gesundheit, nicht zuletzt durch Anstrengungen der vielen Reisen. In der weißrussischen Stadt Baranowitsch bricht er 1908 zusammen; er leidet unter Tuberkulose.

Verträge mit Verlegern und die große internationale Anerkennung, die er zu seinem fünfzigsten Geburtstag erfährt, gestatten ihm von 1909 an regelmäßige Kuraufenthalte. Viele Monate des Jahres verbringt er so in der Schweiz, auch in Badenweiler und St. Blasien. Im Winter lebt er meist in Nervi bei Genua. Trotz seiner Krankheit ist er ununterbrochen schriftstellerisch tätig und unternimmt weiterhin Reisen zu Lesungen seiner Werke.

Der Ausbruch des Ersten Weltkrieges trifft ihn 1914 mit seiner Familie im Ostseebad Ahlbeck/Swinemünde. Die Familie wird in Berlin interniert und gelangt mit Mühe ins neutrale Dänemark. Scholem Alejchem entschließt sich, erneut in die USA zu reisen.

Die letzten Jahre sind geprägt von zunehmender Krankheit, von neuen finanziellen Schwierigkeiten. Nach einer weiteren Lesereise in den Süden der USA im Winter 1916 verschlimmert sich sein Zustand. Scholem Alejchem stirbt am 13. Mai desselben Jahres. Zwei Tage später wird er beerdigt. An diesem Tag bleiben die meisten der jüdischen Schneiderwerkstätten, der *Shops* und Fabriken in New York und Umgebung geschlossen. Mehr als einhunderttausend Menschen, so wird uns berichtet, meist kleine Leute, Arbeiterinnen und Arbeiter, folgten dem Sarg auf den Friedhof von Brooklyn. So ehrte die jüdische Gemeinde den Schriftsteller, der ihr Leben im Schtetl Osteuropas und in der neuen Welt auf eine besondere Weise beschrieben hat: mit Liebe, Wärme, mit einem unvergleichlichen Witz und Humor.

Literatur

Bamberger, Seligmann: *Sidur Sefat Emet*, Basel 1993.

Bechtel, Delphine: Le Chapeau fait-il le Juif? Aspects de la poétique de Sholem Aleykhem, Yod: *Revue des Études Hébraïques et Juives*, 31–32, 1990, S. 67–79.

Bernstein, Ignaz: *Jüdische Sprichwörter und Redensarten*, Wiesbaden 1991.

Das Scholem Alejchem Buch (by D. Berkowitsch), New York 1926.

Dubnow, Simon: *Weltgeschichte des jüdischen Volkes*, Bde. I–III, Jerusalem 1971.

Ebach, Jürgen: *Vielfalt ohne Beliebigkeit*. Theologische Reden 5, Bochum: SWI 2002.

Encyclopaedia Judaica (deutsch), Bde. 1–10 (A–L), unvollendet, Berlin 1928–1934.

Encyclopaedia Judaica, Jerusalem 1972.

Frettlöh, Magdalene L.: Theologie des Segens, Gütersloh 2002.

Heidenheim, Wolf (Übers.): *Pessach-Hagada*, Basel 1991.

Jüdisches Lexikon. Ein enzyklopädisches Handbuch des Jüdischen Wissens, Bd. 1–4, Berlin 1927.

Lötzsch, Ronald: *Jiddisches Wörterbuch*. Leipzig 1990.

Magonet, Jonathan (Hrsg.): *Das jüdische Gebetbuch, I. Gebete für Schabbat, Wochentage und Pilgerfeste*; *II. Gebete für die Hohen Feiertage*, Gütersloh 1997.

Mayer, Reinhold: *Der Talmud*, München: Goldmann 1980.

Niborski, Yitskhok, mit der mithilf fun Shimen Noyberg, Verterbukh fun loshn-koydeshstamike verter in yidish, 2. Aufl. Paris 1999

Niborski, Yitskhok, Vaisbrot, Berl, mit der tsuzamenarbet fun Shimen Noyberg, yidish-frantseyzish verterbukh, Paris 2002 [jiddisch-deutsch in Vorbereitung].

Philo-Lexikon. Handbuch des jüdischen Wissens, Berlin 1936.

Rosenzweig, Franz: Jehuda Halevi: *Fünfundneunzig Hymnen und Gedichte*. Dt. u. hebr. In: Rosenzweig, *Der Mensch und sein Werk. Gesammelte Schriften*, Bd. 4.1. Den Haag u. a. 1983.

Scholem Alejchem: *Der Fortschritt in Kasrilewke und andere alte Geschichten aus neuerer Zeit*. Berlin: Buchverlag Der Morgen 1990.

Tendlau, Abraham: *Jüdische Sprichwörter und Redensarten*, Köln 1998.

Weinberg, Werner: *Lexikon zum religiösen Wortschatz und Brauchtum der deutschen Juden*, hrsg. von Walter Röll, Stuttgart-Bad Cannstatt 1994.

Zborowski, Mark, und Herzog, Elisabeth: *Das Schtetl – Die untergegangene Welt der osteuropäischen Juden*, München 1991.

Scholem Alejchem

Panik im Schtetl

Geschichten aus Kasrilewke

Gebunden mit Schutzumschlag

280 Seiten; Format 12,5 x 20 cm

ISBN: 978-3-7374-1015-1

»Denn sie verstehen doch alles besser!« Über die Schtetl-Bewohner

Neben Perez und Mendele gilt Scholem Alejchem als einer der drei klassischen Literaten der jiddischen Literatur. Mit seinen Erzählungen über die osteuropäischen Dorf-Juden leistet er einen bedeutenden Beitrag zur Bewahrung der jiddischen Kultur. Im Fokus stehen bei Scholem Alejchem immer die »kleinen Leute«, das jüdische Volk.
So auch in dem hier in neuer, herrlich frischer Übersetzung von Gernot Jonas vorliegenden »Panik im Schtetl«: Immer wenn Sejdel, Sohn des Reb Schaje, den Schtetl-Bewohnern die Neuigkeiten aus der »Welt da draußen« aus der Zeitung vorliest, kommt der Alltag der Bewohner auf haarsträubende, amüsante und auch erschreckende Weise zum Erliegen, Überreaktionen und -interpretationen stehen auf der Tagesordnung.
Scholem Alejchem baut eine unnachahmliche Nähe zu den Schtetl-Bewohnern und somit zum »einfachen Volk« auf, sodass der Leser sich selbst als Teil dieser witzigen und zugleich vom jüdischen Volksschmerz geprägten Gemeinschaft wahrnimmt.